現代に生きる近松

―戦後60年の軌跡―

深澤昌夫

近松二十四番勝負

宝塚歌劇「心中・恋の大和路」

広崎竜雄

花柳幻舟「残月」

ちかまつ座

篠田正浩「心中天網島」

なかとみ近松大勝負

近松劇場 中村雁治郎

溝口健二「近松物語」

「鑓権三」「曽根崎心中」

戦竪三

萩原遼「曽根崎心中」

武満徹

新藤兼人「雨月物語」

現代に生きる近松　——戦後六〇年の軌跡——

目　次

はじめに

二〇〇三年の近松

二〇〇三年、近松生誕三五〇年を記念して発刊された『近松門左衛門　三百五十年』の帯に「世界の近松・日本古典文学の鎖国は終わった」と大書されている。

明治時代の昔から近松のことを日本のシェークスピアと称することがあったが、もうその時代は終わり、世界の近松と言ったほうが正しい。

外国で『曽根崎心中』が歌舞伎の様式でも文楽でも上演され、絶賛されているし、世界中の日本研究家が近松の芸術に眼を向けるようになった。

英語で心中物を書く劇作家も居り、そしてシェークスピアを愛する人でさえも近松の世話物にシェークスピアにない現代性があることを認め、最高に誉める評論家もいる。

日本古典文学の鎖国は終わった。

（同書・巻頭言「世界の近松」）

こう語るのは、日本人以上に近松を愛するドナルド・キーン（コロンビア大学名誉教授）である。一方、原道生は二〇〇四年の『江戸文学』近松特集号・巻頭言「近松作品の総体的把握を目指して」において、前年の近松記念行事を概観し、次のように述べている(1)。

これらの諸企画は、文楽公演についてはもとより、文学あるいは、演劇研究の分野に深く関わるものの場合にも、いずれも啓蒙的な性格の強いものであり、これを機会に、近松の作品ないし作者そのものに対して、改めて本質的なレヴェルにおいての捉え直しを図ろうとする問題意識というものは、概して希薄であったのではないかと思われる。

このような事態は、実は、現時点での近松研究の状況を如実に反映しているものと見てよいのではなかろうか。すなわち、そこでは、基礎的資料の調査・整理、さらには、それを踏まえた演者・劇場・興行等々、いわゆる演劇環境に関わる諸事実の実証的な解明などの点においての著しい進展が果たされてきている反面、それが、それら諸成果を基盤にした上に立って、近松という対象の総体を総合的に理解し意義づけようとする新しい作家論・作品論の構築へとは十分に展開し得ていないとの憾みをも禁じ難いといった次第なのである。

さて、近松は本当に「世界の近松」になったのだろうか？　近松を「日本のシェークスピア」と称する時代は終わったのだろうか？　近松生誕三五〇年の今日、我々が共有すべき出発点はドナルド・キーンの「鎖国終了」「開国」宣言か、それとも原道生の「遺憾」「反省」の弁か。

近松研究の現状（その一）

一つの目安になるのは、たとえば研究論文の本数である。さしあたり『国文学研究文献目録』（昭和一六〜三七年）、『国語国文学研究文献目録』（昭和三八〜四五年）および『国文学年鑑』（昭和四六〜平成一六年）をもとに、昭和二〇年（一九四五）から平成一六年（二〇〇四）までの六〇年間に発表された近松関係の雑誌紀要論文（翻刻・複製・上演年表・資料集・参考文献等を含む）を集計し(2)、五年単位で平均値（以下、本文では小数点以下を四捨五入し概数を示す）を取り、その推移・動向をみるとおおよそ次のようになる〔巻末「グラフ1」参照〕。

戦後の平和の中で活気を取り戻した近松研究は、朝日古典全書の『近松門左衛門集』（上・中・下、一九五〇〜五二）が刊行された昭和二〇年代、また岩波書店の旧・日本古典文学大系『近松浄瑠璃集』（上・下、一九五八〜五九）が刊行された昭和三〇年代と、順調な伸びを示し、小学館の旧・日本古典文学全集『近松門左衛門集』（一・二、一九七二〜七五）の刊行が始まった昭和四〇年代で一つのピークを迎える。具体的にいえば、昭和二〇年代の平均論文数（六件／年）を基準にすると、三〇年代は約四倍（二三件／年）、四〇年代は六倍近い数字になる（三四件／年）。

原道生は先に引用した文章のなかで、昭和二〇年代後半（一九五〇年代）の活気あふれる研究状況をふりかえり、次のように述べている。

今から五十年を遡る一九五二年前後の時期は、第二次大戦後における国文学研究の大きな転換期に当たり、民衆的な文学遺産の再評価や国民文学の可能性等をめぐっての多様な議論が、いかにも戦後的な状況下にふさわしく、熱っぽい雰囲気の中で、活発に取り交わされていた。折から生誕三百周年を迎えた近松をめぐっての研究の場合にも、そうした周囲の動向と密接に結びついた形のものが中心となって意欲的に進められた結果、それらの中から、例えば廣末保氏の諸論稿を代表的なものとして、研究史上に大きな変貌をもたらすような意欲的な近松論が多数公けにされるといった事態が見られるようになっていたのである。

すなわち、昭和三〇年代、四〇年代と、近松関係の論文が順調に増えていった背景には、昭和二〇年代後半のこうした熱のこもった研究状況が存在していたのである。ただ、子細に見ると、論文数は昭和四〇年代前半を頂点として、わずかながら下降を始めており、その後、勉誠社（現勉誠出版）の『正本近松全集』（全三五巻および別巻二、一九七七〜九六）の刊行が始まった昭和五〇年代前半には、年平均二三件と、昭和三〇年代の水準にまで低下している。

実は、昭和五〇年代に注目を集めたのは、近松ではなく南北であった。諏訪春雄は中山幹雄編『〈増補〉鶴屋南北研究文献目録』（国書刊行会、一九九〇・一二）をもとに、明治初年から昭和末年までに発表された南北関係の雑誌掲載論文数を一〇年単位で割り出している（「南北劇の現在」）。それによると、昭和二〇年代は五六件、三〇年代は一三七件、四〇年代は二三二件、五〇年代は四六〇件、六〇年代は二七〇件（推定値）となり、昭和五〇年代が南北研究最大のピークであったことがわかる〔巻末「グラフ2」参照〕。ちなみに、雑誌『国文学』の近松特集号（一九八五・二）に掲載された廣末保との対談のなかで、信多純一が近松研究全体の行き詰まりや停滞を指摘していたのもちょうどこのころであった。

これが昭和六〇年代前半（一九八〇年代後半）になると、岩波書店から『近松全集』（全一七巻および補遺、一九八五〜九六）

の刊行が開始され、また新潮社から新潮日本古典集成『近松門左衛門集』（一九八六）が刊行されたこともあって、近松関係の論文数は一気に八六件／年（単年度では昭和六一年の九六件が最高）まで跳ね上がる。この時期の論文数（複製・翻刻を含む）の激増は、戦後近松研究の集大成的な意味を持つ二種の「全集」が同時並行で刊行中だったという特殊事情によるところが大きく、あくまで一過性のものと考えなくてはならないが、少なくとも論文の本数で見る限り、昭和末期の五年間は近松研究が戦後最大の活況を呈した時期であったということができる。

ところが、元号が昭和から平成にかわって一九九〇年代に入ると近松関係の論文は激減する。九〇年代の平均論文数四五件／年という数字は、八〇年代後半からするとほぼ半減である。たしかに八〇年代後半が多すぎた、ということはあるかもしれない。平均論文数八六件／年という数字は、いわば「瞬間最大風速」のようなものであって、必ずしも近松研究の「実力」を反映したものではなかった。近松研究の「実力」と「実態」は、むしろ九〇年代以降のデータに求めるべきであろう。

五年刻みで見ていくと、一九九〇年代前半は年平均四七件、後半は四二件。わずかながら減少しているが、ほとんど横ばいといってよい。これは、八〇年代後半の「例外」をのぞくと、戦後近松研究で一つのピークをなした昭和四〇年代を上回る数字であり、近松研究がそれなりのレベルを維持していることを示している。九〇年代はまた、信頼できるテクスト（全集）の刊行と連動して、『論集〈近世文学〉一　近松とその周辺』（勉誠出版、一九九一・五）、『講座〈元禄の文学〉四　近松と元禄の演劇』（勉誠出版、一九九二・三）、『講座〈日本の演劇〉四　近世の演劇』（勉誠出版、一九九五・八）、『岩波講座〈歌舞伎・文楽〉八　近松の時代』（岩波書店、一九九八・五）など、各種講座物の出版があいついだ。

こうして、八〇年代から九〇年代にかけて、近松研究に不可欠な「信頼できるテクスト」が出揃い、また最新の知見に基づいて多角的な視点から近松に迫る良質の論文集（講座物）が続々と刊行された。これらによって近松研究は新たな時代を迎え、隆盛に向かうものと思われた。だが実際は逆であった。二〇〇〇年以降の近松研究は、二〇〇三年に近松生誕三五〇年を迎え、いくつかの雑誌で特集号が組まれたにもかかわらず、論文数は増えなかった。それどころか、平均論文数は三二件／年と、前の一〇年よりもさらに減少した。その数字は、実に三〇年前（一九七〇年代前半）と大差ないものだった。したがって、年平均八六件を数えた一九八〇年代後半から見ると、論文数が下降の一途をたどり三〇年前と同じ水準に戻ってしまった現在の研究状況は、ある意味「停滞期」、ないしは「後退期」に入ったと言われてもやむをえない面がある⑶。

近松研究の現状（その二）

これを別の角度から見てみよう。

図書館情報学を専門とする澤井清は、データベースを利用した計量書誌学の手法によって国文学関係の研究動向分析を行なっている。澤井によれば、この種の調査は自然科学や社会科学を対象とするものが多く、人文科学系はその点立ち遅れているという。特に「国文学分野では、自然科学や社会科学のように研究の流行の有無、コアジャーナルの存在、どのような研究者が多くの論文を発表しているのかといった問題は明らかにされていない。」（「国文学論文目録データベースからみた近代文学の研究動向」）。データベースを駆使して研究動向を多角的に分析する澤井の手法と、いちいち目録の頁を繰って「正」の字を書きながら論文を数える私のアナログな手法と、調査の仕方を異にする二つのデータを直接比較するわけにもいかないが、以下、澤井の「国文学の研究動向―国文学論文目録データベース（1926年～1996年）を利用した調査」を参考に、近松研究の位置を探ってみることにしたい。

澤井が国文学研究資料館の「国文学研究論文目録データベース」を利用して、一九二六年から九六年までの七一年間の国語・国文学（国語教育を含む）全体の研究動向を調査したところによると、論文数が最も多いのは近代文学で、全体の二七％を占める。ついで近世が一五％、以下、中世―一三％、中古―一二％、国語学―一〇％、上代―八％となっている。全分野の総論文数の推移を見ると、国語・国文学研究が戦前の水準を回復したのは昭和二七年（一九五二）である。その後、昭和三一年（一九五六）には論文数が二〇〇〇件をこえ、昭和四〇年（一九六五）には約四六〇〇件と倍増する。このあと一〇年程度は年間五〇〇〇件程度で推移するが、昭和五〇年代以降再び増加を始め、昭和五九年（一九八四）には一万件を突破、平成五年（一九九三）以降は一万二〇〇〇件をこえる論文が発表されている。

では、近松を含む近世文学全体ではどうかというと、昭和六一年（一九八六）以降、論文数が大幅に増加し、平成五年以降は二〇〇〇件をこえている。子細に見れば、平成五年をピークとして、多少減少傾向が認められるものの、それでも近世文学関係は年間二〇〇〇件前後の論文が産出されている。これは国語・国文学関係の総論文の六分の一、約一七％に相当する。

澤井の調査は一九九六年で終わっているため、その後の動向については推測の域を出ないが、この一〇年、社会全体の「文学離れ」や大学における「文学部の解体」など、文学をとりまく状況はますます厳しさを増している。とはいいながら、研究活動それじたいが衰退しているわけではあるまい。むしろ目先の成果を求める内外の圧力は強まる一方であり、論文数もそれなりの水準は維持しているものと思われる。少なくとも澤井の調査結果からすると、国語・国文学研究全般、あるいは近世文学研究、いずれをとっても一九八五年前後に論文数が大幅に増加し、その後九〇年代半ばまで高止まり状態にあったことは間違いない。そうなると、八〇年代後半にピークを迎え、それ以降論文数の激減を招いた近松研究は、国文学研究全般から見ても、低迷・停滞していると言わざるをえないのではないだろうか（4）。

私が近松関係の論文を初めて公刊したのは一九九一年のことだが、私のようなキャリアの浅い者の目から見ても、近年盛り上がりを見せている読本研究や西鶴研究と比べて、いま近松に対して熱いまなざしが注がれている、とは残念ながら思えない。これは、原道生の指摘する「現時点での近松研究の状況」を踏まえると、「基礎的資料の調査・整理、さらには、それを踏まえた演者・劇場・興行等々、いわゆる演劇環境に関わる諸事実の実証的な解明」が進んだことによって研究領域が拡大・細分化する一方、研究テーマとしての「近松」それじたいは（あるいは、まさにその文学性の高さによって）むしろ相対化される結果となり、全体として研究者の「近松離れ」が進行した、ということが考えられる（5）。

研究者の「近松離れ」に関して、原は次のように述べている。

原　（前略）最近あるところで近松の特集をやることになって、相談をうけたんです。それで作品論に限らずいろいろな次元の問題について近松を中心にして書いてくれということで、中堅やそれより若い人も含めてかなりの人に編集部が頼んだんです。そうしたら、非常に断られる。それは、その人たちが忙しいこともあるんですけれども、それ以上に多い理由が、私は演劇はやっているけれども近松はやっていませんからということでした。俳諧のほうでは、私は俳諧をやっているけれども芭蕉はやっていませんから、というようなことはありませんか。

上野（洋三―引用者注）……（笑）。

原　近松だけですかね。

（「座談会〈近世文学五十年〉」）

もしこれが本当に「近松だけ」だとすれば、事態は深刻である。取り組むべき課題がないわけではない。近松の歌舞伎作品の研究、存偽作（浄瑠璃）の問題、また相変わらず研究の遅れが指摘されている時代物の研究等々、研究課題はそれこそいくらでもあるはずである(6)。だが実際には、「容易に乗り越え難い障害」がそこにあって、必ずしも多いとはいえない研究者がそれぞれの問題意識に従って個別に試行錯誤を繰り返している。それが「近松研究の現状」といえよう。

本書の課題

ところで、学術研究面はともかく、芸術創造面において、近松はどのように評価（受容）されているのだろうか。

現代演劇史のなかで近松がどのように評価され、受容されてきたかという問題については、これまでも各種論考において取り上げられてきた。だが、それらは必ずしも網羅的なものではなかった。傑出したいくつかの作品はある。海外の近松物についてもいくつかは知られている。だが、それらを含めてどのような作品がどのくらい上演されているのか、客観的なデータがないので何とも言えない、わからない、というのが現状ではなかろうか。そこで私は、近松生誕三五〇年という記念すべき年回りに際して、演劇・音楽・舞踊を主とする舞台芸術（実演芸術）に加え、映画・テレビ・ラジオ作品等にもできるだけ目を配り、戦後六〇年に及ぶ近松物の上演記録（初演・再演問わず）を国内外に広く求め、これらをまとまった資料として後世に残すことにした。

そもそも演劇の場合、音楽や美術に比べて社会的・経済的・制度的な基盤が脆弱なため、放っておけば資料が散逸する可能性が高い。近松生誕三五〇年の二〇〇三年、没後二八〇年の二〇〇四年、さらには戦後六〇年、放送開始八〇年の二〇〇五年という「今、この時」を逃せば、この種の悉皆調査に取り組むチャンスはしばらくめぐってこないだろう。だが、そうなってからでは遅すぎる。このままでは過去を知る人も、資料も失われてしまう。それが本調査に取りかかった直接的な動機である。

その成果はすでに「上演年表 現代に生きる近松」舞踊篇、音楽篇、演劇篇（上・中・下）として発表済みである。この種の調査に完璧はありえないが、主だったところはおおよそカバーできたのではないかと思う。ただ、これらは「年表」である以上どうしても羅列的な性格を逃れえない。そこで本書は、既出「上演年表」に二〇〇六年までの最新データを追加してさらに精度を上げた「増補・訂正版」をベースに、現代演劇史や当時の社会状況との関わりを横目で睨みながら、改めて「戦後六〇年の近松」の歩みを素描・略述することにした。

目指すべきは「近松をめぐる現代演劇史」、あるいは音楽・舞踊等を含む「現代芸術文化史」だが、私自身はその方面の専門家でもなく、まして評論家でもない。実際に見聞した舞台もごく限られている。本書が客観的・体系的な記述になっているかどうか正直いって心もとない。また当面、個別の作品の内容に踏み込んで、その演劇史的・音楽史的・舞踊史的な価値や成果について詳しく論ずる余裕も能力も、私にはない。

では、私に何ができるのか。本書において私がやろうとしていること。それは、網羅的に集めた資料の中から「重要」と思われる事項を選り別け、その営みを大きな「流れ」の中で捉え直し、改めて歴史の中に位置づけること。要するに、私自身が作成した「上演記録」「上演年表」を、私自身がどう「読む」か。それが本書の課題だといってよい。

不十分な点は多々あると思う。誤りも多いかと思う。万事不勉強との批判は甘んじて受けるつもりである。私としては、このささやかな報告をきっかけに、私などよりもっとふさわしい方々がこの方面の研究に取り組み、すぐれた成果をあげてくださることを願うばかりである。その意味でいうと、本書は将来書かれるであろう「近松をめぐる現代演劇史」、あるいは「近松をめぐる現代芸術文化史」の基礎資料、あるいはその「覚書」に過ぎない。

【付記】

＊以下、本書における上演記録は、原則として「上演年・月」「会場」「作品名」「作・演出・出演者」の順に記す。

＊本書において、三代目中村鴈治郎／坂田藤十郎の近松座が本公演として初めて上演した演目は、一応これを「新作」と見なすこととする。したがって、近松座の公演に限って、実質的な意味で必ずしも初演でない作品を含む場合のあることをお断りしておく。

＊近松物の上演状況を地域的に「東日本」と「西日本」で比較する際、分類が難しいのは近松座の取り組みである。藤十郎の家系や芸系、また近松座の目指すところから言っても、これは「上方」に分類すべきなのだろうが、居住地を含め、その活動拠点はあくまで「東京」にある。そこで本書は近松座の活動を便宜上「東」の部に編入することにした。

第一章　一九四五〜一九五四　昭和二〇年代

終戦直後

一九四五年八月一五日、ラジオから「大東亜戦争終結の詔書」が放送された。日本はポツダム宣言を受諾。戦争は終わった。同年九月二日、太平洋艦隊旗艦ミズーリ号の船上で、外相・重光葵と参謀総長・梅津美治郎の二人が降伏文書に署名。連合国による対日占領はこの時から始まった。

連合国による対日占領（事実上は米国の単独占領）は、世界史的にみても全く新しいタイプの占領であった。伝統的に占領とは、侵略的軍隊の解体、賠償金の取り立てなどを行なうのが通例であって、敵国の軍国主義の根元にまで手をつけることはしなかった。一九〇七年のハーグ条約でも一般占領では「占領地の法律や行政を変える権限をもたない」と規定していた。ところが、連合国はポツダム宣言の規定にもとづき、日本の政治・経済・社会構造の全面改造ともいうべき包括的な占領政策を実施した。

（中村政則『戦後史』）

以後、一九五二年四月、サンフランシスコ講和条約の発効にともなって主権が完全に回復するまで、米軍による占領期間は七年あまりに及んだ。近現代史の中村政則は、これを三期に分けて考察している。第一期（一九四五・八〜四八・一〇）は「非軍事化と民主化」が非常にラディカルな形で推進された時期。第二期（一九四八・一〇〜五〇・六）は米ソの冷戦状態が決定的になり、「対日占領政策の転換」が行なわれた時期。第三期（一九五〇・六〜五二・四）は「朝鮮戦争から講和条約へ」進む過程で、日米安保条約に象徴される日本の対米従属的な立場が定まった時期である。

さて、終戦直後のこの時期、それまで自由な表現活動を禁じられていた新劇が息を吹き返し、わが世の春を謳歌するのと対照的に、伝統芸能である歌舞伎には重大な危機が訪れる。歌舞伎は一九四五年九月にいち早く興行を再開していたが、G

ＨＱ／連合国軍最高司令官総司令部（その下部組織であるＣＩＥ／民間情報教育局）は、同年九月から一一月にかけて軍国主義的・封建主義的な作品の上映・上演を禁止、映画・演劇における民主化の確立を推進するよう、矢継ぎ早に指示を出してきた。

歌舞伎の危機を象徴するのは、一九四五年一一月、東京劇場で上演中の『菅原伝授手習鑑』「寺子屋」に上演中止命令が出された事件である。翌四六年一月には「歌舞伎廃止」を伝える新聞報道もあり（結局これは誤報として訂正記事が出た）、ＧＨＱによる「民主化の嵐」のなかで歌舞伎は存続が危ぶまれる事態を迎えた。しかし歌舞伎は、占領軍のなかにフォービアン・バワーズ（当初マッカーサーの日本語通訳として来日、後にＣＣＤ／民間検閲支隊・検閲官に転任）という有力な支援者を得たことにより、この後、全面的な「解放」に向かって着実に歩みを進めていく。

一つの節目は一九四六年六月、東京劇場で行なわれた『勧進帳』である。この公演では、七代目松本幸四郎（当時七七歳）の弁慶、六代目尾上菊五郎（同六六歳）の義経、初代中村吉右衛門（同六〇歳）の富樫という配役による『勧進帳』が上演され、さらに翌四七年一一月、同じ東京劇場で幸四郎・菊五郎・吉右衛門をはじめとする大顔合せの『仮名手本忠臣蔵』に上演許可がおりるに及んで、歌舞伎に関する管理・統制は事実上、全面的に解除されることになる。

もっとも、この期の歌舞伎の統制は切腹や仇討ちなどもっぱら封建主義的な忠義を重んじた時代物を中心に行なわれたもので、舞踊劇や心中物・世話物の類はイデオロギー的に「無害」とされ、統制の対象外ではあった。こうした時期に近松を上演したのはやはり関西が中心である。当時上演された主な演目は『心中天網島』『恋飛脚大和往来（冥途の飛脚）』『おさん茂兵衛（大経師昔暦）』『小室節（丹波与作待夜小室節）』『心中宵庚申』『堀川波の鼓』『雪女五枚羽子板』などで、この時期はまだまだ旧作の再演が大半を占めている。終戦直後、関西歌舞伎の新作としては、わずかに次の二本があるのみ（以下、舞台関係は原則的に初演記録のみを記す）。

一九四六・九　四ッ橋文楽座　新鋭歌舞伎　『おさが嘉平次―生玉心中』　脚色・演出／食満《けま》南北　出演／市川

荒太郎・中村雁之助　＊本興行としては一九四七・一、大阪歌舞伎座初演（主演／中村梅玉・中村鴈治郎）。

一九四八・一　中座　『堀川波の鼓』　脚色・演出／村井富男　主演／阪東寿三郎・中村富十郎

復興期　〜東西の新たな動き〜

近松への新たな取り組みが始まるのは昭和二〇年代の中ごろ（一九五〇年前後）である。

一九四九・一〇　大映京都　映画『女殺し油地獄』　監督・脚本／野淵昶　主演／坂東好太郎・日高澄子

一九四九・一二　三越劇場　『生玉心中』　脚色・演出／宇野信夫　主演／市川海老蔵・大谷友右衛門　＊戦後初の東京発・新作近松。主演の海老蔵（十一世団十郎）と友右衛門（現中村雀右衛門）は芸術祭文部大臣奨励賞を受賞。

一九四九年は戦後初めて近松物の映画が制作・公開された年であり、かつまた劇作家宇野信夫（一九〇四〜九一）が初めて近松物を手がけた年でもある。ちなみに、戦後（歌舞伎）の近松は、東西とも『生玉心中』から始まっている。それが何故かはよくわからない。東西の初演時期が三年も離れていることから、東西「競演」を意識したというわけでもなさそうである。

さて、戦後の新作近松において先行したのは関西だったが、注目を集めたのはむしろ後発の宇野・海老蔵・友右衛門の東京勢であった。宇野信夫によれば、本作は海老蔵の依頼で脚色・演出したものであったという。

私は、私流の解釈で、浄瑠璃をつかわず、嘉平次が長作を殺すことにした。そうして切羽つまって心中することにした。（中略）舞台の成績も悪くなく、近松を脚色する自信を、私はこれによって少しばかり得ることができた。再演は二十八年十二月、明治座。この時はおさがを梅幸、父親を先代権十郎がつとめた。このとき、私は近松物に浄瑠璃を使わぬ非をさとった。そうして、原作通り、長作も殺さぬことにした。長作を殺さなくても、嘉平次は死ぬることの出来る人であることがわかったからである。

（「おぼえがき　生玉心中について」）

宇野「近松」二作目は一九五〇年二月、新橋演舞場の『心中重井筒』（主演／海老蔵・友右衛門）。そして三作目が扇雀ブームを巻き起こした、あの一九五三年八月の新橋演舞場『曽根崎心中』（主演／二世鴈治郎・扇雀）――となるわけだが、一九四九年の出来事として、もう一つ忘れてはならないことがある。

一九四九・一二　歌舞伎再検討のための「関西実験劇場」開始（～五二・八）

世にいう「武智歌舞伎」である。この時期に行なわれた「実験劇場」は、ＧＨＱの指導下、新時代にふさわしい民主的な演劇を確立するために推進された「占領下の演劇運動」である。武智鉄二（一九一二～八八）の主導する「歌舞伎再検討のための実験公演」は、その関西版「実験劇場」の第六回公演として始まった。

演出の基本方針は古典演劇としての正しい伝統を踏み越えて、その上に社会的リアリズムの線に沿った、心理学的に根拠ある人間葛藤の世界を展開していきたい。そのために、原則的に原作第一主義をとり、悪しき封建的身分から割り出された俳優中心主義の仕勝手を整理し、諸種の伝承された「型」を検討し、批判して、取捨していきたい。そうしてこの大きな文化的遺産を復元し、明日の演劇への出発点としての意義を再確認したい。（中略）結論をいえば、この劇によってインテリを肯かせ、大衆を感動させ得れば、私の演出意図は成功なのである。

（武智鉄二「歌舞伎再検討公演演出者の弁」）

この実験公演には、実川延二郎（三世延若、一九二一～九一）、坂東鶴之助（現中村富十郎、一九二九～）、中村扇雀（三代目鴈治郎を経て坂田藤十郎を襲名、一九三一～）、市川莚蔵（八世雷蔵、一九三一～六九）など、関西の若手俳優が参加した。そのなかで特に注目されたのは鶴之助と扇雀だったが、当時の扇雀は全国的にはほとんど無名に近い存在だった。その扇雀が一九五三年八月、宇野の新作『曽根崎心中』のヒロインお初役に抜擢される下地は、まさにここで作られたといってよい。

なお武智鉄二は、「関西実験劇場」が幕をおろした後、能の観世三兄弟（寿夫・栄夫・静夫）、狂言和泉流の野村兄弟（萬・万作）、大蔵流の茂山兄弟（千作・千之丞）など、戦後の能楽界を代表する人々とともに実験的・前衛的な舞台を手がけていくことになる。現代演劇史をふりかえる上で看過できない人物といえよう。

近松生誕三〇〇年　〜歌舞伎『曽根崎心中』の誕生〜

昭和二〇年代後半は、一九五一年に歌舞伎座が復興・再開場を果たし、同年三月には船橋聖一の『源氏物語』（演出／久保田万太郎）によって「海老様」ブームが起きる。翌五二年はラジオドラマ『君の名は』が一大ブームとなり、さらに一九五三年、近松生誕三〇〇年のこの年、またしてもブームが起きる。

一九五三・八　新橋演舞場　東西合同大歌舞伎　『曽根崎心中』　脚色・演出／宇野信夫　主演／二世中村鴈治郎・中村扇雀

戦後の近松受容史において、最も重要かつ決定的な作品の誕生（初演から二五〇年ぶりの復活）である。宇野信夫「『曽根崎心中』初演のころ」によれば、『曽根崎心中』の企画は当時松竹の社長だった大谷竹次郎（一八七七〜一九六六）の意向によるものであり、近松生誕三〇〇年記念、また『曽根崎心中』初演から二五〇年ぶりの復活とあって、「協賛」として日本近世文学会・近松研究会がその名を連ねている(1)。当時二一歳の扇雀はこうした周囲の期待によく応え、その鮮烈な演技によって毎日演劇賞を受賞する。

『曽根崎心中』をはじめ、数々の近松物を脚色・演出した宇野信夫は、近松に対する思いを次のように述べている。

戦争がひどくなって田舎へ疎開しなければならないようになってから、そういう意識なしに——つまり商売意識を離れて、しみじみ読んだ本がある。それは近松の世話物であった。何時頭の上に怖ろしい物が落ちてくるかわからないときに読んだ近松の世話物——私はそれらの一つ一つを、生涯忘れることが出来ないであろう。

明日のことの知れない私に、炬燵にうたたねをする遊治郎の切ない心が、しみじみわかったことも不思議だ。

全然人間が書かれていないと、その昔先生にコキ下ろされた近松が、明日も知れない暮らしの中にある私にとっては、何よりの慰め、生きる瀬となった。ここに近松の不思議がある、と私は思う。なる程、近松の心中物には、いたずらに死にいそぎをする人や、あまりにも生活力のない男女が多い。しかし、それでいて、胸を打つ。心のどこかに強く触れるものがあるから不思議だ。

近松の世話物に出てくる老人、叔母、姉――それらの人は、みんな懐かしい。物の冥利を知り、口ではケチ臭いことを言っているが、心の温かい老人、思いやりの深いやさしい姉、涙もろい叔母――こうした人々が、気のせまい、生活力のない若い二人を取巻いている近松の世話物――近松には人間が書かれていないと言われた先生を、今では私は気の毒に思う。

（「おぼえがき　曽根崎心中について」）

主人公の男女だけでなく、その周囲の人々の思いを描いてこその「近松」。宇野はこうした視点から、「曽根崎心中」にも「徳兵衛に対して、やさしいいたわりをもっている」平野屋久右衛門を登場させ、九平次を懲らしめるくだりを書き足している。いうまでもないことだが、これらは近松の原作にはない。後年、紀海音によって増補された『曽根崎心中』をベースにした脚色である。

原作主義の武智鉄二としては宇野の脚本に不満もあったようだが、扇雀の演技と『曽根崎心中』の大当たりについて、次のように評価している。すなわち「扇雀は、歌舞伎を非常に古典的で、しかも新鮮なものとしてよみがえらせたということができるが、同時にそのような歌舞伎における人間復興が、若い観客を扇雀の周囲にひきつけ、そうして彼の周囲にいる鶴之助とか雷蔵とかいう、若くて正当な修業を身につけてきた俳優たちの人気のたかまりを、連鎖反応的に呼びおこし」た（「扇雀ブーム以後」）。こうして、戦後の新作『曽根崎心中』は、同時に「中村扇雀」という新たなスターを誕生させることになった。

「お初」と扇雀　〜新たな時代の新たなスター〜

水落潔はいう。「このお初が、なぜ、そんなに評判を呼んだのか。それは新しかったからである。」

あらゆる点で、お初はそれまでの女形の役を超えていた。たとえば女が男をリードしていること、決断力があって女々しくないこと。

お初は、それまでの歌舞伎の女、とくに上方狂言と呼ばれる作品の中の女とは全く違ったタイプの女であった。それは原作のお初の性格なのであるが、それをそのまま歌舞伎に移しかえたところに宇野脚本の妙があった。

その原作のお初の人物像を、鴈治郎は鮮やかに舞台に体現して見せた。観客はその新しさに圧倒され、それを演じた鴈治郎を新しい女形とみてスターの座におしあげた。（『平成歌舞伎俳優論』）

つまり、扇雀演ずるお初は「戦後の荒廃からやっと立ち直りかけ、前途に曙光がみえ始めた時代」（水落）にふさわしい、「新しい女」として世に迎えられたのである。

『曽根崎心中』（一九五三）の成功以来、扇雀はヒロインお初を演じ続け、一九八一年の近松座結成、一九九〇年の三代目鴈治郎襲名を経て、二〇〇三年に上演一二〇〇回を達成。そして二〇〇五年、京南座の顔見世において念願の坂田藤十郎を襲名することになる。南座の顔見世および二〇〇六年新春歌舞伎座における襲名披露狂言は、もちろん『曽根崎心中』である。初演から五〇年。七〇代も半ばを過ぎ、今なお一九歳のお初を演じ続けている二一世紀の坂田藤十郎は、「お初」という役について次のように語っている。

あの役は特別なのです。女形の技術プラスアルファが絶対必要で、それこそが役者本人のナマの若さだと思うのです。ナマの若さがどこかにちらつかないと、あの役は死にます。最初はそんなこと思わずにやってきたのです。なぜなら初演当時は自分の本当の若さがあったからです。確かに技術でいくらでも若さは見せられますよ。でもそれはお初ではないと思う。お初の若さはエネルギーとか力みたいなものです。現代を生きている若い人のみずみずしい息吹なのです。〈天満屋（てんまや）〉の幕切れで、私のお初が徳兵衛の手をとってワーッと花道を走っていって入ったときに、心臓がドキドキ打つようになったら、お初をやめないといけないと思っています。（『夢 平成の坂田藤十郎誕生』）

もちろん「終戦直後」という時代相もある。あのころ、たしかにお初は「新しい女」だった。扇雀もまた、若くてかわいらしくて美しかった。だが不思議なことに、五〇年たってもお初は古くならない。決して「過去形」にならない。お初という役は、その本質において、若々しさとみずみずしさを身上とする。それはほとんど、お初を演じる扇雀／鴈治郎／藤十郎自身の謂いでもある。

歴史に名を残す俳優には必ずそういう出会いがあるというが、一九五三年の若き扇雀が、もしお初を演じていなかったら、きっと二〇〇五年の坂田藤十郎も存在しなかったであろう。当人も語っているように、「お初が私の運命をかえ」たのである（「〈今月の芸談〉中村鴈治郎」『演劇界』一九九四・一〇）。だが、そうした「運命の出会い」は、いま考えると、まさに一期一会の「出会い」だったように思われる。

先述したように、『曽根崎心中』は宇野「近松」の三作目に当たる。宇野「近松」は、昭和二〇年代後半から三〇年代前半にかけて、一〇年ほどの間にあいついで初演されているが、その初演時の顔ぶれをみると次のようになる。以下、重複もあるが、煩をいとわず書き出してみよう。

一九四九・一二　三越劇場　『生玉心中』　主演／市川海老蔵・大谷友右衛門
一九五〇・二　新橋演舞場　『心中重井筒』　主演／市川海老蔵・大谷友右衛門・尾上梅幸
一九五三・八　新橋演舞場　『曽根崎心中』　主演／中村鴈治郎・中村扇雀
一九五六・五　歌舞伎座　菊五郎劇団　『鑓の権三重帷子』　主演／市川海老蔵・尾上梅幸
一九五七・七　歌舞伎座　吉右衛門劇団　『今宮の心中』　主演／中村歌右衛門・中村扇雀
一九五九・一　中座　花梢会　『心中宵庚申』　主演／市川寿海・大谷友右衛門

一九六〇・六　新宿第一劇場　猿之助一座・吉右衛門劇団合同　『井筒業平河内通』　出演／澤村宗十郎・市川松蔦・澤村訥升・片岡我童

こうしてみると、宇野「近松」の大半は、基本的に東京系の俳優・劇団を中心に上演されており（寿海・友右衛門の関西移籍は戦後である）、関西の成駒屋が立役・女形双方で主役を演じることができたのは唯一『曽根崎心中』だけだったことがわかる。むろん、これも「東西合同」がうたわれていなければ、扇雀に役が回ってきたかどうかわからない。その意味でいうと、一九五三年八月の「近松生誕三〇〇年記念・東西合同歌舞伎」は、たんに関西の俳優が東京の舞台に立つ、あるいは東西の俳優が同じ舞台に立つ、という以上に、戦後ほぼ同時期（一九四九年）に活動を開始していながら、それでいて相互に接点のなかった東京の宇野「近松」と、武智・扇雀の「関西実験歌舞伎」とが初めて出会う「一期一会」の合同公演であったということができる。そして、その出会いは戦後の近松のありように一つの方向性を与えた。かつて武智鉄二のもとで演出助手をつとめていた演劇評論家の権藤芳一（一九三〇〜）は次のように述べている。

大阪という土地柄があって、初めて近松の作品が生まれたのであるが、時代、社会、人間がきっちり描かれている傑作であれば、上方の味といったものが軽視ないし無視されても、またそのつもりはないが現実に表現出来なくても、感動を呼ぶことができる。極端に言えば、翻訳され、外国語で上演されても、近松の作品はその国々の人々に感動を与えうるのである。そして、この傾向は昭和二十八年の『曽根崎心中』の扇雀（現鴈治郎）のお初の創造と成功の時点で、すでに見られるのである。ただ先代鴈治郎を始め、周りに多くの上方役者がいたため、上方の味のある舞台に仕上がっていたのである(2)。（「関西歌舞伎の現状」）

なるほど『曽根崎心中』は、鴈治郎が専売特許のように手がけているところから、一般的には上方の作品のように思われている。しかし、種々考えてみると、宇野信夫の『曽根崎心中』は、江戸歌舞伎でないのはもちろんだが、いわゆる上方狂言とも異なっている。いや、そもそも江戸とか上方といった地域性や土地柄をこえたところに誕生した「戦後の歌舞伎」、それが『曽根崎心中』であったというべきであろう。

映画『近松物語』

一九五四年、歌舞伎『曽根崎心中』の大当たりに続いて、溝口健二監督（一八九八〜一九五六）の傑作『近松物語』が公開されている。

一九五四・一一　大映京都　映画『近松物語』　監督／溝口健二　劇化／川口松太郎　脚本／依田義賢　撮影／宮川一夫　音楽／早坂文雄　主演／長谷川一夫・香川京子　＊溝口健二は本作でブルーリボン賞監督賞を受賞。

当時の映画界について、岩本憲児は次のように述べている。

（一九五〇年代は—引用者注）占領下に禁止されていた〈剣を持った時代劇〉が復活。現代劇に出演していた大物スターたち、片岡千恵蔵や市川右太衛門らも時代劇役者として蘇った。剣豪もの、忠臣蔵、次郎長もの、歌謡時代劇（美空ひばりや高田浩吉らが歌う）と、戦前からの定番に、ラジオの連続人気ドラマ（「笛吹童子」「紅孔雀」他）の映画化が加わり、時代劇人気が爆発。近松やシェイクスピアなど、古典の映画化にも佳作が相次いで生まれた。

（『写真・絵画集成〈日本映画の歴史〉二　映画の黄金時代』）

この時期の溝口は、古典文芸に取材した「日本趣味」の映画を次々に発表し、高い評価を得ていた。特に一九五二年の『西鶴一代女』はベネチア国際映画祭国際賞、五三年の『雨月物語』および五四年の『山椒大夫』は同銀獅子賞を受賞し、ベネチア映画祭で三年連続受賞の快挙を成し遂げ、その名声は世界的にも鳴り響いていた。

これらはとくに輸出をねらった西洋人のためのエキゾチズム映画というわけではない。ただ、時代劇といえば通常は娯楽としてのチャンバラを意味していたこの当時、純粋に芸術的な時代劇をこうして相次いで作ることが可能になったのは、それらが外国の映画祭で賞を貰いやすいジャンルであることを会社の社長（大映の永田雅一―引用者注）が意識するようになったからであることは間違いない。

（佐藤忠男『〈増補版〉日本映画史』2）

そのきっかけとなったのは、黒澤明監督（一九一〇〜九八）の『羅生門』（大映、一九五〇）である。事実、『羅生門』が一九五一年のベネチア映画祭でグランプリを受賞して以来、日本趣味の、ということはつまり日本文化の独自性や異質性を色濃く描くことのできる時代劇は国際映画祭の常連となり、そうしたことが敗戦後の混乱と失意を抱える日本人にとって「民族的な自信回復」につながった。佐藤はこのように指摘している。

ある意味、一九五〇年代の映画界は「日本的なるもの」の再評価の時代であったが、それはしかし、当然のことながら従来の価値観をそのまま肯定するものではなかった。とりわけ『近松物語』に即していえば、香川京子演じるヒロインおさんは、必ずしも封建道徳に従順なお嬢様として同情を集めるのではなく、むしろ「いい加減な男たち、大人たちに対して、あくまでも正しい生き方を示し、そのためには自分を犠牲にすることも怖れない市井の貴婦人」（佐藤）として描かれており、そこにまた、扇雀演じるところのお初とも共通する、戦後的な時代精神を見て取ることができよう。

文楽『曽根崎心中』

映画『近松物語』が公開された翌年、歌舞伎『曽根崎心中』の復活・再評価の波を受け、本家文楽でも『曽根崎心中』が復曲されている。本書の時期区分からすれば本来次章（昭和三〇年代）で取り上げるべきことがらに属するが、文楽の『曽根崎心中』は、歌舞伎『曽根崎心中』、映画『近松物語』と並ぶ、戦後の近松受容の原点に位置する重要な作品として、ここに記すのが適当だろう。

一九五五・一　四ッ橋文楽座　文楽因会　『曽根崎心中』　脚色・作曲／野澤松之輔　演出／鷲谷樗風　義太夫／竹本綱大夫　三味線／竹澤弥七　人形／吉田栄三のお初・吉田玉男の徳兵衛

文楽の『曽根崎心中』は、近松の原作を尊重する向きからは今なお不評を被る「改作」ではあるが、歌舞伎の『曽根崎心中』同様、戦後文楽の代表作として絶大な集客力を発揮する人気演目となっている。

当時文楽は、GHQによって進められた労働組合運動の影響で、経営者（松竹）寄りの因会《ちなみ》と組合派の三和会《みつわ》に分裂し、両者とも苦しい上演態勢を強いられていたが、因会は一九五五年に『曽根崎心中』『長町女腹切』『鑓の権三重帷子』と立て続けに近松物を復活させ、扇雀同様、毎日演劇賞を受賞している。一時存亡の危機にあった文楽が現在の繁栄（文楽は二〇〇三年、ユネスコの「世界無形遺産」に認定。現在、東京では瞬く間に入場券が完売するほどの盛況）にいたるその原動力として、とりわけ『曽根崎心中』の存在は看過しがたいものがある。

文楽の『曽根崎心中』で特筆すべきは、やはり人間国宝・吉田玉男（一九一九～二〇〇六）であろう。天満屋のくだりに「足問答」がある。これは縁の下の徳兵衛がお初の足首を取って「死ぬる覚悟」を伝える非常にドラマティックな場面だが、一般に立役以外の人形に足は付かない。当然のことながら、お初を遣う吉田栄三は「足問答」を足なしで演じようとした。ところが、徳兵衛を遣うことになった玉男は、お初に足を付けることを主張。最終的に周囲を説得して、この場面だけ足を付けることになった。歌舞伎でも文楽でも、初演当時の「足問答」はいろいろな議論があったようだが、今やこのくだりがないと『曽根崎心中』とは言いがたい。美しさと哀切さと官能性を凝縮した、『曽根崎心中』屈指の名場面といえる。

近松は生涯に九十に上る作品を書いているが、うち二十四が市井の人々を主人公に姦通や心中事件を描いた世話物である。この中には「冥途の飛脚」のように江戸時代から連綿と上演されてきたものもあれば、いつの間にかとだえて復活上演したものもあり、戦後は十九作品が文楽の舞台に掛かっている。私は「ひぢりめん卯月の紅葉」を除く十八作品に出演し、すっかり近松のとりこになったというか、やればやるほど難しく、面白い近松世界の深みにはまっていった。

近松ものの復活は、話題づくりもさることながら、二百五十年の伝統を受け継ぐ、文楽人の誇りをかけた作業でもあった。

（吉田玉男「私の履歴書」）

吉田玉男は初演以来徳兵衛を遣い続けて、一九九四年に上演一〇〇〇回、二〇〇二年には一一一一回を達成。それ以降も記録を伸ばしていたが、二〇〇五年以降休演が続き、二〇〇六年九月二四日、東京・国立劇場『仮名手本忠臣蔵』の千秋楽の日にこの世を去った。享年八七歳。人形遣いの第一人者として立役の美学を貫いた吉田玉男の徳兵衛は、一一三六回で打ち止めとなった。

文楽の『曽根崎心中』は玉男によって練磨され、命を吹き込まれた。玉男は「近松のとりこ」になり、我々は玉男のとりこになった。その記録はおそらく誰にも破られることはないだろう。だが我々は、もはやその舞台を見ることはできない。かえすがえすも残念でならない。

昭和二〇年代寸評

現在にいたる戦後の近松受容史（古典の受容と創造の歴史）の「原点」は、やはり近松生誕三〇〇年を機にあいついで復活された歌舞伎と文楽の『曽根崎心中』に求めることができるだろう。歌舞伎では扇雀のお初が、文楽では玉男の徳兵衛が、戦後「近松」の礎を築いたといっても過言ではない。

昭和二〇年代末から昭和三〇年代初頭の経済復興期は、『曽根崎心中』以外の作品も増えてくる。終戦直後の二〇年代前半、わずか三本だった新作は、二〇年代後半の五年間で一一本と、四倍ほどに増加している。むろん現在の盛況（二〇〇〇〜〇四年の最近五年間の新作数は年平均一二本！）には遠く及ばないにしても、新たな時代を迎え、しだいに劇界に活気が戻ってきた様子がうかがえよう。

第二章　一九五五〜一九六四　昭和三〇年代

高度経済成長の始まり

昭和二〇年代後半、朝鮮戦争特需によって戦前並みの水準を回復した日本経済は、神武景気（一九五五〜五七）、岩戸景気（一九五九〜六一）と立て続けに大きな波に乗り、以降四〇年代後半にかけて高度経済成長の時代に突入していく(1)。

この時期、近松物の新作もさらに増加していく。巻末の「表1」と「グラフ3」は、戦後に初演された新作近松（海外作品をのぞく）を五年ごとに集計したものである。これを見ると昭和二〇年代はあわせて一四本の新作が初演されているが、昭和三〇年代にはこれが二九本に増え、特に三〇年代前半の五年間だけで一七本が初演されている。こうして、戦後の近松は昭和三〇年代前半に第一のピークを迎えることになる。

映画の時代と近松ブーム

昭和三〇年代前半は、演劇の分野で近松物が急増する一方、溝口健二の『近松物語』（一九五四）を契機として、映画界も一種「近松ブーム」の観を呈する。この時期に公開された作品には、内田吐夢『暴れん坊街道』（一九五七、東映京都、丹波与作より）、堀川弘通『女殺し油地獄』（一九五七、東宝）、今井正『夜の鼓』（一九五八、現代ぷろだくしょん）、内田吐夢『浪花の恋の物語』（一九五九、東映京都、冥途の飛脚より）、渡辺邦男『おさい権三』（一九六〇、松竹京都）があり、一九五七年から六〇年まで、年に一本は近松物が製作・公開されている。

この一連の近松物映画は、リアリズムの作風をもつ巨匠たちの手によって成ったことが印象的である。とり上げられた近松作品もすべて世話物であったことも特色であろう。

（中山幹雄「近松と映画」）

このころ、映画界は最盛期を迎えていた。日本映画製作者連盟の「日本映画産業統計」によると、入場者数が史上最高を記録したのは一九五八年で、約一一億二七四五万人。これを当時の総人口一人あたりの入場回数に換算すると約一二回。つまり、全国民が毎月一回必ず映画を見に行った計算になる。そして一九六〇年には製作本数五四七本（一年中休みなく製作して二日で三本）、館数七四五七館（返還前の沖縄をのぞく四六都道府県で平均一六二館）で、ともに頂点を極めた(2)。庶民の娯楽に選択肢がほとんどなかったとはいえ、当時「映画は娯楽の殿堂であり、大衆啓蒙の集会場であり、日本人が国際的に喪失して久しい文化的矜持を回復させてくれる絶好の媒体であった。」（四方田犬彦『日本映画史一〇〇年』）。

加うるに、昭和二〇年代から三〇年代は「文芸映画」の全盛期でもあった。「文芸映画」は一般に「文学作品を映画化したもの」をいうが、現代における教養主義の消長を問題にする歴史社会学の筒井清忠は、これを「究極的には、人間のモラルを問うた映画」ととらえる。「ふつうの市民が悩みながらモラルを問うていくとき、それは文芸映画というものになる」（「「文芸映画」と教養主義」）。

昭和三〇年代前半に「近松映画ブーム」があったこと、またそこでとりあげられた作品が「すべて世話物であったこと」の背景には、以上のような動向が反映していたものと思われる。ところが、当時「国民の娯楽」として絶頂期を迎えていた映画界は、このあと急速に衰退する。高度経済成長のさなか、映画にかわって台頭してきたのはテレビであった。

身近な放送メディアとしては、すでにラジオがあった。ラジオは一九二五年の放送開始以来、四半世紀をかけて聴取契約一〇〇〇万件を突破（一九五二年、NHK）。このころ「茶の間の主役」として黄金期を迎えていたが、一九五〇年を境に放送業界は大きく変わっていく。まず、同年に制定された放送法によってNHKが特殊法人に移行、民間放送が次々に開局していった。ついで、五三年にテレビの本放送が始まると、五九年の皇太子（今上天皇）ご成婚、六〇年のカラー化、六四年の東京オリンピック等をきっかけに、その普及・拡大が急速に進み、ラジオが二七年かけて達成した受信契約一〇〇〇万件という数字をわずか一〇年で突破してしまう（一九六二年）。ちなみに、「一億総白痴化」ということがいわれたのは、一九五八年ごろのことであった。

ラジオはその後、むしろ個人聴取を主とするメディアとしてよりパーソナルな傾向を強めていくことになるが、映画はテレビの出現によって大きなダメージを受ける。入場者数が史上最高（約一一億人）を記録した一九五八年からわずか五年、一九六三年には入場者数が半減し（約五億人）、産業としては衰退の一途をたどった。

こうしてみると、一九五〇年代後半から六〇年代前半の昭和三〇年代は、「家では家族そろってラジオを聴き、外では映画をよく見る」という娯楽のあり方が、徐々に「家族でテレビ、一人でラジオ。たまには映画も見る」というスタイルに変容していく過渡期だったということができる。

映画史のその後を考えれば、昭和三〇年代前半の「近松映画ブーム」なるものはあくまで一時的な現象にすぎない。だが、それでも当時全盛期にあった映画の影響力は、それ相当に大きいものがあり、商業演劇を中心に、映画化された近松作品を舞台化する動きが活発になっていく。

商業演劇とテレビの近松

以下、映画化された近松物に何らかの影響を受けていると思われる舞台作品やテレビ作品について、昭和三〇年代を中心にその概要を記す。

●「**大経師昔暦**」

一九五四・一一　大映京都　映画『近松物語』　主演／長谷川一夫・香川京子

一九五四・一二　菊五郎劇団『おさん茂兵衛』　主演／市川海老蔵・尾上梅幸　＊川口松太郎作品。映画とほぼ同時期の初演。

一九五七・一　新派『近松物語』主演／花柳章太郎・水谷八重子　＊川口作品を映画と同じタイトルに改題。以降、本作は新派の重要なレパートリーの一つとして再演を重ねていく。

一九六四・七　フジテレビ『おさん茂兵衛』　主演／山本富士子・中村賀津雄（現嘉葎雄）
一九六五・一〇　東宝歌舞伎『おさん茂兵衛』　主演／長谷川一夫・山本富士子
一九六七・五　山本富士子・中村扇雀特別公演『おさん茂兵衛』　主演／山本富士子・中村扇雀
一九六八・三　ＴＢＳ『おさん茂兵衛』　主演／池内淳子・中村梅之助
一九六八・六　美空ひばり特別公演『おさん茂兵衛―恋ごよみ京の花嫁』　主演／美空ひばり・林与一　＊原作は映画『近松物語』の依田脚本。

「おさん茂兵衛」物に関していえば、テレビ作品をのぞいて、すべて映画の『近松物語』、およびその原作たる川口松太郎作品の影響下にあるといってよい。当時はそれだけ映画の力が大きく、また作品としてもたいへん好評だったということを如実に物語っていよう。

●「**堀川波の鼓**」
一九五四・一一　歌舞伎『波の鼓』　主演／松本幸四郎・中村歌右衛門　＊北条秀司作品。
一九五八・四　現代ぷろだくしょん　映画『夜の鼓』　主演／三国連太郎・有馬稲子
一九五八・五　東宝歌舞伎『おたね』主演／花柳喜章・中村扇雀　＊北条作品を改題したもの。

●「**女殺油地獄**」
一九五七・一一　東宝　映画『女殺油地獄』　主演／中村扇雀・新珠三千代
一九五九・五　コマ歌舞伎『女殺し油地獄』　主演／中村扇雀・南悠子
一九六二・四　文楽『女殺油地獄』復活初演
一九六三・二　ＮＨＫ『女殺油地獄』　主演／片岡孝夫（現仁左衛門）・高森和子　＊片岡孝夫の出世作は翌六四

年七月、朝日座で行なわれた第三回片岡仁左衛門の会の『女殺油地獄』。

●「冥途の飛脚」

一九五九・九　東映京都　映画『浪花の恋の物語』　主演／中村錦之助・有馬稲子

一九六三・一〇　コマ歌舞伎『浪花の恋の物語』　主演／中村扇雀・有馬稲子　＊脚本は映画と同じ成沢昌茂。扇雀・有馬コンビは一九七〇年二月の『筑紫の恋の物語』（博多小女郎波枕より）でも共演している。

以上、近松物の映画とそれに関連する舞台作品・テレビ作品を拾ってみた。

歌舞伎の周辺に位置する商業演劇は、昭和三〇年代前半の映画界における近松ブームと連動して盛んに近松物を上演したが、その大半は昭和四〇年代に入ると下火となる。それ以降も人気が持続して再演されているのは、唯一「おさん茂兵衛」物だけである。

それにしても、昭和三〇年代の映画と商業演劇を通覧してみると、一九五三年の『曽根崎心中』で大ブームを巻き起こした扇雀の活躍ぶりが手に取るようにわかる。映画であれ舞台であれ、ここにあげた「大経師昔暦」「堀川波の鼓」「女殺油地獄」「冥途の飛脚」、そのすべてに出演しているのは扇雀ただ一人である。

中村扇雀とコマ歌舞伎

当時東宝に移籍していた扇雀は大阪梅田のコマ・スタジアムでしばしば近松物を演じている。『女殺し油地獄』（一九五九）、「生玉心中」を原作とする『悲恋おんな坂』（一九六〇）、梅川忠兵衛の『浪花の恋の物語』（一九六三）、「心中天網島」の『小春治兵衛』（一九六五）、『夕霧の恋』（一九六七）。いわゆる「コマ歌舞伎」である。

> コマ歌舞伎では宝塚歌劇団の春日野八千代さんや越路吹雪さん、江利チエミさん、淡島千景さん、有馬稲子さんなどほんとうにいろんな方と共演いたしました。演劇史の中でコマ歌舞伎と東宝歌舞伎を同じようなものと混同していら

っしゃる方も多いと思います。両方ともお芝居があって踊りのショーがあるからです。ですからここできちんとその違いを説明しておきたいと思います。コマ歌舞伎は小林一三翁が歌舞伎をもとにした国民劇を作るという信念を持たれて、洋楽を入れて作られた歌舞伎です。一方、東宝歌舞伎はスター同士が出演してスターが輝くスター芝居なのです。いまでいうキムタクのようにきれいで華やかなスターが出る芝居が東宝歌舞伎でした。

（坂田藤十郎『夢　平成の坂田藤十郎誕生』　傍点原文）

水落潔は「コマ歌舞伎」時代の扇雀について、次のように述べている。

コマ歌舞伎は毎回ゲストを迎えて行われた。ゲストの顔ぶれは多彩で歌舞伎、映画、宝塚、新派、新国劇などから多くのスターが出演した。

コマ歌舞伎で鴈治郎は大きな体験をした。その頃は今と違いまだ演劇界のジャンルの壁が残っていたが、それを越えて異分野の俳優たちと共演する機会に恵まれたこと、それを通じて純歌舞伎とは違った芝居や役の作り方見せ方を体得したこと、大衆の求める舞台とは何かということを実感したことである。

コマ歌舞伎で上演した演目分野の一つに歌舞伎狂言を大衆化した作品がある。（中略）これらは歌舞伎が敬遠される風潮の中で、歌舞伎をより砕いた形で見せる企画であった。（中略）これらの作品がいずれも近松作品であることが、今振り返ると暗示的である。

（「上方歌舞伎再興の狼煙」）

その後、松竹に復帰した扇雀は、一九八一年に近松座を結成、上方歌舞伎の継承者たらんとして近松を中心に既存作の練り直しや近松の歌舞伎作品の復活に取り組み、海外への歌舞伎の普及、また近松の知名度アップに大きな役割を果たすことになる。

一九五八年の近松（その一）〜新劇における近松〜

日本の近代演劇を担ってきた「新劇」は、ごく一部の例外をのぞいて、その思想的な立場から戦前・戦中と厳しい弾圧を受けてきた。戦後はその状況が一転し、いわゆる戦後民主主義の追い風を受け、「戦前には思いもしなかったわが世の春を謳歌」することになる（大笹吉雄『戦後演劇を撃つ』）(3)。

当時、新劇は三大劇団（文学座・俳優座・民芸）を中心に活発な公演活動を展開し、一九五四年前後には「当時の新劇団として、名実ともにトップランナーの位置にあった」（大笹）俳優座を母胎として、新人会・仲間・同人会・三期会（現東京演劇アンサンブル）・青年座などが次々に誕生。一九五六年には新劇団協議会（現日本劇団協議会）が「商業資本にたよらず自力で運営する非営利専門劇団の集まりとして、当時の代表的な新劇団を中心に約50劇団で結成され」ている(4)。劇団の結成・創立があいつぎ、上演活動が活発化した一九五〇年代は、まさに「新劇ブーム」「劇団ブーム」の時代であったといえよう。

さて、歌舞伎『曽根崎心中』（一九五三）、映画『近松物語』（一九五四）、文楽『曽根崎心中』（一九五五）と、あいつぐ近松物の復活・再評価の波は、折からのブームに沸く新劇界にも飛び火した。

一九五八・二　俳優座劇場　俳優座　『つづみの女』　作／田中澄江　演出／田中千禾夫
一九五八・四　大阪毎日ホール開場記念公演　文学座　『国性爺』　作／矢代静一　演出／戌井市郎

映画界ではすでに前年から近松ブームが始まっており、一九五八年四月には今井正監督の『夜の鼓』も公開されていた。

とはいえ、営利追求が主たる目的ではない新劇で、期せずして近松物の競演が実現した背景には、映画やテレビと連動（あるいは便乗）して観客動員をはかろうとする商業演劇とはまた別の論理と必然があったように思われる。

新劇が「劇団ブーム」の波に乗った一九五〇年代後半（昭和三〇年代）は、新劇と他ジャンル、とりわけ歌舞伎や狂言などの伝統芸能が、ジャンルの壁をこえ、相互に交流・越境を模索し始めた時期でもあった。

敗戦直後、一般的に見られた、アメリカの文化を民主的・進歩的とみなし、反対に古来の日本文化を封建的・反動的と否定する傾向がようやくおさまって、日本の伝統的な文化が再評価されるようになった。民族の文化遺産である伝統芸能を明日の国民文化の創造にどう活かすかという問題が、「伝統と創造」「伝統文化の批判的摂取」といったテーマで、進歩的文化人や若い芸能人を中心に真剣に論じられるようになった。（権藤芳一「現代の展望」）

そのさきがけとなった一人に、「歌舞伎再検討のための実験公演」を主導し、扇雀を世に送り出した武智鉄二がいる。以下、権藤の「現代の展望」によりながら、昭和三〇年前後の武智の動向について触れておこう。

伝統と創造　～武智鉄二の挑戦～

一九五四年一一月、武智鉄二は観世流の片山博太郎（一九三〇～、現九郎右衛門）、狂言大蔵流の茂山七五三（一九一九～、千五郎を経て現千作）・千之丞（一九二三～）兄弟、和泉流の野村万之丞（一九三〇～、現萬）・万作（一九三一～）兄弟、宝塚出身の女優萬代峰子らの出演で、狂言様式の『東は東』と能様式の『夕鶴』を上演している（新橋演舞場「能・狂言様式による創作劇の夕べ」）[5]。この公演はいささか異色であった。権藤いわく、「女優と狂言師が、狂言風とはいえ新劇を共演するということはかつてなかったこと」（東は東）であるし、「能楽師が能・狂言以外の演劇に出演すること、異なった流儀の者が共演すること、いずれも能楽史上かつてなかった出来事」（夕鶴）だったからである。だが、こうした異例尽くめの公演にもかかわらず、この公演は「ジャンルの異なった多くの人々の協力で（中略）実験劇の段階を超えて、芸術的な完成度をもった舞台」となった。

武智はまた、翌一九五五年一二月、東京産経会館において「円形劇場形式による創作劇の夕べ」を開催している。出演者の顔ぶれを見ると、関西オペラの浜田洋子、金春流の桜間道雄、観世流の観世寿夫・静夫兄弟、和泉流の野村万之丞・万作兄弟、大蔵流の茂山七五三・千之丞兄弟、新劇からは長岡輝子に岸田今日子など、これまた今考えると素晴らしく豪華なメンバーである。この「円形劇場形式による創作劇の夕べ」では、シェーン・ベルク（一八七四～一九五一）の最高傑作とされる『月に憑かれたピエロ』と三島由紀夫（一九二五～七〇）の『綾の鼓』が上演された。権藤は、特に『綾の鼓』の上演意義について、次の三点をあげている。第一に、出演者が能・狂言・新劇の混成であり、しかも若手のみならず人間国宝級の桜間道雄が出演したこと。第二に、能面を用いながら、登場人物が全員現代服を着て演技したこと。これは「全く前代未聞の発想であった。珍妙な格好のように思われるが、それぞれ十分に演出効果があった。」第三に、能楽師が戯曲に書かれた標準語の日常会話をそのまま語ったことである。

河竹登志夫は、戦後五〇年の舞台芸術の歴史をふりかえりつつ、やはり武智演出の「円形劇場形式による創作劇の夕べ」を高く評価している。

この実験劇はいろいろの点で、新しく画期的なもので、それ以降の現代演劇の萌芽をすべて内包していたといってもいい。（「舞台芸術の五十年」）

河竹はこのように述べ、幕も額縁もない「劇場空間の新しさ」と「ジャンルを越えた演者たちの共演による現代劇の創造」、とりわけ彼らが「伝統演劇再評価のうえに超近代の現代劇創造を志向」していた点に、大きな意義を見出している。

さて、「伝統演劇の再評価を踏まえて近代を乗り越える新しい現代劇を創造する」というテーマの延長線上にあるのが一九五六年の朝日放送ラジオ『現代語による義太夫―近松門左衛門』（義太夫／豊竹つばめ大夫（四世竹本越路大夫）、三味線／二世野澤喜左衛門）である。

日本の文学は、現代小説までをふくめて、すべて語り物としての伝統をふまえて書かれている。あらゆる小説は義太夫節になり、同時に浪花節にもなる。現代語義太夫『瓜子姫とあまんじゃく』『近松』、浪花節『きりしとほろ上人伝』の実験は、その実証のためでもあったのだ。（武智鉄二「私の演劇コレクション」）

武智が構成・演出したこの実験的な作品は、当時芸術祭音楽部門（ラジオ）団体奨励賞を受賞し、翌五七年一月には舞台でも初演されている。

古典芸能と新劇の接近

こうした異種格闘技のような「実験」はまた、武智鉄二の周囲でも盛んに行なわれるようになっていった。たとえば、狂言和泉流の野村兄弟は戦後間もなく「冠者会」を起こし(6)、一九五七年一二月には『楢山節考』(演出／岡倉志朗・横道萬里雄)を上演している。また、大蔵流の茂山兄弟は、その同じ年に「狂言小劇場」を始めている。その趣旨は、第一に古典狂言の新しい演出による上演。第二に古い台本の復活上演。第三に狂言の技術を用いた現代戯曲の上演であった。その第一回公演に取り上げられたのは木下順二の『二十二夜待ち』である(茂山千之丞『狂言役者―ひねくれ半代記』)。ちなみに、茂山兄弟は狂言小劇場時代から毛利菊枝(一九〇三～二〇〇一)の主宰する劇団くるみ座(一九四六年設立)とも共演しており、一九六四年五月にはくるみ座の『つづみの女』(俳優座初演作品、大阪サンケイホール)に出演している。

あるいは、能の観世栄夫(一九二七～二〇〇七)。彼が武智鉄二と共同で野外劇『アイーダ』を演出したのは一九五八年のことである。栄夫はその後、一九六六年の劇団自由劇場の旗揚げにも参加し、一九七〇年には兄の寿夫(一九二五～七八)、弟の静夫(一九三一～二〇〇〇、八世銕之丞)、狂言の野村万之丞・万作兄弟、新劇の山岡久乃・関弘子、演出家の石澤秀二・渡辺守章らとともに「冥の会」を結成している。

今でこそ狂言師や能役者が現代劇の舞台に立つことなど珍しくも何ともないが、しかし、そうなるためにはかなりの年月を要した。右のような試みも当時すんなり受け入れられたわけではない。それどころか、和泉流と大蔵流の共演ですら当時の能楽界からすれば「掟破り」の所業であり、能・狂言様式による『東は東』『夕鶴』から一〇年たった一九六四年時点でも茂山兄弟の「日生歌舞伎」出演(演出はやはり武智鉄二)にクレームがついて、能楽協会や家元がこれに介入、除名騒ぎまで起きている。にもかかわらず、分野の越境・横断・交流、ことに古典と現代との融合あるいは創造的出会いというテーマは、もはや動かしがたい時代の要請であった。

これを新劇サイドから見ると、新劇史上初めて歌舞伎俳優と合同公演をもったのは文学座であった。一九五七年八月、文学座は八代目松本幸四郎（一九一〇〜八二）(7)一門の参加を得て福田恆存（一九一二〜九四）の『明智光秀』を上演した。本作は『マクベス』をもとにした新作で、「新劇が歌舞伎とシェイクスピアを同時に学び取ろうとする欲張った実験」作であったが、興行的にも大成功を収め、当時九三・九%という大入りを記録している。

（翌年の文学座『国性爺』は――引用者注）これを受けて近松の現代化を図ったもので、矢代静一の大胆な近松解釈や歌舞伎役者の指導やチョボと人形の使用などを同時につめ込んだやはり欲張った舞台だった。しかし、演出の戌井自身が「演出が形式主義に流れ、その様式も支離滅裂で大失敗」（戌井・四十周年座史）と認めているように完成された舞台とはとても言えなかったが、今から思うと、ほとんど無謀と思われるこれほどの実験を敢えて強行したエネルギーは認められていいと思われる。

（安堂信也「冒険と実験に充ちた時代」）

この時期の文学座は、写実を主とする新劇に「格調と様式美」を採り入れようとして、ミュージカル、歌舞伎、フランス古典悲劇などに学ぶ「実験公演」を盛んに行なっていた。西村博子も指摘するように、「当時新劇界は、それまでの翻訳劇や現実を映す写実劇ないしリアリズム劇から、古典をいかに摂取するか、ようやく手の届く課題として意識にのぼってきた時期であった」（「国性爺合戦――小山内薫から野田秀樹まで」）。一九五八年の新劇二大劇団による近松物の競演は、まさにこうした「冒険と実験に充ちた時代」の産物だったということができる。

だがしかし、新劇団によるこの種の「実験」は、残念なことに「そのいずれもが一回限りで終って」いる（安堂）。特に文学座の場合、『明智光秀』に続く『国性爺』が作品的にも興行的にも失敗に終わったこともあって、新たな課題に粘り強く取り組んでいこうとするところまで行かなかった(8)。むしろこの時期、新劇をはじめとする現代演劇にとって重要な意味を持つのは、安保闘争の一九六〇年、文学座アトリエ公演で上演（日本初演）されたサミュエル・ベケット（一九〇六〜八

九、一九六九年ノーベル文学賞受賞）の『ゴドーを待ちながら』（一九五三年初演）であろう。現代演劇に対してベケットの『ゴドー』が与えた影響は計り知れないものがある。が、当面我々の課題ではない。先を急ぐことにする。

一九五八年の近松（その二）〜ラジオドラマにおける近松〜

二大新劇団があいついで近松を上演した一九五八年、ラジオでも非常にユニークな試みが行なわれていた。

一九五八・六　毎日放送「ラジオ・アカデミーホール」『ラジオ・イリュージョン　心中天の網島』　脚色・演出／吉村保三　音楽（音響構成）／武満徹　出演／高橋昌也・寺島信子・山岡久乃　語り／野村万作

一九五八・一一　毎日放送　『らじお・いりゅーじょん　心中天の網島』　脚色・演出／吉村保三　音楽（音響構成）／武満徹　出演／中村鴈治郎・中村富十郎・中村扇雀

毎日放送『心中天の網島』六月バージョン（三〇分）は国際演劇月参加作品で、現代劇（新劇や声優等）の俳優をメインに狂言の野村万作がナレーターとして参加したもの。また一一月バージョン（四五分）は芸術祭参加作品で、歌舞伎俳優をメインに義太夫が入る構成になっている。

一九五〇年代前半に黄金期を迎えたラジオは、テレビの普及・拡大にともなって、むしろ個人聴取を主とするメディアとしてパーソナルな傾向を強めていくことになるが、かといって、それが即ラジオの衰退につながったわけではない。テレビが盛んになってからは、ラジオはラジオ独自の世界を模索しはじめた。詩劇もその一つである。（中略）テレビの出現以来、ラジオドラマというものは、大衆芸術であるよりもむしろ、音を愛する特定の聴取者のために創られる、という傾向がみえてきた。（『芸術祭十五年史』）

『NHK年鑑1958』（ラジオサービスセンター、一九五七・一二）にも、一九五六年ごろから「放送詩劇に対する一般の要望がかなり盛んになって来た」という記述が見える。当時、「放送詩劇」なるものがどれほど注目されていたか、その様子を戦後六〇年の芸術祭受賞作（放送部門もしくはラジオ部門）でたどってみると次のようになる(9)。

一九五七年　芸術祭賞　ＮＨＫ　放送詩劇『いちばん高い場所』
　　　　　　奨励賞　ラジオ九州　放送詩劇『魚と走る時』
一九五八年　奨励賞　ＮＨＫ　叙事詩劇『日本の天』
一九六〇年　奨励賞　ニッポン放送　放送詩劇『叫び』
一九六三年　芸術祭賞　ＮＨＫ　立体詩劇『東天紅幻想譜』
一九六四年　奨励賞　毎日放送　放送詩劇『心臓にて』
一九六五年　芸術祭賞　東京放送　放送詩劇『飛翔』
一九六八年　芸術祭賞　文化放送　ラジオのためのポエム『小笠原からあなたへ』
　　　　　　奨励賞　青森放送　三味線による叙事詩『狼少年』
一九七〇年　優秀賞　文化放送　ラジオ・ポエトリー『ジャンボ　アフリカ』

「放送詩劇」と銘打った作品が芸術祭賞に登場するのは一九五七年が初見である。だが、このジャンルは一九七〇年を最後に芸術祭受賞作から完全に姿を消す。してみると、昭和三〇年代から四〇年代半ばまでの十数年間が「放送詩劇の時代」だったということができそうである。

一九五八年の毎日放送『ラジオ・イリュージョン／らじお・いりゅーじょん　心中天の網島』もまた、「ラジオドラマ」というよりは「詩劇」に近い。その一一月バージョンは音源の一部（上之巻「河庄」相当部分）が奇跡的に発見され、『武満徹全集』第五巻（小学館、二〇〇四・五）に収録されている。それにしても、好評につき「再演」「再放送」というならともかく、半年もたたないうちに放送時間を拡大、配役も大きく変更した別バージョンを新たに制作し、しかもそれを芸術祭参加作品と銘打って世に送り出すあたり、制作サイドの並々ならぬ意気込みと自信のほどが感じられる(10)。

当時のラジオのドラマ制作は、NHK・民放ともにまことに活気に満ちていました。各局競って意欲的な、前衛的な、時には奇想天外な試みもずいぶんやっていました。スポンサーの側も、当時は今と違って、視聴率といった化物よりも、ドラマそのものの出来の方に、より深い関心を払っていたに違いありません。（茂山千之丞『狂言役者―ひねくれ半代記』）

こうして、ラジオドラマの現場から、必ずしも「万人向けの娯楽」ではない、実験性の強い前衛的な作品が生み出されるようになっていった。毎日放送の『ラジオ・イリュージョン／らじお・いりゅーじょん』もその一つであった。

『心中天の網島』と武満徹

だがそれだけに、本作が当時どれほど多くの人の耳をとらえたのか、はなはだ疑問ではある。管見の限りでは、本作に言及したものはほとんど見当たらない。正直なところ、私の生まれる前の作品でもあり、今回近松関係の上演記録を調査するまで、私もその存在をまったく知らなかった。しかしながら、今回調査を進めてみて、本作は戦後の近松受容史を把握する上で決して無視できない作品だと思うようになった。こういう作品は、たとえ視聴率が低くても、聴く人は聴くのである。作品の質や歴史的な意義が、視聴率や観客動員数といった統計的な数字だけで測れないのはいうまでもないが、本作の場合、むしろ誰の耳にとまったかということが決定的に重要だった。

近松受容史における『ラジオ・イリュージョン／らじお・いりゅーじょん　心中天の網島』の意義は、まず何よりも本作をきっかけとして、戦後映画史にその名を刻むすぐれた作品が誕生したことである。それは篠田正浩監督の『心中天網島』（一九六九、主演／中村吉右衛門・岩下志麻）である。篠田正浩（一九三一〜）は毎日放送の『ラジオ・イリュージョン／らじお・いりゅーじょん』のうち、とりわけ一一月バージョンに触発され、後に『心中天網島』を撮ることになったと語っている（『私が生きたふたつの「日本」』など）。映画『心中天網島』については昭和四〇年代のところで詳しく述べるが、『ラジオ・イリュージョン／らじお・いりゅーじょん』の詩劇的実験精神が若き日の篠田監督の心をとらえたことは間違いない。本作は芸術祭賞こそ逃したものの、それだけインパクトのある意欲作だったということができる。

その際、武満徹（一九三〇〜九六）の存在を無視することはできない。

武満が亡くなってすでに一〇年が過ぎた。二〇〇六年は武満没後一〇年にあたる。今でこそ日本を代表する作曲家として世界的に著名な武満も、当時は初のオーケストラ作品である『弦楽のためのレクイエム』[11]を世に送り出したばかり（一九五七・六、東京交響楽団定期演奏会、指揮／上田仁《まさし》）。来日したストラヴィンスキーが同作を絶賛し、武満の名が内外から注目されるようになるのは一九五九年のことである。

当時、まだ知る人ぞ知る存在であった武満は、『弦楽のためのレクイエム』初演の翌年、四月は文学座の『国性爺』、六月と一一月は毎日放送の『ラジオ・イリュージョン／らじお・いりゅーじょん』、一年で三本の近松関係の舞台・放送音楽（音響）を担当。そしてその一〇年後、今度は篠田監督の映画『心中天網島』において、音楽ばかりか脚本にまで深く関与することになる。そう考えると、一九五八年の前衛的・実験的な放送詩劇を創造面で主導した人物は、「音の詩人」[12]武満徹その人だったのではないかと推測される。

瀧口修造と武智鉄二

篠田正浩と武満徹はほぼ同年代だが、篠田監督がインスピレーションを感じたという義太夫入り『らじお・いりゅーじょん』には、もう一人同世代の人物が関わっている。それは『曽根崎心中』で一躍「時の人」となった中村扇雀（一九三一〜）である。いずれも演劇・音楽・映画、それぞれの分野で後世名を成した人々ではある。だが、「一九五八年の近松」で私が特に興味深いと思うのは、実は若き日の武満や扇雀以上に、彼らの師にあたる人々のほうである。

戦後、ほとんど独学で作曲を始めた武満が『弦楽のためのレクイエム』作曲以前、「実験工房」というグループに属していたことはよく知られている。一九五一年に結成された「実験工房」は、詩人で評論家、また自身造形作家でもあった瀧口修造（一九〇三〜七九）を「精神的支柱」(13)として、武満徹・湯浅譲二・園田高弘・秋山邦晴らが、ジャンルをこえて前衛的な芸術創造活動を展開したユニークな芸術家集団であった。

いうまでもないことだが、瀧口は武満の作曲上あるいは音楽上の師ではない。その方面なら、むしろ清瀬保二（一九〇〇〜八一）の名をあげるべきかもしれない。だが、その清瀬にしても、武満に対しては「決まりきった和声学レッスンなどそっちのけにして、もっぱら芸術論を語り続けた」という（小宮多美江『近現代日本の音楽史　一九〇〇〜一九六〇年代へ』）。そして芸術論ということになれば、瀧口修造の影響を看過することはできないだろう。「作曲家」という以上に詩的な感性をもつ「芸術家」であった武満にとって、瀧口修造という人は芸術上の師であり、「精神的な師」（小沼純一『武満徹―その音楽地図』）ともいうべき立場にあったのである(14)。

一方、扇雀についていえば、やはり武智鉄二の存在を看過することはできない。一九五二年「関西実験劇場」に区切りをつけ、翌五三年の『曽根崎心中』で扇雀の飛躍を見届けた武智鉄二は、一九五四年から五五年にかけて、能・狂言・現代劇そして現代音楽を横断・越境する実験的な演劇活動を行ない、伝統芸能と現代演劇の交流や伝統芸能のなかの異流合同等、時代に先駆ける業績を発表していた。特に各方面から注目を集めたのは、先述した「円形劇場による創作劇の夕べ―月に憑かれたピエロ・綾の鼓―」（一九五五・一二、東京産経会館）である。この公演は「演劇関係者よりも革新的な音楽家・美術家から注目された。」（権藤「現代の展望」）というのだが、それはおそらく、武智に先んじて『月に憑かれたピエロ』を上演していた「実験工房」グループのことを指しているものと思われる（一九五四・一〇、山葉ホール、指揮／入野義朗）(15)。実際、「能楽と狂言とを現代劇と現代音楽とに結び付けた」武智の「勇敢な実験」性に深い理解を示し、「日本の新しい詩劇の誕生にとって、多くの貴重な契機をひきだすことができるのではないか」と述べ、これを絶賛したのは瀧口修造その人であった（「伝統と創造」）(16)。

戦前はシュル・レアリスムを紹介・実践し、戦後は「実験工房」を率いて若き日の武満に多大な影響を与えた瀧口修造。戦中は私財を投じて「断絃会」を主宰、戦後は歌舞伎再検討のための「関西実験劇場」を主導して、やはり若き日の扇雀に多大な影響を与えた武智鉄二。もちろん、「関西実験劇場」（一九四九〜五二）と東京の「実験工房」（一九五一〜五七）は活動時期にもズレがあり、相互に交流した形跡はない。だが、当の武智が「能と現代演劇」という文章のなかで、滝口の「伝統と創造」を自ら引用しているように、武智と瀧口がそれぞれの芸術運動を意識しあっていたことは疑いようのない事実である。そして彼らをつなぐものは、何よりも新時代にふさわしい「新しい詩劇」創造への強い意欲と実験精神だったのではないかと思われる。

その意味でいうと、一九五八年一一月の『らじお・いりゅーじょん』は、ささやかながら一つの「事件」であった。やや大げさにいえば、一九五八年の『心中天の網島』は武智・瀧口の精神を受け継ぐ新しい世代による「新しい詩劇」創造の試みだったともいえよう。

当事者はそんなことなど全く意識していなかったかもしれない。また、それが後世どのような影響を及ぼすか、考えもしなかったに違いない。私の知る限り、武満の『らじお・いりゅーじょん』を聴き、これに触発された人物が二人いる。一人は武智鉄二である。武智は本作を気に入っていたらしく、一九六一年六月、草月会館で行なわれた第五回武智鉄二作品発表会において『紙治』を上演した際、吉村保三の脚本と合わせてわざわざ武満徹の音楽を使用している（出演／御木きよら・川口秀麗）。そしてもう一人が篠田正浩である。「このドラマを聴いて、闇の中から聴こえてくる浄瑠璃の台詞が、こんなにも音楽的なのかと驚きました。僕は、これは映画によるオペラになるなと思いました。」（篠田正浩「武満徹―音の森への旅」）

かくして、東西二つの「実験精神」が出会い、火花を散らした『らじお・いりゅーじょん　心中天の網島』は、武満や扇雀と同年・同世代の篠田正浩をインスパイアし、約一〇年後、映画『心中天網島』を生み出すことになる。

なお本作は、武満が邦楽器（太棹三味線）を用いた最初の曲であるという（『武満徹全集』五）。そして、これまた約一〇年後のことだが、武満の代表作として名高い作品が誕生する。一九六七年一一月、ニューヨーク・フィル創立一二五周年を記念して委嘱・初演された『ノヴェンバー・ステップス』である（指揮／小澤征爾）。琵琶と尺八とオーケストラによる『ノヴェンバー・ステップス』は、その後世界中で演奏され、武満の名を世界に知らしめることとなった。そうした意味でも、一九五八年の『らじお・いりゅーじょん　心中天の網島』は、小品ながら武満の音楽世界に邦楽器使用の道を開いた記念すべき作品であったといえよう。

その他

その他、昭和三〇年代に上演された近松物としては次のようなものがある。

一九六三・一〇　愛知文化会館　名古屋演劇集団（現劇団演集）『心中宵庚申』脚本・演出／松原英治　考証／藤野義雄

本作は、東京・大阪以外の都市で活動する新劇団が、オリジナル作品で近松に取り組んだ戦後最初期の事例として特筆にあたいする。

戦後の近松物の上演状況を調べてみると、意外にも名古屋での取り組みの多いことがわかる。その淵源は劇団演集にある。たとえば、一九六三年の『宵庚申』で主役を演じた木崎裕次は、一九九四年の松原英治没後三〇年記念公演において『宵庚申』と『油地獄』をもとにした新作『夢はうつろい散りぬれど』を演出している。また、近年の例では、当時演集に所属していた西川好弥が自身の主宰する芝居語り「葦《よし》の会」で近松物に取り組んでいる。このように、名古屋新劇界草創期の指導者であった松原英治と劇団演集に学んだ人々が、後年、名古屋演劇界のリーダーとして再び近松に取り組むといった例が散見される。名古屋における近松は、こうした「人と人とのつながり」でもって継承されており、しかもそれが三〇年、四〇年の間隔を置いて浮上するところがユニークである。

一九六四・四　道頓堀朝日座　文楽『心中刃は氷の朔日』復活初演　改修・演出／山口広一

一九六四・六　歌舞伎座　『心中刃は氷の朔日』復活初演　脚色・演出／戸部銀作

この時期、それがなぜかは不明だが、「心中刃は氷の朔日」が文楽・歌舞伎でほぼ同時に復活されている。本作は部落差別に触れるところがあり、内容上そもそも無理を承知の上演だったようだが、一九六四年の復活後、再演されることなく結局お蔵入りとなった。

一九六四・六　東宝劇場　東宝劇団　『新作・国姓爺』　脚本／千谷道雄・他　演出／菊田一夫　出演／松本幸四郎・山本富士子

この公演は山本富士子念願の東京初舞台であり、八代目幸四郎との東京初顔合せとして企画されたものだったが、当時の劇評（『読売新聞』一九六四・六・一〇、夕刊）によれば、『新作・国性爺』の舞台は歌舞伎風、ミュージカル風、コメディ風、京劇のアクロバット風と、趣向が盛り沢山で印象が散漫な上、義太夫と洋楽を掛け合いで用いるなど、「和・洋・中」が融合せず、話題性の割に不評であった。

昭和三〇年代寸評

昭和三〇年代前半は、折りしも映画の最盛期にあたり、映画界での近松ブームと連動してスター中心の大劇場（商業演劇）でも盛んに近松物が上演されるようになった。これに対して昭和三〇年代後半は、新劇ブームのなかで新劇と旧劇、あるいは古典と現代の接点を模索する動きが起こり、その文脈で近松が取り上げられた。またこの時期は、ちょうどテレビの草創期にあたり、娯楽の中心が映画とラジオからテレビに移行していく過渡期でもあったが、そうしたなかから詩劇としての近松を模索する動きも出てきた。

このように、昭和三〇年代は歌舞伎・文楽以外に、映画・商業演劇・新劇・ラジオドラマ・テレビドラマといった多種多様なチャンネルを通して近松が拡大・普及・浸透しつつ、その裾野の広がりと量的な拡大を背景に、先駆的・前衛的・実験的な試みが行なわれた「模索の時代」であった。

ちなみに、これまた時代の必然というべきであろうが、昭和三〇年代前半は近松研究史上、重要な節目にあたっている。近松研究に「悲劇論」という新たな視座をもたらし、同時代はもちろん後世に多大な影響を与えた廣末保（一九一九〜九三）の『近松序説』（未来社）が刊行されたのが一九五七年。そして翌五八年から五九年にかけて、旧・日本古典文学大系『近松浄瑠璃集』（岩波書店）が刊行されている（上巻は一九五八・一一、下巻は一九五九・八）。なお廣末には、『近松序説』以前に、芭蕉・西鶴・近松を取り上げて元禄文学の成立を論じた『元禄文学研究』（東京大学出版会、一九五五・五）があることを忘れてはなるまい。これらはいずれも、一九五〇年代初頭の「近松生誕三〇〇年」や「国民文学論」等々の熱気の中から生まれた大きな「成果」といえよう。

それを思えば、一九五〇年代は、学問的にも芸術的にも、熱気と活気にあふれた時期であり、それ以前と以後とで、まさに画期的な時代であった。特に五〇年代後半（昭和三〇年代）は、敗戦後の急激な欧米化の反動もあって、演劇・映画・音楽をはじめ「学・芸」全般で「日本的なるもの」に対する再評価の波が押し寄せた時代だったということができる。

第三章　一九六五〜一九七四　昭和四〇年代

近松物の新作上演数の推移を見ると、戦後六〇年間は全体的に増加傾向を示しているが、それでもやはりいくつかの波がある〔巻末「表1」および「グラフ3」参照〕。昭和三〇年代前半にひとつのピークがあり、その後、三〇年代後半から四〇年代前半まで減少傾向が続く。前章、昭和三〇年代の記述がその前半に偏っているのはそのためである。

具体的にいえば、昭和三〇年代前半の五年間で一七本あった新作近松は、三〇年代後半で一二本（これは二〇年代後半と同水準）、四〇年代前半で八本と、一〇年で半減している。一年ごとの平均値でみれば、ピーク時に年三本以上あった新作は、二本そして一本と減っていった計算になる。

「アングラ」小劇場の時代

ちょうどこの頃、ということはつまり一九六〇年代ということになるが、演劇界では「アングラ」と呼ばれる小劇場系の劇団が次々に誕生し、現代演劇史に新たな一頁を刻む一大ムーブメントを形成していた。その先駆けとなったのは、唐十郎の状況劇場である（一九六二年結成）。その後、東京オリンピック（一九六四年）前後は新劇界で劇団の解散・合同・結成があいつぎ、一九六六年には鈴木忠志の早稲田小劇場、あるいは佐藤信・串田和美らの劇団自由劇場（その拠点となる地下劇場にアンダーグラウンドシアターの名を冠す）などが誕生している。ちなみに、同時代の音楽シーンに目を向けると、そこにはロック史上に燦然と輝くビートルズがいる。一九六二年にデビューしたビートルズは、六四年にアメリカ上陸を果たし、世界中を席巻。六六年には熱狂の渦のなか、来日公演を行なっている。

演出家の藤原新平（文学座）はこのような時代状況をふりかえり、次のように述べている。

一九六〇年代後半の社会情勢には、そのあらゆる分野で、七〇年代に向かってなだれ込んでいく奔流のような激しさがみられた。六〇年代に未解決の諸々の矛盾が、対立が、そのまま持ち越され、六〇年代後半に加速度的に危機意識を増大させながら、七〇年代に起こるべきカタストロフィを目指して疾走しているかのようであった。それはほとんど全世界的規模に及び、例えば中国の文化大革命、第三次中東戦争、ベトナム反戦運動の急速な拡大、学生運動の高揚などをあげることが出来る。世界は明らかに変革を求めつつ七〇年代を迎えようとしていたのである。

日本もまたその例外では勿論なく、社会、文化状況は明らかに動いていたし、演劇の世界もまたそうした状況に敏感に反応しつつ大きなうねりを見せようとしていた。「小劇場」と呼ばれる新しい演劇勢力が従来の演劇状況を切り裂きつつあった。

（「激動の時代」）

あるいは、扇田昭彦は次のように述べている。

小劇場運動の担い手たちの共通体験として見逃せないのは、彼らの多くが学生時代に参加した一九六〇年の安保闘争、正確には日米安全保障条約改定を阻止するための闘争である。一九六〇年前後の熱い「政治の季節」は、圧倒的な力で当時の演劇青年たちを激しい渦の中に巻き込んだのだ。（中略）

六〇年代の小劇場運動の背景に、濃淡の差はあっても、かなり普遍的にこうした「闘争体験」があったことは注目していい。ことにそれが、六〇年安保闘争をきっかけに、日本共産党などの既成革新政党とは絶縁して、新しい急進的な前衛組織を作ろうとした新左翼のグループが登場した時期の闘争体験だったことは重要である。鈴木や唐の例が示すように、小劇場運動の担い手たちの多くが左翼だったわけではない。しかし、彼らが新劇の大手劇団に入ろうとはせず、苦しくても自前の小劇団を結成した動きは、時代の動向としては、新左翼の諸党派の動きと確実に並行していた。

（『日本の現代演劇』）

当時、小劇場をとりまく状況は非常に厳しいものがあり、「新聞、情報誌、テレビなどのマスコミが小劇場の新しい才能を積極的に後押しするような一九八〇年代以降の状況とはまるで違う、貧しさと無名と孤立無援の中で彼らは道を切り開かなくてはならなかった」（扇田）というのだが、彼ら小劇場運動を担う若手演劇人がそうまでして求めたのは、いったいどのような演劇であったのか。以下、再び藤原新平「激動の時代」から引用する。

これらの小劇場もしくは劇団の、いわゆる「小劇場」派の主張は、それぞれちがいはあったが、総括的に言えば——（一）近代演劇は文学的な言語の演劇であり、演劇は演劇独自の劇的言語を持つべきである。（二）従って近代演劇は戯曲（文学）中心主義であり、演技はその戯曲の内容、意味、思想、主題への奉仕、仲介的役割にすぎず、俳優は「役」という他者のキャラクターを描写するにすぎない。俳優の肉体こそ真の劇の言語であり劇性そのものである。（三）従来の「新劇」のそのような近代的認識と方法によっては、今日の世界と人間とを正しく把握し、提示することは不可能である。——という批判にほぼ集約される（1）。

アングラの時代と南北

新劇が劇団の分裂・再編で激しく揺れていた一九六四年、鶴屋南北の「四谷怪談」が新劇で初めて、しかもあいついで上演されている。

一九六四・七　厚生年金会館　発見の会・演劇座合同公演『四谷怪談』作／廣末保　演出／瓜生良介

一九六四・一一　都市センターホール　俳優座『四谷怪談』台本／小沢栄太郎・石澤秀二　演出／小沢栄太郎

「新劇」という名の近代演劇を批判して一大ムーブメントとなるアングラ時代の先触れとして選ばれたのは、残念ながら近松ではなく、鶴屋南北だった。誰が選んだというのではない。いわば「時代の無意識」が選んだのである。変革を求める新興勢力によって既存秩序が激しい批判と攻撃にさらされ、社会全体が動揺・混乱する時代に最も似つかわしいのは、近松ではなく南北だったというわけである。

両者の本質的な相違について、今はまだ十分な議論を展開する用意はないが、社会秩序や価値観が混乱する「乱世」＝混乱期に注目を集めるのが南北劇だとすれば(2)、近松のほうは、社会が安定期に入って保守化する中で矛盾や閉塞感が立ち込めてくる、そういう時期に注目されるのではあるまいか。それは元禄期の近松と文化・文政の南北という、そもそも彼らの置かれた時代環境に起因する相違であるとも考えられるが、いずれにしろ近松と南北は、時代を読む一つの有効な指標たりうるのではなかろうか。

さて、昭和三〇年代前半に映画界で近松ブームがあったことは先述の通りだが、実はほぼ同じころ、「四谷怪談」も映画界で頻繁に作られていた。この時期に公開された映画には、毛利正樹監督の『四谷怪談』(一九五六、新東宝)、三隈研次の『四谷怪談』(一九五九、大映京都)、中川信夫『東海道四谷怪談』(一九五九、新東宝)、加藤泰『怪談お岩の幽霊』(一九六一、東映京都)、豊田四郎『東海道四谷怪談』(一九六五、東宝)等がある。

映画界の近松ブームが昭和三〇年代前半に集中し一九六〇年で終焉するのに対し、「四谷怪談」は平均して二年に一本の割合で製作されており、いわば新劇界の動揺とアングラ時代の幕開きを先取りしていたともいえる。

南北はその後、一九七〇年前後、特に一九七一年に映画や新劇でブームとなっている。

一九六九・六　大映京都　映画『四谷怪談・お岩の亡霊』　監督/森一生
一九七〇・九　転形劇場　『桜姫東文章』　演出/太田省吾
一九七一・二　松本プロ・ATG　映画『修羅―盟三五大切』　監督/松本俊夫
一九七一・四　現代人劇場　『東海道四谷怪談』　演出/蜷川幸雄

一九七一年は『鶴屋南北全集』(三一書房)の刊行が始まった年でもある。南北劇があいついで上演・上映された背景には、あるいはそういうこともあるかもしれないが、それだけではないだろう。

七一年春に蜷川が演出した鶴屋南北の『東海道四谷怪談』もユニークだった。蜷川はこの作品を伝統演劇としてではなく、完全な現代劇として上演した。会場となった四谷公会堂の壁と床は七百枚のムシロでおおわれ、丸太の支柱が立ち、まるで昔の小屋がけの芝居のような雰囲気だった。中央には死を象徴する彼岸花が咲き乱れるT字型の舞台兼花道が組まれ、それを三方から客席が取り囲んだ。音楽にはロックのピンク・フロイドの「原子心母」とエルトン・ジョンが使われた。ここでは浪人の伊右衛門（蟹江敬三）は理想にはぐれ、貧しさに追いつめられて自虐的に転落していく元学生運動の闘士という感じで演じられた。「ぼくたちの思想状況と南北が不思議なほどつながる」という蜷川の解釈から生まれた舞台だった。

蜷川だけでなく、六〇年代末から七〇年代前半にかけて、小劇場系劇団は好んで鶴屋南北の劇を上演した。鈴木忠志は南北劇の断片を織り込んで『劇的なるものをめぐって』（七〇年）、『夏芝居ホワイト・コメディ』（同、演劇組織「兆」公演）などの舞台を構成・演出したし、転形劇場の太田省吾も南北の『桜姫東文章』を二度にわたって（七〇年、七一年）演出している。中心的な価値基準が破綻した世界とそこに生きる人間の葛藤と愛憎を描く南北の劇世界は、小劇場の演劇人たちの気分にぴったりはまったのである。（扇田『日本の現代演劇』）

新劇史上初めての「四谷怪談」から間もないこの時期、南北が集中的に上演された背景にあるのは、一九六八年の日大紛争、あるいは国際反戦デー新宿騒乱事件、一九六九年の東大闘争・安田講堂事件、一九七〇年のよど号ハイジャック事件、激化する安保闘争、三島由紀夫の自決、そして一九七一年には三里塚闘争が激しさを増し、一九七二年には連合赤軍の大量リンチ殺人事件や浅間山荘事件が起きる――そういったことの数々が影響しているように思われる。そして驚くべきことに、舞台や映画で南北が集中的に取り上げられた一九七一年、近松関係の新作はただの一作も上演されていない。

戦後六〇年間で近松物の新作が舞台にかからなかった年は、私の調べた限りにおいて、一九四五年と一九四七年、そして一九七一年の三回しかない。終戦直後はともかく、戦後「奇跡」ともいわれる復興を果たし、一九六四年に東京オリンピックを成功させ、一九六八年にはGNP／国民総生産が世界第二位の経済大国になったこの時期、巷はいざなぎ景気（一九六六〜七〇）で沸き立っているにもかかわらず、近松関係の新作はただの一作も上演されなかった。このころ注目を集めたのは、むしろ南北だった。

小谷野敦もいうように、「本来六〇年代的なカウンターカルチャーとアングラ演劇のなかで見直されたのは、後期の歌舞伎や浄瑠璃の、荒唐無稽、筋立ての錯雑、要するに近代的な自然主義が排斥したものであった」。これに対して「近松の世話物は、虚心に見ればカオス的なものとは程遠い。だから六〇年代アングラ演劇が参照したのは近松より南北だった」のである（「近松神話の形成序説」）。そういえば、雑誌『国文学』で「近松と南北」という特集号が組まれ、南北の可能性が再評価される一方、武智鉄二が「近松に関する国粋的評価が、むしろ実質を上廻っている」（「現代にとって近松・南北とは何か」）と指摘したのも、ちょうどこのころであった(3)。

このようなわけで、昭和四〇年代前半は、近松物にあまり見るべき取り組みがないのだが、これが四〇年代後半になると、一九七三年の近松没後二五〇年忌もあって、新作近松が急増し、戦後第一のピークをなした昭和三〇年代前半とほぼ同じ水準にまで回復する。そのため、一〇年単位で見ると、昭和四〇年代の新作数は結果的に昭和三〇年代とほぼ同水準を維持することになる〔巻末「表1」および「グラフ3」参照〕。

一九六九年の近松（その一）〜『女殺油地獄』〜

アングラ時代にはあまり日の目を見なかった近松だが、一九六九年にはそれ以降の新作急増のさきがけとなる作品が二作、ほぼ同時に初演・公開されている。その一つは、佐藤信・串田和美・吉田日出子らの劇団自由劇場（一九六六年結成）による『女殺油地獄』である。

一九六九・五　アンダーグラウンドシアター自由劇場　劇団自由劇場『おんなごろしあぶらの地獄―二幕のモーターサイクル・ミュージカル』　作・演出／佐藤信

新劇・小劇場を含む現代劇の分野で「女殺油地獄」が上演されたのは、これが初めてではない。戦後もっとも早い例としては、一九六五年一一月、手織座の『女殺油地獄』（作・演出／大西信行）がある。だが、六五年にしろ六九年にしろ、ほとんど近松が注目されない「騒乱の時代」に上演されたのが「女殺油地獄」であったことはたいへん興味深い。ちなみに、一九六九年八月は国立小劇場、翌七〇年三月は国立大劇場で、片岡孝夫（現仁左衛門）の与兵衛、大谷ひと江（七世嵐徳三郎）のお吉で『女殺油地獄』が上演されている。こうしてみると、やはり「時代が要請する作品」というものがあるのではないかと思われる。

以下、近藤瑞男の「近松『女殺油地獄』の享受―明治期から鐘下辰男まで」に拠りつつ、明治から平成にいたる「女殺油地獄」の享受史について概観しておこう。

初演以来再演記録のない「女殺油地獄」が「発見」されたのは、明治末〜大正期である。「爛熟せる元禄の文明が生むだデカダンス」（内山夕虹）と評された「女殺油地獄」の主人公河内屋与兵衛は、明治四四年（一九一一）、小山内薫と二世市川左団次の自由劇場で取り上げられ、さらに大正八年（一九一九）、十三世守田勘弥の文芸座でも上演されている。自由劇場の新作『河内屋与兵衛』について、作者の吉井勇は、「近松の『女殺油地獄』を読んだ時、与兵衛といふ青年の性格が新しいと思つたのが抑もの始り」で、「新しき青年を出したい」（描きたい）というのが「此作の主要なる目的なのです」と述べている。近藤はいう。

『女殺油地獄』が、大正期の演劇界に新風を巻き起こした二つの運動、自由劇場と文芸座によって注目され、取り上げられたのは偶然ではないだろう。そこに描かれた与兵衛という人物の行為の中に、社会の因習、家庭の抑圧から飛び出した奔放さを見出だしたからに違いない。「新しい青年の発見」という大正期の思想が、この作品を再確認させたのである。

時代は下って戦後の昭和二四年（一九四九）、中村もしほ（十七世中村勘三郎）の与兵衛は、「終戦まもなくの激しい価値観の変動の中で、与兵衛の無軌道な行動が、現実感をもって受け入れられた」。また、中村扇雀が主演し、「与兵衛の名を戦後の人々の間に広めるのに、大きな役割を果たした」昭和三二年（一九五七）の映画『女殺油地獄』では、「無秩序な現実を映し出すような若者として、与兵衛が存在した」。その後も、「アプレからドライ、あるいは太陽族と、言葉は異なって行ったにせよ、与兵衛は時代の不良青年の姿をダブらせながら演じられ、受け止められてきた」。近年も「衝動的な殺人事件を描くこの作品の中に現代性をかぎとり、破壊的なエネルギーを受け止めた」小劇場系劇団がたびたび「女殺油地獄」を上演している。

近藤はこうした上演史をふりかえり、「与兵衛という人物が、どれだけ歌舞伎の人物類型からはみ出し、新鮮な人物に映ったのか」。「与兵衛の歌舞伎の人物類型からはみ出した個性が、このように時代の興味を引いたに相違ない」と述べている。

「女殺油地獄」と南北

前進座の演出家で近松座の結成にも関わった高瀬精一郎は、「女殺油地獄」の延長線上に南北を透かし見る。

異色作「女殺油地獄」の与兵衛は、ただ一人、自分にやさしかった隣人お吉を殺す。この殺しに至る二人の関わり方にも、自らが意識しない深層の性の衝動があり、出合いから殺しまで、妖しい糸で織りなされている。

この世紀末的な男の生きざま、魔に魅入られたかのような、暗く残忍な人間の不可思議さを、近松は自分で生み出しつつも、慄然としていたのではないか。（中略）

この享保から百年のちに、四世鶴屋南北の「東海道四谷怪談」が生まれている。

南北は、文化・文政に至って、時代（ロマン）と世話（日常性）をないまぜにして、世の不条理を浮び上らせた。

それは、あの「女殺油地獄」の与兵衛の、不気味な黒い淵に立つさまを、白昼の往来に引き出して動かし始めたとはいえないだろうか。（中略）

南北は、近松から百年の後に生きて活躍した人だが、彼は、近松が書いた「女殺油地獄」の与兵衛に見る世紀末的な人間像の、さらに複雑化したそれを、パロディ化し、ひっくり返して、世の地獄にせまった。

近松から南北へ、とは少し飛躍に過ぎるようだが、私にはどうもそう思えるのである。

（『〈新装版〉近松からの出発』）

昭和四〇年代半ば、表現者のテーマは、「性」と「暴力」、そして「狂気」だった。それはまた、アングラに批判・攻撃された既成新劇にも大きな影響を及ぼした。

一九七〇年、文学座はアトリエ活動の再検討をはかり、新たな一歩を踏み出す。『文学座通信』一九七〇年九月号に掲載された「匿名行為的演劇を排す・アトリエ宣言」は、「伝統的な〈新劇〉を身近に持ちながら、〈新劇〉ではない彼等の活動を一方に強く意識しつつ、我々の模索は始まることになる」。そのとき「我々の舞台を占めるのは、憎悪であり反逆であり狂気であり暴力であるだろう」と記している。「匿名行為的演劇」とは、戯曲を最優先する従来の新劇のありようそのものを指す。つまり新劇内部にも、そうした「新劇らしさ」を排して、演じる者の身体（肉体）に根拠《リアリティ》を求めようとする動きがあらわれてきたのである。再び『文学座五十年史』から引用すれば、彼らが目指したのは、「いわく〈暴力的反抗〉、〈流血〉、〈狂気〉そして〈愛〉。いずれも肉体を根底におく想像力の世界であった。」（長崎紀昭「エリザベス朝演劇から創作劇へ」）。

既成秩序に対する反逆と破壊、性と暴力、近代批判。にもかかわらず、救済も革命も起こりえない現実——。そう考えてみると、南北劇があいついで上演される時代状況下で、手織座や自由劇場が近松作品の中ではかなり異色なところのある「女殺油地獄」を選択したことは非常によく理解できるのではなかろうか。

一九六九年の近松（その二）〜映画『心中天網島』〜

一九六九年に発表されたもう一つの近松作品、それは篠田正浩監督の映画『心中天網島』である。

一九六二年に設立されたＡＴＧ／日本アートシアター・ギルドは、一〇〇〇万円（当時の一般的な映画製作費の三分の一から五分の一）程度の小規模予算ながら、実験的で芸術性の高い作品を多数送り出してきた。本作もそうした作品の一つである。

一九六九・五　表現社・ATG 映画『心中天網島』　監督／篠田正浩　脚本／篠田正浩・富岡多恵子・武満徹　音楽／武満徹　主演／中村吉右衛門・岩下志麻

篠田正浩の『心中天網島』は、そのモノクロームの映像と、琵琶や太棹にガムランなどを使用した武満徹の音楽。さらに、映画でありながらそれを異化するような演劇的なセット（美術／粟津潔）やスクリーンに映し出される不気味な黒衣の存在などが相乗効果をもたらし、物語の背後に「異形の闇」を感じさせる、独特の味わいをもった作品に仕上がっている。

篠田監督いわく、「人間の内発する不条理な情念はいつの時代も、時代を越えて人間の不可知な部分を提示してくれる」。「近松にとっても、この人間の不可知さが劇の中心主題であり、（中略）自らに刃を当てた心中ものたちに時代の裂け目を見出したことは想像にかたくない。」

私にとって映画の手がかりは黒衣（くろご）であった。舞台の黒衣は相対死につきすすむ男女を助け、あるいはうながしながらカタストロフに導いてゆく。それは私たちのカメラの眼でありその男女の秘密をのぞきこみたい観客の欲望の代行者であり、そして、作者近松門左衛門その人である。黒衣のあの真の暗闇の不気味さと物いわぬ姿こそ、心中という甘美で反社会的な世界を作りあげた、悦楽者にして偉大な涙の持主である近松のもう一つの表情ではあるまいか、と私は思ったからである。

（「心中天網島考―虚実皮膜の現代的意義」）

先に述べたように、映画『心中天網島』誕生のきっかけは、少なくともその一つは、一九五八年一一月の『らじお・いりゅーじょん　心中天網島』（毎日放送）にあった。それは間違いない。だが、相手が「近松」だからといって、篠田は何も「名作古典文芸映画」を撮ろうとしたわけではない。それどころか、篠田にとって、関が原以後百年の経済成長によって生まれてきた元禄時代と、明治百年という意識の中で語られる現代（昭和元禄）とは、見事なまでに重なり合っていた。

時代の進歩と繁栄のなかに矛盾や虚偽がはびこり、絶望もまた深まっていく――「近松にとって元禄という時代は繁栄の時代ではなくて絶望の発見の時代」であった（「黒子《ママ》の発想」）。それゆえ「近松門左衛門は決して古典の作家ではなくて、私と同じ現代を共有したとしか考えられない」（「古典の映画化―内なる古代的なものの発見」）。篠田はそう述べている。あるいは、尾崎宏次のことばを借りれば、篠田にとって「近松にかえることが現代にたつこと」なのであった（「作品研究　心中天網島」）。当然のことながら、そこには反社会・反体制的な視点がある。ちなみに本作には、寺山修司の天井桟敷も出演しており、折からのアングラ・ムーブメントとも密接に連関している様子がうかがえる。

かくして、一九六九年の『心中天網島』は、アングラ・ムーブメントに象徴される反体制的な「時代の空気」を多量に吸い込んで、娯楽でも痛快でもない、またいわゆる時代劇ですらない、映画史上に残る傑作となった。品田雄吉いわく、映画『心中天網島』は「古典的であると同時に前衛的であり、伝統的であると同時に近代的であり、そのすべてであることによって、みごとに成功した」のである（「篠田正浩のなかの情念について」）。

以上、「一九六九年の近松」として、自由劇場の『女殺油地獄』と映画『心中天網島』をとりあげたが、実際、昭和四〇年代に初演された新作二六本のうち、「女殺油地獄」を原作とするものが最も多く、次に多いのが「心中天網島」であった（巻末「表2」参照）。もちろん、実数でみるとさほど「多い」というわけではない。だが、新作総数で昭和四〇年代と大差ない昭和三〇年代の場合、取り上げられる近松作品は多岐にわたり、特定の作品に関心が集中するといった現象は見られなかった。いわば昭和四〇年代は、近松受容（とりわけその作品選択）に一定の方向性が見え始めた時代であったということができる。

没後二五〇年の近松（その一）

誕生当時「アングラ」と呼ばれ、社会的には異端視された小劇場運動も、一九七〇年代に入ると、それなりに市民権を得、それとともにブームも一段落する。扇田昭彦もいうように、唐十郎の『少女仮面』が一九六九年度の岸田戯曲賞を受賞した後、同賞は「もっぱら小劇場系の劇作家ばかりが受賞し、劇作面での現代演劇の中心軸は新劇から小劇場へと移っていくことになる」（『日本の現代演劇』）。そうして、小劇場を代表する唐十郎の状況劇場がまさに全盛期を迎えていた頃――一九七三年はちょうど近松没後二五〇年であった。昭和四〇年代の前半はほとんど上演されなかった近松も、さすがに没後二五〇年とあって、「記念」の冠をつけた公演が初演・再演含め、数多く行なわれることになった。

この時期の一つの特色として、小劇場系（アングラ系はもちろん、新劇系の小規模な非商業演劇を含む）の近松物の増加があげられる。以下、概略を記す。

一九七二・三　大阪・島之内小劇場　劇団プロメテ　『白無垢死出立恋路闇黒小袖』
一九七二・一〇　俳協ビル　えふえふしい72企画　『現代瓦版・男殺し油地獄』
一九七三・一　早稲田大学その他　河原乞食　『心中天網島』
一九七三・四　ジァンジァン　国際青年演劇センター　『歌暦今曽根崎』
一九七三・六　アートセンター新宿文化　花柳幻舟　『残・情死考』
一九七三・一〇　大阪・朝日生命ホール　人形劇団クラルテ　近松人形芝居シリーズその一『女殺油地獄』

増えた、といっても高々この程度ではある。だが、小規模な劇団あるいは小劇場で近松を取り上げるということじたい、それ以前にはまったく見られなかったことを思えば、わずかでも「前進」といえよう。このうち、注目すべきは大阪の人形劇団クラルテ（一九四八年創立）である。私が調べた範囲では、歌舞伎・文楽以外で一つの劇団が継続的に近松に取り組んだケースというのは、クラルテ以前には存在しない。つまりクラルテは、日本ではじめて近松をシリーズ化した劇団、ということができる。

人形劇団クラルテの「近松人形芝居」シリーズ一覧

以下、現在にいたるクラルテの一連の取り組みを掲出しておこう（※は再演、もしくは改訂版）。

一九七三・一〇　朝日生命ホール　人形劇団クラルテ創立二五周年記念・近松二五〇年忌　近松人形芝居その一『女殺油地獄』　脚色・人形美術／吉田清治　演出／上畑裕俊　＊大阪文化祭賞受賞。

一九七四・九　大阪郵便貯金ホール　近松人形芝居その二『出世景清』　脚色／吉田清治　演出／上畑裕俊

＊大阪文化祭奨励賞、大阪府民劇場奨励賞受賞。

一九七五・一〇　朝日生命ホール　近松人形芝居その三『女・俊寛・牛若―平家女護島』　脚色・演出・美術／吉田清治

一九七六・一〇　朝日生命ホール　近松人形芝居その四『お夏清十郎 五十年忌歌念仏』　脚色・演出・美術／吉田清治

一九七七・一〇　朝日生命ホール　近松人形芝居その五『おさが嘉平次 生玉心中』　脚色・演出・美術／吉田清治

一九七九・一〇　オレンジルーム　近松人形芝居その六『曽根崎心中』　脚色・演出・美術／吉田清治

一九八五・一〇　近鉄小劇場　近松人形芝居その七『関八州繋馬』　脚色・演出／吉田清治　美術／万玉秀樹

※一九八七・九　鹿児島（会場不明）　近松人形芝居その八『女殺油地獄』改訂初演　脚色・演出・美術／吉田清治

一九八八・一〇　国立文楽劇場　創立四〇周年記念　近松人形芝居その九『国性爺合戦』　脚色・演出・美術／吉田清治　＊大阪文化祭賞、十三夜会月間奨励賞受賞。

一九九二・七　岸和田マドカホール　近松人形芝居その一〇『丹州千年狐』　脚色・演出・美術／吉田清治

一九九三・一〇　ピッコロシアター　近松人形芝居その一一『七人の将門』　けいせい懸物揃より　脚色・演出・美術／吉田清治
一九九七・一〇　テイジンホール　近松人形芝居その一二『紅葉狩り剣のゆくゑ』　紅葉狩剣本地より　脚色・演出／東口次登　美術／菅賢吉・永島梨枝子・西島加寿子　＊大阪新劇団協議会美術賞受賞。
二〇〇〇・一〇　大阪フェスティバルホール・リサイタルホール　近松人形芝居その一三『頼光・四天王伝説』嫗山姥より　脚色・演出／東口次登
二〇〇四・一〇　テイジンホール　近松人形芝居その一四『ＴＥＮ・ＡＭＩ—心中天網島』　脚色・演出／東口次登　美術／永島梨枝子

以上、クラルテは一九七〇年代に六本、八〇年代に二本、九〇年代に三本、二〇〇〇年以降二〇〇五年までに二本の新作を初演。約三〇年間で一三本の新作近松を世に送り出している。同劇団の「近松人形芝居」シリーズは一四回を数えるが、ここに『女殺油地獄』の改訂版が一回含まれているので、実質的な新作は一三本となる。
権藤芳一は、クラルテの近松物について次のように述べている。

文楽のような精巧さはないが、写楽の役者絵を思わせるグロテスクなまでに誇張された怪奇な人形の首が物語っているように、粗野で荒々しく土俗的な味があるが、内容的には原作に忠実である。脚色・演出は吉田清治。毎回話題になっているが、特に「出世景清」と「国性爺」が好評だった。（「関西での近松物上演—歌舞伎・文楽以外の」）

とはいえ、クラルテは近松の専門劇団ではない。シェイクスピアもやればブレヒトもやる。子供向けや家族向けの作品も多い。一九八一年には「日本の古典人形芝居」シリーズとして、新たに『小栗判官』や『阿弥陀胸割』といった説経・古浄瑠璃系統の作品をレパートリーに取り込んだこともあって、八〇年代以降、クラルテが新作近松を発表するペースは鈍化した。にもかかわらず、一つの劇団がこれほど長期間、近松に取り組んでいるケースは他に例がない。またクラルテは、一九七九年一月の創立三〇周年記念公演に『出世景清』『お夏清十郎 五十年忌歌念仏』『女殺油地獄』を連続上演したり、創立四五周年の九三年には『国性爺合戦』で全国ツアーを行なうなど、節目節目で近松を主軸に据えた活動を展開し、存在感をアピールしている。

なお、クラルテを筆頭とする関西演劇界の近松に対する粘り強い取り組みは、後年裾野を広げ、一九九五年以降最近一〇年間で見ると、新作本数で東京をしのぐほどになる〔巻末「表3」および「グラフ4」参照〕。その意味でも、一九七三年に始まるクラルテの「近松人形芝居」シリーズは押さえておく必要がある。

没後二五〇年の近松（その二）

一九七三年の近松没後二五〇年。小劇場はもちろん、大劇場や大手新劇団でも近松没後二五〇年にちなむ記念公演が盛んに行なわれた。

一九七三・一　明治座　『恋草からげし―遊女梅川』　作／野口達二　演出／松浦竹夫　主演／山本富士子・林与一

一九七三・六　帝国劇場　『心中二枚絵草紙―恋の天満橋』　脚本／野口達二　演出／松浦竹夫　主演／山本富士子・中村扇雀

一九七三・六　名古屋市民会館　文学座　『おさい権三』　作／水木洋子　演出／戌井市郎　主演／杉村春子・江守徹　＊東京初演は七月。八月は国立大劇場で。その後、翌年にかけて全国巡演。

この年は野口達二の近松物が二本、立て続けに上演されている。明治座の『遊女梅川』、帝劇の『恋の天満橋』。いずれも、演出は文学座出身の松浦竹夫、主演女優は山本富士子である。野口達二によれば、『恋の天満橋』は「成就した心中、未成就に終わったもの、そして取締りが厳しくなり、ふたりが別々の場所で時刻を決めて果てるという三つの姿を「曽根崎心中」

と「心中二枚絵草紙」の二作を織りまぜ」て描いた作品で、本作の構想が後に秋元松代作・蜷川幸雄演出の『近松心中物語』（一九七九）に継承されていったのだという（『野口達二戯曲撰』）。

また、文学座は同年六月、『恋の天満橋』と競演するかたちで、戌井市郎演出による『おさい権三』を上演している。一九五八年の『国性爺』以来、久しぶりの近松物である。本作は八四年に『近松女敵討』と改題され、権三を演ずる江守徹自身の演出で再演を重ねていく。そして三演目の八八年、芸術祭賞を受賞。文学座の重要なレパートリーの一つとしてその地位を確立する。

それにしても、俳優座の『つづみの女』（一九五八）といい、文学座の『おさい権三』といい、大手新劇団はなぜ「姦通物」を好むのか？　いや、俳優座や文学座だけではない。商業演劇でも「おさん茂兵衛」をはじめ、いわゆる「姦通物」は根強い人気がある。それはおそらく、観客層と関係がある。実際、客席を埋めているのは圧倒的に女性が多い。しかも商業演劇の場合、その大半は既婚女性と思われる。その傾向が決定的となったのは、高度経済成長の時代といわれている。高度成長を支える男性（勤労者）の足が劇場から遠ざかる一方、高度成長にともなう都市化の波と生活スタイルの激変によって「暮しと時間に余裕を持ちはじめた女性（多くは主婦層）が観劇行動を活発化させ」、「客席の八割は女性に占められるようになった。」（木津川計「芸能とマスメディア」）。もしそうであるならば、「遊女の恋愛」よりごく普通の「人妻の恋愛」を描いた作品のほうが多くの観客にとって身近であり、その興味・関心にも合致し、結果的に安定した集客力が期待できる、ということになろう。

ちなみに、田中澄江（一九〇八～二〇〇〇）の『つづみの女』について、夫で劇作家の田中千禾夫（一九〇五～九五）は次のように述べている。

人妻の姦通は、終戦後の新しい題目として、むしろ猟奇的な関心をあつめていたが、作者はこれに対し、カトリックとして当然のことながら反対意見を述べたのである。女主人公のよろめきを肯定する。しかしそれを自然の本能として寛大にゆるすのが、人間的であるかのような当時の唯物的解釈に抵抗し、その責任を自ら負いしかも追求する精神を女主人公に与えた。この厳しさは目をおおわせるものがある。
（『田中澄江戯曲全集』一）

田中がいうように、「人妻の姦通は、終戦後の新しい題目」であった。一九五七年の三島由紀夫『美徳のよろめき』は同年映画化もされ（日活、監督／中平康、主演／月丘夢路・三国連太郎）、そこから「よろめき族」「よろめきドラマ」なる流行語まで生まれた。『明治・大正・昭和の新語・流行語辞典』によれば、この言葉は「戦後の性の解放と、不貞を物につまずきよろめく程度の軽い行為としたところに流行の原因がある。」という。しかし、田中澄江はこうした風潮に対して「ノー」を突きつけた。姦通物にまつわるイメージや人々の予想や期待を裏切るような作品を書いた。それが一九五八年の『つづみの女』であった。ただ、逆にいうと、世の中にそうした風潮があったからこそ、大手では「姦通物」が好まれた、ともいえよう。

事は文学座とて同様である。戦後、近松に初めて取り組んだ『国性爺』（一九五八）で大きな失敗を経験している大劇団としては、やはり興行的にリスクが少なく、制作サイドにとって安心感のある作品を選ぶことも重要だったのではなかろうか。実際、『おさい権三』初演当時の文学座は、「財政的な苦境に立たされていた」。

劇団の財政危機は、七三年の「女の一生」によってひとまず解消されたのだが、このあたりから、興行的にも破綻をきたさない作品と上演形態という問題が重要になって来た。赤字を出さない公演というものが是非とも必要になり、同時に、観客動員の数を増やしていくことが急務となってくるわけだ。
（小林勝也「文学座第三世代」）

いま話題にしている文学座の『おさい権三』は一九七三年六〜八月。そして劇団の財政危機を乗りこえることができたという『女の一生』はその直後、九〜一二月の公演であった。その意味でいうと、「近松没後二五〇年」の演目として、文学座の『おさい権三』は妥当な選択であったといえよう。

没後二五〇年の近松（その三）

さて、近松没後二五〇年の一九七三年六月は、それこそ近松の当たり月で、『恋の天満橋』『おさい権三』の他に、前進座が「近松劇場」と銘打って『おさん茂兵衛』『女殺油地獄』『俊寛』の三本立て公演を行ない、各地を巡演している。管見によれば、「近松劇場」という呼称を用いたのは、前進座が最も早い例かと思われる。だがしかし、当時の『演劇界』（一九七三・七）所収「演劇界新聞」は、没後二五〇年の近松について次のように記している。

各方面でさかんに上演される近松作品ですが、実のところそれが大きな気運となって近松門左衛門の価値が今日的に再検討され、見直されるというまでに到ってはいません。

かつて、大正十二年の「近松没後二〇〇年記念」では、大阪朝日新聞が主体になった〝近松原作上演研究会〟ができ、二つの全集がほぼ同時に発売され大きな反響をよびおこしたことと考え併せると、今年の二五〇年忌、単なる興行上のキャッチフレーズにしか使われていない憾みがあることは残念です。

なるほど、そういう面もないではない。とはいうものの、先に述べたように『恋の天満橋』のような企画が後年、同じ帝劇の『近松心中物語』につながっていったと考えることもできるわけだし、文学座の『おさい権三』も再演・三演を重ねていく。また、人形劇団クラルテの息の長い取り組みもこの年に開始されていることなどを考えあわせれば、近松没後二五〇年を記念する数々の取り組みのうち、いくつかはそれなりに評価してよいのではないだろうか。

そして翌年、東京の国立劇場では、関西の俳優総出演による原作通りの『心中天網島』が上演された。

一九七四・六　国立劇場　『心中天網島』　出演／二世中村鴈治郎の治兵衛・中村扇雀の小春・片岡我童（没後十四世仁左衛門追贈）のおさん・十三世片岡仁左衛門の孫右衛門

この公演では大詰の「大長寺」も原作通り、つまり治兵衛が小春を刺し殺し、みずからは縊死する場面を見せた。だが、映画ならともかく、歌舞伎の舞台としては（当然のことながら）賛否両論であった。

ちなみに、歌舞伎や文楽の新作上演活動は昭和三〇年代でピークを迎え、昭和四〇年以降は、一九六六年の国立劇場開場も手伝って、全般に古典志向が強まっていったといわれている(4)。その結果、歌舞伎では復活狂言が増加し、文楽では戦後復曲された近松物がくりかえし再演されることになる。いわば一九七四年の『心中天網島』は、前年の没後二五〇年効果（近松再評価）のあらわれであると同時に、そうした古典志向の中で行なわれた実験公演であったということができる。

なお、一九七三年に関して少々補足しておくことがある。この年、演劇界では近松物が多数上演されたが、舞踊や音楽関係ではさほど目立った動きは見られなかった。そのなかでおそらく唯一、しかも記録の残りにくい場所で異色の試みが行なわれていた。

一九七三・一一〜一二　日劇ミュージックホール　「白い肌に赤い花が散った」　●『女殺油地獄』　出演／五月美沙・舞悦子　●『心中天網島』　出演／松永てるほ・松原武　●『女腹切り—長町女腹切より』　出演／高見緋紗子

『女殺油地獄』はミュージック・コンクレート（具体音楽）と映像、前衛舞踊で構成され、『心中天網島』はミュージック・コンクレート、映画、地唄舞の組み合わせ、最後の『女腹切り』は歌舞伎風に上演された。演出は武智鉄二、振付は川口秀子。「このような形で、天才近松門左衛門を顕彰したいと思います」。武智は日劇の公演パンフレットにそう記している（「近松の三つの作品」）。

日本古典文学全集『近松門左衛門集』の刊行とその波及効果

戦後も三〇年近く経過して一九七五年前後になると、歌舞伎・文楽は保守化してより古典劇としての性格を強め、他方、現代劇の分野では、小劇場を中心に比較的自由に近松に取り組む傾向が生まれる。それとももう一つ、この時期には音楽や舞踊の世界で大きな変化が生じたことも述べておく必要があろう。

先ほど、一九七三年の近松没後二五〇年は、これらの分野でさほど目立った動きはなかったと述べた。実際、音楽方面では、近松をもとにした新作は戦後三〇年間でたったの三曲。ほぼ皆無といってよい状況であった。ところが、昭和五〇年（一九七五）を境に音楽関係の作品が激増する。特に一九七六年に関西で「近松を世界にひろめる会」が発足したことによって、近松を題材にした楽曲が次々と発表されるようになる。以降、現在にいたる三〇年間で約四〇曲、一〇年単位でみても、コンスタントに一〇数曲（平均して二年で三曲ほど）が作曲・初演されている。

また舞踊界でも同様の傾向が見られる。昭和二〇年代から四〇年代までの三〇年間、近松を取り上げるのはほぼ完全に邦舞に限られていたが、一九七五年前後からモダン、ジャズ、バレエ等々、洋舞の分野でも盛んに近松物が上演されるようになる。

中でも「曽根崎心中」をもとにした新作は、音楽界・舞踊界問わず群を抜いており、たとえば音楽界では、一九七五年以降現在までに一〇数曲が発表されている。これは音楽関係の新作近松全体の約四割を占める（それ以前には七一年、東京混声合唱団によって初演された高橋悠治作品『道行』があるのみ）。また舞踊界でも「曽根崎心中」人気は著しく、一九七四年の今岡頌子作品『お初―天神森の段』を皮切りに、約二〇作品が初演されている（なお、音楽関係・舞踊関係の近松物については次章で詳しく述べる）。

これまた没後二五〇年効果の一つ、と言ってさしつかえないと思われるが、忘れてはならないのはテクストの問題である。この時期、一九七三年の没後二五〇年をはさむ一九七二〜七五年に、旧・日本古典文学全集『近松門左衛門集』（小学館）が刊行されている。本集は近松の世話物二四篇を網羅し、詳しい注と現代語訳もついていたため、第一巻（一九七二・三）は二〇刷、第二巻（一九七五・八）は一九刷を記録するなど、かなり広範に普及したようだ（実売部数は非公開につき詳細不明）。興行的には「近松没後二五〇年」という掛声も重要だが、この時期に「読みやすく、親しみやすいテクスト」が出版されたことの意義は大きい。とりわけ、これから近松に取り組もうという若い世代、あるいは現代音楽や舞踊に携わる人々にとって、こういうテクストがあるのとないのでは大違いである。その意味で、本集が昭和五〇年代以降の近松受容において、そのさらなる普及と再評価に相当寄与したことは、まず間違いないものと思われる。だが、旧・古典全集本は世話物しか収録していなかったため、ただでさえ世話物に偏っていた受容傾向に、さらに拍車がかかってしまったのも事実。小学館の旧・古典全集、功罪相半ばというところだろうか。

その他

このほか、ユニークな取り組みとしては、四国放送のテレビシリーズがある。

一九七〇・九〜一二　四国放送　カラーテレビ映画「木偶」シリーズ

本シリーズは前進座の六世瀬川菊之丞、新派の波乃久里子、狂言の茂山千五郎（現千作）・千之丞等を語り手に起用した、義太夫節によらない「文楽人形劇」である。近松物としては『吃又（傾城反魂香）』『曽根崎心中』『心中宵庚申』『女殺油地獄』が放送されたほか、『三十三間堂棟由来』『お軽勘平』『絵本太閤記』等がある。地方局の制作だけにかえってユニークな作品が生まれたわけだが、今これらを見ることができないのは残念である。歴史的にも価値あるシリーズとして、できることなら保存・公開・再放送、あるいはＤＶＤ化等を望みたい。

それはさておき、一九五〇年代以降、ほとんど毎年のように制作・放送されてきたテレビやラジオの近松物は、一九七三年の近松没後二五〇年を待つことなく、一九七一年、ＮＨＫラジオ第一放送の長寿番組「日曜名作座」（出演／森繁久弥・加藤道子、音楽／古関裕而）で放送された「近松」シリーズ（心中天網島、丹波与作、堀川波の鼓）を最後に、視聴者の前から遠ざかっていった。

ちなみに、一九五六年は経済白書で「もはや戦後ではない」とされた年。そして一九七三年は第四次中東戦争によるオイルショックで長らく続いた高度経済成長時代に終止符が打たれた年。つまり、近松受容史におけるテレビ・ラジオの時代は、まさに戦後の高度成長と歩みをともにしたということができる。

当時、映画の全盛期はとうに過ぎており、スクリーンの上で近松物の新作を目にする機会はほとんどなかった。そして昭和四〇年代半ばには、テレビやラジオからも近松物が姿を消す。以降、近松関連作品はテレビでも映画でも、単発的にしか取り上げられなくなる。そのかわり、と言ってはなんだが、没後二五〇年以降は近松物の舞台が急激に増加していくことになる。

昭和四〇年代寸評

昭和四〇年代前半は日本が社会的・政治的に大きく動揺し、演劇界でもアングラと呼ばれた小劇場運動が勢いを得たこともあって、近松物の新作はほとんど発表されなかった。終戦直後をのぞけば、戦後最低の落ち込みを記録したのがこの時期で、とりわけ東京以西の落ち込みは厳しいものがあった〔巻末「グラフ４」参照〕。

これが四〇年代後半になると、社会も一定の落ち着きを見せはじめ、一九七三年の近松没後二五〇年を一つのきっかけとして、近松再評価の機運が盛り上がり、新作活動も再び活発化の兆しを見せる。とはいえ、そういった動きが本格化するのは、あくまで昭和五〇年代以降である。いわば昭和四〇年代は、テクストの問題も含め、現代における近松受容がセカンド・ステージを迎えるための準備期間、あるいは助走期間であったということができよう。

第四章　一九七五～一九八四　昭和五〇年代

急増する新作近松

一九七三年の近松没後二五〇年を経て、昭和も五〇年代に入ると、近松への取り組みは以前にもまして活発化し、歌舞伎・文楽・商業演劇・新劇・小劇場はもとより、音楽・舞踊など、多種多様なジャンル・領域で近松物が上演されるようになる。

いや、分野が広がっただけではない。本数もまた飛躍的に増大した。演劇だけをみても、昭和五〇年代は五五本もの新作が上演されている。これは昭和四〇年代（二八本）と比べてほぼ倍増。しかも昭和三〇年代、四〇年代が横ばい状態だったので、五〇年代はそれ以前二〇年間の実績（五五本）をわずか一〇年で達成したことになる。

たしかに、「没後二五〇年効果」ということは考えられる。しかし、この現象は必ずしもそれだけで説明がつく問題とは思えない。ちなみに、次の一〇年はさらに増えて、当期の倍近い作品が上演されている（一〇二本）。つまり、昭和四〇年代から五〇年代、六〇年代（昭和末から平成初年の一〇年）と、近松関係の新作は一〇年単位で倍増していったということになる。そしてその水準は次の一〇年も維持され、ミレニアム以降最近五年間（二〇〇〇～〇四）でいうと、平均して年一一本以上もの新作が上演されている現状がある〔巻末「表1」および「グラフ3」参照〕。

そう考えると、昭和五〇年代は現在にいたる近松物の繁栄（あるいは氾濫?）の基が築かれた時代、ということができる。問題は、それがどのようにして可能になったのか、それを可能にした昭和五〇年代はいったいどのような時代であったのか、ということである。

一九七〇年代の演劇状況

扇田昭彦は七〇年代の演劇状況について、次のように述べている。

一九七〇年代のつかこうへいの人気は大きく、一時は七〇年代演劇＝つかこうへい、というイメージさえあった。つかの登場によって、小劇場演劇はあざやかに「笑いのある演劇」、つまり「喜劇」の方向に転換した。それまでは前衛好みの知的な若者たちのものだった小劇場演劇を、広く人気をあつめるポピュラーなジャンルに一気に拡大したのも、つかこうへいである。それは何よりもつか個人のユニークな才能のためだったが、同時に彼の演劇が一九七〇年代という時代の波長によく同調していたからでもある。つかの感受性が時代の気分を先導していた部分もあった。

（『日本の現代演劇』）

七〇年代の日本は、中東情勢の変化によって二度のオイルショックを経験している。一九七三年の第四次中東戦争、七八〜七九年のイラン革命。中東情勢が大きく変わるたびに、石油資源を中東に依存する先進諸国はオイルショックに見舞われた。とりわけ日本は第一次オイルショックの影響で戦後初のマイナス成長を記録（一九七四年）。長らく続いた高度経済成長は、ここに終止符が打たれた。

とはいうものの、国民が生活に「豊かさ」を感じるようになったのは、高度経済成長の時代より、むしろオイルショックの後だった。日本が国民総生産で世界第二位になった一九六八年当時、国民一人あたりのGNPはブラジル並みの二〇位で、その頃はまだ国民が豊かさを実感する余裕はなかったのである。

私が日本は豊かな国と思うようになったのは、第一次オイルショックを乗り切った一九七〇年代半ばである。ちなみにエズラ・ヴォーゲル『ジャパン・アズ・ナンバーワン』が日本でベストセラーになったのは、一九七九年であった。

（中村『戦後史』）

実際、総理府（現内閣府）の「国民生活に関する世論調査」で、自分の生活程度を「中」とみなす人が国民の九割をこえたのは一九七三年のことである(1)。たしかにオイルショックは国民生活に混乱と不景気をもたらした。だがそれも、そう長くは続かなかった。オイルショックによって右肩上がりの高度成長の時代に別れを告げた日本は、それ以降八〇年代後半に始まるバブルの時代まで、持続的な「安定成長」の時代に移行。その内実はともかく、日本は国民の大多数が豊かさを享受する社会になったということができる。

つかこうへい（一九四八～）が『熱海殺人事件』を初演したのはちょうどこの頃である（一九七三・一一、文学座アトリエ公演、演出／藤原新平）。つかは翌七四年から、VAN99ホール（一九七三～七九）を中心に上演活動を展開していたが、一九七六年には紀伊國屋ホール（一九六四年開場）に進出し、爆発的なブームを引き起こす。以下、扇田の『日本の現代演劇』によると、

　すでに小劇場のファン層を超えて、つかの舞台を見ることが若者たちの文化的ファッションであるような雰囲気が生まれていたのである。八〇年代に野田秀樹、鴻上尚史を中心にさらに広がった「演劇ブーム」の発火点となったのは、この「つかブーム」である。

そしてこの頃、蜷川幸雄（一九三五～）も大きな転機を迎えていた。一九七一年に現代人劇場を解散し、翌七二年には清水邦夫・蟹江敬三・石橋蓮司らとともに櫻社を結成、清水作品を中心に上演活動を展開していた蜷川は、七四年五月、東宝の依頼で日生劇場の『ロミオとジュリエット』を演出する。蜷川幸雄、商業演劇初演出である。だが、このことが大きな波紋を呼ぶ。

現在では、商業演劇に戯曲を書いたり、演出したりすることに対する抵抗感は小劇場系の演劇人の間でもほとんどなくなっているが、当時は商業主義に手を貸すことを裏切りとみなすような禁欲的な雰囲気があった。とくに政治的にラディカルなメンバーが多い櫻社では、反対論が強かった。

結局、蜷川の『ロミオとジュリエット』をきっかけに、櫻社は解散。蜷川は「それ以後、商業演劇を主な活動の場とし、

そこに斬新な表現の世界を切り開くことになる」（扇田）のだが、その延長線上に『近松心中物語』（一九七九）の成功があることはいうまでもない。

フランス現代演劇を専門とする佐藤康によれば、一九六〇年代に登場し当時の新劇界に大きな衝撃を与えたアングラ演劇も、「昭和五〇年代を迎えると（中略）一様に質的な転換をせまられるようになった。」

アングラの風化に拍車をかけたのは時代状況、とりわけ都市の若者を中心とした観客動向の質的な変化でもあった。時代や社会の意味を問う演劇にあっては、その観客になるという行為もまたいくぶん、その演劇の世界観との共鳴あるいは対決でありえた。しかし、メディアの発達と情報の浸透は小劇場とその観客の関係を、ブームの生産と消費のサイクルの中に吸収してしまった。

（「アングラ、時代の波」）

「小劇場とその観客の関係」の是非はともかく、それまでごく限られた人々（知識人や学生など、どちらかといえば「選ばれた人々」）のものだった現代演劇が「豊かさ」の中で急速に大衆化し、メジャーな地位を築いていく時代、そしてまた新劇・小劇場・大劇場（商業演劇）の垣根が相対的に低くなっていく時代、それが一九七〇年代、あるいは昭和五〇年代であったということができよう。

昭和五〇年代の新作近松急増の背景として、まずは以上のような状況のあることを踏まえておく必要がある。とはいうものの、これだけではなぜ、この時期「近松」だったのか、ということがよくわからない。

時代の曲がり角　～「モーレツからビューティフルへ」～

しばしば指摘されているように、一九七〇年代はさまざまな面で日本社会のありかたや価値観が大きく変貌を遂げた時代である。その全体像を描き出す力は、残念ながら私にはない。ただ、非常に直観的な物言いながら、七〇年代の「転回」は、ある意味で戦後的な状況の必然であったように思われる。

ごく大雑把にいってしまえば、それまでは「貧困」が社会の前提条件だった。敗戦後の「貧困」から脱出するために、誰もがみな勤勉かつ禁欲的に働いた。そして高度成長の波に乗って「貧困」から脱出することに成功した日本は、さらなる繁栄、さらなる成功を求めて走り続け、ついに国民の大多数が「豊かさ」を享受する時代に到達した。しかし、その代償も大きかった。高度成長期には、熊本・新潟の水俣病、富山のイタイイタイ病、三重県の四日市ぜんそく等々、公害問題が次々に発生（あるいは顕在化）し、深刻な社会問題となっていた。生産性と経済効率優先の高度成長の矛盾は明らかだった。

また、一九六〇年代末期に社会の変革を目指して全国的に燃え広がった学生運動も、七〇年代に入ると敗北と自滅の途をたどった。とりわけ一九七二年の連合赤軍によるあさま山荘事件や妙義山でのリンチ「総括」事件は社会に大きな衝撃を与え、変革を求める人々の間に幻滅と失望感が広がっていった。

日本社会は七〇年代を境にして、政治的には保守化の傾向を深め、社会的には「いま」を消費する実利的で享楽的な風潮が広がっていったといわれているが、七〇年前後はある意味、「豊かさ」のなかで「先」が見えてしまった時代といえる(2)。

ちなみに、丸善石油のコマーシャルで「オー！　モーレツ」が評判になったのは、ちょうどその頃（一九六九年）である。電通で広告制作に携わってきた深川英雄は『キャッチフレーズの戦後史』のなかでこのコマーシャルに言及し、「CM全体のつくりといい、小川ローザの一連のアクションといい、あるいはまた「オー！　モーレツ」という言葉の言い回しといい、どこか当時のビジネス社会を席巻していた「モーレツ礼賛」を茶化しているように思えてならない。」と述べているが、まさにその通りだろう。するとその翌年、今度は富士ゼロックスが「ビューティフル」をキーワードにしたキャンペーンを始めた。大々的なキャンペーンでなかったにもかかわらず、「モーレツからビューティフルへ」というキャッチフレーズは人々の心をとらえた。深川はいう。

ひとつのキャッチフレーズが時として、時代の価値観や人びとの生活様式に大きな影響をあたえ、人びとの考え方や生活の仕方を変えることがある。富士ゼロックスの「モーレツからビューティフルへ」というキャッチフレーズなどは、さしずめ、そのいい例だろう。

「ビューティフル」はその年の流行語にもなったが、そもそも富士ゼロックスにはそのキャンペーンによって売らなければならない商品があったわけではない。このキャンペーンを手がけた藤岡和賀夫（当時電通）によれば、これはむしろ明確な意図を持った「アンチ・モーレツ」キャンペーンであり、広告の形を借りて発信された「時代に対するメッセージ」であった（『あっプロデューサー　風の仕事30年』）。

このほか、当時の「アンチ・モーレツ」メッセージとしては、「のんびり行こうよ」（モービル石油、一九七一）、「せまい日本、そんなに急いでどこへ行く」（交通安全年間スローガン、一九七三）などがある。これらはたんなる標語、たんなる広告、たんなるキャッチフレーズをこえて、時代の空気を映し出していた。あるいは時代の移り変わりを先取りしていた。

このように、一九七〇年前後の日本には、行きすぎた経済活動や行きすぎた学生運動など、「正しさ」を主張して他を省みる余裕のない生真面目な「モーレツ主義」に対して、懐疑的・批判的な雰囲気が生まれていた。「モーレツ」は価値が下落して、しだいにカッコ悪いものになっていった。

高度経済成長への疑問とオイルショックによる不況は、それまで猪突猛進してきた戦後日本の社会、経済をいったん見直し、反省し、今後の進むべき指針を模索しようとする風潮を出現させた。（中略）１９７０年代は、戦後日本における一大転換期であったということができる。（嶋村和恵・石崎徹『日本の広告研究の歴史』）

だが、我々は「モーレツ」を捨てて、いったい「どこへ行く」というのか。

「美しい日本と私」

富士ゼロックスの「ビューティフル」（一九七〇）で一定の手応えを得た藤岡和賀夫が次に手がけたのは国鉄の仕事だった。

一九七〇年、大阪で万国博覧会が開催された。テーマは「人類の調和と進歩」。大阪万博は、奇跡の高度成長を遂げた日本が国家の威信をかけて実現させた一大イベントであり、三月から九月の会期中、全国津々浦々から大勢の観光客が押し寄せ、入場者は約六四二二万人と史上最高を記録した。当時、すでに巨額の赤字を抱えて財政再建の途上にあった国鉄にとって、万博はまさに干天の慈雨となった。しかし、だからといって単純に喜んでばかりもいられなかった。問題はむしろ万博終了後であった。国鉄は万博終了後に予想される旅客の激減にどう対処するかが迫られていた。そうして始まったのが、広告史上最大のキャンペーン「ディスカバー・ジャパン―美しい日本と私―」（一九七〇～七六）である。

「ディスカバー・ジャパン」は、「日本に残されている豊かな自然や、美しい歴史、伝統、こまやかな人情などを発見しようとするもの」で、「テレビ・新聞・雑誌などの媒体を利用して、国鉄史上最大のキャンペーンとなった。」（『日本国有鉄道百年史　通史』）。国鉄にしてみれば、こうしたキャンペーンを展開することによって、特定の場所に大勢の観光客を集める従来方式ではなく、全国各地に旅行ムードを喚起して国鉄利用者全体の底上げを図ろう（つまり「点」から「面」へ）という狙いがあったわけだが、藤岡にとってこのキャンペーンは、当然のことながら「ビューティフル」の延長線上に発想されたものだった。彼には「ディスカバー・ジャパンは観光キャンペーンではないんだ、実は「ディスカバー・マイセルフ」という心のキャンペーンなんだ」、という強い思いがあった（藤岡前掲書）。

「美しい日本と私」という副題をもったこのキャンペーンは、アメリカの「ディスカバー　アメリカ」を下敷きにして企画されたものだが、「働きすぎ」への反省から生まれた「自然回帰」「人間回復」の風潮にもマッチして大いに受けた。（深川『キャッチフレーズの戦後史』）

時代の追い風をうけ、足かけ七年に及んだ「ディスカバー・ジャパン」キャンペーンは、七〇年代前半の日本社会に広く深く浸透し、ポスト高度成長、ポスト「モーレツ」時代のありかたに一つの方向性を与えた。つまり、「ディスカバー・ジャパン」は、なりふりかまわず「走る」のをやめて、自分の足もとを見つめ直そう。とりわけ、高度成長によって損なわれ、失われつつある「美しい日本」、その自然、風景、歴史、伝統、あるいはまた細やかな人の情《こころ》に触れることで、自分自身を（再）発見しよう。そういうメッセージとして受けとめられたのである。そう考えてみると、昭和五〇年代になって新作近松が急増し、しかもそれが演劇のみならず音楽や舞踊にまで広がっていった理由も、おおよそ見当がつくのではあるまいか。

七〇年代初頭、時代は「曲がり角」にさしかかっていた。そのとき「ディスカバー・ジャパン」が喚起したのは、「自然回帰」「日本回帰」「人間性の回復」といった流れだった。だがそれは、イデオロギーではなかった。排外的・愛国的なナショナリズムとも違っていた。

二〇〇六年九月、小泉純一郎の後をうけ、戦後生まれとして初の首相に就任した安倍晋三は、その政権構想において「美しい国、日本」を連呼し、自らの内閣を「美しい国づくり内閣」と名付けた。どことなく「ディスカバー・ジャパン」の焼き直しにも見えるが、「ディスカバー・ジャパン」の当時、政治性や党派性はむしろタブーだった(3)。大事なのは「正しさ」ではなくて「美しさ」であった。「正しい日本」と違って、「美しい日本」はもっと多様で、ゆるやかで、個人的なものだった。ついでにいうと、「美しい日本と私」という副題が、一九六八年に行なわれた川端康成（一八九九～一九七二）のノーベル文学賞受賞記念講演のタイトルと一字違いだったこともあって、「ディスカバー・ジャパン」は古典的なもの、伝統的なものへの関心も呼び起こした。近松が没後二五〇年を迎えたのは、まさにそういう時期だったのである。

昭和五〇年代の近松　～五つの特色～

さて、近松受容に関していえば、当期の特色は五つある。

第一に、小劇場の分野を中心に「曽根崎心中」が再発見され、現在にいたる「曽根崎」人気の基が形成されたこと。

第二に、演劇以外の分野、特に音楽と舞踊において、本格的な創作活動が始まったこと。

第三に、大劇場（商業演劇）の分野において、より娯楽性・大衆性・エンターテインメント性濃厚な作品が生み出されるとともに、そのなかから現在も再演に耐えるすぐれた作品が誕生したこと。作品の系列としてはやはり心中物が主流である。

第四に、エンターティンメントとしてはともかく、近松の原文に即した語りや朗読劇など、「近松のことば」そのものに真摯に耳を傾けようとする取り組みが一定の支持を受け、小規模ながらロングラン公演が行なわれたこと。当然のことながら、こうした試みは小劇場、あるいはもっとアット・ホームでパーソナルなスペースがふさわしい。つまりこれらは、近松を「見せるドラマ」ではなく「聴かせるドラマ」「聴くドラマ」として再評価・再検討しようとしたものであり、この系譜は現在にも受け継がれている。

第五に、中村扇雀によって「近松座」が結成され、歌舞伎界で継続的に近松が取り上げられるようになったこと。

以下、順に述べていくことにしよう。

再発見される「曽根崎心中」

一九五三年の初演以来、『曽根崎心中』を専売特許のごとく上演し続けてきた二世中村鴈治郎・扇雀親子は、一九七六年、御園座で『曽根崎心中』上演六〇〇回を達成。扇雀はこれ以降も記録を伸ばし、二〇〇三年に一二〇〇回を達成することになる。昭和五〇年代初頭は、ちょうどその折り返し地点にあたっている。

このことからもわかるように、歌舞伎の『曽根崎心中』は、当時すでに相当の上演実績を積み重ねていた。むろん文楽とて同様である(4)。だがその半面、『曽根崎心中』という作品は筋立てや人物構成が単純すぎるためか、はたまた扇雀のイメージが強すぎたためか、昭和三〇年代の近松映画ブームでも一度も映画化されたことはなく、新劇その他でもほとんど上演されたことがなかった。

こうした状況が一変するのが昭和五〇年代である。昭和五〇年代に上演された新作近松は五五本。そのうち「曽根崎心中」を原作とするものは一一本（二〇％）で第一位を占める。ちなみに第二位は「心中天網島」の八本、以下「女殺油地獄」七本、「冥途の飛脚」六本と続く〔巻末「表2」参照〕。これに対して昭和四〇年代は、新作二六本中「女殺油地獄」が五本（やはり二〇％）で第一位。第二位はほぼ同数（四本）で「心中天網島」であった。

たしかに昭和五〇年代も一部、前期の傾向を受け継いではいる。しかし、戦後三〇年のあいだ数えるほどしか上演されてこなかった「曽根崎心中」がこの時期、諸作を抑えていきなりランキングのトップに躍り出る。これは従来見られなかった新しい傾向であり、昭和五〇年代以降現在にいたる流れと、それ以前とを大きく分ける重要なポイントである。

ちなみに、戦後六〇年の新作近松で最も多いのは「曽根崎心中」で約五〇作、その次が「女殺油地獄」で約四〇作、第三位は「心中天網島」で約三〇作、以下「冥途の飛脚」「堀川波の鼓」「大経師」と続く。時代物はその後に「国性爺」「出世景清」「俊寛」が見られる程度である〔巻末「表4」および「グラフ5」参照〕。

「曽根崎心中」と「女殺油地獄」。世話物の始まりに位置する作品と、その果てに位置する作品。現代の近松受容における「曽根崎心中」と「女殺油地獄」の二作は、どちらも突出した扱いを受けているが、少なくとも「曽根崎心中」についていえば、そういう状況は昭和五〇年代に始まったことなのである。

かくして、にわかに再発見・再評価の時を迎えた「曽根崎心中」は、昭和五〇年代以降、常に新作数で上位を維持し、名実ともに近松を代表する重要な作品として揺るぎない地位を獲得することになる。一方、現代演劇で「曽根崎心中」が盛んに上演される時代が到来したことによって、戦後の新作たる歌舞伎・文楽の『曽根崎心中』も、初演から二〇年、これまた名実ともに「古典的名作」の域に入っていく。

その意味において、歌舞伎や文楽で『曽根崎心中』が復活された昭和三〇年前後を「戦後近松の原点」とすれば、現代演劇で「曽根崎心中」が再発見された昭和五〇年代を戦後近松「第二の原点」ということができるだろう。

昭和五〇年代の「曽根崎心中」一覧

以下、昭和五〇年代に初演された新作「曽根崎心中」を列記する。

一九七六・四　俳優座劇場　由木事務所　『曽根崎の唄』　作／鬼島志郎　演出／富田鉄之助
一九七六・五　四谷公会堂　不連続線　『酔醒地獄曽根崎』　構成・演出／菅孝行・竹前公夫・進藤郁夫
一九七八・一一　ぐるーぷえいとスタジオ　劇団アルバトロス（現演劇群・翔）　『戯・曽根崎心中考』　作・演出／有行端
一九七八・一二　ジァンジァン　哥語り『曽根崎心中』　作詞・作曲・歌・語り／松田晴世
一九七九・三　東芸劇場　劇団ガランス　『曽根崎心中』　脚本・演出／並木良平
一九七九・九　ジァンジァン　ロック文楽『曽根崎心中パート２』　構成・作詞／阿木燿子　作曲・演出／宇崎竜童　人形／吉田小玉・桐竹紋寿
一九七九・一〇　オレンジルーム　人形劇団クラルテ　『曽根崎心中』　脚色・演出・美術／吉田清治
一九八〇・九　六本木自由劇場　シアタースキャンダル　『曽根崎心中』　脚本・演出／玉井敬友
一九八一（推）　ジァンジァン　関弘子企画　シリーズ〈語り〉「近松門左衛門の世話浄瑠璃を絃に乗せずに語る試み」　『曽根崎心中』　監修／観世栄夫　演出／笠井賢一
一九八二・一二　近松記念館　劇団らせん館　『曽根崎心中』　作・演出／嶋田三朗
一九八四・六　三越ロイヤルシアター　ザ・スーパー・カムパニイ　『ほうほう蛍よ曽根崎心中』　作・演出／竹邑類

しめて一一作。平均すれば年一作の計算だが、実際には一九七八年一一月から翌七九年一〇月までの正味一二ヶ月の間に、なんと五本もの新作「曽根崎」がひしめきあっている。それはおそらく、一九七八年に映画『曽根崎心中』が公開されたことと関係がある。

映画『曽根崎心中』

昭和三〇年代前半、全盛期の頃の映画界に近松ブームがあったことは先に述べた。その当時映画化された作品を見ると、おさん茂兵衛の『近松物語』、『夜の鼓』、『おさい権三』、姦通物三部作はすべて映画化されている。このほか「女殺油地獄」に「冥途の飛脚」、珍しいところでは「丹波与作」の『暴れん坊街道』などがある。だが、「近松ブーム」といいながら、心中物を映画化した作品は皆無であった。

戦後初めて映画化された心中物は一九六九年の篠田正浩『心中天網島』である。それに遅れること約一〇年。「曽根崎心中」は増村保造(一九二四～八六)によって史上初めて映画化されることになる。

一九七八・四　行動社・木村プロ・ATG　映画『曽根崎心中』　監督／増村保造　脚本／白坂依志夫・増村保造　主演／梶芽衣子・宇崎竜童　＊梶芽衣子は本作でブルーリボン賞他、多数の主演女優賞を受賞。

増村保造の『曽根崎心中』は、歌舞伎や文楽の舞台では割愛されている観音廻りの場面を織り込むなど、近松の原作に比較的忠実なところがあり、なおかつ平野屋久右衛門が徳兵衛の身を案じて天満屋を訪ね、九平次を懲らしめるところは歌舞伎の『曽根崎心中』を踏まえた作品になっている。

映画『曽根崎心中』は道行シーンに始まり、お初徳兵衛が心中にいたる経緯を原作に従って順序よく配列していく。ストーリーそのものは時間軸に沿って一直線に進行し、そのままラストになだれこんでいくが、随所に道行のカットバックが織り込まれている。本作はそこに大きな特徴がある。つまり、映画『曽根崎心中』は、道行の現在から回想・再現されるかたちで一連のストーリーが展開し、ラストの心中場面にいたって、それら二つの時間がようやく重なり合うという構造になっているのである（南部圭之助「芝居とは何か—理想的な場割主義の凱歌」）。その意味で、断続的に挿入される道行こそ、この映画の主調・主軸をなす重要なモチーフということができよう。

お初と徳兵衛。二人は「女の意地」と「男の意地」を貫くため、そして紛うかたなき「恋の手本」となるために、手と手を取り合ってひたすら道を急ぐ。この映画では、思いつめた二人の死への道行が全篇をまっすぐに貫いている。映画冒頭の字幕が語っているように、「これは男も女も、ひとすじに恋と誇りに生きた時代の物語である」。

本作に対しては、内外から「力作」の評価がある一方、内田栄一のように「その力作ぶりに閉口したのはむろんで、梶芽衣子の熱演が、むしろあわれに見えた。増村監督の手口は理解できなくもないけど、なぜあのようにセリフばかりをぶっつけなければならないのだろう。（中略）セリフがやたら多くてこちらが疲れ気味になる（中略）困った映画だった。」（「宇宙人がふえてきたのだ」）という批判もある。

たしかに、お初はよくしゃべる。田原克拓も指摘するように、この映画では「梶芽衣子の天満屋お初が常に状況を説明し、心中を説得し、死ぬ局面で決意を表明する」（「映画作家に映画理論はなぜ必要か」）。映像による描写よりも、セリフによる説明が多すぎる感は否めない。大笹吉雄にいわせれば、この「映画は一貫して緊張しっぱなし」であり、「そういう緊張の仕方の裏に、一途に恋に賭けたという、近代人好みの純粋志向をわたしは見る。率直にいうと、お初は一つの概念である。そしてわたしは、概念的な人間の把握をしがちなところに、古典としての『曽根崎心中』と現代との距離を見る思いがする。」（「お初の眼」）。

「近代人好みの純粋志向」であるとか、「お初は一つの概念である」とか、本作についていろいろと検討すべき問題もあることはたしかだが、冒頭の字幕が端的に物語っているように、この映画はそもそも「ひとすじ」であること、「まっすぐ」であることに至上・絶対の価値をおいており、良し悪しは別として、それがこの映画の「スタイル」になっている。

本作のスタイル、およびメッセージを象徴するのが、常に一点を凝視するかのごとき梶芽衣子の強烈な眼差しであり、主演二人の抑揚のない棒読み調のせりふである。当時、主役を演じた宇崎竜童は、俳優としては素人同然であり、そのせりふが一本調子なのはある意味やむをえないともいえるが、滝沢一「作品研究『曽根崎心中』」によれば、主演俳優のこうした硬質な演技は「観客に必要以上の感情移入をさせまいとする増村演出の姿勢からきている」。それによって一つ一つのせりふの意味が明断になり、せりふの観念性がむしろ際立って聞こえてくる。またラストの心中シーンですら、「〝恋の手本〟を謳いあげるのではなく、〝恋の手本〟の観念そのものを観客に突きつけてくる」。滝沢はこのように述べ、「より積極的な行動の姿勢として、原作を読み直し、とらえ直」した増村演出を評価している。

あるいは、詩人の白石かづこは、この映画に「心中ものにつきものの、日本的ウェット」、つまり「湿気がない」ところに注目する。特に梶芽衣子演じるお初が「心中を悲しんでいない。それどころか、極楽にいくことが出来、恋を生きながら成就させる唯一の可能な、積極的な勝利の方法だと、信念をもっているところ」、要するに、迷いや煩悩や「うじうじしたセンチメンタルなところがない」ところを絶賛する。

　彼女はウーマン・リブではないが、その闘士以上の闘士である。

　自分のいる現実の、日常の場で、戦えるだけ戦っているのだ。自我がはっきりしている。精神は自立している。

（「〝曽根崎心中〟を絶賛する」）

かくしてヒロインの梶芽衣子は、当時、日本アカデミー賞を除くすべての主演女優賞に輝いた。彼女はまさに諸氏が激賞するその「眼」で、ブルーリボン賞を始めとする数々の賞を射とめたのである。

本作の場合、主人公がしゃべりすぎるきらいはたしかにある。観念が先行し、情緒的なものに欠ける。それもその通りだろう。シーンの数も少なく、カメラをロングに引いた場面も少ない。要するに、映画らしさに欠ける映画——本作に対する批判の大半はそのあたりに集中することになるわけだが、そこに増村監督の意図したものがあったことは間違いない。とはいえ、我々の当面の目標は、映画『曽根崎心中』を映画史的に評価・評論することよりも、近松受容史の中にこれを位置づけ、この映画の何が昭和五〇年代の小劇場世代にアピールしたのか、どういう点が小劇場の「曽根崎心中」急増につながったのか、その意義を探ることにある。その意味で注目したいのは、次の中嶋夏の発言である。

　近松の世話浄るりの嚆矢とされている「曽根崎心中」を宇崎竜童と梶芽衣子主演でやるというので、好奇心を丸出しにして観に行った。そして観終って、意外や意外と回《ママ》う（「回」は「い」の誤植。以下同じ―引用者注）感に打たれている。久し振りに浮世に生きる者の強い感情が、見る側に正確に伝わってきたと回《ママ》ったふうな……。強い感情といっても、刺激の強回《ママ》飲料水を飲まされた酔いとは程遠く、むしろあらゆる味覚に飽き果てた後の清冽な井戸水の味《ママ》いである。

中嶋はいう。「同じ近松物でも、〈心中天の網島〉よりも、何故今は〈曽根崎心中〉であるのかを考えることは興味深い。」〈天網島には―引用者注〉すでに心中物としてゆるぎのない型《パターン》が固定化し、既に退廃がしのびよっており、〈曽根崎心中〉にみられた清楚・哀切の味合いが見失われている。心中というひとつの劇《ドラマ》をユマニズムのドラマとして捉えるか、エロティシズムのドラマとして捉えるかの相違である。

　今回の〈曽根崎心中〉が力を持つのは、私達が忘れ、見失ったまっとうな感覚、強い感情によって切結ばれた人間関係を見事に復権させた点である。それがためにも〈曽根崎心中〉でなければならなかったのだ。

　世の中（元禄）が活力を帯び、皮相的な部分で人々の心が浮薄になるに連れ、社会の活力や景気と相矛盾して追いつめられ、名もなく金もない庶民が暗がりへ暗がりへ追いやられて行く構図は、なにも封建社会にかぎったことではない。好況、好況と浮かれ騒ぎ、その裏で人と人の強い絆が見失われ、封建社会以上のがんじがらめ、社会の矛盾が進行していたのはそんな遠い過去のことではなかったはずだ。

　近松やシェークスピアが時代の衣を変えて絶えず蘇生するのは、そのような皮相な世相の元にうごめく人間像を深くえぐり、普遍化した謂でもあるのだが、増村作品も良くそれに応えていたと言っていい。なによりも、この映画は「清潔」であった。そして主演の梶・宇崎という異色キャストも、しがなく貧しい庶民の若者を好演していた。

（「なぜ曽根崎心中なのか」　傍点原文）

こうしてみると、映画『曽根崎心中』はまぎれもない「現代」の作品であり、興行的にヒットしたという以上に、「時代」をヒットした作品であったということができる。いうならば、この映画に描き出された「底辺に生きる」「しがなく貧しい庶民の若者」の「強い感情」（中嶋）が、「豊かな社会」のなかで閉塞感を抱く若い世代に共感を持って迎えられ、それがまた現代演劇における「曽根崎心中」再評価の動きにつながっていったのではないかと思われる。

昭和五〇年代と近松（その一）～花柳幻舟『残・曽根崎心中』～

ところで、昭和五〇年代の「空気」をいまに伝える作品の一つに、花柳幻舟（一九四一～）の異色作『残・曽根崎心中』（一九七五、日本コロムビア）がある。企画・構成・演出は石川さゆりの『天城越え』で知られる作詞家の吉岡治（一九三四～）、音楽はミッキー吉野（一九五一～）、演奏は第五次ミッキー吉野グループ、すなわち昭和五〇年代を代表するバンド、ゴダイゴ（一九七六～八五）である。

『残・曽根崎心中』は、花柳幻舟とミッキー吉野グループとのコラボレーションによって、オリジナルあり、童謡あり、小唄あり、義太夫あり、さらにはラジオドラマ風のシーンなどもある、芝居仕立ての音楽作品として構成されている。主人公はお初・徳兵衛ならぬ、初子と徳二。初子は父の蒸発後、母と弟妹を養うために中学校を中退し、大阪から東京へ出てデートクラブで働いている二七歳の風俗嬢。徳二のほうは、受験に失敗し、大阪に住む裕福な叔父の仕送りで東京の予備校に通わせてもらっている一九歳の浪人生、という設定である。無学で貧しくとも、与えられた状況のなかで前向きにいまを生きている初子に対し、徳二は何一つ不自由ない暮らしを保証されながら、自分の置かれた状況に対して深い挫折感と敗北感にとらわれており、未来に生きる希望を見出すことができずにいる。

花柳幻舟は、二〇〇四年の初CD化に際して、次のように述べている。

発売当時は学生運動が活発に行われていた時代で、その運動に入れなかった人達も沢山いたわけです。この作品の中に出てくる主人公の男性もそういう人のひとりです。そんな人達がいた時代だからこそ古典の題材を現代に置き換え用いたいと思ったのだと思います。

（ＣＤ付属ライナーノーツ所収インタビュー）

実際、その時代を知る者にとって、徳二のような人物は「当時の若者像を想起させ、胸が熱くなる。」（ＣＤ付属ライナーノーツ所収、とうじ魔とうじ「解説」）ところがあるようだが、かといって本作は、いわゆる心中に対して人々（とりわけ男性）が思い描く甘美な幻想を無批判に再生産しているわけではない。

妙な話だが、幻舟演じる初子には厭世感がまったく感じられない。愛から死に向かう情熱、とでも呼ぶべき強い感情がない。日々暴力によって支配され（初子のつとめるデートクラブは暴力団の支配下にある）、徳二以上に思うに任せぬ人生を強いられているというのに、死を思いつめるのは徳二であって初子ではない。

徳二　僕は死ぬことを真剣に考えていた。

初子　私は死ぬことなど全然考えていなかった。

初子に恨みつらみがないわけではなかろう。だが、そうした生々しい情念のたぐいは、初子の奥深いところでじっと息をひそめている。むしろ初子という女性は、すべてを受け入れ、悩める徳二をも受け入れて、限りなくやさしい。だからこそ逆に初子の哀しさ、哀れさが静かににじんでくる。

この芝居仕立てのアルバムでは、徳二と初子の逃避行（二人は生まれ故郷の大阪を目指す）に、竹本弥乃太夫の語る浄瑠璃『曽根崎心中』道行をダブらせる。たしかに徳二と初子は、大枠としては「曽根崎心中」をなぞっている。にもかかわらず、二人はついに「恋の手本」にはなれない。なぜか。死ぬのは徳二ひとりだからである。

作中どういう事情があったかは詳しく語られない。だが、結果的にひとり生き残ってしまった初子は、家族のもとへ帰ることもなく、再び大阪を離れ、青森まで流れていく。そこにはまた同じような日々が待っている。

初子は徳二の死後、母あてに手紙を書く。

渡瀬徳二さんは、交通事故で亡くなりました。私には、お母ちゃんや、妹や弟が居るので、簡単には死ねません。現金封筒で一万円送りました。一生懸命、働いて働いて、いつか家族みんなで暮せるよう、私は頑張ります。

生きることは必ずしも美しくないかもしれない。だが、だからといって、死が美しいわけでもない。特に家族を養わざるを得ない初子にとって、生きるしか道はない。たとえ希望があってもなくても、いまを生き続けるしかないのである(5)。こうして本作は「曽根崎心中」を踏まえつつ、肝心なところでズレていく。徳二と初子は最後の最後ですれ違い、別々の道を行くことになる。そこに本作の批評性がある。

一般に流布しているロマンティックな「心中幻想」を相対化する視点は、後述する秋元・蜷川の『近松心中物語』のお亀与兵衛に通じるところがある。だが、ひとり死んでいった徳二が滑稽なわけでもなく、死ねなかった初子がぶざまなわけでもない。悲劇的なカタルシスは得られないけれども、徳二の苦悩に一定の理解と共感を示しながら、貧しさゆえに性を売らざるをえない女たち(お初＝初子)の悲惨な現実を直視し、最終的に「不心中」にいたる結末は、もはや「義理に詰まつてあはれ」というほかはない。

昭和五〇年代と近松(その二)~嶋崎靖と風貌劇場~

昭和五〇年代の小劇場で近松に関心を寄せていた人々が、当時どういうことを考えていたのか、あるいは近松に何を求めていたのかということに関連して、ある演劇人の話を紹介しておきたい。それは、現在劇団U-Ｓｔａｇｅ(遊舞台)を主宰する嶋崎靖(一九五五~、演出家・俳優・大道芸人)である。

一九七八年、映画『曽根崎心中』が公開された年に風貌劇場を旗揚げした嶋崎は、一九八一年、中野区野方にあった古い旋盤工場を自力で改築。「街の中の劇場」と称し、間口わずか二間半、三〇人も入ればほぼ満席という小さなスペースを本拠に演劇活動を開始する。彼らが近松に取り組んだのは一九八二年五月、風貌劇場第五回公演（開場二作目）として上演した『この世の名残り夜も名残り』である。題名からすると一見「曽根崎心中」のようだが、なかみは「女殺油地獄」であった。島崎はこの間の事情を含め、当時をふりかえって次のように語っている。

俳優の専門学校を卒業しながら、新劇に身を置くことも、さりとて団塊の世代が牛耳るアングラ御三家に飛び込むこともできず、小さなアトリエを構え、三本の芝居は作ってみたものの、行き詰まり、仲間も離散し、大道具のアルバイトをしていることが唯一演劇に関わっている証だったような時。貧乏に喘ぎながら、自分たちの表現の場を求めてわずか数名のメンバーと半年をかけてオンボロ劇場を作る……無謀な試み。やり場のない薄暗い情念が、ただ演劇へ向かわせていたようにも思えます。

それが杮落としの『マクベス』であり、二作目の『油地獄』という血なまぐさい作品を選んだ理由ではなかったか。そして、そんな自分の生き方そのものを『曽根崎』の道行に重ね合わせたのではなかったか。そんな風に思い返します。だからこそ、台本としては『油地獄』を基本にしながら、題名は『この世の名残り〜』になっていたのだと思います。

この時は、まさに演劇を続けられるかどうか、狭間の時でした。

たいへん興味深いのは、このときの島崎・風貌劇場が「女殺油地獄」と「曽根崎心中」の両方に魅かれていたということである。これは、それぞれの作品が魅力的であるという以上に、昭和五〇年代という時代が「近松」と同時に「南北」をも必要としていた事情と、相通じるものがあるのではないか(6)。

その後、風貌劇場そのものは一九九三年、老朽化のために解体を余儀なくされるが、嶋崎は新たに劇団U‐Ｓｔａｇｅを旗揚げ。一九九四年六月のアトリエ実験公演でも『曽根崎心中』を上演している。さらに一九九八年、文化庁派遣在外研修員としてイギリスに留学していた嶋崎は、現地で *The Country Far Beyond The Moon*（月より遠い日本）を上演。これもやはり「曽根崎心中」をもとにした作品であった。

英国で「日本についての芝居を作ってくれ」と頼まれた時、近松しか思いつきませんでした。私にとって「近松」は演劇創作の原点であるとも言えます。

あるいは、嶋崎靖をご存知ない方も多いかもしれない。全国的な知名度からいっても、島崎はその動向が内外からたえず注目されるような著名演劇人とはいえないだろう。だが、だからこそ、そういう人たちの「思い」を書き残しておくことには意味がある、と私は思う。少なくとも私には、島崎が率直かつ誠実に語ってくれた話はたいへん興味深く、それ以上にたいへん貴重なもののように思われてならないのである。

文楽映画『曽根崎心中』

さて、昭和五〇年代の「曽根崎心中」再評価のきっかけとして、一九七八年公開の映画『曽根崎心中』のあることはすでに述べた。興味深いことに、五〇年代はそれまで映画化されたことのない「曽根崎心中」が二度も映画化されている。もう一本の「曽根崎心中」。それは栗崎碧監督の『曽根崎心中』である。

一九八一・一一　栗崎事務所　文楽映画『曽根崎心中』　監督／栗崎碧　出演／人形浄瑠璃文楽座　＊一九八二年ポルトガル・フィゲラ・ダ・フォス国際映画祭銀賞、ベルギー国際映画祭市長賞等受賞。

実写の増村作品とは異なり、こちらは文楽の『曽根崎心中』を映画化したものである。だが本作は、たんに文楽の舞台をそのまま撮影したような記録映画ではない。冒頭の生玉神社、お初の観音廻り(7)、そして道行シーンは野外ロケ、天満屋のシーンは本格的な遊廓のセットが組まれ、演じているのがたまたま人形というだけで、実写と比べてもまったく遜色ない、あるいはそれ以上の映画らしい映画に仕上がっている。

本作には竹本織大夫（現綱大夫）と今は亡き豊竹呂大夫の義太夫、そして鶴澤清治の三味線が入るが、彼らは声と音のみの出演で姿は見せない。また人形遣い（吉田玉男・吉田蓑助・吉田玉幸ほか）も全篇黒衣。出遣いの場面は一切なく、人形遣いの姿ができるだけ映らないよう撮影されており、まるで人形が生きているかのように見える。撮影は、黒澤明の『羅生門』や溝口健二の『雨月物語』『近松物語』等々、数々の傑作を残した名カメラマン宮川一夫（一九〇八〜九九）である。

淀川　栗崎（碧）さんの『曽根崎心中』のお人形、難しかったでしょ、あなたね、よく撮ってはった。あれね、お人形だから下手したら空しくなるもんね。人形が動いてるんだからな。でもきれいに撮れてたね。（中略）お人形、お人形でしょ。全部お人形なのに、例えばちょっと足から下を見た時に川が写ったわな。あれはつまりリアリズムでしょ、川と水は。あれのね、波長が崩れなかったことね、下むいてな、あれ難しかったでしょうね。

宮川　まあ、本当にラッキーだった。（笑）　（宮川一夫・淀川長治『映画の天使』）

栗崎監督の映画には結局、人間は一人も出てこない。いわば無声映画に弁士（太夫と三味線）がついたようなもので、文楽人形アニメーションというべきか、人形を俳優として撮影したリアルな劇映画というべきか。いずれにしても、様式美を保ちながら、文楽の舞台とは全く異なるスタイルで人形の魅力に迫った稀有な作品といわなければならない。

なお、本作はかつてビデオ化されたことがあるが、現在廃盤（東宝ビデオＴＤ‐０３４０）。関係者にはぜひともＤＶＤ化を検討していただきたい。

小劇場と「曽根崎心中」

昭和五〇年代はそれまでまったく映画化されたことのなかった「曽根崎心中」が二度も映画化されたこともあって、「曽根崎心中」再評価の機運が一気に高まった。

とはいえ、先にあげた昭和五〇年代の「曽根崎心中」一覧からわかる通り、商業演劇等大劇場で「曽根崎心中」が上演されたケースは皆無。当時、「曽根崎心中」を盛んに上演したのは、主に小劇場を担う世代の若い人々であった。実はこれが、一九七三年の「没後二五〇年」を経た昭和五〇年代における近松再評価の特色であり、近松受容史における「曽根崎心中」

のポジションを如実に物語っているように思われる。

「曽根崎心中」はその後も小劇場を中心として盛んに取り上げられ、新作総数では断然トップを維持している。それがいいかわるいかは別にして、そこにはさまざまな理由があり、それぞれの必然性がある。ただ一つ言えることは、「小劇場」と「曽根崎心中」は非常に「近い」関係にあるということである。

「曽根崎心中」は登場人物も少なく、上演時間も短く、またストーリーも単純。からくりやスペクタクルを主眼とする作品ではないので、道具立てにさほど費用もかからない。「曽根崎心中」以後の世話物は、主人公に対する肉親（主人・親方などを含む）の愛情が濃厚に描き出され、主人公の行動が周囲の人々を巻き込む、いわゆる「従属悲劇」の比重が高くなる傾向があるが、世話物・心中物の初作たる「曽根崎心中」にはそれがない。それは一面「曽根崎心中」の弱みでもある。しかし逆にいえば、非常にシンプルかつストレート、話がわかりやすいうえにコンパクトにまとまっていて、世話物には珍しく男主人公の行動に力強さがある。

たしかに、「曽根崎心中」は大劇場向きの作品ではないかもしれない。実のところ、これを大劇場にふさわしいスケール感のある「絵」に仕立て上げるのはかなり難しいのではなかろうか。だがそのかわり、「曽根崎心中」にはストレートに「今の思い」を投入し、これを現代化しやすいところがある。

「曽根崎心中」初演当時、累積赤字に苦しんでいた竹本座は、本作の成功によってその借金をすべて返済することができたという。つまり、「曽根崎心中」という作品はそういう状況の竹本座でも上演できるように作られており、しかも費用対効果（コスト・パフォーマンス）の高い作品だった。それは当然、現代の小劇場にとっても大きなメリットであろう。

諸々の条件を勘案してみると、「曽根崎心中」という作品は小劇場向きの作品であり、演じる側にとっても、また観る側にとっても、非常に親しみやすく、取り組みやすい作品ということができる。しかし、だからといってその普及・拡大が容易というわけではない。そこでテクストの問題が出てくる。

一般向けとしては、すでに一九七三年の近松没後二五〇年前後に小学館の旧・古典文学全集『近松門左衛門集』（全二巻）が刊行されている。本書が広範に普及し、五〇年代以降の近松受容を推進する一助になったであろうことは先述の通りである。これに加えて、昭和五〇年代には、映画『曽根崎心中』（一九七八）公開の前年、一九七七年に『正本近松全集』（勉誠社）の刊行が始まっている。しかし、この全集の性格からいって、専門家以外の一般読者に影響を及ぼすとは考えにくい。一般読者への普及度からいえば、むしろ同年、岩波文庫の一冊として刊行された祐田善雄校注『曽根崎心中・冥途の飛脚他五篇』の方が幅広く読まれた可能性が高い。

これはまったくの推測だが、増村監督が近松の「曽根崎心中」を男と女が「意地」を貫くシンプルでストレートな物語として捉え直した背景には、岩波文庫所収解説（井口洋「近松世話浄瑠璃の起点」）に示されるような、「一分のドラマ」という見方（解釈）と、作品の位置付け（評価）が影響しているのではないかと思われる。

「曽根崎心中」における心中とは、「恋」と「一分」との全き合一を希求した男と女が、死によって現世を超えることであった。近松がそこに、恋愛の理想の、一つの極限を見ていたことは作品の結句が如実に示している。

井口はこのように述べ、「どの近松浄瑠璃に対するにしても、その起点となった「曽根崎心中」の意義を理解した上で、常にそれを基準とすることが、それぞれの作品の主題と構造を把握するための有効な方法である」と説く。そして、「曽根崎心中」が近松世話物のなかできわめて特権的なポジション、すなわち起点、基準、原点にあることを強調する。あるいは、井口の示したこうした認識は、昭和五〇年代初頭、岩波文庫を通じて、あるいは映画『曽根崎心中』に媒介されて、戦後近松「第二の原点」形成に寄与したのではなかろうか。

ところで、先にあげた昭和五〇年代の新作「曽根崎」のリストをながめつつ、またその後の動向を調べてみると、ちょうどこの頃、東西それぞれに注目すべき活動が始まっていることがわかる。とりわけ関西ではコンスタントに近松に取り組もうとする動きが目立って増えてくる。早いところでは一九七三年、近松没後二五〇年を機に「近松人形芝居」シリーズを始めた人形劇団クラルテがある。一九七六年にはこれに加えて有行端の主宰する劇団アルバトロス（現演劇群・翔）が近松物に参入、一九八一年には劇団らせん舘が戦列に加わる。

関西は全般的に「近松の地元」意識が強く、昭和五〇年代以降、多くの劇団が近松を手がけ、かつ継続的に取り組んでいる様子がうかがえるが、関西における近松への取り組みは演劇だけにとどまらない。以下、一九七〇年代後半から八〇年代初頭にかけて、音楽の分野に足跡を残した「近松を世界にひろめる会」について触れておきたい。

音楽界の動向　～関西「近松を世界にひろめる会」～

現代音楽界（狭義にはクラシック音楽と通底する芸術的なシリアス音楽。広義にはポップス・ロック・演歌等々を含む文字通り「現代の音楽」）における近松の受容状況をながめてみると、終戦から昭和四〇年代までの三〇年間、映画音楽は別として、近松に関係する楽曲はほとんど皆無に近い状態であった。ところが、昭和五〇年代に入って、その状況に突如変化が生じる。このようにいうとまたしてもの感なきにしもあらずだが、時代の変化は突然、同時多発的に起こるものらしい。

この時期、音楽の分野で近松受容を推進したのは関西の「近松を世界にひろめる会」であった。近松を世界にひろめる会は、一九七五年に財団法人近松記念館が設立されたことをうけて、翌七六年「近松を現代人の心にアピールするため、定期演奏会を開いて、近松作品に題材を求めた洋楽曲を、順次、発表する」（『読売新聞』一九七七・一一・九）ことを目的に、阪神間の財界人・文化人・音楽家が中心になって作った会である。なかでも声楽家（ソプラノ）の衣川加壽子は、七七年秋に近松記念館の副館長に就任し、同会の中心的役割を担った。以下、近松を世界にひろめる会の活動、および同会によって委嘱・初演された楽曲を紹介していくことにしよう。

一九七六・一〇　大阪毎日ホール　近松を世界にひろめる会発足記念演奏会　『歌う曽根崎心中』　作曲／大栗裕

一九七七・五　神戸文化ホール　近松を世界にひろめる会春季演奏会　●『〈憂い〉—フルートとピアノと打楽器の為の』　作曲／乾　堯　●『近松頌曲』　作曲／藤島昌寿　●『お夏清十郎』　歌詞構成／美弥昭彦　作曲／大栗裕　●『二台のピアノのためのパロディ—近松より』　作曲／鈴木英明

一九七七年五月初演作品のうち、大栗裕『お夏清十郎』以外は特定の原作を持たず、乾作品は「憂い」のイメージに沿って「自由に作曲された一種の即興曲」、藤島作品は「序と2つの変奏・間奏曲・終曲」からなるピアノ独奏曲、また鈴木作品は「愁嘆の章・道行の章・問答の章」からなる作品である（公演パンフレットによる）。

一九七七・一一　大阪毎日ホール　近松を世界にひろめる会秋季演奏会　●『橋づくし—心中天網島より』　作曲／山田光生　●『〈憂い〉二番—尺八とピアノの為の』　作曲／乾　堯　●『お夏笠物狂い』　作曲／大栗裕　●天台声明入りオペラ『曽根崎心中考』　台本・作曲／入野義朗

一九七八・五　都市センターホール　近松を世界にひろめる会東京公演　●『なげきの詩』　作曲／服部正　●『丹波与作道中唄』　作曲／服部正

近松を世界にひろめる会発足以来、ほとんど毎回作品を発表しているのは大栗裕《ひろし》（一九一八〜八二）である。大栗は、一九五五年、関西歌劇団によって初演された創作オペラ『赤い陣羽織』（脚本／木下順二、指揮／朝比奈隆、演出／武智鉄二）、あるいはその翌年に関西交響楽団（現大阪フィルハーモニー交響楽団）によって初演された『大阪俗謡による幻想曲』（指揮／朝比奈隆）などで知られる大阪・船場出身の作曲家である。大阪の民謡・俗謡・わらべうた、あるいはだんじり囃子など、土着・在来の民族（俗）音楽を素材とする作品を作曲し、その作風から「関西楽壇の民族学派」「浪速のバルトーク（もしくはハチャトゥリアン）」などと呼ばれている。片山杜秀によれば、大栗こそは「大阪の文化や伝統、民俗的要素に深くこだわり、それを自らの作風の核にまで育て上げた、まさに「大阪土着」の作曲家」であり、その真正な演奏は大阪の人間でないと難しい、という「神話」すらあるらしい（CD『〈日本作曲家選輯〉大栗裕』所収「解説」）。

世界的に著名な人物の名を借りて「浪速の〜」といいながら「浪速」の地域・文化的特殊性を強調するあたり、近松の場合と非常によく似たものを感じるが、それはともかく、大栗はもともとホルン奏者だったこともあって吹奏楽曲も数多く、少なくともその方面の人々にとってはたいへんなじみの深い、よく知られた作曲家といってよい。

ところで、オペラ団体協議会編『日本のオペラ年鑑』(一九九八)所収「日本のオペラ作品初演年表」は、初演月日・会場等不明としながら、一九七七年初演のオペラ『曽根崎心中』を大栗裕作品と記す。たしかに、一九七八年度の『音楽年鑑』歌劇総論(宮沢縦一執筆)には、大栗裕と『曽根崎心中』に関する言及がある。だが、同年度の『音楽年鑑』公演記録、および雑誌『音楽の友』(一九七八・五)の「コンサートガイド」は、オペラ『曽根崎心中』の作曲者を「大栗裕・入野義朗」と並記する。いったいどちらが正しいのだろうか。

結論からいうと、これらはいずれも誤りである。一九七七年に初演された入野義朗のオペラ『曽根崎心中考』は、「曽根崎心中のハイライトの道行き場面を四十分間のオペラにした」(『読売新聞』一九七七・一一・九)天台声明入りの作品である。『音楽の友』が伝える一九七八年五月の近松を世界にひろめる会東京公演では、初演時のヴァイオリン(篠崎功子)が琴(小泉栄子)にかわり、新たに鼓(藤舎呂悦)が加わるなど、編成に多少の異同はあるものの、天台声明(天台宗兵庫第二教区青年部)入りのオペラ『曽根崎心中』は入野作品以外にない(公演パンフレットによる)。おそらく、『音楽の友』も『オペラ年鑑』も、大栗の『歌う曽根崎心中』と入野のオペラ『曽根崎心中考』とを混同してしまったのではないかと思われる。

入野義朗(一九二一〜八〇、本名「義郎」)は、「第一次戦後派の代表的な作曲家のひとり」であり、「日本の作曲界に十二音音楽を導入した先導者」(8)として知られている(秋山邦晴「入野義朗—十二音音楽への単独航海者の歌」)。入野の業績は作曲だけにとどまらない。たとえば彼は、一九五七年に柴田南雄や黛敏郎・諸井誠・吉田秀和らとともに二〇世紀音楽研究所を組織して、現代音楽祭を企画・開催、海外の先進的な動向の紹介につとめた。また、七三年には石井真木と東京音楽企画研究所(Ｔｏｋｋ)を設立し、日本の伝統音楽や前衛音楽を世界に発信・紹介してきた。さらにその没後は、入野の遺志によって若い作曲家のための国際作曲賞「入野賞」（八一年創設）が設けられ、また同年、アジア作曲家連盟（Asian Composers League）によって「ACL入野義朗記念作曲賞」が創設されるなど、入野義朗は一人の作曲家である以上に、常に国際的な視野に立って日本の現代音楽界を主導してきた人物であり、その功績は内外で高く評価されている。

さて、一九七七年の『曽根崎心中考』において声明や伽倻琴などを用い、近松に対するアプローチの可能性を探っていた入野義朗は、近松を世界にひろめる会の委嘱によって、改めて「曽根崎心中」全篇の本格的なオペラ化に着手する。

一九八〇・四　森ノ宮ピロティホール　近松を世界にひろめる会春季演奏会　オペラ『曽根崎心中』　作曲／入野義朗（一九七九年作曲）

テクストは現行文楽の床本をベースに、観音廻りが終わった後、つまり生玉神社でお初・徳兵衛が出会う場面から始まる。登場人物はお初・徳兵衛・九平次に、語り手の四人のみ(9)。語り手は物語の媒介者としてお初・徳兵衛ら劇中人物とは明確に別の次元に位置しており、状況に応じて天満屋の亭主・遊女・下女など、お初・徳兵衛・九平次以外のすべての役をつとめる。楽器編成は、ヴァイオリン・フルート・ピアノ・パーカッションに太棹三味線と尺八が入る。ここには前作『心中考』を特徴付けていた天台声明と伽倻琴は入っておらず、かなりシンプルかつオーソドックスな編成になっている。もちろん編成の問題だけではなかろうが、入野のオペラ『曽根崎心中』はこの後、東京室内歌劇場によってしばしば再演され、戦後の室内オペラの主要レパートリーとして定着することになる。

入野義朗とオペラ『曽根崎心中』

二〇〇五年一〇月、新国立劇場において入野義朗のオペラ『曽根崎心中』が一六年ぶりに上演された（指揮／今村能、演出／飯塚励生、演奏／東京室内歌劇場）。

聴衆はそう多いとはいえなかったが、ソリスト（ソプラノ・お初／田島茂代、テノール・徳兵衛／平良栄一、バス・九平次／

鹿野由之)、演奏者（ヴァイオリン／豊田弓乃、太棹／田中悠美子、フルート／中川昌三、尺八／素川欣也、打楽器／吉原すみれ、ピアノ／藤原弥生）ともすばらしい出来栄えで、たいへん感銘を受けた。特に語り手（バリトン／太田直樹）は、男性から女性まで、時にファルセットを用いていくつもの役を巧みに語りわけ、抑制のきいたユーモアさえ漂わせながら劇中世界と語りの場を自在に往還してみせた。そのせりふも、文楽を聴きなれた耳にまったく違和感なく響いた。いずれの出演者も演技力、歌唱力ともに見事だった。

入野の音楽がそうであるように、その舞台（美術／大沢佐智子）も非常にシンプルで、小道具類を含め、余計なもの、装飾的なものは一切ない。一方、衣装（小栗菜代子）は、語り手が映画『マトリックス』を思わせるようなスタイル（黒づくめの衣装にサングラス）だったり、九平次が髪型も含めて突飛でポップだったり、お初が内掛け風のドレスだったり、全体として現代的で無国籍な雰囲気をかもしだしていた。

私は音楽学の専門家ではないし、ことさら現代音楽を聴きこんでいるわけでもないが、長年調性音楽になじんだ「現代音楽素人」の耳で聴いても、入野のオペラ『曽根崎心中』は違和感の少ない、透明な抒情に溢れた美しい作品であった。これは、素人の見解ながら、作曲者が「ことば」を大切にしているためではないかと思う。オペラ『曽根崎心中』は、お初・徳兵衛・九平次・語り手、いずれをとっても「ことば」がメロディに流されて聞き取りにくいということがない。ソリストの技量が卓抜なことはいうまでもないが、音楽もまた「ことば」に寄り添っていく風でもある。ちなみに、入野夫人（入野禮子／高橋冽子）は同公演パンフレットのなかで、次のようなエピソードを紹介している。

中でも忘れられない重要なことは第3場の道行きで「梅田の橋を鵲の橋と契りていつまでも」の「はし」のイントネーションが反対で聴けたものではない!!と稽古を聴いた財団幹部の方々が大憤慨されており、他にも何箇所かあるがここは直してくれなければ絶対に許さないと激怒されていると云うのです。後にスコアを見ると音を入れ替えて直してあります。

（「オペラ『曽根崎心中』が生まれるまで」）

これは極端な例だが、オペラ『曽根崎心中』がそういった配慮の中で作曲されたことは間違いない。「無調」でありながら無理に作った（人工的な）感じがしないのも、おそらくそのためであろう。むしろ入野は「ことば」の音楽性を際立たせながら、そこに抒情と激情を通わせることに意を用いているように思われる。

実験工房設立メンバーの一人で、現代音楽の批評と実践で知られる秋山邦晴（一九二九～九六）はいう。

入野義朗はたしかに職人性ともいえる闊達な技術をもっているにちがいない。かれはもともと、そういった音の機能性を巧妙な技巧で合目的的なるものの美として造形することを希求してきたのだ。しかしかれの本質そのものは、一般に感じられているよりもずっと、いわば抒情的、あるいは後期ロマン派的ともいえるような曖昧な部分を多く秘めている作曲家なのではないだろうか。

入野義朗という作曲家は、このかれの内部にある美への憧憬と、機能的、合目的的なるものの美との、この両者の合体として生きてきたといえるようにおもえるのだ。（『日本の作曲家たち―戦後から真の戦後的な未来へ（下）』）

一九六七年に武満の『ノヴェンバー・ステップス』を初演し、その後入野の芸術祭優秀賞受賞作『箏と尺八のための協奏的二重奏』（一九六九）をカーネギーホールで演奏した経験をもつ尺八の横山勝也（一九三四～）は、入野義朗作品の抒情性について次のように述べている。

作品（『協奏的二重奏』―引用者注）は先生の特質であった無調が基調となっていますが、一見無機質のようななかに極めて格調高いロマンティシズムに溢れる作品であることを感じたのは私ばかりではありませんでした。

（二〇〇〇年六月「入野義朗没後20周年コンサート」公演プログラム）

秋山のいう「抒情的、あるいは後期ロマン派的ともいえるような曖昧な部分」、あるいは横山のいう「ロマンティシズム」は、オペラ『曽根崎心中』においても十二分に発揮されているように思われる。

秋山の『日本の作曲家たち―戦後から真の戦後的な未来へ（下）』によれば、入野は近松を世界にひろめる会に関わったその最晩年において、日本的あるいはアジア的なものへの関心を深めていった。

たとえば〈評弾〉1977。ここではソプラノ、テノール、チェンバロに朝鮮民族の箏である伽耶琴がくわえられている。（中略）こうした器楽音のうごきに、女声、男声のふたりが掛けあいのように、語り物ふうに平均率ではなく、日本の伝統的な音程にちかい唱法で歌われていく。ことばは「古事記」「梁塵秘抄」「懐風藻」「曽根崎心中」などからの断片。「われらもついにはほとけなり」と「寂滅為楽」ということばが、全体を通してここでの主題のように、くりかえされる。ここには従来とは異なった日本やアジアの音楽へのかれの新しいアプローチがみられるようにおもう。（中略）それに器楽作品の系列が多かったかれが、近年声の作品、声楽的なものに新しい関心をみせていることも、日本の伝統やアジア民俗音楽への関心と結びついているものであろう。そして、そのことは、おそらくかれの音楽のフォルム、かれの音楽の世界の変容となって、新しい展開を明確にうちだしていきつつあるのだろう。

こうしてみると、入野最晩年の室内オペラ『曽根崎心中』が、秋山のいう「新しい展開」の延長線上にあることは明らかであろう。同作は入野最晩年を代表するすぐれた室内オペラであり、また近松記念館・近松を世界にひろめる会によって委嘱・初演された一二作品中、最も成功した作品ということができる。

しかしながら、音楽の世界では、武満徹のようなごく一部の例外をのぞいて、日本人作曲家を対象とする学術的研究はたいへん少ない。オペラ『曽根崎心中』を作曲した入野義朗も、現代音楽の先駆者としてシェーン・ベルクの十二音技法を日本に紹介・実践した点は高く評価されているものの、単独の「入野義朗研究」あるいは「評伝」といったようなものは皆無である。基礎資料としては、国立音楽大学附属図書館・入野義朗書誌作成グループ編『〈人物書誌大系19〉入野義朗書誌』（日外アソシエーツ、一九八八・六）が唯一。まとまった形の評論としては、これまで引用してきた秋山邦晴の『日本の作曲家たち―戦後から真の戦後的な未来へ（下）』所収「入野義朗―十二音音楽への単独航海者の歌」が、これまたほとんど唯一かと思われる。

近年になって、このような状況に変化の兆しが見られるようになった。一九九七年、日本たばこ・アフィニス文化財団の支援・委託を受けて、日本戦後音楽史研究会（代表／佐野光司）が調査・研究活動を開始。同研究会の最終報告は二〇〇七年、『日本戦後音楽史（上・下）』（平凡社）として刊行された。メンバーの一人であった石田一志はこれと並行して『モダニズム変奏曲―東アジア近現代音楽史』を上梓。同書において、「入野義朗は、新古典主義風の形式構造を採用しながら、色彩感とニュアンスに富んだ十二音音楽を書き続けた」と述べ、その作品について次のように概括している。

彼の代表作は、その初期であればベルク流の音列変奏、あるいはブラッハーやメシアンのリズム手法が活用されている精緻な技巧が凝らされた小管弦楽のための《シンフォニエッタ》（一九五三）であろう。音列技法と音色の関係では《クラリネット、アルト・サキソフォン、トランペット、ピアノ、チェロのための五重奏曲》（一九五八）、《ジャズバンドのための組曲》（一九六〇）で、楽器の独特の組み合わせを試みている。《二面の箏のための音楽》（一九五七）あたりから邦楽器にも関心を示した。晩年の二本の尺八とオーケストラのための《Wandlungen「轉」》（一九七三、クーセヴィツキー音楽財団委嘱）では、尺八の対話を中心とする楽想が、オーケストラにも波及して、全体に豊かな色彩感覚をもった境地を示した。このような音列による統一感と多彩な色彩感の関係はハープシコードと伽倻琴を用いた声楽曲《評弾》（一九七七）や和洋楽器を用いた室内歌劇《曽根崎心中》（一九七九）へと展開していった。

しかしながら、オペラ『曽根崎心中』に言及した研究・評論はまだまだ少ないと思う。今後、入野研究と作品の再評価が進み、本作がより多くの聴衆を得ることを願うばかりである。

近松を世界にひろめる会とオペラ『曽根崎心中』の行方

雑誌『演劇界』（一九七九・二）によれば、近松を世界にひろめる会（会長／中井一夫）は、一九七九年秋、同会の理事でもあった入野義朗を音楽監督として、衣川加壽子以下総勢四〇名でオペラ『曽根崎心中』の欧州公演（パリおよび尼崎市の姉妹都市である西ドイツ・アウグスブルク）を計画していた。

だが、この企画の実現を報ずる記事はどこを探しても見当たらない。作曲者の入野は、当時入退院を繰り返しており、一九七七年一一月の『曽根崎心中考』の初演にも、また一九八〇年四月の『曽根崎心中』の初演にも、ついに立ち会うことができず、同年六月に他界した。オペラ『曽根崎心中』の欧州公演は、おそらくそういう事情で中止になったものと思われる。

結局実現しなかった企画ではあるが、近松を世界にひろめる会はたしかに「近松を世界にひろめ」ようとしていた。それは間違いない。矢野暢『20世紀音楽の構図—同時代性の論理』によれば、戦後の創作オペラは、團伊玖磨の『夕鶴』（一九五二）、清水脩『修善寺物語』（一九五四）、大栗裕『赤い陣羽織』（一九五五）、菅野浩和『注文の多い料理店』（一九六一）等々、大阪がこの分野を主導した輝かしい時期がある。「このころまでの関西には、まだ日本の文化を中心的に担っていこうとする意欲と、それにふさわしい実力の基盤があった」。矢野はこのように述べているが、もしかすると、近松を世界にひろめる会は「戦後の大阪ではじまったオペラ創作活動」を復興する狙いがあったのではなかろうか。そして同会の最終目標は、世界に通用する関西発の創作オペラを世に送り出すことだったのではなかろうか。

ところが、先述の欧州公演関連記事の後、同会に関する消息はぱったり途絶える。どうやら、一九八〇年のオペラ『曽根崎心中』初演を最後に、近松を世界にひろめる会の活動は実質的に停止してしまったらしいのである。

なお、入野のオペラ『曽根崎心中』はその後、一九八三年三月、大阪のザ・シンフォニーホールで再演されている。主催は「近松オペラ協会」。管見では同会によるオペラ『曽根崎心中』は後にも先にもこの一回限りで、その実態も不明というほかないのだが、あるいはこの「近松オペラ協会」は「近松を世界にひろめる会」が発展・改称した組織だったのではなかろうか。もしご存知の方がおられたら、ぜひご教示願いたい。

それにしても、近松を世界にひろめる会は、わずか数年のうちに昭和五〇年代に初演された近松物（音楽）の大半を世に送り出している。そのエネルギーは今から考えると驚異的ですらある。企業メセナ協議会ができ、政府出資の芸術文化振興基金が創設されるのは、同会最後の演奏会から一〇年後（一九九〇年）のことである。それを思えば、近松を世界にひろめる会は五年、あるいは一〇年早すぎたのかもしれない。現在、地方自治体や芸術文化系財団など、主に公的機関が果たしている「顕彰事業」や「助成活動」「地域文化の振興」といった役割を、同会は昭和五〇年代初頭に先取りしていたということができる。

しかし、「近松を世界にひろめ」ようとしたその志は、決して無駄ではなかった。くしくも近松生誕三五〇年の二〇〇三年秋、東京室内歌劇場によるオペラ『曽根崎心中』ロシア公演が実現する。『曽根崎心中』の海外公演そのものは、一九九三年八月のＪＭＬセミナー入野義朗音楽研究所（所長／入野禮子）のシリア公演がもっとも早い。だが、その時に上演されたのは「天満屋の段」と「道行」の一部にすぎず、また本格的なオペラではなく演奏会形式であった。したがって、本作が完全な形で海外に紹介されるのは、東京室内歌劇場のロシア公演が初めてということになる。以前からオペラ『曽根崎心中』上演に積極的だった東京室内歌劇場は、二〇〇三年のロシア公演の後、入野義朗没後二五年にあたる二〇〇五年には、韓国・イタリア・日本、国内外三ヶ国で上演を果たす。入野夫人は先の文章のなかで次のように語っている。

今大阪世界初演のプログラムを読み直してみると「近松を世界にひろめる会」の設立の目的が東京室内歌劇場によって見事に果たされていることに改めて気付き、不思議な糸で繋がれていたことを感じます。

作曲者はもとより、かつて近松を世界にひろめる会に関わっていた人々にとって、それはまさに「夢の実現」であったに違いない。

戦後六〇年の「曽根崎心中」音楽作品一覧

以上のように、現代音楽における近松受容の出発点は、一九七六年発足の近松を世界にひろめる会に求めることができる。同会の活動から一〇数曲もの作品が誕生したが、興味深いことに、ここでも代表作は、そして後世に残る傑作は『曽根崎心中』であった。

ちなみに、昭和五〇年代以降、音楽の分野ではコンスタントに（ということは、増えもせず減りもせず。その点、右肩上がりで新作が増え続ける演劇界とは事情が異なる）近松に取材した作品が創作・発表されるようになるが、なかでも「曽根崎心中」はやはりダントツの人気で、現在までに作られた近松関係の新作のうち、約三分の一が「曽根崎心中」である。

以下、戦後に創作・初演された音楽作品の「曽根崎心中」を列挙しておく。なお、このリストには、狭義の現代音楽から現代邦楽・ロック・ポップス・演歌等、あらゆる領域の「音楽」作品を含む。また、既出「近松を世界にひろめる会」委嘱作品その他と重複する部分があることをお断りしておく。

一九七一・一一　東京文化会館　東京混声合唱団『道行—曽根崎心中より』作曲／高橋悠治

一九七六・一〇　大阪毎日ホール　近松を世界にひろめる会『歌う曽根崎心中』作曲／大栗裕

一九七七・一一　大阪毎日ホール　近松を世界にひろめる会　天台声明入りオペラ『曽根崎心中考』台本・作曲／入野義朗

一九八〇・四　大阪・森ノ宮ピロティホール　近松を世界にひろめる会　オペラ『曽根崎心中』台本・作曲／入野義朗

一九八四・一〇　国立文楽劇場　酒井松道「竹を吹く」『尺八と箏による〈お初徳兵衛〉道行に寄す　プロローグ』作曲／稲垣静一

一九八七・一〇　NHKホール　石川さゆり一五周年リサイタル『曽根崎心中』作詞／吉岡治　作曲／弦哲也

一九八七・一二　東京文化会館　東京混声合唱団『曽根崎心中—ソプラノ・テナー・バリトンと混声合唱のための』作曲／原嘉壽子

一九八八・五　ジァンジァン　野坂恵子ライブ『曽根崎心中』作曲・演奏／野坂恵子（二十絃箏）

一九九二・一〇　ピッコロシアター　尼崎市・近松実験劇場92「近松パフォーマンスⅠ」　ロック『曽根崎心中』　作曲・演奏／B・BLOOD・BURN

一九九二〜九三　マリオネット・コンサート　組曲『曽根崎心中』　作曲・演奏／マリオネット　＊本作は九二年一〇月、尼崎・近松実験劇場で上演された桧垣バレエ団（京都）『曽根崎心中』（台本／向井芳樹　振付／小西裕紀子）のために作曲されたもの。

一九九四・一〇　ピッコロシアター　尼崎市・近松実験劇場94「近松パフォーマンスⅢ」　オペラ『曽根崎心中』　台本・演出／菅沼潤　作曲／中村茂隆

二〇〇〇・一一　カフェ・アンサンブル　白石准試演会　『道行─四つの小品より』　作曲・演奏／白石准（ピアノ）

二〇〇一・三　東京文化会館　現代の音楽展２００１　『曽根崎心中による六つの情景─尺八・クラリネット・ヴァイオリン・チェロのための』　作曲／山本繁治

二〇〇二・一〇　長野県上田市民会館　信州国際音楽村合唱団創立三〇周年プレ企画　コロスとソリストによる合唱パフォーマンス『曽根崎心中』　脚色・演出／藤田傳　作曲／佐藤允彦

二〇〇二・一一　ワシントンDC・ケネディセンター　高田直子（マリンバ）デビューリサイタル　『道行─曽根崎心中より』　作曲・振付／ポール・フォーラー　＊日本初演は二〇〇三年八月、サントリーホール。

二〇〇三・三　大阪・いずみホール　京都フィルハーモニー室内合奏団創立三〇周年記念演奏会　文楽人形と声楽と室内楽による『曽根崎心中─道行の段』　脚色／ひらのりょうこ　作曲／丸山和範　人形／吉田文吾・吉田文司

このほか、レコード・CD作品としては、先述の花柳幻舟『残・曽根崎心中』(一九七五)、一九八〇年八月リリースの宇崎竜童とダウンタウン・ファイティング・ブギウギバンド(10)『曽根崎心中パート2』(ディスク・ジァンジァン、作詞/阿木燿子、作曲/宇崎竜童)、一九九〇年六月リリースの中島みゆき『夜を往け』(ヤマハ・ミュージック・コミュニケーションズ)所収『新曽根崎心中』(作詞・作曲/中島みゆき)、一九九六年九月リリースの島津亜矢『お初』(テイチク、作詞/さとの深花、作曲/村沢良介)などがある。これらを含めると、「曽根崎心中」関連の音楽作品は、一九七〇年代以降現在までの約三〇年間で二〇作ほどになる。このうち、近松を世界にひろめる会のほか、東京混声合唱団の委嘱作品が二曲、尼崎市の推進する「近松ナウ」事業の関係で初演された作品が三曲ある。尼崎市の取り組みについては後述するが、こと音楽の分野に関しては、近松を世界にひろめる会や尼崎市など、関西における組織的・継続的な取り組みが注目される。

ロック文楽『曽根崎心中』と舞踊界の動向

映画『曽根崎心中』でお初を演じた梶芽衣子が、ブルーリボン賞はじめ、いくつもの主演女優賞を受賞したことは先述の通りである。だが、その後の近松受容史にとっては、むしろ宇崎竜童(一九四六〜)のほうが大きな役割を果たしたといわなければならない。

映画『曽根崎心中』への出演をきっかけに、歌舞伎や文楽など、古典芸能に関心を持つようになった宇崎は、映画公開の翌年、改めて「曽根崎心中」に挑戦することになる(11)。

一九七九・九　ジァンジァン　ロック文楽『曽根崎心中パート2』　構成・作詞/阿木燿子　作曲・演出/宇崎竜童　演奏/ダウンタウン・ブギウギバンド　人形/吉田小玉(現文吾)・桐竹紋寿・吉田蓑太郎(現桐竹勘十郎)・吉田玉女・豊松清之助・吉田若玉

これは初主演映画で「悔いを残した」という宇崎が、俳優ではなく本業のミュージシャンとして「曽根崎心中」に挑み、文楽人形とのコラボレーションを試みたものである[12]。登場人物は映画版とは異なり、お初・徳兵衛・九平次の三人に絞り込まれ、筋の展開も原作に沿ってシンプルにまとめられている。プロローグとエピローグに観音廻りをまたがらせることによって、お初・徳兵衛を舞台に迎え（招魂）、送り出す（鎮魂）円環的な構成をとっている。ロックのリズムに乗せて語られていくこの『曽根崎心中』は、シンプルかつストレートな音楽劇として新鮮な感動を与えた。

もっとも、「ロック文楽」という試みそのものは、宇崎竜童が初めてではない。宇崎以前には一九七五年一〇月、やはりジァンジァンにおける『心中天網島』の例がある（構成／龍田浩介）。だが、「新しい試み」というものはたいてい一回限りで、再演に結びつかないケースが多い。しかも「ロック文楽」となれば吉田文吾や桐竹紋寿ら人形遣いとの共演ということもあって、双方のスケジュール調整など、再演には難しい問題もあったに違いない。にもかかわらず、宇崎は折に触れて再演のチャンスをうかがい、近松生誕三五〇年の二〇〇三年には文楽の拠点たる大阪・国立文楽劇場で、また二〇〇五年には東京の国立小劇場で上演を果たす。もしかすると、東・西の国立劇場でロックを響かせたのは宇崎竜童が初めてではなかろうか。それだけでも画期的なことだが、宇崎は二〇〇五年五月の国立小劇場公演その他によって読売演劇大賞優秀スタッフ賞を受賞。ロック文楽『曽根崎心中』はいまや宇崎竜童のライフワークの一つに数えられる重要な作品となった。

一方、近松受容史を考える上では、文楽抜きのロック『曽根崎心中パート2』（一九八〇）が果たした役割も決して小さくない。というのも、ジァンジァンにおける文楽とのコラボレーション、およびそのレコード化が舞踊界を刺激して、この後さまざまなジャンルに「曽根崎心中」が広がっていくことになるからである。

宇崎竜童のロック『曽根崎心中』を用いた舞踊作品はいくつかあるが、なかでも一九八一年一〇月の朝丘雪路・深水会公演「近松門左衛門の世界を踊る」は同年の芸術祭優秀賞を受賞。また、二〇〇一年一一月に初演され、やはり芸術祭優秀賞を受賞した鍵田真由美・佐藤浩希フラメンコ舞踊団の『曽根崎心中』は、ロック『曽根崎心中』をフラメンコ用に作り直した作品で、同舞踊団は二〇〇四年三月、本作をもってフラメンコの本場、スペインのヘレス・フラメンコフェスティバルに参加、内外の注目を集めた。

宇崎はこのほかにも、文楽人形の徳兵衛と女優演じるお初が共演した門の会の『曽根崎心中』（一九八七・四、国立小劇場）で音楽や語りを担当したり、最近では蜷川幸雄が演出する『新・近松心中物語』（新メンバー・新主題歌で二〇〇四年二月改訂初演）の音楽も担当するなど、一九七八年の映画『曽根崎心中』以来、近松との関わりがたいへん深いロック・ミュージシャンとして、特異なポジションを占めている。あるいはその背景として、彼が京都生まれであることも関係しているのかもしれない。

かくして増村保造監督の映画『曽根崎心中』は、その「パート2」として宇崎のロック文楽『曽根崎心中』を生み、それがまた各方面に波及して、様々な試み、様々な「曽根崎心中」を生み出すことになる。近松受容史において宇崎竜童を無視しえないゆえんである。

戦後六〇年の「曽根崎心中」舞踊作品一覧

以下、音楽作品同様、戦後に創作された舞踊関係の「曽根崎心中」について、その一覧を提示しておこう。なお、近松の複数の作品（たとえば「曽根崎心中」と「心中天網島」）を取り合わせて創作された作品はここに含まない。また、すでに述べたものと一部重複するところがある。重ねてお断りしておく。

一九七四・一一　神戸文化会館　今岡頌子舞踊公演　『お初―天神森の段』　振付／今岡頌子　義太夫／豊竹嶋大夫・竹本相生大夫　三味線／竹澤団六・竹澤団二郎・鶴沢寛平　＊本作はモダンダンスと義太夫のコラボレーション。

一九七五・一一　札幌・ＳＴＶホール　能藤《のうとう》玲子創作舞踊団　『近松の女・お初―曽根崎心中』　振付／能藤玲子　音楽／山下毅雄　＊一九八三・四は単独でニューヨーク公演。

一九八〇・一二　ABC会館　柳下規夫モダンダンスグループ　『曽根崎心中』　振付／柳下規夫　演出／観世栄夫　音楽／宇崎竜童

一九八一・五　紀伊國屋ホール　おどりの座「女でござる」　『曽根崎心中』　構成・演出／杉昌郎　音楽／宇崎竜童　出演／吾妻徳彌・田村連

一九八一・一〇　三越劇場　深水会「近松門左衛門の世界を踊る」　ロック『曽根崎心中』　演出・振付／花柳芳次郎　音楽／宇崎竜童　語り／関弘子　出演／朝丘雪路・花柳芳次郎　＊芸術祭優秀賞受賞。

一九八一・一一　ABC会館　現代日本舞踊公演「近松浄瑠璃の世界」　『曽根崎心中』

一九八六・一一　簡易保険ホール・ゆうぽうと　現代舞踊三人展　『恋歌―近松のおんな』　振付／庄司裕《ひろし》　音楽／諸井誠・広瀬量平　出演／小池幸子・中島伸欣　＊音楽新聞社賞受賞。翌八七年、第一回文化庁日米舞台芸術交流事業としてサンフランシスコ他アメリカ五都市を巡演。

一九八六・一一　国立文楽劇場　上方舞・山村若佐紀リサイタル　『お初』　振付／山村若佐紀　特別出演／竹本住大夫・豊澤富助・野沢錦彌　＊芸術選奨文部大臣賞、大阪府民劇場賞受賞。

一九八八・一〇　東京郵便貯金ホール　河野潤ダンスグループ　『近松バージョンⅠ―お初徳兵衛恋模様』　台本／祭原渉　演出・振付／河野潤

一九八〇年代　渋谷道頓堀劇場　『曽根崎心中』　出演／清水ひとみ

一九九二・一〇　尼崎・ピッコロシアター　尼崎近松実験劇場92「近松パフォーマンスⅠ」　桧垣バレエ団　『曽根崎心中』　台本／向井芳樹　振付／小西裕紀子　音楽／マリオネット　出演／小西裕紀子・桧垣琢矢

一九九六・二　鎌倉芸術館　柏木みどり一五周年記念リサイタル　『曽根崎心中』　構成・演出・振付／柏木み

一九九七・九　札幌・道民活動センターかでる2・7ホール　『近松心中物語』札幌公演記念「ダンスに魅る近松門左衛門―恋を彫る」　塚田ジャズバレエ・ワークスタジオ　『曽根崎心中』　振付／塚田記久　＊本作は塚田ジャズバレエ・ワークスタジオ、ダンススタジオ・マインド（舞人）、札幌舞踊会、Remix Art&Dance、以上四団体による近松門左衛門作品競作公演の一つ。

一九九八・一〇　国立文楽劇場　藤間瑛乾リサイタル　『曽根崎心中―夢のゆめ』　構成・演出／堀舞位子　作曲／藤舎名生　衣裳／ホリヒロシ　出演／藤間瑛乾のお初・吉田玉男の徳兵衛（人形）・藤間藤助の徳兵衛の「心」・劇団東俳によるコロス　演奏／豊竹咲大夫・野沢錦糸・藤舎名生・望月太明蔵

一九九九・九　シアターX《カイ》　日舞&コンテンポラリーダンス『夢の夢―THE CHIKAMATSU―曽根崎心中より』　構成／坂東扇菊　振付／坂東扇菊・近藤良平

二〇〇一・五　京都・アートコンプレックス1928　ダンスカンパニーDINYOS「ソロダンスコンサート―晒身」　『お初』　振付／渡辺タカシ

二〇〇一・一一　セシオン杉並　鍵田真由美・佐藤浩希フラメンコ舞踊団　『曽根崎心中』　構成・演出・振付／鍵田真由美・佐藤浩希　音楽／宇崎竜童　＊芸術祭優秀賞、河上鈴子スペイン舞踊賞等受賞。二〇〇四年はスペイン公演。

二〇〇三・七　アートスフィア天王洲アイル　舞踊公演ひろば・NPO法人集団日本舞踊21共催舞踊公演「ひろば二〇〇三―創作・近松の女たち」　●《Aプロ》バレエ『お初』　振付／鈴木光代《てるよ》　●《Bプロ》バレエ『お初』　振付／上原まゆみ

二〇〇三・一〇　扶桑文化会館　近松門左衛門生誕三五〇年記念「曽根崎心中—道行の美」　三代真史《みしろまさし》ジャズ舞踊団『MICHIYUKI〜Tokubei & Hatsu』　脚本・構成／坂本久美子　振付／三代真史

二〇〇四・三　大阪市中央区民センター　大阪現代芸術祭「大阪人になろう！Vol.3—上方舞吉村流の魅力・地歌の魅力」　創作地歌『曽根崎心中』　出演／吉村古ゆう

私の知り得た範囲では、「曽根崎心中」を舞踊化した作品は、一九七四年から現在までの約三〇年間で、やはり二〇作程度となる。これを見ると、「曽根崎心中」舞踊化の動きは一九七五年前後にモダンダンス界から始まり、一九八〇年に宇崎のロック『曽根崎心中』がリリースされた後、一九八一年にかけて現代邦舞において一種ブームのような観を呈する。その後、昭和六〇年代（一九八五〜九四）はモダン・邦舞・バレエ・その他のジャンルに広がりを見せるものの、作品数としては昭和五〇年代と大差ない。これが一九九五年以降、最近一〇年になると、ジャズダンス・邦舞・バレエ・フラメンコ・コンテンポラリーとジャンルも多様化し、作品数も一一本に増加する。つまり、昭和五〇〜六〇年代は平均して二年に一作程度だったものが、この一〇年は毎年新たな「曽根崎心中」が発表されている計算になる。

以上、舞踊作品、音楽作品、いずれをとっても、「曽根崎心中」が相当数を占めている現状と、それが昭和五〇年代以降の現象であることが確認された。

一九七九年の「冥途の飛脚」（その一）〜『近松心中物語』〜

近松といえば「曽根崎心中」。近松といえば「心中物」。我々のなかにはそういったイメージ（先入観）が抜きがたく存在しているように思われる。近松受容史における「第二の原点」たる昭和五〇年代は、そうしたイメージがより一層強固なものとして塗りかためられていく時代であった。

一九七九・二　帝国劇場　東宝　『近松心中物語—それは恋』　作／秋元松代　演出／蜷川幸雄　主演／平幹二

朗・太地喜和子・菅野忠彦（現菜保之）・市原悦子

増村監督の映画『曽根崎心中』公開の翌年に初演された『近松心中物語』は、題名は溝口健二の『近松物語』（一九五四）を継承しつつ、その構想は近松二五〇年忌に同じ帝劇で初演された野口達二『恋の天満橋』（一九七三）を踏まえ、「冥途の飛脚」と「心中卯月の紅葉」およびその続編の「卯月の潤色」を取り合わせて、見事に心中する者と死に切れない者、きわめて対照的な二組の男女を描き出した大劇場向けの作品である。

ためらわず、ひたむきに悲劇の道を突き進む梅川・忠兵衛に対し、お亀・与兵衛のコンビは三枚目的なずっこけ組で、前者の悲劇性を喜劇的に相対化する。二人の心のずれそのままに、お亀は死に、与兵衛はぶざまに生き残ってしまう蜆川堤の場面のおかしさと悲しさは無類だ。（中略）近松の原作では、生き残った与兵衛は最後に剃刀で後追い心中を果たすが、著者は与兵衛を死なせず、「寿命のくるまで」生き続ける道を選ばせた。確たる生の手ごたえがない喜劇的人物像など、秋元版の与兵衛には確実に現代の光が射している。（『秋元松代全集』第四巻所収、扇田昭彦「解題」）

もっとも、現代的なのは与兵衛やお亀ばかりではない。秋元の認識としては、「元禄の町人たちの哀歓も生死も、今日のわれわれのそれも、制度と金銭と愛欲のしがらみの中で、がんじがらめになっていることに何の変りもなく、また、変りようもない」（「元禄から昭和へ」）。そういうスタンスで書かれたのが『近松心中物語』である。

本作によって、作者の秋元松代（一九一一〜二〇〇一）は菊田一夫演劇賞大賞を、演出の蜷川幸雄（一九三五〜）は同演劇賞を、美術の朝倉摂（一九二二〜）はテアトロ演劇賞をそれぞれ受賞。一九八一年には本作が芸術祭大賞を受賞し、一九八三年には辻村ジュサブローが菊田一夫演劇賞特別賞を受賞。一九八九年のロンドン公演では美術の朝倉摂と照明の吉井澄雄、そして人形のジュサブローの三人がローレンス・オリビエ賞にノミネートされるなど、作者・作品・演出家・俳優・スタッフのすべてが輝かしい受賞歴を誇っている。

小劇場第一世代の蜷川は、一九七四年の日生劇場進出以来、商業演劇の分野に新風を吹き込んできたが、とりわけ本作の成功によってその名声が確立された。

蜷川得意の視覚的な演出はさらに冴えを見せた。遊郭で豪勢に遊ぶ金持ちと下積みの群衆を対比する冒頭の活気ある群衆シーンも健在だった。しかも、過剰なまでのダイナミズムと悲劇性を強調するそれまでの演出に抑制と喜劇性が加わり、一種成熟した世界が生まれていた。（扇田『日本の現代演劇』）

もっとも、演劇の大衆化と商業化に批判的だった武井昭夫は、その悪しき一例として本作をあげ、「六〇年代後半に若い劇団演劇座と組み、堅実な高山図南雄演出で『常陸坊海尊』『かさぶた式部考』を世に問い、新劇世界に独自の鮮烈な光芒を放った秋元松代が、七〇年以降の蜷川演出との結合をとおして、『近松心中物語』といった大衆の情感に追従して大受けする台本作者に変貌させられたのも、商業主義の魔力のすさまじさを示すものであった。」と述べている（「流れに抗して一本の杭を」）。

『近松心中物語』は、時にそういう批判も受けつつ、しかし、その後もキャストを変え、海外公演なども行ないながら、二〇〇一年四月に上演一〇〇〇回を達成。現在は新メンバー・新主題歌による『新・近松心中物語』（二〇〇四・二、改訂初演）として上演記録を更新中である(13)。実際、歌舞伎と文楽の『曽根崎心中』以外で上演一〇〇〇回に達した近松物は本作以外にない。その意味でいうと、松竹と東宝は戦後の新作近松において、それぞれきわめて重要な作品を世に送り出したということができる。

ところで、本作のもとになった「冥途の飛脚」は、戦後の新作数でいうと第四位（二四作）に甘んじているが（第一位はいわずと知れた「曽根崎心中」で、計五一作を数える）、この統計には『近松心中物語』のように複数の作品を取り合わせて作られた新作は含まれていない。そうなると、新作数でこそ四位だが、すでに上演一〇〇〇回をこえ、なお記録更新を続けている『近松心中物語』のような大作があるので、「冥途の飛脚」や梅川忠兵衛も一般に広く認知されているといっていいだろう。ただ、『近松心中物語』を見た人々が原作の「冥途の飛脚」をどれだけ知っているかというと、かなり疑問もある。

秋元松代の『近松心中物語』は、そのタイトルが端的に示している通り、主人公梅川忠兵衛を「心中」させる話である。作者の秋元自身、「冥途の飛脚」を「心中物」とみなしているようだが（帝劇初演パンフレット所収「作者のことば」）、にもかかわらず原作の梅川忠兵衛は、心中しない。したくてもできない。

公金横領の罪を犯した亀屋忠兵衛は遊女梅川と逃亡し、生まれ故郷新口村《にのくちむら》まで落ちていく。実父孫右衛門は養家に対する「世間の義理」から忠兵衛との対面をぎりぎりのところで踏みとどまり、そのかわり梅川に路銀を渡して二人を逃がそうとするが、その直後、忠兵衛は無情にも孫右衛門の眼前で捕縛され連行されていく。それが原作の幕切れである。であるがゆえに「冥途の飛脚」は、少なくとも我々の認識としては、「心中物」ではなくて「犯罪物」に分類されているのである。

だが秋元は、『近松心中物語』において「新口村」のくだりを惜し気もなく切り捨てた。そして降りしきる雪のなか、二人に「本望の上の本望」（終幕・梅川のせりふ）を遂げさせる結末を選んだ。相馬庸郎によれば、秋元は「敗戦末期の空襲下、防空壕の中で近松の心中物をよく読み、その美しさを爆死の危機にある自分の心の支えとした」（『秋元松代　稀有な怨念の劇作家』）。たしかにそのことは、秋元もエッセイ等に書き残している(14)。その秋元が最も大切にした作品、それが「冥途の飛脚」であり、遊女梅川であった。

原作では梅川忠兵衛、二人の道行は無残な結末を迎える。忠兵衛は捕縛され、二人は別れ別れになってしまう。その後の顛末について近松は何も書いていないが、梅川が連れ戻されたであろうことは確実で、浮世草子「御入部伽羅女」（一七一〇）や歌舞伎「けいせい九品浄土」（一七一一、都万太夫座）によれば、梅川はその後二度の勤めに出たという。秋元はそんな哀れな梅川を、愛する忠兵衛とともに死なせてやりたかったのではないか。二人にとって離れ離れになることほどつらいことはない。いっしょに死ねるのなら本望。心中こそが救い。そう考えた秋元松代は、『近松心中物語』において、本来死なない（死ねない）梅川忠兵衛を心中させる筋に改変したのではなかろうか。

ちなみに、『近松心中物語』の源泉の一つと考えられる映画『近松物語』も、姦通物でありながら、かなり心中物に近いニュアンスで作られている。

心ならずも不義密通の身となったおさんと茂兵衛。だが実は、手代茂兵衛はおさんに対して以前から思慕の念を抱いていた。そしておさんもまた、逃避行を続けるうちに茂兵衛に対して心を開いていく。原作では、おさん茂兵衛の二人は処刑寸前に東岸和尚に救済されることになっているが、映画ではそのような機械仕掛けの神は降臨しない。だが、裸馬に揺られて刑場に護送されていく二人の表情には、不義密通の後ろめたさは微塵もない。むしろ晴れやかですらある。不義の汚名をこうむりながら、しかし彼らは、互いに真実愛し合える人とめぐりあった喜びと自信に充ちあふれている。であればこそ、いっしょに死ねる（処刑される）ことも彼らにとっては本望――映画はそういう終わり方になっている。

山本喜久男は「近松映画の海外評価についてのノート」のなかで、「溝口健二は『近松物語』で、近松の生世話浄瑠璃、心中ものの『大経師昔暦』（一七一五）を映画化した」と書いている。「近松の生世話浄瑠璃、心中ものの『大経師昔暦』」（傍点引用者）という記述そのものは、厳密にいうとまったく「誤り」というほかないが、ここで山本の揚げ足を取るつもりは毛頭ない。そうではなくて、日本映画研究の泰斗とされる山本ですら、専門外とはいえ「大経師昔暦」を「心中もの」と思い込んでいる以上、一般の観客や海外の人々が映画『近松物語』を見て、原作の「大経師昔暦」を「心中物」と受け止めたとしても何の不思議もない、ということが言いたいのである。

つまり溝口は、「大経師昔暦」を「心中物」として読み直し、語り直した。その語り口の見事さによって人々は近松の原作もまた「心中物」であると信じ、近松を「心中物作家」と認めた。そういうことである。したがって、『近松物語』の影響下にあるすべての「おさん茂兵衛」物は、基本的に「心中物」という枠組で理解されている。そして秋元松代の『近松心中物語』も、溝口の『近松物語』と同様に、あるいはそれ以上に、心中物でない「冥途の飛脚」を心中物に読みかえようとした作品であった。そしてそれは大成功を収めたのである。

一九七九年の「冥途の飛脚」（その二）～『心中・恋の大和路』～

一九七九年は「冥途の飛脚」を原作とする作品が、もう一本初演されている。

一九七九・一一　宝塚バウホール　宝塚歌劇団星組　『心中・恋の大和路』　脚本・演出／菅沼潤　主演／瀬戸内美八・遥くらら・峰さを理

東の帝劇、西の宝塚。ともに阪急・東宝系。偶然か、はたまた地元意識のあらわれか。いずれにせよ一九七九年は、浪花の恋の物語、「冥途の飛脚」の当たり年であった。本作は一九七九年星組（瀬戸内美八）で初演された後、一九八九年は月組（剣幸《つるぎみゆき》）、一九九八年は雪組（汐風幸《こう》）と、ほぼ一〇年ごとに再演されており、歌劇団のレパートリーとして既に評価の定まった作品ということができる。

宝塚の『心中・恋の大和路』が原作の「冥途の飛脚」を含め他の梅川忠兵衛物と大きく異なるのは、男役・娘役それぞれのトップに男役の二番手を交えた三者関係によってドラマを構成する歌劇団特有の作劇法もあって、忠兵衛に封印を切らせるきっかけを作るあの八右衛門が、梅川忠兵衛の苦境を助ける友人思いの「いい役」に改変されている点だろう。

近松原作の八右衛門は非常に複雑なニュアンスを持つ役で、歌舞伎の類型的な役柄（役柄とは本来類型的なものだが）にあてはまらないところがある。実際、現行の「封印切」ではそうした人物造形を避け、八右衛門は廓の衆の嫌われ者として、また忠兵衛にからみ、あおり、封印を切らせる憎まれ役として演じられている。その方がわかりやすいし、忠兵衛が封印切の大罪を犯す時、一見それが八右衛門のせいであるかのような印象を与えるため、主人公に同情を集めやすい。これに対し、宝塚の『心中・恋の大和路』は、八右衛門が非常に男気のある「いい役」に改変されている。

逃亡した梅川忠兵衛に追っ手がかかる。忠兵衛を気遣う八右衛門もすぐ後を追う。ところが忠兵衛と梅川は新口村で追い詰められてしまう。「忠兵衛、掟に従え」。すると八右衛門が追っ手をさえぎって言う。「……二人を行かせてやろう」。八右衛門は追っ手を引き受け二人を逃がす。それは準主役が演じるにふさわしい役である。

そう考えてみると、宝塚の『心中・恋の大和路』は、近松の「冥途の飛脚」よりも紀海音の「傾城三度笠」（一七一三）に連なる作品ということができる。だが『心中・恋の大和路』は、原作に近松の名をあげるだけで、海音の名はどこにも見当たらない。「東洋のシェイクスピア」あるいは「日本のシェイクスピア」と称されている「大近松」に比べ、海音の名では一般にアピールしないせいであろうか。それとも、『心中・恋の大和路』と「傾城三度笠」の一致はあくまで偶然だろうか。ともあれ、原作が近松であろうと海音であろうと、本来のストーリーでは梅川忠兵衛の心中は、ない。これは忠兵衛が捕縛された実説を踏まえているからである。ところが一九七九年の梅川忠兵衛になると、東（帝劇）の『近松心中物語』も西（宝塚）の『心中・恋の大和路』も、どちらも「心中」の二文字がタイトルをきらきらしく飾っている。

かくして「冥途の飛脚」は、「曽根崎心中」や「心中天網島」と並ぶ「心中物」の一つとして読みかえられ、再演を重ねながら、世間一般に流布している「近松＝心中物」のイメージをさらに強固なものにしていくことになる。

なお、宝塚で『恋の大和路』を初演した瀬戸内美八は、一九八三年に宝塚を退団した後、一九八八年四月は吹田市文化会館メイシアターがプロデュースする「近松劇場」でミュージカル『心中天網島』（脚本・演出／菅沼潤）に主演。その後も三越劇場を舞台に、再び「冥途の飛脚」を原作とする『さらら雪ざれの明日香へ』（一九八九）や『おさん茂兵衛』（一九九〇）を演じ（脚本・演出はいずれも山路洋平・高島忠夫コンビ）、二〇〇四年二月には退団二〇周年を記念して『近松幻想―ひとり芝居』（構成・演出／菅沼潤）を上演するなど、近松物をしばしば手がけ、これを得意としている。『恋の大和路』そのものも、一九九九年以降、瀬戸内を中心とする歌劇団のOG公演として再演が繰り返されている。

一方、当の宝塚歌劇団は「曽根崎心中」や「心中天網島」など、およそ心中物に分類される作品群は一度も手がけたことがない[15]。宝塚が戦後とりあげた近松物は『国性爺合戦』（一九五五・一二、花組）と『心中・恋の大和路』の二作のみ。しかも『恋の大和路』はもっぱらバウホールをメインとし、大劇場で上演されたことは一度もない。それはそれとして興味深い問題かと思うが、当面の課題ではない。先を急ごう。

心中物に読みかえられた「冥途の飛脚」

『近松心中物語』も『心中・恋の大和路』も、「冥途の飛脚」によりながら、梅川忠兵衛を心中させるストーリーに書きかえてある。

誰もが認めるように、「冥途の飛脚」は近松を代表する傑作の一つである。にもかかわらず、原作は心中物として書かれていない。そのラストは主人公忠兵衛が捕縛され、役人に引かれてゆく無残な姿で幕となる。だが、主人公に感情移入し、その「恋の逃避行」に同情を寄せる人々にとってみれば、結末がこれでは、たしかに後味が悪いかもしれない。何かもやもやしたものが残る幕切れであることは否定できない。

一九九三年、近松座の第一一回公演で原作に忠実な『冥途の飛脚』が上演されたことがある。その終幕、捕縛された忠兵衛が父の悲しむ姿を見たくないといって手ぬぐいで目隠しをしてもらう「めんない千鳥」について、当の鴈治郎は「辛い幕切れです。それはそれで役者としては面白かったのですが、やはりごらんになるお客さんには、改作のほうがいいようですね。」と語っている（『鴈治郎芸談』）。一九七四年六月、国立劇場で上演された原作通りの『心中天網島』同様、原作通りの「冥途の飛脚」もやはり賛否両論で、原作そのままというのは現代の観客には受け入れがたいものがあるらしい。

これは近松が厳しすぎるのか、それとも我々が甘いのか。

「冥途の飛脚」も「心中天網島」も、原作は「慰み」でありながら肝心なところでかなりシビアでシリアスな現実認識を示している。だが原作の意図はそれとして、実際に上演される場合、現場の意向も無視できない。たとえば歌舞伎でしばしば上演される現行（改作）「新口村」。原作ではそこに息子が隠れていることを承知の上で、あえて対面せず立ち去っていくはずの孫右衛門が、改作「新口村」ではあっさり対面してしまう。それが許されるのなら、もう一歩も二歩も進んで梅川忠兵衛を追っ手から逃がし、心中させることも許されるのではないか。そうでもしないとあまりにも可哀相ではないか。だれが？　梅川が。また、見ている方も精神衛生上すっきりしない——ということは、カタルシスが得られない、ということである。つまり、作家の論理ではなく、観客の論理。今を生きる人々に「慰み」を提供する芸能・娯楽・エンターテインメントで重視されるのは、まさに観客=享受者の論理であり、生理である。

「心中」という結末は、いわゆるハッピーエンドではないけれど、現実と異なるフィクションの世界では、必ずしも「不幸」な結末とはいえない。むしろ梅川忠兵衛の立場に身を置けば、「心中」こそ二人が永遠に結ばれる唯一の方法であり、この世の苦患から逃れる救いでもある。そしてこういう結末にしなければ、現代の梅川忠兵衛、すなわち秋元の『近松心中物語』も宝塚の『心中・恋の大和路』も、大衆的な作品としてあれほどの当たりを取ることはできなかったに違いない。

秋元松代と宇野信夫の「近松体験」

ところで、『近松心中物語』の作者秋元松代（一九一一〜二〇〇一）と、歌舞伎『曽根崎心中』の作者宇野信夫（一九〇四〜九一）の「近松体験」には、一種の共通点がある。宇野、秋元、ともに上演一〇〇〇回をこす戦後近松の代表作を生み出した劇作家たちは、戦時中、死と隣り合わせの状況のなかで近松の世界に深く親しみ、これを心の支えにしていたというのである。

山崎正和（一九三四〜）はいう。

戦争中、われわれは誰にともなく一種の「終末思想《エスカトロジー》」を教えこまれた。勝つにせよ負けるにせよ、あの戦争は日本の運命に決定的な決着をつけるはずであり、さしあたりその先のことは考える必要もない歴史の曲がり角をつくるはずであった。「国体護持」とか「八紘一宇」といったイデオロギーは信じられなかったひとも、ほとんどがこの気分的な終末思想を信じて死んで行ったことはまちがいない。（『劇的なる日本人』）

「現実に「終末」は来なかったけれども、いわば「終末の感情」というべきものが、戦時下の日本人を濃密に支配していたことは事実」であり、「終りの感覚だけがひとびとの生活をすみずみまで満たしていた」。山崎の指摘するこうした「終末思想」、あるいは「終りの感覚」が戦時下の宇野や秋元の心中を満たしていたことは想像にかたくない。

実をいうと、先に紹介したＵ‐Ｓｔａｇｅの嶋崎にも似たようなところがある。むろん昭和三〇年（一九五五）生まれの嶋崎に戦争体験のあろうはずもない。だが、演劇活動に行き詰まり、貧しさに喘ぎ、このまま演劇を続けられるかどうかの瀬戸際に、嶋崎は近松に惹かれた。あるいは近松を求めた。

否も応もなく終末に向かう圧倒的な流れのなかで、明日はないかもしれないという極限的な状況下で、人は（もちろん皆が皆、というわけではないにしろ）なぜ近松に惹かれていくのか。唐突だが、近松と南北の違いも、このあたりにありそうな気がする。あるいは、「死」が真実「身近」なものであるとき、近松には「救い」と「慰め」があって南北にはそれがない、といったら言いすぎだろうか。「死」が身近にあって、しかもそれが個人の力ではいかんともしがたい絶対的な「外部」からもたらされるもので、文字通り明日をも知れぬ状況下にあるとして、人は果たして南北を読み、心慰められるだろうか。

ここにいう「救い」とは、「死」に対する感性と深く関わっている。近松の作品、特に世話悲劇はおしなべて「死」に対する受容性が高い。「死」は受け入れざるをえないもの、逃れえぬものとして、主人公の前に立ちあらわれる。事態を打開しようとしても、また周囲が何とかしようとあがいても、結局どうすることもできない。他方、南北の方は、初演時にはなかった「首が飛んでも動いて見せるワ」というせりふ（伊右衛門）に象徴されるように、登場人物の誰彼すべてに「生」に対する執念がある。どれほど棺桶が出てこようが、南北において「死」は拒絶されているのではないか。

いずれにしろ、世話の近松と生世話の南北、悲劇の近松と喜劇の南北、人の世の善意を描く近松と悪意を描く南北、「澄める世の掟正し」い（冥途の飛脚）秩序感覚とアナーキーな崩壊感覚——。時代はその両極で揺れ、そのつど近松を、あるいは南北を呼び出すようになっているらしい。

シリーズ「近松門左衛門の世話浄瑠璃を絃に乗せずに語る試み」

昭和五〇年代は、蜷川幸雄の『近松心中物語』に代表される「大劇場の近松」、「見せる（魅せる）近松」が登場する一方、あくまで「近松のことば」にこだわり、「物語ること」に演劇的な可能性を再発見しようとする試みも同時に行なわれていた。

一九八〇・二〜　ジァンジァン　関弘子企画　シリーズ〈語り〉「近松門左衛門の世話浄瑠璃を絃に乗せずに語る試み」　演出／観世栄夫・笠井賢一　出演／関弘子・古屋和子・千賀ゆう子　＊関弘子はこのロングラン公演によって紀伊國屋演劇賞個人賞を受賞。

この公演は一人からせいぜい三人という、ごく限られた出演者による原文の素語りである。取り上げられた作品としては『大経師昔暦』を皮切りに、『冥途の飛脚』『長町女腹切』『曽根崎心中』『堀川波鼓』『心中天網島』を連続上演。後に『平家女護島』を群読スタイルで上演しているが、基本は少人数の素語りであろう。

関弘子は俳優座養成所の一期生で青年座の旗揚げメンバーである。関は同座退団後、観世寿夫と結婚。本シリーズの演出を担当した観世栄夫は義弟にあたる。そのラインから考えると、間接的ながら武智鉄二とも接点がある。さかのぼること二〇数年以前、武智鉄二は『現代語による義太夫―近松門左衛門』を制作、芸術祭音楽部門（ラジオ）団体奨励賞を受賞している。かたや「近松をもとにした現代語の作品を義太夫に乗せて語る」試み。かたや『近松の原文を義太夫に乗せないで語る』試み。ベクトルは違っても、発想の仕方そのものはよく似ているといってよい。

そしてまた、はるか彼方で武智鉄二と通いつつ、身近なところで関の試みに先駆ける者がいた。戦後日本を代表する劇作家、木下順二（一九一四〜二〇〇六）である。木下順二の大作『子午線の祀り』が初演されたのは関弘子の「近松」シリーズの前年、一九七九年の四月である。河竹登志夫は現代演劇の始まりを一九六〇年代のアングラ小劇場運動に求める通説に対し、「昭和三十年前後を源流とする伝統回帰と、異種ジャンル間のクロスオーバーによる創造」を時代の「本質的な曲がり角」と見る。そうした視角からすると、七九年の『子午線の祀り』は現代演劇の一つの頂点を成す重要な作品となる

（「舞台芸術の五十年」）。その『子午線の祀り』共同演出者の一人が観世栄夫である。またこれは後で触れることになるが、一九八一年の近松座の旗揚げに参画し、近年近松の群読に取り組んでいる元前進座の高瀬精一郎も、やはり『子午線』共同演出者の一人であった

このように考えれば、近松を「絃に乗せずに語る試み」が、山本安英（一九〇六〜九三）[16]を囲む「ことばの勉強会」に端を発して『知盛』の試演、そして大作『子午線の祀り』へと発展していった群読劇、あるいは朗誦劇の流れを汲むものであることはまず間違いないものと思われる。

ちなみに、山本安英の「ことばの勉強会」でも群読研究の題材として近松が取り上げられたことがある（一九六九・三、第一四回「ことばの勉強会」）。だが、そこで試演されたのは世話物ではなく時代物（出世景清）であった。そこに「平家物語」から『子午線の祀り』を生み出した木下順二らしい選択がある。一方、関弘子が選んだのは、時代物ではなく世話物だった。スケールの大きな歴史物、長大な時間、多人数の群読、大劇場、そこに費やされる莫大な費用――。これに対して、スケールの小さな（等身大の）世話物、比較的短い上演時間、限られた出演者、ジァンジァンという小劇場、少ない制作費――。たしかに原文にこだわる試みは地味である。決して大劇場向きではない。「見どころ」も少ない。だが、いうまでもなくこの試みは「見せる」よりも「聴かせる」ことに主眼があった。ジァンジァンのような親密な空間で、声に、息に、語りに「耳」を傾けること。それが改めて近松の「ことばの力」を実感する一つの、そしてきわめて有効な方法であることは言を俟たない。

ところで、演劇の現場では「近松は読んで面白く、舞台はつまらない」という見方が根強い。本家本元の文楽ですらそういう見方がある。竹本住大夫（一九二四〜）の『文楽のこころを語る』にこんな一節がある。

> 私の長年のファンのお客さんは、「近松の作品は読んだらええ。読んだらええ作品に、三味線のフシつけて浄瑠璃で語っても、ええことあらへん」と言わはります。その人は三味線も義太夫も若い時分から好きで、文楽をようわかってる

人です。そういう人が言わはるのです。『曽根崎心中』という演目はだいたいが変化のない、なにもかもがきれいづくめの浄瑠璃で、私はあんまり好きやないのです。（中略）それにしても、「なんで近松ものは、こない人気があるのんや」と思いますわ。（中略）「原作でやれ、原作でやれ」と言われても、近松ものは（変化がない分―引用者注）原作どおりでは芝居にならないのです。

このほか、近松の作品は「変化にかける」「コクがない」「サラサラしている」「書き物（新作歌舞伎）に似ている」などと言われることもある。たしかに現場の意向・判断は尊重しなければならない。まして観客がそう感じているのであれば、やむをえない面もある。しかし浄瑠璃とは、本来「見るもの」ではなく「聴くもの」だったのではないか。三人遣いの文楽では「芝居にならない」近松の作品も、これを「息と声のドラマ」「聴くドラマ」として見直すとどうなるのか。あるいは住大夫のいうように、近松の文章はそのまま読んだ方が面白く、義太夫節で語っても面白くないのであれば、近松は「絃に乗せずに語る」のが一番、ということになりはしないか。

当初から本シリーズに関わり、一九八二年以降、観世栄夫に代わって演出を担当することになった笠井賢一（一九四九〜、演出家・プロデューサー、現銕仙会「銕仙」編集責任者）は、二〇〇一年の遊戯空間『曽根崎心中』公演に際し、当時をふりかえって次のように述べている。

私たちの時代は政治の時代でした。演劇の根拠もさまざまに問いかけられている中で、政治的な言語に失語した私は古典の世界に自己の演劇的な根拠を探すことになりました。（中略）そうした活動の出発のころ、私にとって決定的なことは観世栄夫演出での近松門左衛門作品を語るシリーズに参加した事です。観世栄夫演出と関弘子さんの語る技法によって、物語るという演劇的な方法の豊穣さを身をもって感じ、それが現代演劇と隔絶した古典の世界に特権的にあるだけではないことを知りました。当時廣末保氏がその仕事に対して「近松の詞章は、音曲として語られるドラマの言葉であった。そして義太夫節は、その近松の言葉を語り込む音曲であった。ことばと音曲の不可分の関係がそこにはあった。だが、〈節〉はいつか自己運動的に展開しはじめ、ことばの抵抗を回避し始める。その結果、ドラマの言葉を語り込むことがむつかしくなる。近松を語るという演劇行為は、こうして〈語られるドラマ〉のことばとの、新たな出会いを通して試されねばならなくなる。……」と的確に批評してくださったように、伝統とか様式の名のもと現行の古典のなかで失われているものを、もう一度見直すことが必要だということ、それの《ママ》現在形の演劇の地平でそのことが可能だということを学びました。（遊戯空間『曽根崎心中』公演パンフレット所収「『曽根崎心中』再演出」）

そうしてこのシリーズは、「三味線や、義太夫の節から離れて、素で語るということを通して、近松が作品に込めた劇の密度と構造が明確に立ち上がってくるという、じつに充実した仕事」となった（笠井、遊戯空間『曽根崎心中』公演チラシ）。その意味でいうと、ジァンジァンで行なわれた「近松を絃に乗せずに語る試み」は、戦後近松「第二の原点」たる昭和五〇年代において、「語られるドラマ」という原点に立ち返って近松を再発見しようとする「試み」であったということができよう。

なお、ジァンジァンで行なわれたこの「試み」は、共演者だった古屋和子・千賀ゆう子らに受け継がれ(17)、それぞれ一人語りのスタイルで今なお近松を語り続けている。

語り女・松田晴世の『曽根崎心中』

ところで、関弘子のシリーズ〈語り〉そのものは、一九七六年六月にまでさかのぼる。この時期、木下順二が『子午線の祀り』の完成にむけて、語り物の伝統に根ざした「群読」の研究を行なっていたことは先述の通りだが、この他にも小劇場を舞台として独特なスタイルの「語り」が行なわれていた。

一九七八〜八五　下北沢ロングランシアター　語り女・松田晴世〈えろすを語る〉『曽根崎心中』

ウェブ上の「松田晴世資料館」(18)によれば、松田晴世は北海道出身。一九七〇年、スモン病のために大学を中退し、闘病生活を送るかたわら表現活動を開始。その才能は金子光晴や寺山修司等の注目するところとなった。松田は現代の語り部として「語り女《かため》」を名乗り、ロングランシアターやジァンジァン等を拠点に、『葵上』『卒塔婆小町』『道成寺』『安達原』など、古典を題材にしながら、世に見捨てられた人間の哀しみや情念を語り、そして歌った。和太鼓にギターの絃を張った「魏太鼓」なるオリジナル楽器（命名寺山修司）を用い、歌い・語る、その独特なスタイルを自身「哥語り」と称した。

松田晴世が新しい生命の誕生とひきかえにこの世を去ったのは一九八六年四月（享年三八歳）。生前最後の舞台は八五年九月、三越劇場の『曽根崎心中』だった。松田のマネージャーだった森夕季乃は、八七年一〇月、ジァンジァンで行なわれた追悼公演に寄せて、次のように綴っている。

松田晴世は、いつも別れを意識していた。すべては夢、幻なのだと思い、死と隣りあわせに生きていた。だからこそ、傷ついてもなお、燃えて、命つきるまで今を楽しくたのしくと懸命であった。その懸命さが時として異常とも思えたのは、生き急いだ者の宿命なのだろうか。特に死の前年の活動はすさまじかった。最後の大作鏡花の「高野聖」のあの浄化された舞台、恩師寺山修司氏を偲んで演じた「悲母観音抄」の見事さ、故郷旭川も訪れ、地元の人々を感動させた。そして最後の舞台となった「曽根崎心中」では、死にいく者の哀れさを語った。どの作品にも、一貫して流れるテーマは、女の哀しさ、人を慈しむこころであった。裏切られても、捨てられても、鬼と化しても物狂いの後は、すべてを許し、涙し乍ら浄化された鬼となって闇の中に一人消えていく女がそこにあった。

（松田晴世追悼公演『雪女抄』公演パンフレット）

実を言うと、今回の調査をするまで、私は松田晴世の存在を知らなかった。松田は若くして亡くなったこともあって、今となっては知る人ぞ知る存在ではあるが、今回ウエブサイト「松田晴世資料館」管理人で、松田のバックバンド「無弦弓」（これもまた寺山の命名）のメンバーだった作曲家の羽野誠司氏のご厚意により、当時の音源を聞くことができた。ウッドベースの響きに乗せて道行から心中までを濃厚に語っていく松田の『曽根崎心中』は、闇の底から語りかけてくるような、それでいて官能的な「声」の力で、聞く者の心をとらえ、激しく揺さぶる。いまその肉声に接することができないのはかえすがえすも残念だが、七〇年安保のピークに学生運動に参加し、その後は薬害に苦しめられながら裁判闘争に加わり、死と隣りあわせの人生を駆け抜けた松田晴世。そして最後は新たな命とひきかえにこの世を去っていった松田晴世。そのラストステージが『曽根崎心中』だったことは、どこか象徴的ですらある。

中村扇雀「近松座」結成

さまざまな場所で、さまざまな「近松」が行なわれていた昭和五〇年代半ば、歌舞伎『曽根崎心中』で戦後近松の原点を築いた中村扇雀が新たな活動を開始する。一九八一年一一月、扇雀は前進座の演出家高瀬精一郎らとともに近松座を結成。上演予定演目として以下の二〇作品が発表された(19)。太字は二〇〇六年現在未上演作品である。

心中天網島、傾城仏の原、出世景清、**仏母摩耶山開帳**、傾城阿波鳴門、傾城壬生大念仏、曽根崎心中、**用明天皇職人鑑**、堀川波鼓、**心中重井筒**、心中万年草、冥途の飛脚、**長町女腹切**、**大経師昔暦**、**国性爺合戦**、**鑓の権三重帷子**、**博多小女郎波枕**、**平家女護島**、女殺油地獄、関八州繋馬

近松座の旗揚げ公演は翌年五月、高瀬精一郎演出による『心中天網島』であった。中村鴈治郎『一生青春』によれば、近松座結成にいたる直接のきっかけは一九七一年のローレンス・オリビエ（一九〇七〜八九）との出会いにあったが、「座」のありようについては、俳優個人の研究会という以上に、二世市川左団次（一八八〇〜一九四〇）が洋行後に興した演劇革新運動(20)を意識していたという。

> 近松座を結成したのは、近松作品を歌舞伎として上演することをとおして、近松の本質に迫るとともに、上方和事芸の創始者である坂田藤十郎の芸を学びたいと思ったからなのです。
>
> （『鴈治郎芸談』）

扇雀が目指したのは、戦後衰退を余儀なくされた上方歌舞伎の復興であり、そのためには上方歌舞伎の原点に立ち返る必

要があった。坂田藤十郎こそ上方歌舞伎の原点。その坂田藤十郎に作品を提供したのが近松。そして何より自分の運命を変えた『曽根崎心中』。そうしたところから扇雀は近松座を結成し、改めてライフワークとして近松に取り組むことになる。もっとも、演劇運動としての近松座は、必ずしも近松作品を「原作どおり上演することではなく、近松語の歌舞伎を創ること」を重視する。「近松語の歌舞伎」とは、七五調で書かれていないため字余り字足らずで喋りにくい、そんな「近松の言葉に忠実でありながら、現代の歌舞伎にはない台詞術やイキで喋る歌舞伎」のことをいう（『鴈治郎芸談』）。

昭和五〇年代の近松座は、旗揚げ公演の『心中天網島』をはじめとして、比較的よく知られた世話物の再検討を行なっていたが、昭和六〇年代に入ると、一九八六年（第五回）の『双生隅田川』、一九八七年（第二回青山公演）の『百合若大臣野守鏡』、一九八八年（第七回）の『出世景清』など時代物にも取り組み、また一九八七年（第六回）の『けいせい仏の原』、一九九八年（第一四回）の『けいせい壬生大念仏』など、台帳の現存していない元禄歌舞伎の復活にも意欲的に取り組んだ。その後、二〇〇一年に結成二〇周年を迎えた近松座は、第一回朝日舞台芸術賞特別賞を受賞。二一世紀の近松座はイギリス、ロシア、韓国、アメリカ等、海外公演に多忙を極める。演目はもちろん『曽根崎心中』である。こうして、終戦直後の関西実験劇場、いわゆる武智歌舞伎から誕生した新時代のスターは、師の武智鉄二がそうであったように、戦後の近松受容史の中でひとつの演劇運動を主導する象徴的な存在となった(21)。

価値観が多様化し、前衛らしい前衛が消滅した現代、最もラディカルなのは「原点回帰」である。一見矛盾するようだが、今や「原点回帰」ほどクリエイティヴな仕事はないのではないか。その意味でいうと、扇雀が武智から学んだものは、ラディカルな実験精神そのものだったのではないかと思われる。「誰も歩まなかった独自の道を拓いていかねばならない」（水落『平成歌舞伎俳優論』）「一生青春」の人は、原点を目指していわば「一生前衛」であることを自らの道と見定めた人でもある。道理で年齢を感じさせないはずである。

嵐徳三郎の「実験歌舞伎」

このほか、昭和五〇年代に特筆すべき取り組みとして、嵐徳三郎（一九三三〜二〇〇〇）の「実験歌舞伎」がある。七世嵐徳三郎（葉村屋）、前名大谷ひと江（若竹屋）。一九五六年、関西歌舞伎の将来を憂慮した松竹会長大谷竹次郎の意向を受け、前代未聞の俳優公募が行なわれた。徳三郎はそのとき日大から歌舞伎入りした学士俳優の一人である。徳三郎（当時ひと江）が注目されたのは一九六四年七月、朝日座で行なわれた第三回片岡仁左衛門の会であった。この時ひと江は『女殺油地獄』のお吉を演じ、大阪府民劇場奨励賞を受賞した。相手役は片岡孝夫（現仁左衛門）である。松竹の中川芳三（中川彰、奈河彰輔）は当時をふりかえり、次のように語っている。

孝夫の与兵衛が絶賛され、出世役となったが、ひと江もまた、抜擢に応え、見事な成果を上げた。若さをぶっつけるような孝夫をやわらかく受け、迫真のドラマを見せた。若さならではの舞台ではあったが、二人の実力を知らしめ、将来を期待させる年代記物の演目になった。（「心残り──七代目嵐徳三郎小論」）

孝夫とひと江はその後も、一九六九年八月は国立小劇場、翌七〇年三月は国立大劇場で『女殺油地獄』を演じている。与兵衛を演じた孝夫にとっても、ひと江にとっても出世作となった作品、それが『女殺油地獄』であった。

さて、嵐徳三郎の実験歌舞伎（ジァンジァン歌舞伎とも）は一九七六年、東京渋谷のジァンジァンで始まった(22)。同年は歌舞伎はもとより新劇界でも南北ブームで、一回目の演目に選ばれたのも『東海道四谷怪談』であった。このとき徳三郎は、戸浦六宏の伊右衛門、林昭夫の宅悦を相手に、お岩と小仏小平の二役を演じている。その後、徳三郎は第二回『平家蟹』『按摩と泥棒』を経て、第三回、第四回と連続して近松物に取り組むことになる。

一九七八・二　ジァンジァン　第三回嵐徳三郎ジァンジァン歌舞伎　『梅川忠兵衛』　脚本・演出／水口一夫　出演／徳三郎の忠兵衛・吉行和子の梅川・橋爪功の八右衛門と孫右衛門（二役）

一九七八・一〇　ジァンジァン　第四回嵐徳三郎ジァンジァン歌舞伎　『心中天網島』　演出／嵐徳三郎　出演／

徳三郎の治兵衛・馬渕晴子の小春とおさん（二役）・小林勝彦の孫右衛門

ジァンジァンでの実験公演は、以上四回で終了することになるが、徳三郎は同年一二月に『梅川忠兵衛』で阪急オレンジルームに凱旋。翌七九年一二月のオレンジルーム『心中天網島』で、再び大阪府民劇場奨励賞を受賞する。徳三郎の実験歌舞伎はこれを機に松竹の制作となり、八一年三月の公演では関西新劇団の主要メンバーとともに『女殺油地獄』を上演。このときは演出の中川彰が大阪府民劇場奨励賞を受賞している。

一九八一・三　大阪朝日座　第三回嵐徳三郎実験歌舞伎　『女殺油地獄』　脚本・演出／中川彰　音楽／北野徹　出演／嵐徳三郎の与兵衛・嶋多佳子（劇団獅子座）のお吉・宮井道子（劇団プロメテ）のお沢・江口誠三（劇団二月）の徳兵衛・表淳夫の白稲荷法印

徳三郎はこの頃から蜷川幸雄の舞台に立ち始める。一九八〇年二月は日生劇場の『NINAGAWAマクベス』（魔女役）、同年八〜九月は帝国劇場の『元禄港歌』（瞽女役）と続き、八一年八〜九月は『近松心中物語』（妙閑役）に出演している。徳三郎がロンドンのナショナルシアターで『王女メディア』を演じ、ローレンス・オリビエ賞最優秀主演男優賞にノミネートされるのは一九八七年九月である。

門閥外の学士俳優として出発しながら関西の大名跡を襲名し、一方でジァンジァンなどの小劇場で実験歌舞伎を手がけ、さらにまたギリシャ悲劇を演じて国内外にその名を知らしめた異色の歌舞伎俳優、嵐徳三郎。その最後の舞台は二〇〇〇年三月、ルネッサながとの柿落としとして行なわれた近松座の第一五回公演『封印切』（井筒屋おえん）であった。徳三郎はかろうじて初日をつとめたものの、二日目から休演。同年一二月に他界。享年六六歳であった。

水口一夫の「近松劇場」

一九七六年に始まった徳三郎の実験歌舞伎は、最終的に一九八三年一月、サンシャイン劇場の『女殺油地獄』で幕を閉じることになるが、興味深いことに、それとほぼ同じころ水口一夫の「近松劇場」が始まっている。
現在、松竹関西演劇部に所属し、上方歌舞伎塾の指導も行なっている水口一夫（一九四二〜）は、当時フリーの演出家・プロデューサーとして、ジァンジァンやオレンジルームで行なわれた徳三郎の実験歌舞伎などを手がけていた。その水口が地元京都に立ちかえり自ら始めたプロデュース公演、それが「近松劇場」である。

一九八三・二　京都アビエックス　『心中重井筒』　脚本／武田哲平　演出／水口一夫
一九八三・八　京都文化芸術会館　『百合若大臣』　脚本／武田哲平　演出／水口一夫
一九八四・一　京都ビブレホール　●『心中宵庚申』　脚本／武田哲平　演出／前原和彦　●『女殺油地獄』　脚本・演出／酒井澄夫　●『梅川忠兵衛』　脚本・演出／水口一夫

「近松劇場」そのものは水口個人の演劇活動であったが、この企画には京阪の新劇・小劇場、歌舞伎、宝塚、関西二期会、東映等、さまざまな分野・集団から俳優が参加した。なお、脚本を担当した武田哲平は武智鉄二の子息である。このシリーズは、一九八三年に『心中重井筒』と『百合若大臣』の二本を上演し、翌八四年は、水口と水口の演出助手だった前原和彦（和比古）、そして宝塚の酒井澄夫、演出家三人の競演で、『心中宵庚申』『女殺油地獄』『梅川忠兵衛』の連続公演を行ない、足かけ二年、正味一年で五本もの芝居を上演している。その勢いはまるで、わずか六年でシェイクスピア作品全三七本を完演した出口典雄（一九四〇〜）のシェイクスピア・シアター（一九七五〜八一）に匹敵するすさまじさである。
水口は当時を振り返って次のように語っている。

古いことなので、記憶違いがあるかも知れませんが、嵐のように現れたという意識はありません。こんな舞台を作りたいと、長い間思っていたことを実現したまでで、本当なら一年一作くらいのペースで作っていけば、良かったのかもしれませんが、今、振り返ると、自分の内部から、吹き上げてくる情熱を押さえられず、突っ走って傷を大きくしたように思います。

水口は組織・集団によりかからない個人的な演劇活動として、できるだけ経済的な負担のかからない舞台作りを目指した。かつらは使わない。衣裳も音楽も現代のもの。大道具も「すべては檻の中との視点から」（大川達雄「寒気と熱気と—2月の関西」）工事用の黄色のフェンスを用いたり（梅川忠兵衛）、バトンからロープを吊るすだけだったり（女殺油地獄）、無いは無いなりに創意工夫を凝らした。徳三郎の実験歌舞伎が「実験的」ではあってもやはり「歌舞伎」であったのに対し、水口はさまざまな制約から、思い切って近松を現代に引き寄せるスタイルを採用したのである。

こうした水口の「近松劇場」はそれなりの評価と支持を得た。にもかかわらず、最後はやはり経済的に行き詰まってしまう。「近松劇場」最終公演は一九八四年四月、大阪のパルコスタジオ。同年一月の初演で孫右衛門を演じた水口は、再演にあたり主役忠兵衛を演じている。くしくも同年同月、大阪日本橋に国立文楽劇場が開場。疾風怒濤の「近松劇場」はいわば文楽劇場と入れ違いに活動を停止することになる。そして一年後、一九八五年四月に吹田市文化会館メイシアターが開場、その主催事業として「近松劇場」がスタートする。

とても偶然とは思えないような展開だが、関係者（メイシアター／古矢直樹）によれば、メイシアターの自主企画として近松物の上演を示唆したのは初回から第五回公演まで脚本・演出を担当した宝塚の菅沼潤で、水口の「近松劇場」とは直接的な関係・連絡はないという。したがって、水口の「近松劇場」とメイシアターのそれと、二つの「近松劇場」が時期的に継続・連続しているように見えたとしても、名称の問題を含め、あくまで偶然の一致にすぎない。とはいいながら、仮に偶然であったとしても、一致してしまうところにある種の必然、あえていうなら関西という地域の歴史的・文化的必然があるのではなかろうか。

昭和五〇年代寸評

一九七六年　近松を世界にひろめる会発足。

一九七八年　増村保造監督・映画『曽根崎心中』、嵐徳三郎実験歌舞伎『梅川忠兵衛』『心中天網島』。

一九七九年　秋元松代作・蜷川幸雄演出『近松心中物語』、宝塚歌劇団『心中・恋の大和路』、宇崎竜童・ロック文楽『曽根崎心中』。

一九八〇年　入野義朗作曲・オペラ『曽根崎心中』、関弘子企画「近松門左衛門の世話浄瑠璃を絃に乗せずに語る試み」。

一九八一年　栗崎碧監督・映画『曽根崎心中』、中村扇雀「近松座」結成。

一九八三年　水口一夫プロデュース「近松劇場」。

以上、主だった動きを年表風に書き出してみたが、昭和五〇年代は四〇年代に比べて新作数が倍増するとともに、演劇・映画はもちろん、それまで近松とは無縁だった舞踊や音楽の世界にまでジャンルが広がり、さまざまな分野で近松に対する意欲的な取り組みが行なわれた時代であった。

一方、近松受容のありかたとしては、世話物（心中物）への偏り、とりわけ現在にいたる「曽根崎心中」偏重傾向の基礎がこの時期に形成され、近松といえば心中物、近松といえば「曽根崎心中」というイメージがより強固なものになっていった。だが、この時期、継続的・集中的に近松に取り組もうとする「運動」が各方面から起こったことは注目にあたいする。これもまた、一種の「ディスカバー・ジャパン」であったことは間違いない。

私見によれば、一九七三年の近松没後二五〇年以降、裾野を広げ本格化した近松再評価の動きは、おのずと近松の原点を探る試みとなり、それが世話物の起点たる「曽根崎心中」への集中という結果をもたらしたのではないかと推測される。その意味でも、昭和五〇年代は戦後近松「第二の原点」といってよいだろう。特に一九八〇年前後は、そういってよいだけの熱気と充実があったように思われる。

第五章　一九八五〜一九九四　昭和六〇年〜平成六年

激増する新作近松

本書もだいぶ現代《いま》に近づいてきた。何しろ昭和六〇年代の後半はすでに「平成」である。ただし本章では、昭和六〇年から平成六年までの一〇年間に、便宜上「昭和六〇年代」という呼称を用いることにする。

既に述べた通り、昭和五〇年代は四〇年代に比べて新作近松が倍増した時期だった。六〇年代はこれをうけ、五〇年代のさらに倍、すなわち一〇年間で一〇〇をこえる新作が上演されるようになる。特に昭和六〇年代前半（一九八五〜八九）の五年間で、五〇年代（一〇年分）とほぼ同数の新作が初演されている〔巻末「表1」および「グラフ3」参照〕。ということは、昭和四〇年代は一年で二、三本しか上演されなかった近松物が、五〇年代は一年で五、六本。六〇年代はこれが一〇本にまで増え、作品の規模（制作費・出演者数・劇場の規模・上演日数・上演回数・観客動員数、等々）を問わなければ、ほぼ毎月のように新作近松が上演される状況が到来した、ということになる。

ちなみに、この傾向は最近一〇年（一九九五〜二〇〇四）も同様で、新作本数に関してはこの二〇年間「高止まり」の状態が続いている。現実的にはもうこのあたりがピークではないかと思われるが、戦後の新作近松は、いくつかの波はあるものの、全体として右肩上がりの成長・発展を続けてきたといってよい。

これは、近松を取り上げる個人・劇団・劇場・諸団体がそれだけ増加したことを示している。すなわち近松とその作品は、歌舞伎・文楽にはじまり、歌舞伎俳優の出演する機会の多かった商業演劇、あるいは新劇における先駆的な取り組みなどを経て、小劇場に代表される若い世代の現代演劇へ、戦後半世紀をかけて広く、また深く、根を下ろしてきたということができるだろう。

もっとも、当期における近松物の激増と隆盛は、野田秀樹（夢の遊眠社）や鴻上尚史（第三舞台）に代表される一九八〇年代の演劇ブーム（小劇場ブーム）を抜きにしては考えられない。いわゆる「演劇ブーム」の発端は七〇年代のつかこうへいブームに求められるが、八〇年代のそれは、異常ともいえるバブルの好景気に支えられ、また煽られて、爆発的に花開いたのである。

激変する演劇環境（その一）

大笹吉雄は、八〇年代にどれほどの作品が初演されたのか、それがどういう増え方をしたのかを示す具体的なデータとして、『戦後日本戯曲初演年表』第Ⅴ期（一九八一〜八五）と第Ⅵ期（一九八六〜九〇）を引き比べ、次のように述べている。

第Ⅴ期のそれ（ページ数—引用者注）が111ページあまりだったのに対して、本巻は176ページ余、つまり、3分の2ほど増えている。戯曲の収録数で言うと、第Ⅴ期の約１７００本にくらべて、本巻は約２９００本ということになる。驚くべき増え方だと言っていい。

（『戦後日本戯曲初演年表　第Ⅵ期』）

もちろん、爆発的に増えたのは作品数（あるいは公演数）だけではない。文化社会学の佐藤郁哉は、八〇年代の演劇状況について次のように概括する。

八〇年代における小劇場演劇の際立った特徴の一つは、いくつかの劇団の達成した観客動員規模の大きさである。すなわち、八〇年代には遊眠社や第三舞台は、一公演につき三万人ないし五万人から六万人という、小劇場系の劇団としてはかつてないほどの規模の観客動員を果たしたのである。（中略）一九八〇年代以前には、小劇場演劇はながらく一公演につき数千人から一万人前後の動員が限界であると言われていた。この遊眠社や第三舞台の観客動員は、その通説や常識の範囲を大きく越えるものであった。（中略）これらの劇団の活躍に刺激されて、一九八〇年代には二〇代を中心とした若い世代による小劇団の旗揚げと公演が続き、あまり正確な推計ではないが一時期は首都圏だけでもそのような劇団数は二〇〇〇を越え、また東京およびその近郊で上演された公演数は年間三〇〇〇にも及んだとも言われている。

（『現代演劇のフィールドワーク─芸術生産の文化社会学』）

八〇年代はこのように、劇団数・作品数・公演数・動員数、どれもこれもが爆発的に増大し、演劇をとりまく環境に大きな質的変化をもたらした。大笹は当時の演劇ブームをふりかえって次のように述べている。

（八〇年代は─引用者注）いよいよ公演数が激増した時期で、その背後にバブルと呼ばれた右肩上がりの経済の発展があった。その異常さがはっきりするのは後のことだが、何だかおかしいと感じていたのは、わたし一人ではなかったろう。ものの価値がどう決まるのか、その基軸がまるでわからなくなった時代である。

しかし、こういう時代だったからこそ、演劇もまたその「恩恵」に浴したのは間違いない。今ではすっかり言葉そのものを聞かなくなったが、「冠公演」という表記が、多くの公演のポスターやチラシに、誇らしげに乱舞していた時期である。関係者の多くは、この波に乗り遅れると、時代に取り残されたような気がしたに違いない。「冠公演」こそが尖端のファッションだった。

（『戦後日本戯曲初演年表　第Ⅴ期』）

企業名を冠したイベント、いわゆる「冠公演」が始まったのは、実はバブル以前の昭和五〇年（一九七五）ごろである。それから一〇年、「金あまり」といわれるほどの好況に支えられ、冠公演が「乱舞」するような時期が到来する。それは「演劇ブーム」なるものが一つの「経済現象」と化したことを意味している。

激変する演劇環境（その二）

もう一つ、この時期の特色としてあげておかなければならないのは、全国的に劇場やホールの建設・開場があいついだことである。

一九八二年、日本初のクラシック・コンサート専用ホールとして、大阪にザ・シンフォニーホールが開場した。翌八三年は国立能楽堂、八四年は国立文楽劇場と、国立の古典芸能専用劇場があいついで開場。さらに八五年は青山円形劇場にベニサン・ピット、八六年はサントリーホール（東京初のクラシック専用ホール）、八七年はカザルスホール（日本初の室内楽専用ホール、現日本大学カザルスホール）に銀座セゾン劇場（現ル・テアトル銀座）、八八年は東京グローブ座（現パナソニック・グローブ座）に新神戸オリエンタル劇場、八九年はシアターコクーン、九〇年は東京芸術劇場――という具合である。これらは全国的にも著名な劇場・ホールだが、むろんこれはほんの一例に過ぎない。

ある統計調査によれば一九八〇年代はじめから九〇年代はじめの約一〇年間に文化関係の公的予算は、約二四〇〇億円（一九八三年）から八七〇〇億円（一九九三年）と約三・六倍の飛躍的な伸びを見せている。また、この文化関係予算の急速な伸びを裏書きするかのように、この一〇年ほどの間に、日本全国には公立文化ホールが次々と建設されていった。公立ホールの数は七五年には五二〇館前後に過ぎなかったが九六年には一八七〇館と約三・六倍にまで伸び、ホール建設のピークであった八四年には九三館、すなわち四日に一館が日本のどこかで建設されていた計算になる。ただ数が増えただけではない。幾多の公立ホールの中からはかつての公会堂的な機能が中心の多目的ホールではなく、劇場や音楽ホールなど特定の芸術ジャンルの公演や催し物に特化した機能をもつホールが増えてきたのである。

（佐藤『現代演劇のフィールドワーク』）

つまり、一九八〇年代は民間企業のみならず、国や地方自治体も含めて、全国的な「劇場（ハコモノ）ブーム」だったのである。そしてハコモノは、当然のことながらそれを管理・運営する事業主体を必要とする。その結果、八〇年代から九〇年代にかけて、芸術文化系の財団法人があいついで設立されることになる。その点、佐藤も指摘するように、八〇年代は芸術に対する直接間接の支援が一種のブームとなった時代でもあった。

演劇ブームに、劇場（ハコモノ）ブームに、文化行政ブームに、企業メセナ・ブーム。その他にも当時ブームだったものはまだまだあるが、しかし九〇年代に入ると、こうした「ブーム」を支えていた未曽有の好況（バブル経済）があえなく破綻・崩壊し、九八年以降、日本経済は長く厳しいデフレの時代に突入する。

その意味でいうと、昭和六〇年代はその前半と後半、つまり昭和と平成とで状況が大きく異なっている。また、一九九〇年前後は世界史的に見ても大きな転換期にあたっており、一九八五年から九四年の一〇年を「昭和六〇年代」として一括りにすることは、無理があるかもしれない。

さて、その無理を承知であえて問う。我々の「近松」は、激動の「昭和六〇年代」をどのように乗り切ったのだろうか。

昭和六〇年代の近松　～五つの特色～

当期の近松受容の特色としては、次の五点をあげることができる。

第一に、「曽根崎心中」人気に拍車がかかり、他を圧倒すること。

第二に、関西を中心に、官・民双方で組織的かつ継続的な取り組みが行なわれること。

第三に、東京では逆に、近松離れの兆しが見られること。

第四に、東西でいくつもの復活上演が試みられたこと。

第五に、国際化時代にふさわしく、海外公演や来日公演が増加すること。

以下、順を追って述べることにしよう。

突出する「曽根崎心中」　～昭和六〇年代の「曽根崎心中」一覧～

演目から見た当期の特色は、世話物人気は相変わらずとして、ますます「曽根崎心中」人気に拍車がかかったということだろう。

当時、これを「曽根崎心中ブーム」と呼んだ人はいなかったと思う。時に「シェイクスピア・ブーム」があり、「江戸ブーム」や「南北ブーム」があっても、「近松ブーム」「曽根崎心中ブーム」などということを口にする人は一人もいなかった。たしかに単年度でみると、さほど目立つわけではないが、少し幅を広げてみると、これは一種「ブーム」のような状況だったのではないかと思われる。少なくとも戦後六〇年間の近松受容史において、これほどまでに「曽根崎心中」が上演された時期は昭和六〇年代をおいて他にない。以下、昭和六〇年代に初演された「曽根崎心中」を列記する。

一九八六・一　東別院青少年会館　ふなきプロ・みちづれの会　『曽根崎心中』　台本・演出／菊本健郎
一九八六・一一　若州一滴文庫　若州人形座〈竹人形文楽〉旗揚げ公演　『曽根崎心中』　潤色・演出／水上勉
一九八七・三　ひとみ座　デフ・パペットシアターひとみ　『曽根崎心中』　脚色・演出／ふじたあさや　美術／片岡昌
一九八七・四　国立小劇場　門の会　『曽根崎心中』　企画・制作／小田次男　監修／宇野信夫　作・演出／岡部耕大　音楽／宇崎竜童　出演／浅利香津代のお初・吉田文吾（人形）の徳兵衛・吉田玉女（人形）の九平次
一九八七・六　本多劇場　オンシアター自由劇場　『ひゅう・どろどろ』　作／山元清多　演出／串田和美
一九八七・七　七ツ寺共同スタジオ　「奥山恵介の世界」　『曽根崎心中』　脚本・構成・演出／白石竜志
一九八八・一　梅田コマ劇場　梅沢武生劇団　『珍説・曽根崎心中』　作・構成・演出・振付／梅沢武生
一九八八・五　シアターアプル　『曽根崎新宿』　作／イザワマン　演出／和田勉　出演／清水ひとみ・ラサール石井
一九八八・六　光が丘IMAホール　西澤實朗読研究会　『曽根崎心中』　脚本・演出／西澤實
一九八八・七　die pratze　劇団KAN　『愛の鎮静剤・曽根崎心中スペシャル』　作・演出／井村キミタロ
一九八八・一二　銀座小劇場　演劇企画集団ザ・ガジラ　『曽根崎心中』　脚本・構成・演出／鐘下辰男　＊翌八

九年、パルテノン多摩小劇場フェスティバルでグランプリ受賞。
一九九〇・七　文芸坐ル・ピリエ　劇団演奏舞台　『難波津に咲くやこの花―近松拾遺』　作／川俣晃自　演出／久保田猛
一九九〇・一〇　東演パラータ　劇団河馬壱　『曽根崎心中』
一九九〇・一一　東演パラータ　劇団魂組　『花散夢散』　脚色／上山敏行　演出／野部靖夫
一九九一・一〇　新橋演舞場　『お初徳兵衛・浪花の恋唄』　脚本／大西信行　演出／石井ふく子　出演／三田佳子のお初・坂東八十助の徳兵衛・小島秀哉の九平次
一九九二・八　ピッコロシアター　劇団SS雑貨団　『仲版・曽根崎心中』　作・演出／仲風見
一九九二・九　銀座小劇場　アートブレイキーカンパニー　『かわら版・曽根崎心中』　脚本・演出／もりたれい
一九九三・五　劇団らせん舘アトリエ　劇団らせん舘　一人芝居『曽根崎心中』　台本・演出／嶋田三朗
一九九三・六　築地・兎小舎　石原広子朗読の会　『曽根崎心中・道行』　出演／松崎昭子
一九九四・三　アートスペース無門館　劇団ワン・プロジェクト　『曽根崎心中』　脚本・演出／横山一真　振付・主演／ヤザキタケシ
一九九四・六　大塚ジェルスホール　マンカラトゥルー　『曽根崎心中』　脚本／井町良明　演出／新堂雅之
一九九四・六　劇団U‐Stageアトリエ　劇団U‐Stage　『曽根崎心中』　作・演出／嶋崎靖
一九九四・一〇　兵庫県民小劇場　多国籍劇団グループ不安透夢　『曽根崎心中』　脚本／中塚和代　演出／新海百合子

もしかしたら、まだまだ見落としもあるかもしれないが、私の調査では以上二三本の「曽根崎心中」を確認することができた。先述した通り、「曽根崎心中」が新作本数でトップに躍り出るのは昭和五〇年代のことである。だが、当時はまだ新作総数が一〇年間で六〇本にも満たなかった時代（平均すると一年に六本、二ヶ月で一本の割合）であり、第一位の「曽根崎心中」が一〇年で一一本、第二位の「心中天網島」が八本と、両者の間にそれほど差はなかった〔巻末「表2」参照〕。ところが、昭和六〇年代になると母数となる新作総数が倍増し、それとともに「曽根崎心中」を原作とする作品も二三本に倍増する。これに対して第二位の「女殺油地獄」は一〇本、第三位は「冥途の飛脚」の八本、第四位は「心中天網島」七本と、第二位以下は昭和五〇年代の水準とほとんど変わっていない。つまりこの時期、新作数の激増に比例してほぼ同じように増加しているのは唯一「曽根崎心中」だけなのであり、その点からしても「曽根崎心中」の突出ぶりがわかる。ことに、平成を目前に控えた一九八七〜八八年は、わずか二年で一〇本近い「曽根崎心中」が上演されている。これは昭和六〇年代に上演された「曽根崎心中」の約四割にあたる。一種「ブーム」といってもいいような状況が、たしかにそこにあった。

昭和六〇年代の「曽根崎心中」の突出は、近松を取り上げようとする公演主体や観客層の裾野が広がったことと決して無縁ではない。無縁でないどころか、いわゆる演劇ブームや折からの江戸ブームのなかで、演じる側も観る側も、近松に初めて接する人々が増えた。まさにそのことによって、他のどの作品よりもまず最初に「曽根崎心中」が選ばれている、という印象を受ける。

一九五三年、扇雀が初演した頃の『曽根崎心中』は、従来の女形のような古典的・封建的な女性像とは異なる、新しい時代にふさわしい女性像を提示した画期的な新作歌舞伎であった。それが戦後第二の原点たる昭和五〇年代を経て昭和末年から平成にいたると、新しさよりもむしろ普遍的な価値を持ったストレートでシンプルなドラマ、いわば「エバーグリーン」な作品として、広く受容されるようになったといえるのではないだろうか。やはり戦後の近松受容史を考える場合、「曽根崎心中」の動向が一つの鍵になっているように思われる。

演劇をめぐる地方自治体の動向

当期第二の特色は、関西を中心に近松に対する組織的かつ継続的な取り組みが行なわれたことである。特に一九八四年の大阪・国立文楽劇場開場以降、関西では官・民双方がそれぞれに、また時に連携して近松に取り組むようになるのだが、本題に入る前に、まずは演劇をめぐる地方自治体の動向について概観しておこう。

野田邦弘「21世紀文化大国日本の実現に向けて―地方自治体における文化行政発展のために」によれば、

戦後におけるわが国の文化行政は、１９６０年代の終わり頃から本格化する。国においては、１９６８年に文部省の外局として文化庁が設置された。文化庁は、１９９０年代に大きく予算を伸ばした。また、１９９０年代には、芸術文化振興基金設立（１９９０年）、財団法人地域創造設立（１９９４年）、新国立劇場開場（１９９７年）など文化支援制度の基盤整備＝制度化が進んだ。

一方、地方自治体に眼を転ずると、１９６０年代後半から先進的な府県に文化行政担当の部署が設置され始め、文化行政の取組が始まる（１９６６年京都府、１９７１年宮城県、１９７３年大阪府、１９７５年兵庫県、１９７６年埼玉県、１９７７年神奈川県など）。

こうして、七〇年代から八〇年代にかけて全国で文化行政への取り組みが始まり、それにあわせて公立文化施設（公共ホール）の建設も盛んになっていった。文化政策学の伊藤裕夫《やすお》と小林真理は、その背景として、国法に「文化政策全般あるいは芸術政策の根拠法」を欠いていたことが、かえって地方自治体の取り組みを促す結果になったと指摘する。

というのも地方自治体は日本国憲法で地方自治を認められておりながら、実際には国の法律や機関委任事務に縛られていた。高度成長期の画一的・合理的なインフラストラクチャーの整備の結果、日本全国個性のない風景が広がったことに危機感を感じた地方自治体は、自由に創意工夫をこらして行政活動を行える領域として、そして地域のアイデンティティと結び付けやすい文化領域に着目した。従って文化に関する法律がないことが幸いして、地方自治体の文化行政は始まったといえるのである。

しかし、当時自治体によって数多く建設された文化施設は、基本的に「多目的な集会施設機能を前提とした施設であったため、興行を行うなどの概念がないし、まして地域住民の文化拠点、芸術を創造していく場との認識もな」かった（伊藤・小林）。

（「劇場と制度―21世紀の劇場と劇場法・劇場条例」）

先に八〇年代に開場した主な劇場・ホールについてその一例を示したが、国立能楽堂や国立文楽劇場、あるいはザ・シンフォニーホールやカザルスホールなどの例からわかるように、国や民間ではその当時からすでに使用目的を特化した専門劇場・専門ホールの建設が進んでいた。全国の地方自治体がこの流れに追いつくのは平成以降のことである。すなわち、野田が指摘するように、「それまでの多目的ホール批判に対する反省もあり、水戸芸術館（1989年）、愛知芸術文化センター（1992年）、彩の国さいたま芸術劇場（1994年）、世田谷パブリックシアター（1997年）、すみだトリフォニーホール（1997年）、横浜みなとみらいホール（1998年）、びわ湖ホール（1998年）など専門芸術施設」が次々に開場し、またそれとともに、施設を管理・運営しつつ自主事業を行なう公的財団も年を追うごとに増えていったのである。

全国三五五の芸術文化系財団法人を調査した企業メセナ協議会『民間財団、公的財団の文化芸術振興策に関する基礎調査報告書』によれば、芸術文化系財団の約半数は一九九〇年以降の設立で、なかでも九〇年代前半（九〇～九四年）に設立された財団が全体の三割を占める。しかも、この時期に設立された一〇〇をこえる財団のうち、公的財団の占める割合は七割以上に達しており、九〇年代前半に地方自治体による全国的な財団設立ブームのあったことがわかる(1)。

これに対して、関西の文化行政はもう少し先を行っていたようである。現在、兵庫県立芸術文化センターの芸術顧問をつとめる山崎正和によれば、「兵庫県、神戸市、あるいは阪神間はそれぞれに地方自治体として文化に関心の高い地域」であり、「自治体の文化行政」という言葉を最初に使ったのも兵庫県であるという（『阪神・淡路大震災芸術文化被害状況調査報告書』）。

たしかに近松受容の現場でも、ごく限定的ではあるが、一九八〇年代後半から関西の自治体、あるいは関連の芸術文化系財団の関与する事例が増えてくる。以下、関西における近松と地方自治体等公的機関・団体との関わりを中心に、その他関連事項を年表風に書き起こしてみよう。

一九八四年　大阪に国立文楽劇場開場。
一九八五年　近松没後二六〇年。『近松全集』（岩波書店）刊行開始。
一九八五年　大阪府吹田市文化会館メイシアター開場。「近松劇場」シリーズ開始。
　＊二〇〇五年度終了。二〇年間で一九本（旧作の再演が一回）を上演。
一九八六年　新潮日本古典集成『近松門左衛門集』（新潮社）刊行。
一九八六年　尼崎市「近松ナウ」事業開始。
　＊兵庫県尼崎市は市制七〇周年を記念してハード・ソフト両面から「近松」を核とするまちづくりを開始。そのソフト部門を「近松ナウ」事業と称す。また「近松ナウ」に協賛するかたちで劇団らせん舘の「近松連続公演」が開始される。
一九八九年　尼崎市で公募台本による近松オペラ『岩長姫』上演。
一九八九年　尼崎市の園田学園女子大学に「近松研究所」設立。
一九九一年　尼崎市「近松ニューウエーブシアター」開始。
　＊二〇〇〇年度終了。一〇年間で一一本（既成劇団の近松物の再演および舞踊・舞踏公演等を含む）を上演。
一九九一年　関西芸術アカデミー「近松劇場」開始。
　＊メイシアター第六回公演を機に旗揚げ。以降約一五年間で一一作品を上演。

このうち、まずは吹田市文化会館メイシアターの取り組みを取り上げることにしよう。

「近松劇場」から「近松劇場」へ（その一）～吹田市文化会館メイシアター「近松劇場」～

一九八四年、水口一夫の個人プロデュースになる「近松劇場」が経済的な問題から活動中止に追い込まれた後、直接的な関係はないとはいうものの、結果的にその企画と名称を受け継ぐようなかたちでスタートしたのが、メイシアターの「近松劇場」である。

メイシアターは一九八五年の開場と同時に、自主企画として「近松劇場」に着手。以後、吹田市（正確には、財団法人吹田市文化振興事業団）の予算的裏づけもあって、ほぼ年に一本のペースで実績を積み重ね、開館二〇周年の二〇〇五年度、二〇回目の公演を最後に一連のシリーズに終止符を打つ。

昭和六〇年代以降、演劇界全般に地方自治体等公的団体の関与する舞台が増えていく傾向を指摘することができるが、近松物に関していえば、公共の劇場が主体となって舞台をプロデュースし、これをシリーズ化していくという企画は、おそらくメイシアターが初めてではないかと思われる。しかも二〇年間で一九本という実績は、二〇年間で一三本（新作のみ）を上演した中村扇雀（一九九〇年一一月、三代目鴈治郎を襲名）の近松座や、三〇年間で一三本の新作近松を上演した人形劇団クラルテ(2)と並ぶ「偉業」といってよい。

以下、メイシアターが手がけた作品を掲出する（※は再演）。

一九八五・四　近松劇場パート1　ミュージカル『傾城酒呑童子』　脚本・演出／菅沼潤　出演／嵐徳三郎・真帆志ぶき

一九八六・一一　近松劇場パート2　ミュージカル『鑓の権三』　脚本・演出／菅沼潤　出演／加茂さくら・西尾美栄子

一九八八・四　近松劇場パート3　ミュージカル『心中天網島』　脚本・演出／菅沼潤　出演／瀬戸内美八・若葉ひろみ
一九八九・七　近松劇場パート4　『お夏清十郎』　脚本・演出／菅沼潤　出演／林与一・遥洋子
一九九〇・一〇　近松劇場パート5　ミュージカル『国性爺合戦』　脚本・演出／菅沼潤　出演／小西博之・榛名由梨
一九九一・一一　近松劇場パート6　『今宮の心中』　脚本／川口真帆子　演出／筒井庸助　出演／吉本真由美
一九九三・三　近松劇場パート7　『おさん茂兵衛』　脚本・演出／菅沼潤　出演／木村緑子・関秀人
一九九四・三　近松劇場パート8　『曽我BROTHERS』　世継曽我より　脚本／高瀬せい　演出／妹尾和夫　出演／関秀人・升毅
一九九五・二　近松劇場パート9　『出世景清伝』　脚本／高瀬せい　演出／妹尾和夫　出演／宮吉康夫・升毅
一九九五・一一　近松劇場パート10　『曽根崎心中』　脚本／森脇京子　演出／森下昌秀　出演／北川隆一・八田麻住
一九九七・三　近松劇場パート11　『強いばかりが男じゃないといつか教えてくれた人』　心中天網島より　脚本・演出／蟷螂襲　出演／山内圭哉・嶋田典子
一九九八・二　近松劇場パート12　『新・曽根崎心中』　脚本・演出／マキノノゾミ　出演／小市慢太郎・橋本じゅん
一九九九・三　近松劇場パート13　『近松ゴシップ』　冥途の飛脚より　脚本・演出／土田英生　出演／わかぎゑふ・牧野エミ　＊脚本・演出の土田英生は大阪府舞台芸術奨励賞受賞。
※二〇〇〇・三　近松劇場パート14　『強いばかりが男じゃないといつか教えてくれた人』　脚本・演出／蟷螂襲

出演／山内圭哉・内田淳子

二〇〇一・三　近松劇場パート15『ハードタイムス』　女殺油地獄より　脚本・演出／岩崎正裕　出演／宮村優子・麻生絵里子

二〇〇二・三　近松劇場パート16『近道心中』　心中天網島その他　脚本・演出／わかぎゑふ　出演／旗島伸子・木村基秀

二〇〇三・三　近松劇場パート17『月が乾く』　堀川波の鼓より　脚本・演出／深津篤史　出演／佳梯かこ・江口恵美

二〇〇四・三　近松劇場パート18『木偶の坊や』　博多小女郎波枕より　脚本／樋口美友喜　演出／内藤裕敬　出演／鴨鈴女・坂口修一

二〇〇五・三　近松劇場パート19『彼氏のそこぢから』　冥途の飛脚より　脚本／鈴江俊郎　演出／水沼健　出演／内田淳子・西田政彦

二〇〇六・三　近松劇場パート20《ファイナル》『夢のひと』　脚本／わかぎゑふ　演出／マキノノゾミ　出演／升毅・木下智恵

以上、二〇回の公演で新作は一九本。そのうち「曽根崎心中」「冥途の飛脚」「心中天網島」を原作とするものがそれぞれ二作ずつあり、これらを含め一五作（全体の四分の三）が世話物。残り四作が時代物となる。

メイシアター「近松劇場」ファイナル公演

メイシアターのシリーズ最終公演『夢のひと』は、近松の世話物・心中物に通じる男女（夫婦）の愛を描きながら、「死ぬこと」よりも「生きること」「生き続けること」「生きぬくこと」をテーマにしたオリジナル作品であった。

舞台は戦前から戦中・戦後の大阪。升毅演じる久我山は長く生きられない病気をもっているため、家業（医者）を継がず、家を出て会社員として暮している。これに対して、木下演じるヒロインの名は上田千代。彼女は義父のドメスティック・バイオレンスやそれを知った実母の自殺という複雑な事情があって、実家を飛び出してきた。帰る場所をもたない二人は結ばれて、子どももできて――。

『夢のひと』には原作に関する言及は一切ない。しかし、以上の設定から、「近松劇場」最終公演となるこの作品が、近松最後の世話物「心中宵庚申」を下敷きにしていることは明らかだろう。だが、脚本を担当したわかぎゑふが目指したのは、主人公が死なない心中物だった。

心中につき物の「一緒に死んでくれ」「嬉しい」という男女の会話を、なんとか「一緒に生きてくれ」という言葉に置き換えるために物語を構成していきました。（『夢のひと』公演パンフレット）

男主人公の抱える心臓病や戦争など、「運命としての死」「外部から与えられた死」に対して、彼らはほんの一瞬でも、ともに生き、愛し合い、幸せになることを願う。近松の心中物をベースにしながら、それでも「生きぬくことを選んだ男女（夫婦）の愛」「生のいとおしさ」を描いた本作は、演出のマキノノゾミもいうように、「これ以上何が必要かと」いうくらい「わかりやすく、シンプルで、美しくて、優しくて、悲しい」（公演パンフレット）感動的な作品となった(3)。本公演は関西演劇界の水準の高さを物語ってあまりある。まこと「近松劇場」ファイナル公演にふさわしい幕切れであり、近松を現代に再生させる上で一つの方向性を示したものと評価することができるのではなかろうか。

「近松劇場」から「近松劇場」へ（その二）～メイシアターの路線転換～

ところで、メイシアターの「近松劇場」シリーズは、期せずしてもう一つの「近松劇場」を派生する。それは関西芸術アカデミーの「近松劇場」である。

関西芸術アカデミーは一九九一年一一月のメイシアター「近松劇場」第六回公演『今宮の心中』を自らの旗揚げ公演として、それ以後メイシアターとは別に同名シリーズをスタートさせることになるのだが、実をいうと、このころメイシアターも一つの転機を迎えていた。

メイシアターは、開場記念公演から第五回まで、宝塚歌劇団の演出家菅沼潤（一九三〇～二〇〇四）による、比較的原作に沿った「大劇場」「大物俳優」「時代劇ミュージカル」路線が続いていた（ただし第四回『お夏清十郎』はのぞく）。路線の見直しが行なわれたのは第六回の『今宮の心中』である。この時はじめて小ホール公演が実施され、菅沼以外の人物が作・演出を担当。これをきっかけに関西芸術アカデミーの「近松劇場」シリーズが始まったことは先述の通りである。そして翌年度の第七回は、再び菅沼に戻って『おさん茂兵衛』が上演されることになるが、この公演では当初予定されていた著名俳優がスケジュール上の問題から出演困難になり、急遽小劇場系の若手俳優を主演に据えることになった。メイシアターはこれを機に、「小劇場」路線を本格化させる。すなわち、小劇場の分野で活躍している若手演劇人を起用して、自由かつ大胆に近松を読みかえ、これを再創造する路線に方向転換していったのである。

たとえばこれを、演出家の世代で見ると次のようになる。ベテランの菅沼潤は一九三〇年生まれの昭和一桁世代（本書に登場する人々でいうと、中村鴈治郎・嵐徳三郎・野村万作・篠田正浩・武満徹・和田勉などと同世代）であり、メイシアターの「近松劇場」シリーズが始まった頃、彼は五〇代後半であった。その後、菅沼の後をついで第八回、九回の演出を担当した妹尾和夫は一九五一年生まれで当時四〇代半ば。シリーズ後半の一〇年は、一九五八年生まれの蟷螂襲《とうろうしゅう》（第一一回）、一九五九年生まれのマキノノゾミ（第一二回、二〇回）・わかぎゑふ（第一六回）・内藤裕敬《ひろのり》（第一八回）、一九六三年生まれの岩崎正裕（第一五回）、一九六七年生まれの土田英生（第一三回）・水沼健（第一九回）という具合になっており、近年は昭和三〇年代に生まれた人々が「近松劇場」の主力として活躍していることがわかる。

彼らはそれぞれ劇団をもっているが、なかでは内藤裕敬の南河内万歳一座が最も古く、一九八〇年の結成である。ついで、岩崎正裕の劇団太陽族が八二年（当初、劇団大阪太陽族。九〇年に199Q太陽族に改称。二〇〇一年から太陽族）、マキノノゾミの劇団M・O・Pが八七年、土田英生のMONOが八九年、深津篤志《しげふみ》の桃園会《とうえんかい》が九二年、樋口美友喜の劇団Ugly duckling が九四年に結成されている。

大笹吉雄もいうように、一九八〇年代は「関西の演劇事情がにわかに注目された」（『戦後日本戯曲初演年表　第V期』）時期であった。ここにあげた人々は、いずれもみな関西にいながら全国的な注目を集めた小劇場系の演劇人である。九〇年代あるいは平成以降のメイシアター「近松劇場」はこうした若手演劇人を積極的に起用することによって、近松の名は知っていてもさほど関心を持っていなかった若い世代に対して（これは見る側だけでなく、演じる側も含め）、改めて近松に向き合うきっかけを提供してきたということができる。メイシアターで長年「近松劇場」を担当してきた古矢直樹も、「彼らが近松を現代に引き寄せてくれた」（『読売新聞』〈関西版〉二〇〇六・三・一八）と語っている。

さて、メイシアターの路線変更でもう一つ大事なポイントがある。それは経済的な問題、つまり制作コストの問題である。一般に、演劇制作は経済的な負担が大きく、どんなに志が高くても、どれほど芸術的な水準が高くても、残念ながら志だけではいかんともしがたいところがある。水口個人のプロデュースだった「近松劇場」も、わずか一年の間に五本を上演し、当時かなりの評価を得ながら、結局赤字によって活動停止に追い込まれている。相当な資産家でないかぎり、個人で負担できる範囲は限られているのである。

これに対してメイシアターの「近松劇場」は、市の文化振興事業団の自主事業であったため、当初から複数年の継続を前提にした企画として、予算的な面はある程度保証されていた。だが、それとて八〇年代後半の「金あまり」といわれた時期ならともかく、九〇年代初頭にバブルがはじけ、企業の業績が悪化し、それと連動して税収が減少する不況期に入っていくと、いつまでも景気のいいことは言っていられない。特に関西の経済的な落ち込みは著しいものがあった。そんな先行き不透明な社会・経済事情の中で、公共ホールであるメイシアターが選択したのは、大掛かりな「イベント性」ではなく事業の

「継続性」であった。

古矢直樹は私の問いに答え、メイシアターが二〇年間も「近松劇場」を継続できたのは、やはり景気が悪化した時期に、すかさず制作費が少なくて済む小劇場路線に舵を切り替えたことが大きいと語っている。しかし、シリーズ開始から二〇年。すでに「「自主企画の目玉」としての役割を終えたことと、人気役者の東京流出などによる観客動員の低迷」（『日経ネット』〈関西版〉二〇〇六・三・一六）などを理由に、二〇〇六年三月、メイシアターの「近松劇場」は幕を閉じた。

同シリーズに対する評価と検証は今後の課題となろうが、それでもメイシアターが二〇年にわたって一つの企画を粘り強く続けてきたことは、少なくとも戦後六〇年の近松受容史において特筆にあたいする出来事であり、それだけでもたいへん意義あるシリーズだったといわなければならない。

「近松劇場」から「近松劇場」へ（その三）～関西芸術アカデミー「近松劇場」～

関西芸術アカデミー（一九四八年創立）は、俳優養成機関として付属研究所や児童劇団をもつ関西演劇界の老舗である（理事長／筒井庸助）。一九九一年に始まったアカデミー版「近松劇場」は、「大阪弁の舞台演劇用語の確立」と「大阪が生んだ、日本のシェイクスピアと称される近松門左衛門全作品の現代語訳と全作品上演」を目標に掲げ、現在までに一一本の新作を送り出している(4)。その最終目標が本当に近松の「全作品上演」（傍点引用者）にあるとすれば、何とも壮大な企画というべきだが、以下に掲出する作品を見る限り、それは世話物二四篇の完演を意味しているものと思われる（※は再演）。

一九九一・一一　メイシアター　『今宮の心中』　脚本／川口真帆子　演出／筒井庸助
一九九二・五　メイシアター　『心中天の網島』　脚本／森安二三子　演出／筒井庸助
一九九三・六　メイシアター　『生玉心中』　脚本／原彰　演出／筒井庸助
一九九三・一一　プラネットステーション　『心中万年草』　脚本／万玉秀樹　演出／筒井庸助

一九九四・一〇　コスモ証券ホール　『冥途の飛脚』　脚本・演出／森安二三子
一九九五・一〇　コスモ証券ホール　『大経師昔暦』　脚本／森安二三子　演出／筒井庸助
一九九六・一〇　コスモ証券ホール　『堀川波の鼓』　脚本補綴／表淳夫　演出／筒井庸助
一九九七・一〇　コスモ証券ホール　『女殺油地獄』　補作／表淳夫　演出／筒井庸助
※一九九八・七　ソウル国立中央劇場　パンソリ入り『女殺油地獄』
一九九八・一二　コスモ証券ホール　『曽根崎心中』　補作／表淳夫　演出／筒井庸助
※二〇〇〇・二　ソウル貞洞劇場　パンソリ入り『曽根崎心中』
二〇〇〇・一一　ヘップホール　『心中二枚絵草紙』　脚色／表淳夫　演出／筒井庸助
二〇〇二・一一　日南町さつきホール　『博多小女郎波枕』　台本／表淳夫　演出／筒井庸助
※二〇〇三・一一　高石市アプラホール　節劇『曽根崎心中』　台本／表淳夫　演出／筒井庸助

注目すべきは、一九九八年と二〇〇〇年、二度にわたって行なわれた韓国公演である。韓国で近松を上演したのは、おそらく関西芸術アカデミーが初めてではなかろうか。通常、アカデミーの「近松劇場」は、水口の実験公演やメイシアターのような現代風俗・小劇場路線とは違って、着物にかつらというオーソドクスな時代劇スタイルを採用しているが、これら韓国公演では特別にパンソリを入れた韓国バージョンにしてある。関西芸術アカデミーのこうした取り組みは、数少ないアジアでの近松劇として特筆されてよい。なお、このシリーズには、八〇年代初頭の嵐徳三郎「実験歌舞伎」に参加していた嶋多佳子や表淳夫らが、俳優として、あるいは脚色者として関わっていることを付け加えておく。

関西芸術アカデミーと上方の芸能・文化を掘り起こす会「我が街」

アカデミー版「近松劇場」と関連する企画として、上方の芸能・文化を掘り起こす会「我が街」（現演技集団「我が街」）

の「近松作品掘り起こしシリーズ」についても、一言触れておきたい。

上方の芸能・文化を掘り起こす会「我が街」は、「便利に合理的に発展していこうとする都市文化の中にあって、（中略）上方の歴史を知り、歴史に学ぶ事によって未来を考えようという思いから」、一九九二年、つまり関西芸術アカデミーが「近松劇場」を旗揚げした翌年に発足した（二〇〇二年、演技集団「我が街」に改称）。現在は主宰の西園寺章雄（俳優・劇作家・演出家）が公演ごとに出演者をプロデュースするかたちで運営されている(5)。「我が街」は、当初「上方の芸能・文化を掘り起こす会」を名乗っていただけあって、『御堂筋ものがたり―銀杏並木・永遠に！』（一九九二・九、旗揚げ公演）、『岸和田だんじりものがたり―ふたり甚五郎』（一九九五・二）等々、いわゆる「大阪物」の芝居を中心に上演活動を展開している。その一環として始まったのが「近松作品掘り起こしシリーズ」である。

このシリーズで上演されたのは、今のところ『心中二枚絵草紙』（一九九八・二）と『堀川波の鼓』（一九九九・三）のわずか二本に過ぎないが、特に後者はアカデミー版と同じ表淳夫の補綴台本により、お種役の和泉敬子（関西芸術座）、浪曲の松浦四郎若、あるいは曲師の藤信初子など、主要メンバーは「近松劇場」の時と同じ顔ぶれで上演されている。演出はアカデミー版『堀川波の鼓』で小倉彦九郎を演じた西園寺章雄である。

ところがそれでいて、関西芸術アカデミーと「我が街」は、必ずしも提携・協力関係にあるわけではないという。あるいはそういうものかとも思うが、直接的な関係の有無はともかく、客観的に見て両者にはいくつかの共通点がある。一つは彼らが活動を開始した時期。もう一つは、そのコンセプトである。

関西芸術アカデミー「近松劇場」のウエブサイトには次のような記述があった(6)。

近松門左衛門の魅力ある世界は歌舞伎・文楽だけのものと思われがちですが、決してそうではありません。（中略）恋あり、涙あり、笑いあり、妻の悩み、主人や親の苦悩、義理と人情、日本人の原点こそが近松の世界なのです。日本の伝統文化が薄れ行く中で、守り、伝えて行きたい世界だからこそ「近松」なのです。

たとえばメイシアターの企画が、どちらかというと近松の現代化に主眼があるのに対し、関西芸術アカデミーも「我が街」も、地元「上方」文化の原点に近松を据え、「歴史」や「伝統」を重視する姿勢を強く打ち出している。そして、こうした活動がほぼ同時期、つまり九〇年代初頭に始まっていることは、ある種「時代の必然」だったのではないかと思われる。

一九八九年一月、昭和天皇が崩御した。二月には「マンガの神様」手塚治虫が、また六月には「歌謡界の女王」美空ひばりがあいついでこの世を去った。「天皇」に「神様」に「女王」――「昭和」の終焉は文字通り「一つの時代」の終わりを実感させることになった。と同時に、一九八九年には「ベルリンの壁」が、九一年にはソ連があいついで崩壊し、戦後秩序を形成してきた東西の冷戦構造に終止符が打たれた。ヒト・モノ・カネ、政治・経済・情報・文化等々、諸方面において「国境」や「地域性」を相対化しようとするグローバリズムが急速に進行したのもちょうどこの頃であった。あるいは、関西芸術アカデミーも「我が街」も、当事者が意識するしないにかかわらず、そういう歴史的な文脈のなかで、日本の、また上方のアイデンティティのルーツとして「近松」を再発見したのではなかろうか。

付け加えていうと、両者とも公演活動とは別に、人材育成事業を組織的・制度的に行なっている。関西芸術アカデミーには俳優を養成するための付属研究所があり、また現在「我が街」の企画・制作を行なっている澪クリエーション（代表／西園寺章雄）も俳優・声優の養成所を運営している。彼らが上方文化の歴史と伝統に強い関心を抱き、そのシンボルとして近松に注目した背景には、そういったことも関係していたのではないかと思われる。

尼崎市「近松ナウ」

さて、吹田市メイシアターで「近松劇場」が始まった頃、尼崎市では市制七〇周年を祝う記念事業の柱として「近松ナウ」が動き出していた。

「近松ナウ」は尼崎市の目指す「近松を核としたトータルなまちづくり」の一環をなす重要な事業であり、予算規模・公演のスケール・国際的な広がりを目指した企画など、どれをとっても大掛かりなものが多い。以下、「近松ナウ」を中心とする尼崎市の取り組みについて概略を記す。

一九八六年　あまがさき芸術フェスティバル　「近松・愛の道行」　総合演出／垣田昭

一九八八年　第三回国民文化祭・あまがさき市民文化祭・尼崎創作芸術の誘い　創作フェスティバル「ファッシネート近松」　構成・演出／夏目俊二

＊第一部は謡曲・三曲・吟詠・義太夫・邦舞による舞踊劇『日本振袖始』。第二部はミュージカル『女殺油地獄』。第三部はオーケストラとバレエによる『冥途の飛脚』。

一九八九年　近松オペラ『岩長姫』　台本／吉田文五　作曲／原嘉壽子

＊『岩長姫』の台本は一九八八年公募作品。吉田文五（文吾に非ず）は脚本家。オペラ『岩長姫』はその後、吹奏楽曲に編曲され、現在はむしろ『吹奏楽のための岩長幻想―オペラ岩長姫より―序曲と酒の歌、オロチ狂乱』（一九九三・二、尼崎アルカイックホール開館一〇周年記念ブラス・フェスティバル初演）として盛んに演奏されている。

一九九一年　「近松ニューウエーブシアター」開始。

＊「近松ニューウエーブシアター」は、若者を対象にした創作劇シリーズ。ただし第一回は人形劇団クラルテの『国性爺合戦』（再演）。第二回、三回は舞踏・舞踊公演（以上ピッコロシアター）。第四回以降、会場をアルカイックホールに移し、さらに第五回以降、近松を現代劇として上演する路線に移行する。シリーズ最終公演は二〇〇〇年度（二〇〇一・三）。一〇年間で一一本を上演（基本的に年一作だが、第三回公演で同時に二本上演しているため一一作となる）。

一九九二年　近松実験劇場「近松パフォーマンス」開始。

＊「近松実験劇場」は異なるジャンルの芸能を融合する実験的な試み。市制八〇周年となる一九九六年に予定された「近松世界演劇祭」へのステップとして位置づけられた企画。全四回、一九九五年終了。

一九九四年　「近松プロジェクト」開始。

＊「近松プロジェクト」は、シドニー（一九七三年設立）、チューリッヒ（一九七六）、ロンドン（一九八一）など世界各地に「オペラ・ファクトリー」を設立・主宰している演出家ディビッド・フリーマンDavid Freemanが「心中天網島」をテーマに、ロンドン・東京・尼崎で多国籍な俳優とともにワークショップを積み重ね、市制八〇周年の一九九六年にその成果を発表するという国際的なプロジェクト。

一九九四年　近松実験劇場「近松パフォーマンスⅢ」　オペラ『曽根崎心中』　台本・演出／菅沼潤　作曲／中村茂隆

一九九五年　近松実験劇場「近松パフォーマンスⅣ」　オペラ『国性爺合戦』　台本／山田庄一　作曲／中村茂隆　演出／茂山千之丞

一九九六年　市制八〇周年記念公演　ピッコロ劇団　『心中天網島』　台本・演出／石澤秀二

＊同年に予定されていた「近松世界演劇祭」は、前年一月に発生した阪神淡路大震災のため、やむなく中止となった（通常の近松ナウ事業は予定通り実施）。また九六年、アルカイックホールで開催された「近松プロジェクト」公開ワークショップも、クライマックスで全裸の男女が心中する場面となり、主催者側の判断により公開中止。その直後に行なわれたシンポジウム「世界の近松への新しいアプローチ」で多くの議論を呼んだ（阪神・淡路大震災芸術文化被害状況調査研究プロジェクト委員会

「阪神・淡路大震災芸術文化被害状況調査報告書」および尼崎市ちかまつ・文化振興課の御教示による)。

一九九八年　「近松創造劇場」開始。

＊京都在住の劇作家、松田正隆(元時空劇場主宰。同劇団は一九九七年解散。現在フリー)を「現代の近松」に見立て、三ヶ年計画で年に一作ずつ尼崎と東京で新作を発表していくプロジェクト。上演作は『蜻蛉』(演出/岩崎正裕)、『風花』(演出/宮田慶子)、『ここでＫｉｓｓして』(演出/鐘下辰男)。

二〇〇〇年　「近松門左衛門賞」創設。

＊近松の功績を顕彰するとともに、次代を担う劇作家(7)の発掘・育成を目的として、二〇〇一年から隔年実施。第一回は大賞なしの優秀賞に菱田信也『いつも煙が目にしみる』と宮森さつき『十六夜』の二作。二〇〇三年の第二回は初の大賞に保戸田時子『元禄光琳模様』(宮田慶子の演出で二〇〇七年一月初演)。二〇〇五年の第三回は再び大賞なしの優秀賞に保木本佳子『女《め》かくし』と泉寛介『竹よ』の二作。

こうしてみると、市制七〇周年を機に開始された初期の「近松ナウ」事業は、もっぱら事業の定着と継続を念頭に、演劇・音楽・舞踊等さまざまな芸術ジャンルを通して近松に対する理解を深め、市民に親しみを持ってもらうような企画に力を入れていたということができる。その後、事業開始から一〇年たった一九九六年の市制八〇周年以降、同市は近松劇の現代的創造(再生)路線に区切りをつけ、むしろ近松を顕彰しつつ、近松のようなすぐれた劇作家(現代の近松たるべき人材)の育成に重点を置いた事業に方向転換し、現在にいたる。

別の見方をすれば、最初の一〇年は話題性のある、しかし一過性のイベントが重視された時期。その後、現在にいたる一〇年は、将来性のある劇作家を選び出し、彼らとじっくり時間をかけて舞台の制作・創造に取り組もうとする方向に変わってきた。尼崎市の近松関連事業は、とりあえずそのように概括することができる。なお、尼崎市の「近松ナウ」については次節ならびに次章でも触れる。

「近松ナウ」と劇団らせん館

すでに昭和四八年（一九七三）の劇団創立二五周年から近松への取り組みを開始していた人形劇団クラルテは、一九七〇年代に『女殺油地獄』『出世景清』『平家女護島』『お夏清十郎』『生玉心中』『曽根崎心中』などを上演。その後一九八五年は『関八州繋馬』、創立四〇周年にあたる一九八八年は『国性爺合戦』、また一九九二年は『丹州千年狐』を手がけ、翌九三年には創立四五周年を記念して『国性爺合戦』で全国縦断公演を行ないながら、それと並行して『七人の将門—けいせい懸物揃』を初演するなど、精力的に近松に取り組んできた。当期のクラルテで注目すべきは、一九八七年の『女殺油地獄』（再演）以外すべて時代物だったということである。近松といえば世話物が多いなか、時代物を中心としたクラルテの取り組みはたいへん貴重なものといえよう。

関西にはこのように、人形劇団クラルテをはじめ、継続的に近松に取り組もうという動きが少なからず見られるが、八〇年代から九〇年代にかけて活動した劇団で看過できないのは、劇団らせん館（一九七八年設立。当初「螺旋館」、後に「らせん館」に改称。代表は演出家の嶋田三朗）である。一九八二年一二月の『曽根崎心中』で近松への第一歩を踏み出したらせん館は、一九八五年四月に『心中天網島』を手がけ、翌八六年以降は尼崎市の「近松ナウ」事業に協賛するかたちで、本格的に近松作品の連続公演に取り組むことになる。

一九八六年一〇月、らせん館は市内潮江の廃工場を改造した手作りの劇場（花道あり。客席は畳敷きで約三〇〇人収容）を「近松の芝居小屋」と名付け、「心中卯月の紅葉」とその続編にあたる「卯月の潤色」をもとにした『近松あと追い心中』を上演。翌八七年一〇月は「近松の芝居小屋」を市内道意町の廃工場に移し、『おなつ—近松夜想曲』を上演している。

尼崎市「近松ナウ」初年度は、近松座第五回公演『双生隅田川』（構成・演出／武智鉄二）の初日をアルカイックホールに持ってきたり、ドナルド・キーンや司馬遼太郎を招いてシンポジウムを行なったり、映画『心中天網島』（一九六九）やロック文楽『曽根崎心中』（一九七九）の上演・上映を行なうなど、どちらかというと全国的に知名度の高い人々や著名な作品を集めた話題性のある催しが多かった。これに対して劇団らせん舘の「近松の芝居小屋」公演は、「地元・尼崎発の近松」として市民の注目を集め、その取り組みに賛同する市内の民間企業から芝居小屋設営のための資材提供も行なわれた。

当時の新聞は「廃工場を夢工場に―劇場として再生」の見出しで、「かつての工業都市・尼崎で、公害や不況の影響で操業をとりやめ、使われなくなった工場跡が地元劇団の手で劇場として生まれ変わることになった。」と報じている（『朝日新聞』一九八六・四・一七、夕刊）。実際、その頃の尼崎市は「工業都市」から「文化都市」へ、都市イメージを大きく変えようとしていた。一九八九年当時「近松ナウ」の担当課長だった人物は、「公害の町、というイメージが定着して、人口は四十五年から減少一途。地盤沈下をくい止めて、なんとか再生を。必死なんです。」と語っている（『朝日新聞』一九八九・一・五）。つまり、市制七〇周年に始まる尼崎市の「近松ナウ」は、近松ゆかりの地の文化行政の一施策という以上に、高度成長の果てに「公害都市」というマイナスイメージをこうむった同市を「文化都市」に再生させようという、一大プロジェクトだったのである。

であればこそ、らせん舘の「廃工場を利用した手作りの劇場で近松を」というアイデアは、「工業都市から文化都市へ」というコンセプト、また地域の活性化や文化振興といった観点からしても、外部の著名人を招いた他のどのイベントより「近松ナウ」本来の趣旨にかなう企画であった。

こうして、尼崎で始まったらせん舘の「近松連続公演」は、市内潮江（八六年）から道意（八七年）、そして杭瀬（八八年）に「近松の芝居小屋」を移しながら、その後、新たな局面を切り開いていく。

劇団らせん舘の「近松連続公演」

一九八九年、尼崎とアウグスブルク（当時西ドイツ）の姉妹都市提携三〇周年を記念する訪問団に参加したらせん舘は、アウグスブルクとエジンバラで『決定版・出世景清』を上演。ことに、マンデラ・シアターで行なわれたエジンバラ演劇祭参加公演は、地元紙がこぞって劇評を掲載するほど好評で、同劇団は「よく訓練された劇団 well-drilled troupe」、「小さな宝石のような舞台 a small,bright jewel of a play」と絶賛された（*The Independent* 一九八九・八・二一、Georgina Brown 評）。らせん舘はこれをきっかけに、翌九〇年、新作『繫馬』でヨーロッパから東南アジアまで、広範囲（五ヶ国、一〇都市）かつ長期間（三ヶ月、三四公演）の海外公演を敢行。しかも『繫馬』の場合、国内で幕を開けた作品を海外に持って行くのではなく、初演をまず海外（リバプール）で行ない、世界各地で公演した後に凱旋公演（日本初演）を果たす、という上演形態を取った。そしてこの海外公演以降、らせん舘は国内（尼崎）よりも、むしろ海外に比重を移していくことになる。

だが、らせん舘にとって、「国際化」というテーマは、もともと「近松連続公演」の目的の一つだった。一九八八年の『かげきよ物語』公演パンフレットによると、らせん舘の「近松連続公演」の上演目的は次の六点である。

①　正当《ママ》な演劇語としての近松の（台詞を——引用者注）生きた言葉として再生させる。
②　地域における演劇的才能の結集、発展、育成をはかる。
③　近松文学研究家と演劇人との協力による新しい近松作品の創造。
④　地域の人々の参加により、広く市民にアピールする。
⑤　近松作品を連続上演（10年間）し全国に「近松」を広げる。
⑥　近松作品の国際化（国際ネットワークを作る）。

①の（　）部は連続公演第一作『近松あとおい心中』（一九八六・一〇）公演パンフレットによって補足した。なお、らせん舘は近松の「原文」をそのまま用いて舞台を作ることにこだわっており、当該箇所はむしろ近松の「ことば」そのものと

いった方がよいかもしれない。また②については、当初から市民の参加を呼びかけ、オーディションによる人材の発掘と育成を行なっている。③については、これも第一回公演から劇作家の秋浜悟史（一九三四〜二〇〇五）や近世演劇研究者の武井協三（当時園田学園女子大学助教授、現国文学研究資料館教授）、近代演劇の西村博子（演劇プロデューサー、タイニイ・アリス主宰）らが「協力者」としてその名を連ねている。④については、「近松の芝居小屋」作りのために市民からの協力もあり、公演にむけて市民参加型の取り組みが行なわれている。近年、「市民参加型演劇」が人気を集めているが、らせん館の「近松連続公演」はその先駆的な事例の一つということができるだろう。

らせん館はこうして「公約」を次々に実現していった。彼らに残された課題は「近松の国際化」と「ネットワーク作り」となった。らせん館は六番目の目標を達成するために、一九八九年以降、毎年海外公演を実施するが、くしくもこの時期は八九年のベルリンの壁崩壊から九〇年の東西ドイツ統一、そして九一年のソ連崩壊にいたる激動の時代と重なっており、度重なる海外公演でそうした現実を目の当たりにした劇団らせん館は、しだいに「近松のまち・尼崎の劇団」というにとどまらず、国境をこえて活動する「国際的な移動劇団」としての性格を強めていくことになる。

らせん館のその後を足早にたどってみると、一九九一年九月は秋浜悟史の新作『風に咲く―景清1991』（大阪初演の後、ヨーロッパ公演）。翌九二年は新作はなく、国内で『繫馬』の再演。また海外では『出世景清』と『風に咲く』を上演。そして一九九三年三月は、これまでの集大成として『風に咲く』を含む旧作七本の連続上演を実施（公演名は「島の国の物語」）。さらに同年五月には、「近松一人芝居集」として『源氏烏帽子折』『曽根崎心中』『けいせい反魂香』、および幕間狂言として近松作品に登場する下女ばかりを集めた『近松作品の女中たち』を一挙上演し、これを最後にらせん館は活動拠点を海外に移す。

以下、近松連続公演を含むらせん館の一連の取り組みを改めて記しておく（原則として初演記録のみ。※は再演、もしくは改訂版）。なお、特に断りのない限り、らせん館の作品はすべて嶋田三朗の作・演出である。

一九八二・一二　尼崎・近松記念館　『曽根崎心中』
一九八五・四　尼崎・サンホール　『心中天網島』
一九八六・八　尼崎・喫茶店「獨木舟」　『冥途の飛脚・新口村』
一九八六・一〇　尼崎（潮江）・近松の芝居小屋　近松連続公演第一作『近松あと追い心中』
一九八七・一〇　尼崎（道意）・近松の芝居小屋　近松連続公演第二作『おなつ―近松夜想曲《ノクターン》』
一九八八・一〇　尼崎（杭瀬）・近松の芝居小屋　近松連続公演第三作『かげきよ物語』
※一九八九・七　西ドイツ（当時）アウグスブルク・モーツァルトホール　近松連続公演第四作『決定版・出世景清』
一九九〇・八　リバプール・ユニティシアター　近松連続公演第五作『繋馬』
一九九一・九　阪急オレンジルーム　近松連続公演第六作『風に咲く―景清1991』　作／秋浜悟史
＊らせん館唯一の外部作家作品。女優だけの二人芝居。
※一九九三・三　尼崎・らせん館アトリエ　近松連続公演第七作「島の国の物語」
＊第一部《秋津州の武将》は『繋馬』と『出世景清』、第二部《恋風》は『近松あと追い心中』『曽根崎心中』『冥途の飛脚・新口村』『近松夜想曲』、第三部《無へのあこがれ》は秋浜作品『風に咲く』。
一九九三・五　尼崎・らせん館アトリエ　近松連続公演第八作「近松一人芝居集」
＊『源氏烏帽子折』『曽根崎心中』『幕間狂言・近松作品の女中たち』『けいせい反魂香』。

かくして、「近松ナウ」とともに当初一〇年計画で始まった劇団らせん館の「近松連続公演」は、らせん館自身の「日本脱出」によって八年で幕を閉じることになる（もっとも、八二年の『曽根崎心中』から数えればほぼ一〇年）。劇団の代表をつとめる嶋田三朗は、「僕らの芝居は、日本人の一般が求めるところと少し違うので、かえって外国の方がやりやすい面もあります。（中略）僕らの劇は日本でも少数派やし、国内でも海外でもできるだけ広い地域を回って、多くのところで少数の人々と知り合うのが、移動演劇の道やと思ってます」（『毎日新聞』〈近畿版〉一九九三・一・八、夕刊）と語っている。

らせん舘はその後、九〇年代前半は秋浜悟史、九〇年代後半以降は多和田葉子作品に取り組み、現在はベルリンやスペインにも拠点を持って現地の俳優とともに複数言語による演劇実践を積み重ね、文字通り国際的な（ボーダーレスな）演劇活動を展開している。らせん舘中心メンバーの一人で、そのすべての作品に出演し、また制作面を担当してきた市川ケイは、私の問いに答え、「原文で近松作品を上演したことが、今、ドイツで多和田葉子作品をドイツ語を交えて公演する劇団に駆り立てたのだと思います」と語っている。

尼崎で「近松」に打ち込みながら、東京進出どころか、「島の国」日本を突き抜けて、より「開かれた場所」に飛び出して行った劇団らせん舘。近松受容史はもちろん、現代演劇史にあっても、きわめて異色の劇団ということができよう。

名古屋における近松

東京以西でいうと、名古屋の動向も見逃せない。

一九九四年四月、名古屋新劇界に足跡を残した松原英治の没後三〇年を記念して、劇団演集・劇団名芸・劇団名古屋等、名古屋劇団協議会の主催する合同公演『夢はうつろい散りぬれど』が上演された（脚本／木村繁、演出／木崎裕次、振付／西川好弥）。本作は「女殺油地獄」と「心中宵庚申」を再構成したもので、公演前のチラシでは『鶯巣育時鳥（鶯の巣に育ちしホトトギス）』と仮題・予告されていた作品である。

『心中宵庚申』は一九六三年、劇団演集最盛期にその一五周年記念公演として上演され、好評を博した作品である（脚本・演出／松原英治）。しかも、松原が亡くなったのがその年の暮れということもあって、関係者にとっては二重に思い出深い作品であったようだ。それから三〇年、また四〇年。松原が蒔いた種は、かつて『宵庚申』に出演していた木崎裕次や西川好弥などに受け継がれ、それぞれが現在も近松に取り組む姿勢を見せている。

東京における近松　〜石川耕士と「ちかまつ芝居」〜

新劇団の老舗ともいうべき文学座は、これまでも一九五八年の『国性爺』、七三年の『おさい権三』（八四年『近松女敵討』に改題、八八年芸術祭賞受賞）と、しばしば本公演で近松物を上演してきたが、当期の東京で注目すべきは、文学座本体より、むしろその周縁に属す若手集団の動向である。

この時期、文学座の若手を中心に「近松勉強会」が結成され、一九八四年二月は『曽根崎心中』、同年九月は『五十年忌哥念仏』、翌八五年一二月は『女殺油地獄』、以上三回の試演（発表会）が行なわれた(8)。構成・演出は、八四年に座員に昇格したばかりの石川耕士である。ここまでは、いわば文学座内の内輪の活動だが、石川らの「近松勉強会」は第三回『女殺油地獄』の舞台成果が評価され、翌年「文学座アトリエの会」への進出が決定する。以下、石川耕士を中心に、文学座とその周辺の動向を記す。

一九八六・八　文学座アトリエ　アトリエの会　『心中・近松の夏』　構成・演出／石川耕士

一九八七・三　国立小劇場　講談『近松の生涯―心中づくし』　作／石川耕士　出演／神田陽子（前篇）・神田紅（後篇）

一九八七・三　劇団中村座アトリエ　『近松についてあなたが知らない二、三の事柄』　構成・演出／石川耕士

一九八七・八　大塚ジェルスホール　ちかまつ芝居Vol.1　『悪漢でいっぱい―出世景清』　構成・演出／石川耕士

一九八八・二　ザ・スズナリ　ちかまつ芝居Vol.2　『戦士も夢見る―国性爺合戦』　構成・演出／石川耕士

一九八八・八　タイニイ・アリス　ちかまつ芝居Vol.3　『夏のエチュード―心中宵待草』　構成・演出／松本修

一九八九・八　三越劇場　文学座　『宵庚申―思いの短夜』　脚本・演出／戌井市郎
一九八九・一一　深川江戸資料館小劇場　江戸組　『堀川波の鼓』　脚本・演出／石川耕士

ここに見るように、石川耕士を中心とする若手の勉強会は、文学座のアトリエ公演を経て、劇団の枠をこえたプロデュース集団、「ちかまつ芝居」へと発展していった。これは画期的なことだった。何しろ、東京で本格的に近松に取り組もうという人々が登場したのは、これが初めてだったからである。それだけに、当時、彼らの活動に期待を寄せた人々も少なくなかった。だが、それも長くは続かなかった。彼らが「ちかまつ芝居」を名乗ってちょうど一年後、一九八八年の夏には早くも「ちかまつ芝居」の「近松離れ」が始まり、「ちかまつ芝居」そのものが解体に向かった。

ちかまつ芝居第三回公演『夏のエチュード』は、チラシ等公演案内の段階では「構成／石川耕士、演出／松本修」と予告されており、日本劇団協議会の『戦後日本戯曲初演年表　第Ⅵ期』にもその通り記載されている。ところが、当日配布された表裏一枚刷りの公演リーフレットに、石川耕士の名はない。『夏のエチュード』上演直前の一九八八年七月末に文学座を退座してちかまつ芝居の代表となった松本修は、第三回公演の公演リーフレットのなかで次のように述べている。

今回は私たちの芝居づくりの中心となっていた石川耕士版の近松から自由になりたいという欲求のもと、皆が男と女のドラマを持ち寄りました。

具体的には、「映画ではトリュフォー、ルイ・マル、アニエス・ヴァルダー、小津安二郎、篠田正浩の諸作品、戯曲では竹内銃一郎「恋愛日記」、M・デュラス「アガタ」、近松門左衛門作・石川耕士構成の「曽根崎心中」「女殺油地獄」「心中天の網島」など」を素材とし、「そのうちの幾つかをテキストとして無節操に選びとりました。（中略）全部ひっくるめて私たちの近松ならぬ〝ちかまつ〟であります。」

こうして『夏のエチュード』は、諸資料に「近松門左衛門の浄瑠璃より」と記されているにもかかわらず、実際には近松とも、石川とも、距離を置いた作品となっていた。

芝居の何が面白いのかということは人によって様々でしょうが、私にとっては演ずる存在である人間が舞台の上にいる、というこの事実だけです。客席にではなく何故か舞台にいるということ。それが面白いと思っていますから、何をやるかということは重要ではありません。（中略）現在に生きている私たちが舞台の上にいる、そのための素材やきっかけは何だっていいのです。自分の現在を表現するためにそれらを拝借するだけです。素材そのものを表現の目的にしないこと。物語とか理念とか思想といったものを表現しようとすると、たちまち私たちが素材になってしまいます。つまりその劇のために私たちの身体が奉仕させられてしまうのです。物語や理念や思想などに舞台を隷属させたくありません。私たちは当初、素材として近松の作品を用いました。しかし既に距離をとっています。今や近松のちの字も出てこない舞台をつくりながら、名称は〈ちかまつ芝居〉です。節操のないいい加減なやり方でやっていると自然にそうなりました。たまたま近松で始めたので〈ちかまつ芝居〉になっただけですから、メンバーの気分次第で名称もいずれ変わってゆくかも知れません。芝居は時の過ぎゆくままに漂ってゆくのがいいと思います。方針を持たないというのが私たちの方針です。今まで観たことのない新しい表現のためにはこれしかありません。

（松本修「〈ちかまつ芝居〉とは何か」　傍点原文）

「ちかまつ」を名乗っていてもそれは「素材」にすぎない。「たまたま近松で始めた」から「ちかまつ」を名乗っただけ。「メンバーの気分次第で名称もいずれ変わってゆくかも知れません。」——松本のこの言葉通り、ちかまつ芝居Vol.4『秋のエチュード』（一九八八・一〇　新宿スペースDEN　構成・演出／松本修）はチェーホフとトリュフォーの作品をベースにしたもので、「ちかまつ芝居」といいながらもはや近松とはまったく関係ない舞台となっていた。そして翌八九年、松本はちかまつ芝居を解消し、演劇集団MODEを設立する[9]。

その意味でいうと、石川耕士不在の『夏のエチュード』（一九八八）は、まさに「〈ちかまつ芝居〉の新たな転回点」（松本がちかまつ芝居第三回公演に際して関係各方面へ出した案内状の文言）であり、事実上ちかまつ芝居の「解体宣言」であったといえよう。

文学座とその周辺の近松離れ

ところで、石川耕士を中心とする若手座員が内外で近松物を上演していたこの時期、文学座本体は一九八八年『近松女敵討』の再演（演出・主演／江守徹）で芸術祭賞を受賞。さらにちかまつ芝居が消滅し、松本修がＭＯＤＥを旗揚げした一九八九年八月は「心中宵庚申」と久保田万太郎の「姉」をもとにした新作『宵庚申―思いの短夜』（脚本・演出／戌井市郎）を上演している。

一九三七年創立の文学座は、本公演はもちろんだが、創設者の一人である久保田万太郎や現在代表を務める戌井市郎といった大御所をはじめ、三島由紀夫とともに退座した松浦竹夫（近松物では山本富士子主演作品の演出が多い）、あるいは江守徹（八四年の『おさい権三』改め『近松女敵討』以降、主演に加え演出も兼ねる。また佐久間良子・役所広司主演の八八年九月帝劇作品『天満の恋―女殺油地獄』では作・演出をつとめる）、また最近では「ながと近松実験劇場」に関与して「巣林舎」を旗揚げした鈴木正光等々、歌舞伎・新派・商業演劇・その他さまざまな外部公演で近松物を手がける演出家が非常に多い。

ちなみに、いわゆる新劇三大劇団のうち、民芸（一九五〇年設立）は一度も近松を上演したことがない。また俳優座（一九四四年設立）も一九五八年二月の『つづみの女』（作／田中澄江、演出／田中千禾夫）一作のみ。その他、俳優座から独立した青年座（一九五四年設立）にしても、一九八〇年の創立二五周年に『近松心中考』（脚本／西島大・石澤秀二、演出／千田是也）があるだけである(10)。

したがって、他の新劇団に比べれば、文学座は近松や歌舞伎などに対する抵抗感が少なく、むしろ積極的に関わりを持とうとしている、ということができる。だが、それにもかかわらず、「ちかまつ」を名乗っていた若手グループが近松そのものから遠ざかったように、文学座も、一九八九年の『宵庚申』から現在にいたるまで、新たな近松物を世に送り出すわけでもなく、また『宵庚申』が再演されたという記録もない。

同じことは石川耕士にもいえる。もともと石川は、「文学座の入所試験の際、演出したい劇作家を問われて、近松門左衛門と答え」（「歌舞伎と私（二）」）、「近松はライフ・ワーク」（「心中・近松の夏」公演チラシ）とまで語っていた人であり、ちかまつ芝居解散後「現代」あるいはチェーホフなどに傾斜していった松本修と対照的に、ますます「江戸」あるいは歌舞伎に接近し、今や猿之助一座の座付作者としてなくてはならぬ存在だが、一九八四年以降、現在にいたる二〇数年間で彼が関与した新作近松九本（近松勉強会を加えれば一二本）のうち、三分の二にあたる六本が一九八五年から八九年の五年間に集中している。座付作者の仕事が忙しいせいもあろうが、彼が再び近松物に関わるのは九四年以降。新作に限れば九八年以降になる。

一九九四・七　歌舞伎座　猿之助一座　『双生隅田川』　補綴／石川耕士

一九九八・七　新国立劇場　プロデュースセンター　『ちかまつ夏ものがたり—女殺油地獄』　脚本・演出／石川耕士

二〇〇〇・六　ルネッサながと　ながと近松実験劇場第一回公演　『下関猫魔達』　脚本／石川耕士　演出／高木達

二〇〇二・九　三越劇場　劇団若獅子　『鐺の権三』　脚本／石川耕士　演出／田中林輔

かくして、元号が昭和から平成に切り替わる頃、文学座とその周辺の人々は、一時さかんに近松を取り上げ、そして静かに離れていった。だが、このことは必ずしも彼らだけの問題ではなかった。それはむしろ、東京での近松受容全般に共通する問題であり、また当時の東京を中心とする演劇界の動向と密接に関わっていたように思われる。

東京における小劇場系近松

八〇年代のバブル華やかなりし頃、一九八八年から九〇年にかけて、東京では小劇場系の劇作家・演出家による近松物があいついで上演されている。

一九八八・一〇　新橋演舞場　『逢魔が恋暦―唐版おさん茂兵衛』　作／唐十郎　演出／渡辺えり子　主演／三田佳子・奥田瑛二

一九八八・一一　銀座小劇場　演劇企画集団ザ・ガジラ　『曽根崎心中』　脚本・構成・演出／鐘下辰男

一九八九・一一　銀座セゾン劇場　『野田版・国性爺合戦』　作・演出／野田秀樹　主演／池畑慎之介・桜田淳子

一九九〇・六　銀座セゾン劇場　『女殺油地獄』　脚本／横内謙介　演出／杉田成道　主演／石田純一・倍賞美津子　＊九二年『女殺桜地獄』として改題・再演。なお、横内は九四年一一月のミュージカル『ザ近松』の脚本も担当している。

唐十郎（一九四〇〜）、野田秀樹（一九五五〜）、横内謙介（一九六一〜）、鐘下辰男（一九六四〜）。世代的には幅があるが、いずれも小劇場系の人々である。しかし、セゾン劇場の野田秀樹や横内はともかく、よもや新橋演舞場で唐十郎作品が上演されるようになるとは、変われば変わる世の中ではある。それはさておき、この時期の新作近松で特に高い評価を得たのは鐘下辰男であった。西堂行人は鐘下の『曽根崎心中』について次のように述べている。

古典に向かうことは、そう生易しいことではない。「〇〇版ハムレット」や「〇〇版近松」といった演出家の名前を冠した舞台が、実のところただの恣意的な読み換えに過ぎず、その空々しさに呆れ返ってきたわたしは、鐘下の舞台に、原作とのバランスのとれた明晰な距離感が読みとれたのである。とくに近松の言葉に臆することなく対峙し、その言葉を大胆に上書きしていくこの作家の力業は、見事といっていい。「古典の無批判な利用は古典への裏切りだ」と、ある過激な劇作家は語っているが、古典からの摂取とそのマテリアルの〈使い方〉はその作家が演劇をどう考えているかの態度を決定するのである。

（『小劇場は死滅したか　現代演劇の星座』）

西堂はこのように述べ、「古典の言葉を正攻法で叩き割り、その底からわれわれの言葉を紡ぎ出そうとする劇作家・鐘下辰男の劇魂」を絶賛している(11)。

こうしてみると、一九八〇年代後半は、関西のみならず、東京でも盛んに近松が上演されていたことがわかる。特に東京では、以前から近松に抵抗の少なかった文学座とその周辺の人々だけでなく、現代演劇の最前線を走る小劇場系の作・演出家たちが次々に近松物を手がけた。それはある意味、ちょっとした「近松ブーム」だったようにも思われる。だが、「時代の風」は近松だけを特別扱いしたわけではなかった。

歌舞伎ブームとシェイクスピア・ブーム

バブルが絶頂期を過ぎた一九九〇年、歌舞伎ブームが到来する。

日経平均株価のピークは八九年一二月二九日の大納会で、当時三万八九一五円八七銭を記録している。ただし、地価が下落に転じるのは九一年ごろからなので、九〇年当時はまだ「絶頂期を過ぎた」という認識は誰にもなかったろう。日本がまだバブルに酔いしれているこの時期、中村勘九郎（現勘三郎）を中心とする若手の活躍もあって、「これまでなら縁もゆかりもなかったであろう向きが、歌舞伎に注目し始めた」（『〈演劇界・増刊〉歌舞伎の二〇世紀〜一〇〇年の記録』）。歌舞伎座では、若い世代に広がった歌舞伎ブームを追い風に、九〇年八月、納涼花形歌舞伎を開催。歌舞伎座が八月に歌舞伎を興行するのは、何と三一年ぶりのことだった。また同年一〇月夜の部は片岡孝夫・坂東玉三郎の『十六夜清心』で、これが前売二日で完売となる大にぎわい。さらに一一月には、中村扇雀改め三代目中村鴈治郎襲名披露興行が行なわれている。この年の興行はどれもこれも好評だったが、この歌舞伎ブームは、しかしたんなる一過性のものに終わらなかった。その証拠に歌舞伎座は、同年以降、一年一二ヶ月のすべてを歌舞伎興行のために取り戻し、今日にいたっている。「このことは明治二十二年に歌舞伎座が開場して以来、初めてのことであり、歌舞伎の長い歴史のなかでも特筆されることです。」松竹の安孫子正はこのように述べている（「松竹と歌舞伎座のいま」）。

一九九〇年はまた、現代演劇界にとって空前のシェイクスピア・ブームの年であった。扇田昭彦によると、同年は演劇・オペラ・ダンス等さまざまなジャンルにおいて「翻訳もの、来日もの、脚色ものを合わせて十七本もの『ハムレット』が上演されるという空前の上演ラッシュ」であった（『舞台は語る—現代演劇とミュージカルの見方』）。大笹吉雄も同年をふりかえり、「異常とも何ともいいようのないシェイクスピア・ブームの年だった。（中略）すざましいばかりのシェイクスピア・ブームだった」と語っている（『演劇年鑑91』）。さらに川本雄三は、同じ『演劇年鑑91』のなかで数年来のシェイクスピア・ブームに言及し、二年前の『ハムレット』の競演について自身が書いた次のようなコラムを引用・紹介している(12)。

演劇界が上演作品の手詰まりになるとシェイクスピア作品がでてくるらしい。いま現代劇の世界は大づかみに言えば、ありきたりの平凡さに浸りすぎているか、独りよがりの袋小路に迷いこんでいるかのどちらかといったところがある。だから、日常性を超えて、しかも広々とした世界に乗り出したいという気持ちが働くのも当然だろう。（中略）同じポピュラーな作品でも、近代劇が一般に理詰めの息苦しさが伴いがちなのと違って、シェイクスピア作品は芝居の造りに開放性がある。一種の柔構造で、表層はどうにでもいじれるが、またどういじっても本来の形は壊れないというシンの強さ、懐の深さがある。そこらに、製作者も演出家も俳優も、それぞれに食指を動かすわけがあるのかもしれない。

（「一九九〇年の新劇」）

扇田昭彦『日本の現代演劇』は、こうしたシェイクスピア・ブームを含む九〇年代の動向を次のように概括する。

演劇・文化に実体以上のはなやかさと浮揚感を与えたバブルの祭りのあとの九〇年代には、当然、その反作用が生まれた。もっと演劇の基本に根ざした地点から演劇を再考し、再構築し、演劇の豊かさを回復しようという動きが出てきたのである。その動きは三つの流れに分けて考えられる。

扇田のいう「三つの流れ」。第一は「古典志向の流れ」、第二は「物語回帰の流れ」、そして第三は「日常を抑制したタッチでリアルに描く「静かな劇」の系譜」である。特に、第一の「古典志向」についていえば、

これはすでに八〇年代から始まっていたが、新劇、商業演劇ばかりでなく、実験性の強いオリジナル劇路線をとってきた小劇場系の劇団も、シェイクスピア、チェーホフなどの古典劇を手がけるようになった。当時、シェイクスピア劇の上演ブームについて問われた蜷川幸雄がインタビューで、「オリジナルな作品が袋小路に入っているんだと思う。ひどく痩せ細ってきてる。そのときに、古典に戻って、（中略）観念や演劇観そのものも含めて問い直すことをせざるを得ない。疲弊してるんだと思うよ、現在が」（「いまなぜかシェイクスピア」）と語ったのは示唆的である。

同書に指摘のあるように、松本修が一九八八年の夏から秋にかけてちかまつ芝居を解体し、翌八九年ＭＯＤＥ結成にいたる流れも、おおよそこの文脈で説明できるだろう。

さて、一九九〇年のシェイクスピア・ブームと歌舞伎ブーム。一見対照的に見えながら、シェイクスピア劇と歌舞伎には、実は通底する部分が多い。第一に、古典としてすでに評価が定まっているということ。第二に、物語性があるということ。第三に、シェイクスピアも歌舞伎も、シアトリカルでいわゆる「遊び」の多い演劇であるということ。第四に、時代をこえる強靭な生命力をもっているということ。数え上げればきりがないが、とりあえずこの四点を指摘しておこう。

なるほど、シェイクスピア・ブームは、観客がそれを求めたというよりは、もっぱら演劇をする側で起きたブーム、つまり「上演ブーム」だった。これに対して歌舞伎ブームは、見る側がそれを求めた結果であった。そういう違いはたしかにあるだろう。だが、シェイクスピアと歌舞伎には、本質的に共通する要素がある(13)。ということは、する側も見る側も、実は同じものを求めていたといえるのではないか。

一九九〇年前後はいろいろな意味で時代の転換点だったように思われるのだが、ではそのとき時代が求めていたものが何だったのかというと、それは結局「古くて新しいもの」、あるいは「時代をこえる力をもっているもの」、そういうものだっ

たのではなかろうか。

ちなみに、八〇年代後半に近松劇を手がけた小劇場系の劇作家・演出家（唐十郎、野田秀樹、横内謙介、鐘下辰男）のうち、鐘下をのぞく三人は、いずれも歌舞伎との親近性・類縁性、あるいは「距離の近さ」を指摘することができる。

唐十郎は一九六〇年代に、前近代の視点（といっても、近代になって古典化した歌舞伎ではなく、秩序を侵犯するカブキ者としてのそれ）から近代劇としての新劇を批判し、アングラ・ムーブメントを象徴する存在となった。唐自身は歌舞伎に直接関与することはなかったが、唐の紅テントから大きな刺激を受けたのが若き日の中村勘九郎であり、その勘九郎と手を組み大きな成果をあげたのがほかならぬ野田秀樹である。野田秀樹は以前から、自由自在に時空間を飛翔するその作風と歌舞伎との親近性が指摘されていたが、彼が実際に歌舞伎に関与するのは二〇〇一年のことである。野田は同年八月の歌舞伎座で中村勘九郎の『野田版・研辰の討たれ』の脚本・演出を担当。さらに二〇〇三年八月には同じく勘九郎の『野田版・鼠小僧』を手がけ、歌舞伎界に新風を吹き込んだ。また横内謙介は、一九九〇年の『女殺油地獄』の後、同年九月の二十一世紀歌舞伎組（八八年、市川右近以下、猿之助門下の若手俳優で結成された一座）第二回公演『雪之丞変化二〇〇一年』の脚本を担当。九三年は猿之助のスーパー歌舞伎『八犬伝』、九六年四月は『カグヤ』、九八年一月は再び二十一世紀歌舞伎組の『龍神伝』、九九年四月はスーパー歌舞伎『新・三国志』の脚本を手がけ、猿之助一座と親密な関係を築いている。

おそらく九〇年代以降の現代演劇にとって、歌舞伎はもはや乗りこえなければならないような「障壁」ではなかった。そこには排他的な壁も境界もなかった。歌舞伎はむしろ多くを学ぶべき、古くて新しい魅力的な演劇であった。そして歌舞伎がそういうものとして「再発見」されたとき、歌舞伎ブームはもはや一過性の狂騒をこえたものになった。それはまた、シェイクスピアも同じであった。

東京における近松離れとその背景にあるもの

ところが、こうした「古典志向」と「物語回帰」の流れ、およびそれと連動するシェイクスピア・ブームや歌舞伎ブームに反して、こと近松に関する限り、九五年以降の東京では新作が激減する。具体的にいうと、平成初年を含む昭和六〇年代（一九八五〜九四）の東京で五〇本以上も上演された新作近松が、九五年以降の一〇年間で三割も減少するのである〔巻末「表3」および「グラフ4」参照〕。

たしかに、一九八〇年代後半、東京で集中的に近松が上演されたことがあった。私はそれを「ちょっとしたブーム」と述べた。だが、九〇年代初頭に起きたシェイクスピア・ブームや歌舞伎ブームに比べたら、それは本当に一時的なものに過ぎなかった。話題としては本来次章で述べるべき問題だが、その傾向はすでに平成初年（九〇年代初頭）から始まっていたと見て間違いない。

先に、石川耕士不在の『夏のエチュード』（一九八八）がちかまつ芝居の転回点になったと述べたが、これまたたびたび指摘するように、一九九〇年前後は世界史的に見ても大きな転換期であった。

一九八五年、ソ連共産党書記長に就任したミハイル・ゴルバチョフ（一九三一〜）は、二年後にペレストロイカ（ロシア語で「改革」）やグラスノスチ（同じく「情報公開」）に着手する。こうした自由化・民主化の動きは、当然のことながら東欧諸国にも広がり、八九年一一月、東西冷戦の象徴でもあったベルリンの壁がついに崩壊。翌九〇年には、東西ドイツの統一が実現し、またソ連そのものも九一年一二月に崩壊・消滅する。中村政則『戦後史』は、ベルリンの壁崩壊からソ連消滅にいたる「激動の二年」を戦後史最大の転機と捉える。それは戦後の世界秩序を形成してきた冷戦構造そのものの消滅であり、「二〇世紀システムの終焉」を意味していた。この時期はまた、中国で民主化運動を求める学生たちを武力で弾圧する天安門事件が起きたり（八九年）、イラクのクウェート侵攻（九〇年）をきっかけに湾岸戦争が勃発する（九一年）など、世界を大きく揺さぶるような事件が頻発した。少々曖昧な物言いだが、我々の近松はどうもこういう時代状況に「弱い」らしい。

私は先に、昭和四〇年代の近松受容に関して次のように指摘した（本書47頁）。

「新劇」という名の近代演劇を批判して一大ムーブメントとなるアングラ時代の先触れとして選ばれたのは、残念ながら近松ではなく、鶴屋南北だった。誰が選んだというのではない。いわば「時代の無意識」が選んだのである。変革を求める新興勢力によって既存秩序が激しい批判と攻撃にさらされ、社会全体が動揺・混乱する時代に最も似つかわしいのは、近松ではなく南北だったというわけである。

そう考えてみれば、もともとアングラ系の黒テントに触発されて演劇に目覚めた松本修が近松から離れていったのもわからないではないが、それはともかく、九〇年代の東京についていえば、結果的に昭和四〇年代、とりわけ一九七〇年前後と同じような状況が繰り返されたのではないかと思われる。ただ、以前と異なるのは、それが世界史的な規模の大変動だったということである。そして、九〇年代の東京はその直撃を受けた。日本中探しても、東京ほど世界情勢に敏感で、その影響を受けやすい都市はないからである。それは、東京という都市がそれだけ「世界」と密着している、もしくは「外」を向いているということを示している。

そのとき時代が求めたのはシェイクスピアやチェーホフ(14)、あるいは歌舞伎など「古くて新しい」ものだった。だがこのとき近松は、関西は別として、少なくとも東京では「時代を映し出す鏡」として再発見されたり、普遍性をもったレパートリーとして定着するにはいたらなかった。そこに近松の「弱さ」がある。またそこに、近松に対する東京と関西の温度差、あるいは距離感の違いがある。

もっとも、近松がこういう時期に「弱い」からといって、必ずしもそれが「悪い」わけではない。また近松がシェイクスピアやチェーホフに「劣る」、というわけではない。近松の限界は限界として認識しなければならないが、それをどう受けとめるかは我々の問題であって、少なくとも近松を批判・断罪して済むような話ではないだろう。

「こういう時期」とは、時代状況がドラスティックに変化する時期、あるいは現実の社会が芝居以上にドラマティックに揺れ動き、複雑な様相を見せる時期のことである。特に九五年以降の日本は、好むと好まざるとにかかわらず、大きく変貌した。

この一〇年、経済の自由化、規制緩和、グローバリズム、市場原理主義、自己責任、能力主義といった観念が社会の主要部分に浸透していった。その結果、かつて「一億総中流」とまでいわれた日本社会は「勝ち組」「負け組」に二極化し、急激に経済格差が進行した。なかには「激動の時代」を好機ととらえ、他人を押しのけ蹴落として、したたかにのしあがっていくものがある。一方、社会から「戦力外通告」を受け、惜しげもなく切り捨てられていくものがある。社会に多様性をもたらすはずの自由主義は、いまや市場原理と資本の論理に飲み込まれ、むしろ多様性やあいまいさを認めない、寛容ならざる社会を生み出しつつある。

こういう時代に我々が生き残り、勝ち残るために必要なのは、「やさしさ」ではなく「強さ」である。ある意味、情け容赦もない時代。今の日本は他者、とりわけ弱者に対して「情け（の）ない」社会になりつつあるように思われる。

二〇〇一年一月に行なわれた文化庁の「平成一二年度・国語に関する世論調査―家庭や職場での言葉遣い」によれば、「情けは人のためならず」を「人に情けをかけて助けてやることは、結局はその人のためにならない」と解した人がついに正解者の数を上回り、特に一六歳以上四九歳以下では、そのように理解している人々が平均六割に達したという[15]。

この諺はずいぶん以前から「誤解」されてきたが、その数が正解者を上回ったとなれば話は別である。もはや常識の有無や知識の有る無しの問題ではない。「情けは人のためならず」がここまで反転してしまったのも、昨今の「自己責任」論などと結びついているのではなかろうか。もしそうだとしたら、問題の根は深い。

教育心理学を専門とする速水敏彦は、『他人を見下す若者たち』のなかで興味深い指摘を行なっている。速水の観察によれば、一九六〇年代あたりから日本人の感情に変化が生じており、「我が国は現在「悲しみの文化」から「怒りの文化」に移行している」。「既に何年か前から現代人は「悲しみ」よりも「怒り」を感じる時代に突入している」というのである。

概して「悲しみ」は、人間の弱さを象徴する感情であるのに対して、「怒り」は人間の強さを象徴する感情であると言える。人間の弱さを否定する社会は、子どもが成長する過程で悲しみの経験を最小限にしようとするにちがいない。しかし、その結果として、自尊感情の肥大化が進み、弱い人間や傷ついた人間へのやさしさを喪失させていくように思われる。

他者（弱者）に対する想像力の欠如。あるいは、共感する力の欠如。速水の仮説はまだ十分検証されたとはいいがたいが、実感としては納得できるものがある(16)。

今から三〇年前（一九七六年）、戦後生まれが総人口の半数をこえた。『モラトリアム人間の時代』で有名な精神科医の小此木啓吾が「悲しみを知らない世代」の誕生に言及したのもちょうどその頃である。

戦死、戦災、引き揚げなど、戦争と敗戦によるおびただしい喪失と悲嘆のどん底から出発したはずの現代社会は、いつのまにか、悲しむことをその精神生活から排除してしまった。（『対象喪失』）

それ以降、時代はますます「悲しみ」を排除する傾向を強めている。あるいは、私たちの生きる現実から「死」を排除し、「悲劇」から目をそむけようとする傾向を強めている。まこと現代は近松的世界の住人にとってとりわけ生きづらく、息苦しい時代になってきているように思われてならない。

九〇年代の求める「物語」

ところで、扇田のいう九〇年代の「物語回帰」についていえば、この分野には社会性の強い作品で定評のある燐光群（一九八二年結成。主宰／坂手洋二）やアングラの後継者を自認し「物語（ロマン）の復権」をうたう新宿梁山泊（一九八七年結成。代表／金守珍）など、傾向の異なる路線がいくつもあるが、観客から最も大きな支持を得たのは、いわゆる「ウェルメイド・プレイ」の一群であった。扇田昭彦『舞台は語る—現代演劇とミュージカルの見方』にいわく、

「ウェルメイド・プレイ」とは、文字通り「巧みに作られた芝居（戯曲）のこと。十九世紀のヨーロッパで流行し、今もブロードウェイやウエストエンドの商業演劇で人気を集める演劇様式だ。

このことばは従来、「達者だが、底の浅い娯楽劇」という批判的な意味で使われることもあった。だが、一九九〇年代の日本では、ウェルメイド・プレイの中の、「おとなが楽しめる都会的な劇」の部分を積極的に評価する機運が高まった。主婦層向けの商業演劇とも、新劇的な社会劇とも、あるいは小劇場の実験劇とも違う、幅広い観客層にアピールする、楽しめる現代劇としての日本版「ウェルメイド・プレイ」を求める声が増えてきたのである。

この系統に位置する人々として、永井愛（二兎社）、飯島早苗（自転車キンクリート）、マキノノゾミ（M・O・P）、鈴木聡（ラッパ屋）、成井豊（演劇集団キャラメルボックス）、福島三郎（泪目銀座）、土田英生（MONO）などがあげられる。その筆頭格はやはり三谷幸喜（一九六一～）であろう。

三谷幸喜は、舞台はもちろん、映画もテレビも「書けば当たる」当代随一の人気作家だが、その特色は、第一に「小劇場出身者に多い前衛劇信仰がないこと、そしてどんな世代に通じる「喜劇」を基調にしている」こと。第二に、家族や集団に何らかの危機が訪れても「最後は幸福感漂う和解に至る物語が多い」こと。特に三谷の描く家族劇は、「一九八〇年代に山崎哲が事件や犯罪にからめて描いた、無惨に解体する悲劇的な家族劇とは対照的だ。三谷の劇は私たち観客を励まし、不安ではなく、「安心の笑い」（渡辺信也）を与えるのである。」（扇田『舞台は語る』）

現在こうしたウェルメイド・プレイに人気が集まっているのは、ある面演劇界の『成熟』を物語るものといえよう。だが、それと同時に、我々をとりまく社会状況がますます複雑化し、得体の知れぬ不安感が増大しているということも、その一因として考えられるのではなかろうか。

ともあれ、九〇年代以降、多数の支持を集めているのが「安心して笑える劇」「みんなが楽しめる劇」、あるいは「勇気と励ましをもらえる、心あたたまる劇」の類であるとすれば、シリアスで重苦しい近松悲劇が敬遠されるのもわからないではない。

近松をめぐる東西の温度差

以上、東京における近松離れに関して、考えられるいくつかの理由・背景をあげてみた。むろんそう簡単に答えの出る問題ではないが、なお近松受容に関する東西の違い、その温度差、ないし距離感について、一言触れておきたい。

たとえば、関西の方はコンスタントに近松を手がけている劇団（企画）が複数あり、また公的なバックアップも中長期的な視野で行なわれているが、これに対して、東京の方はどうしても単発的な活動が多く、しかも演目でいうと「曽根崎心中」が群を抜いて多い。このことは、近松へ接近するチャンネルが限られているということを意味している。

実際、戦後六〇年間に東西でどのような作品が取り上げられてきたか、相互に重複する作品を除外し、その地域的独自性、つまり地域的な偏りに着目して両者を比較してみると、東京（近松座を含む）に限定される作品は『大名なぐさみ曽我』『井筒業平河内通』『けいせい壬生大念仏』の三作のみ。これに対して東京以西で上演された作品は一八作にのぼる。明らかに東京以西のほうが作品選択に多様性がある〔巻末「表5」参照〕。

新作近松が激増した昭和六〇年代、作品数だけでいえば、東西ほぼ同数（五〇本前後）で競り合っている。にもかかわらず、近松を現在に通じる歴史的存在、あるいは学ぶべき過去として内面化し、地元意識・地域意識を強くもってこれに取り組んできた「西」と、近松をそのようにとらえる感覚の希薄な「東」とでは、そこにある種の「温度差」のあることは否定しがたい事実であろう。そして両者の違いは、次の一〇年になって、はっきり新作数の差としてあらわれることになる。

テレビと映画の近松　~その最後の光芒~

実のところ、東京における「近松離れ」と関連するかどうかわからないが、この時期のテレビと映画、二大映像メディアにおける近松受容は、いずれも同じような軌跡をたどって衰退・消滅していく。

テレビの世界では、すでに一九七〇年代を境に近松物はほとんど見かけなくなっていたが、八〇年代になってから四本の単発テレビドラマ・シリーズが製作・放映されている。この一連の作品を手がけたディレクターは、「芸術祭賞男」の異名を取る和田勉（一九三〇〜）である。

和田勉『テレビ自叙伝　さらばわが愛』によれば、和田がNHKに入局したのはテレビが本放送を開始した一九五三年。たいていの者が東京勤務を望むなか、和田は初任地として大阪放送局を志望する。和田いわく、大阪には「江戸（東京）にはない三つのモノが存在した。」
一、漫才。二、文楽。三、宝塚。（中略）以上この「三つ」を、僕はテレビ（ドラマ）事始めのこの時こそ、勉強しておきたかったのである。
それから三〇年。そろそろ定年という時期になって、改めて和田は自問する。

もうやり残したことはないのだろうか？（この設問自体がゴーマンだとしても……）。昭和五九年、僕の「テレビ」発祥の地・浪花に心はもどって行った。そこに近松門左衛門がいる！

そして、和田の「ともかく、最後に近松」を、という一念で作られたのが以下の四本である。

一九八四・九　NHK「ドラマスペシャル」『女殺油地獄』　脚本／富岡多恵子　主演／松田優作・小川知子
一九八四・一〇　NHK「ドラマスペシャル」『心中宵庚申』　脚本／秋元松代　主演／太地喜和子・滝田栄
＊芸術祭テレビドラマ部門大賞、テレビ大賞優秀番組賞、放送文化基金賞番組部門ドラマ本賞を受賞。
一九八五・一〇　NHK「ドラマスペシャル」『おさんの恋—大経師昔暦』　脚本／秋元松代　主演／太地喜和子・滝田栄　＊ギャラクシー賞選奨受賞。

一九八六・一〇　NHK「ドラマスペシャル」　『但馬屋のお夏』　脚本／秋元松代　主演／太地喜和子・中村嘉葎雄

一作目の『女殺油地獄』以外は、脚本に秋元松代、主演女優に太地喜和子と、『近松心中物語』を髣髴させる組み合わせである。二〇〇一年、九〇歳で亡くなった秋元松代の劇作活動はこれらNHK「ドラマスペシャル」で実質的な終焉を迎えることになるが、そのシリーズも回を重ねるにつれ、どんどん原作から離れていった。最後の『但馬屋のお夏』にいたっては清十郎すら登場しない完全オリジナル作品である。これら四本のテレビドラマは「芸術祭賞男」の名に恥じない水準の高さでさまざまな賞を受賞。和田は有終の美を飾ってNHKを退職することになる。

当期のテレビドラマとしては、この他にNHK「金曜時代劇」で放送された『近松青春日記』がある（一九九一・九～一一、脚本／布施博一、演出／大森青児、主演／高嶋政宏・若村麻由美・別所哲也）。近松関係で連続ドラマが制作されたのは、テレビ草創期の人形劇（一九五四・一一～五五・三、NHK、結城座『国性爺合戦』）はさておき、俳優の実写版ではこれが最初で最後であろう。これ以降、近松物の新作ドラマはNHKでも民放でもまったく製作されていない。

一方、映画のほうは次の二本が公開されている。

一九八六・一　表現社・松竹　映画『鑓の権三』　監督／篠田正浩　主演／岩下志麻・郷ひろみ

＊ベルリン映画祭銀熊賞受賞。

一九九二・五　フジテレビ・京都映画　映画『女殺油地獄』　監督／五社英雄　主演／樋口可南子・堤真一

＊藤谷美和子は日本アカデミー賞最優秀助演女優賞受賞。また、本作と『豪姫』の二作で西岡善信が同最優秀美術賞、森田富士郎が同優秀撮影賞、中岡源権が同優秀照明賞、市田勇が同優秀編集賞をそれぞれ受賞。

篠田正浩監督（一九三一～）は一九六九年の『心中天網島』以来、久々の近松物。五社英雄監督（一九二九～九二）は、これが最初で最後の近松物となった。それぞれ力作ではあったが、かといって、これらがきっかけとなって再び近松ブームを巻き起こすまでにはいたらなかった。それどころか、五社監督の遺作となった『女殺油地獄』を最後に、現在にいたるまで近松物の新作映画は一本も作られていない。

かくして昭和六〇年代は、テレビと映画で近松物が製作された最後（？）の時代となった。和田勉、篠田正浩、五社英雄。彼らの作品はいずれも高く評価され、当時数々の賞を受賞した。その輝かしい受賞歴はしかし、いま考えれば、映像メディアにおける近松受容の歴史に終わりを告げる最後の光芒だったのかもしれない。

歌舞伎・文楽における復活・復元上演

当期第四の特色は、近松の原作や初演当時の舞台を再現しようとする機運が高まり、東西でいくつもの復活上演が行なわれたことである。

一口に「復活」といっても、近松の原作になるべく手を加えないかたちの復活上演もあれば、拠るべき原作がないため限りなく新作・創作に近い復活もある。また、興行として全国を巡演するものもあれば、ごくごく小規模な実験公演もある。原作通りの復活、初演当時の上演形態の復元、あるいは創造（想像）的な復活。様態としてはさまざまあるが、「現在失われてしまった舞台の復活・復元」という困難な課題にあえて挑戦しようとする姿勢は共通している。こうした意欲的な試みが方々で行なわれるようになったのは、それ以前にも以後にも見られない、この時期特有の現象と思われる。以下、作品ごとに概略を記す。

●「けいせい仏の原」

一九八七年八〜九月、近松座の第六回公演において、元禄歌舞伎『けいせい仏の原』が上演された。脚本は木下順二、演出は武智鉄二。二八八年ぶりの復活上演である。

近松座でひときわ思い入れのある作品というと、やはり昭和六十二年に上演した《けいせい仏の原（けいせいほとけのはら）》でしょう。これは近松が初代坂田藤十郎と組んで大入りを記録した作品ですが、残念ながら本は残っていません。上演もずっと途絶えていました。ですから、当時の絵入り狂言本や、『御前義経記』（西沢一風著）に残っている藤十郎の長ぜりふ、そして見たままのような資料を集めてみなで研究して作り上げていったのです。

（坂田藤十郎『夢　平成の坂田藤十郎誕生』　傍点原文）

なお『仏の原』は、近松座とは別に、九四年一〇月の尼崎・近松実験劇場「近松パフォーマンスⅢ」でも取り上げられている（演出／茂山千之丞）。このとき、扇雀と親しい茂山千之丞は、近松座で使用された「紙子」を借り受けて「文蔵長咄」を演じた（『夢　平成の坂田藤十郎誕生』）。

●「曽根崎心中」

一九八七年三月、国立小劇場で芸団協主催「近松の世界」が開催され、宇野小四郎によって一人遣いの『曽根崎心中』観音廻りが上演された。

また、九〇年一二月には、開場したばかりの東京芸術劇場で「池袋文楽」が開催され、蓑助・呂大夫・清治らによって原作通りの本格的な『曽根崎心中』が上演されている（構成・演出／近藤瑞男、作曲／鶴澤清治、振付／吉村雄輝夫、義太夫／豊竹呂大夫(17)、三味線／鶴澤清治、人形／吉田蓑助のお初・桐竹一暢の徳兵衛）。

この公演では吉田蓑助の一人遣いで「観音廻り」のさわりが試演されたほか、詞章に関しては一部カットはあるものの、ほぼ原作通りの『曽根崎心中』が上演された。これは演者が自主的に行なった復活上演として、近松受容史はもちろん、近松研究史にとっても、非常に意義深い企画であった。

プログラムで清治が述べている通り、三人遣いの人形の条件その他から、作曲面でも昭和三十年（一九五五年）に松之輔により改作作曲された現行『曽根崎心中』の影響を受けているところはあり、衣装や装置も、二日間の上演では全く新しくすることは不可能である。演出の諸点に関し、元禄期（一七〇三年）の近松作品と、十八世紀中期以後に確立する現行文楽の複雑な技法との調整は容易ではない。けれども何よりも近松の卓抜した文章が明晰な演奏と演技によって観客に伝えられ、原作通りであるための分かりにくさ、ということは、全くなかった。これを本公演で取り上げ、演出、演奏、演技に整理と彫琢を加え高度な芸術品に仕上げていくことが、国立劇場の任務であろうと思われるが、そういう気配は見えない。

（内山美樹子・豊竹呂大夫「文楽の演出（三）―復活・通し上演と太夫」）

近松を改作した現行文楽の『曽根崎心中』に批判的な内山美樹子は、「玉男と、蓑助または文雀が、新しいことに取り組める時期に「曽根崎心中」を改作から原作に復せしめなかったことは、二十世紀後期の痛恨事」（「『一谷嫩軍記』上演台本のことなど―二〇〇一年上半期の文楽―」）とさえ述べているが、ここにはなかなか難しい問題があるようだ(18)。

●その他

一九九三年一〇月、近松実験劇場「近松パフォーマンスⅡ」において、宇野小四郎による『鐘入りの段―用明天王職人鑑』の復活上演が行なわれている。構成・演出は宇野小四郎。からくり原案は時松孝文（園田学園女子大学近松研究所）であった。

復活・復元上演の問題点

以上、近松関係の復活上演について主だったところを紹介してきた。

数としてはごくわずかでも、復活上演となれば（それがたった一日限りの上演であっても、だからこそ逆に）とてつもない資金と労力を必要とする。当然のことながら、研究的視点も欠かせない。関係者によほどの意欲と情熱がなければ成り立つものではない。当期の「復活・復元」圧力の高まりは、昭和六〇年代前半に近松研究が戦後最大の活況を呈したこと、そしてまた同時期の演劇ブームのなかで新作近松が激増したこと、この二つを抜きにしては考えられない。

だが、その復活上演の大半は、そもそも興行として成り立たせることを大前提とした近松座の『仏の原』は別として、基本的に歴史的・学術的興味と関心の勝った「実験公演」の意味合いが強く、それがいかに興味深い試みであっても、その後、改めて本公演で取り上げられたり、再演に結びついたりしたケースは残念ながらほとんどなかった。この時期の「復活・復元」圧力の高まり、あるいは困難を承知で復活上演に挑戦しようという意欲と姿勢はそれとして高く評価すべきだが、一方で近松研究と実演・興行の現場がうまくかみあわなかったこと、いいかえれば、研究の成果を実演の現場（興行の現場）に反映させることができなかったという事実は、残念ながらこれを認めざるをえないだろう。

かつて、文楽の『冥途の飛脚』をほとんどそのまま映画化したマーティ・グロス監督は、*THE LOVERS' EXILE*（一九八〇）製作当時をふりかえって、次のように述べている。

（近松の原作は―引用者注）多様性に富み、情緒深く、暗いにもかかわらずユーモアがある。「冥途の飛脚」の普遍性は見るからに明らかだった。禁じられた恋、ためらい、家族の葛藤、そして金銭問題を、この物語は余すところ無く語っている。これが、自分に懸け離れたものだなどと、誰が言えようか。

私は「冥途の飛脚」の全三幕を通すことにした。梅川と忠兵衛の物語を、冒頭から大詰めまで完結させたかったのだ。（中略）

近松に敬意を表して、「新口村」では、近松の死後四十八年して他者によって改作された現行の版を採らず、近松の原作を全面的に復活することすらも私は考えていた。しかし文楽協会や現場のアーティスト達との話し合いの末、これは断念せざるをえない運びとなった。二百年も上演されていない芝居を復活させるのは、並大抵の事では不可能で、無理が多い。（「映画『文楽 冥途の飛脚』製作のおもいで」）

たしかに、失われた作品の復活には種々困難がつきまとう。特に文楽の場合、近松「当時は語りが主体で舞台も一人遣いであったため、簡単に舞台を移動したり、次の場面へ転換することもできたであろうが、大道具機構も発達し三人遣いとなった今日では、文章を削除するか補綴しないと舞台化できないところも」ある（『国立劇場二十年の歩み』）。また大半は三味線の「朱」も失われているため、新たに作曲しなければならない。それを思えば現場の苦労は「並大抵の事では」ないだろう。それはよくわかる。

だが一九八七年の近松座は、あらすじしか残っていなかった「けいせい仏の原」を、それでも「復活」させた。あるいは文楽も、因会と三和会に分裂して人員的にも苦しい経営を強いられていた昭和三〇年（一九五五）当時、『曽根崎心中』以下近松物の復活に取り組み、これらをレパートリーとして定着させることに成功した。それが「並大抵の事では」ないにしても、必ずしも「不可能」ではないのだ。

思うに、この種の復活・復元に「現場のアーティスト達」の抵抗が大きいのは、『曽根崎心中』にしろ『冥途の飛脚』にしろ、現行レパートリーが既にゆるぎない地位を獲得しているからではないか。

三味線の鶴澤清介は、現行『曽根崎心中』について次のように述べている。

ようここまでうまいことできてんな、昭和の文楽の一大傑作やと思いますね。（原作、改作や七五調の問題で）松之輔師匠の功罪を問う方もありますけれども、我々には、よくぞここまでこしらえていただいたと感謝の念があります。

（「天満屋の場」―語りと人形演出」『〈上方文化講座〉曽根崎心中』）

これは歌舞伎の『曽根崎心中』でも同じである。

（原作主義の―引用者注）武智先生は宇野先生のおかきになったあの脚本がお気に召さないようでしたが、あの脚本だからこそお客様に受けたのです。（中略）私はあの宇野先生の脚本以外では絶対に一生涯やりません。人間として出来ません。

（中村鴈治郎『一生青春』）

歌舞伎の『曽根崎心中』も、文楽の『曽根崎心中』も、戦後の新作・復活とはいいながら、初演からすでに五〇年。文楽の『曽根崎心中』は一九九四年八月に、また歌舞伎の『曽根崎心中』は九五年一月にそれぞれ上演一〇〇〇回を達成している。さすがにこれだけ上演回数を重ねると、原作（あるいは原作者）に敬意を表する以上に、これを現代によみがえらせた人々や長年これに取り組みさまざまな型や工夫を練り上げてきた人々に対する敬意のほうが大きく、技芸の伝承を重んずる世界に生きる者として、今さら原作に立ち戻るのは難しいに違いない。

だが、たとえばクラシックの分野では、モダン楽器による従来の演奏と並行して、ピリオド楽器による演奏（ＨＩＰ／Historically Informed Performance）が市民権を得、多くの聴衆を集めている。これは一つのあり方、考え方として参考にならないだろうか。

ピリオド楽器を用いた演奏が市民権を得たからといって、従来の演奏がホールから駆逐されたか。答えは否である。たしかにＨＩＰはモダン楽器による従来の演奏を異化する。耳になじんでいるはずの曲が非常に新鮮に聴こえる。だがそれは、従来の演奏を否定するわけではない。大事なことは、どちらが「正しい」ということではなくて、それがいい演奏かどうか、聴衆を満足させ音楽の素晴らしさを伝えることができるかどうか、ということであろう。

ただでさえ人手不足の現場に、原作の復活・復元を求めるのは、それこそ無理なことかもしれない。しかし、二〇〇三年、それがたまたま近松生誕三五〇年の記念すべき年回りだったことはとりあえずおくとしても、ユネスコから「世界無形遺産」のお墨付きをもらった文楽にとって、そういう方向に一歩でも歩みを進めていくことは、もはや社会的な責務でもあるのではなかろうか。

国際化時代の近松（その一）～来日公演～

当期第五の特色は、国際化時代にふさわしく、近松物の海外公演や来日公演の増加があげられる。まず、海外からの来日公演について整理しておこう。

●武漢の近松

一九八八・一一　つかしんホール　武漢漢劇院青年実験団　『曽根崎殉情』　脚色／向井芳樹・方月仿　現代語訳／向井芳樹　翻訳／李国勝　演出／高秉江　出演／熊国強の徳兵衛・邱玲のお初

『曽根崎殉情』の初演は同年一〇月、中国・武漢江夏劇場である。本作に深く関わった向井芳樹の「『曽根崎殉情』の行方」によれば、「作品の設定、人物、粗筋は原作を尊重するが、舞台・衣装・演技・演出様式は漢劇の古典的様式に従」って上演された。近松物に関していうと、海外オリジナルの来日公演としては、武漢・青年実験団の公演がおそらく史上初。また、欧米諸国で近松物が創作・上演された例はいくつもあるが、アジアでは今のところ『曽根崎殉情』が唯一かと思われる。なお本作は、一九九〇年度の中国湖北省創作劇コンクールにおいて、すべての部門で最優秀賞を受賞。翌九一年一一月には、北京公演（北京人民劇場および人民大会堂）も行なわれた。

●グルジアの近松

一九九一・四　ピッコロシアター他　国立グルジア劇場（マルジャニシュヴィリ劇場）　『心中天網島』　訳／D・アジアシヴィリ　演出／メディア・クチュヒゼ

本作の初演は一九八一年一一月にさかのぼる。来日公演では武漢の『曽根崎殉情』に先を越されたが、海外オリジナルの近松物としては、本作がおそらく世界初。そしてまたグルジアの『心中天網島』は作品的にも非常に評価が高い。たとえば、始まりから半ばまでの、河庄から紙治に至る、治兵衛と小春が恋と義理に引き裂かれどうにも出来ずに切羽詰るところでは、すべての役者は黒装束で、まるで死人のように演出され、治兵衛も小春も死人である。

ところが、二人が心中を決意し道行の場面になった途端、すべては白装束になる。十二の橋をぬけ網島にたどり着き死に向かう二人を中心に、芝居は急に生き生きしてくる。この死に向かった時、主人公が生き生きしてくるという演出は、あるいは溝口健二の傑作『近松物語』（原作は近松の『大経師昔暦』）の後半の逃避行の描き方に影響を受けているのではないかという気がしたが、ここでの道行の場面はたいへんすぐれたものであった。

（指田文夫『いじわる批評、これでもかっ！』）

あるいは、渡辺保「グルジアの近松」によれば、その治兵衛と小春は「まるで愛を感じさせなかった」。「これは必ずしも俳優の演技のせいではない。注意深く見ていると戯曲そのものがそうなっていることがあきらかであった。」

グルジアの近松を見ながら、私はもうそろそろ近松を愛と死の詩人といったとらえ方をするのはやめるべきではないかと思った。むろん「心中天網島」だけで結論を出すことは早計だが、少くともこの作品に関していえば、近松が書いたのは、愛の理想的な姿なぞでは全くなく、その逆の愛の空洞化であり、空しさである。そのことをこそ私たちは直視すべきであり、そこに近松の欠点をこえる真価があるのかもしれない。

グルジアの近松が私たち日本人に教えてくれたことは決して少なくなかった。

実をいうと、グルジア劇場が来日した一九九一年は、同年一二月のソ連崩壊を目前に控え、内外に動揺と混乱が続いている微妙な時期で、グルジア国内では三月に連邦制の維持を問う国民投票が行なわれたばかりであった。そしてグルジア劇場が尼崎のピッコロシアターで『心中天網島』の初日を迎えたまさにその日（一九九一・四・九）、グルジア共和国はソ連からの独立を宣言する。「グルジアの近松」はそうした状況の中で行なわれた公演であった。なお、『夢　平成の坂田藤十郎誕生』の語るところによると、演出家のメディア・クチュヒゼはソ連崩壊後、グルジアから亡命したという。その後の消息については未確認だが、もしそうだとすれば、「グルジアの近松」はもはや見ることはできないのだろう。その意味でもたいへん貴重な来日公演であった。

国際化時代の近松（その二）～海外公演～

さて次に、近松物で海外公演を行なった事例について、その概要を記す。

一九八九・七～八　　劇団らせん舘　『決定版・出世景清』ヨーロッパ公演（ドイツ・アウグスブルクおよびイギリ

ス・エジンバラ演劇祭参加）
一九八九・九～一〇　東宝　『近松心中物語』ヨーロッパ公演（ベルギー、アントワープおよびロンドン）
一九九〇・八～一〇　劇団らせん館　『繋馬』ヨーロッパ～東南アジア公演
一九九一・九～一〇　デフ・パペットシアターひとみ　『曽根崎心中』ヨーロッパ公演
一九九一・一〇～一一　劇団らせん館　『風に咲く～景清1991』ヨーロッパ公演
一九九二・八　劇団らせん館　『出世景清』ニュージーランド公演。
一九九二・一〇～一一　劇団らせん館　『風に咲く』アジア～ヨーロッパ公演
一九九二　古屋和子　『曽根崎心中』カナダ公演
一九九四・五　古屋和子　『大経師昔暦』カナダ公演
一九九四・八　西宮小夜子　『女殺油地獄』エジンバラ演劇祭参加公演

近松関連の海外公演・来日公演は、ちょうど昭和が終わりを告げ、東西冷戦構造の象徴であったベルリンの壁が取り壊された頃、そしてまたバブルを背景に企業による芸術文化支援事業（端的にいえば「冠公演」）華やかなりし頃に、目立って増えている。というより、それ以前には、海外公演・来日公演の類はほとんど確認できない。近松受容史における「国際化」は九〇年代以降、あるいは平成以降の流れといってよいだろう。

ただ、先の事例を一瞥すれば明らかなように、この時期の特色は、第一に、らせん館をのぞけば、外へ行くのも外から来るのも、世話物・心中物・「曽根崎心中」がほとんどだということ。第二に、海外公演の行先は圧倒的にヨーロッパが多いということ。第三に、大掛かりな作品は『近松心中物語』くらいで、比較的小回りのきく小規模な公演が大半を占めていることなどがあげられよう。

昭和六〇年代寸評

昭和六〇年代（昭和末〜平成初年）は、一九八〇年代の演劇ブームと折からの好景気、また企業や自治体の芸術文化支援ブームなどに支えられ、全般的に上演活動が活況を呈した。近松物の新作に限っても、上演数はこの一〇年で一〇〇本をこえ、海外公演や来日公演も増加するなど、見た目に華やかでにぎやかな時期であった。

当期の一番人気はやはり「曽根崎心中」であった。しかし、新作本数が倍増した割にそれ以外の作品は伸び悩んだ。結局、「曽根崎心中」一作に関心が集中し、ただでさえ世話物・心中物に偏っていた近松受容の実態に拍車をかける結果となった。

またこの時期は、関西で官・民それぞれに近松を意識した多様な取り組みが重層的・連鎖的・継続的に行なわれた。一方、東京では小劇場系劇団を中心に一時期、それこそ「同時多発」的に近松物が上演されたものの、その後の時代状況の変化にともなって、近松に対する興味と関心が失われてゆく兆しが見られた。

第六章　一九九五〜二〇〇四　平成七年〜一六年

『曽根崎心中』一〇〇〇回達成から近松生誕三五〇年祭へ

近松をめぐる我々の道行も、ようやく最後の一〇年にたどりついた。思えばこの一〇年は本当にいろんなことがあった。戦後近松の原点たる歌舞伎『曽根崎心中』の初演が一九五三年。文楽の『曽根崎心中』は一九五五年初演である。それからおよそ四〇年。一九九四年には文楽の吉田玉男が、また翌九五年には三代目中村鴈治郎があいついで『曽根崎心中』上演一〇〇〇回を達成。二〇〇三年には近松生誕三五〇年を祝う各種記念行事・記念公演が開催され、折からのサンクトペテルブルク建都三〇〇年記念「ロシアにおける日本文化フェスティバル」において、演劇・舞踊・音楽、舞台芸術主要三分野で近松生誕三五〇年を祝うがごとき「曽根崎心中」の競演が実現した。

二〇〇三・六　サンクトペテルブルク・リムスキーコルサコフ劇場　中村鴈治郎・近松座　『曽根崎心中』
　＊鴈治郎はロシア公演初日（二〇〇三・六・二一）に『曽根崎心中』上演一二〇〇回を達成。

二〇〇三・一〇　モスクワ・マールイ劇場　日舞＆コンテンポラリーダンス『夢の夢―THE CHIKAMATSU―曽根崎心中より』　構成／坂東扇菊　振付／坂東扇菊・近藤良平

二〇〇三・一〇　サンクトペテルブルク・エルミタージュ美術館内小劇場（エルミタージュ劇場）およびモスクワ国立音楽アカデミー室内劇場　東京室内歌劇場　オペラ『曽根崎心中』　台本・作曲／入野義朗　演出／飯塚励生　指揮／江原功

以上、この一〇年は歌舞伎・文楽の『曽根崎心中』一〇〇〇回達成で幕を開け、二〇〇三年の近松生誕三五〇年祭でひときわ大きな盛り上がりを見せた実り多い一〇年であった。――と言いたいところだが、この一〇年はそれよりも何よりも、未曾有の大災害と大事件に始まる不穏で不安な一〇年であった。

「見えない脅威」にさらされる不穏な一〇年

一九九五年一月一七日午前五時四六分、鴈治郎がお初一〇〇〇回を達成したまさにその翌日、関西を激震が襲った。阪神・淡路大震災である。淡路島北部を震源とするマグニチュード七・三の直下型地震によって、死者約六五〇〇人、負傷者約四万四〇〇〇人、家屋の全壊・半壊は約二五万棟（約四万六〇〇〇世帯）という未曽有の大惨事となった。

同じ年の三月二〇日、今度は首都東京に衝撃が走った。オウム真理教による地下鉄サリン事件である。死者一二人、重軽傷合わせて五五〇〇人余。大都市で化学兵器が用いられた史上初のテロ事件として世界を震撼させた。

翌九六年はイギリスで狂牛病（牛海綿状脳症／ＢＳＥ）騒ぎがあり、国内では腸管出血性大腸菌Ｏ－157による集団食中毒が発生した。特にＯ－157は各地で猛威をふるい、同年の感染者は約一万人、死者一二人に及んだ。

九七年は神戸で連続児童殺傷事件（いわゆる「酒鬼薔薇」事件）が発生した。この頃、少年犯罪の凶悪化が指摘され始め、キーワードとして「心の闇」という言葉が流行り出した。また同年は、バブル崩壊の後遺症により北海道拓殖銀行・山一證券・三洋証券・徳陽シティ銀行があいついで破綻。金融システムの危機が顕在化した。

バブル崩壊直後の九一年に一万七二三件を数えた企業倒産は、長引く不況の中で増え続け、二〇〇一年にピークに達した（二万九二六四件）。また、倒産にともなう負債総額は、二〇〇〇年の二三兆八八五〇億円がピークであった(1)。

日本経済が深刻なデフレに陥り、国内で企業倒産がピークを迎えていた二〇〇一年、アメリカで国際テロ組織アルカーイダによる同時多発テロが発生した。九月一一日、ニューヨークの世界貿易センタービルに二機の大型ジェット旅客機が激突。ツインタワーが爆発・炎上・崩落し、三〇〇〇人以上が犠牲になった。

同年一〇月、ブッシュ大統領はアルカーイダを匿っているとされるアフガニスタンに対し空爆を開始、同国に報復を加えた。ついで二〇〇三年三月、アメリカはイラクが大量破壊兵器を保有していると主張して譲らず、国連安全保障理事会の決議を待たずにイラク戦争を開始、これに圧勝する。しかし当の大量破壊兵器は結局その存在を確認できず、米軍によるイラク占領後も自爆テロがあいつぎ、当地では現在も戦争状態が続いている。

この他、二〇〇三年は新型肺炎（重症急性呼吸器症候群／SARS）が、また二〇〇四～〇五年は鳥インフルエンザが世界的に大流行するなど、生命の安全を脅かす不穏な出来事が次々に出来した。

こうしてみると、この一〇年は「平穏無事」と思われた我々の日常生活が自然災害やテロ、金融不安、ウイルスといった「目に見えない脅威」に脅かされ、日々「危機管理能力」と「自己責任」が問われる一〇年だったように思われる。我々の豊かな「平穏無事」を恒常的に支えていた各種システムは、予想以上に脆く、危ういものだったのである。

演劇をめぐる最近一〇年の動向

この時期、演劇をとりまく環境の変化として特に目立つのは、劇場やホールのあいつぐ閉鎖・閉館である。たとえば東京では、一九八七年開場のセゾン劇場が九九年に閉館となり、セゾン劇場と同じ年に開場したカザルスホールもやはり九九年に自主公演の中止を決定している。また関西では、一九八八年開場の大阪堂島スペースゼロが二〇〇二年四月に閉鎖されたのに続いて、一九八五年開場のOMS（扇町ミュージアムスクエア）が二〇〇三年三月に、OMSと同年オープンの近鉄劇場・近鉄小劇場も二〇〇四年二月には閉館している。

もっともその後、セゾン劇場は二〇〇〇年にル・テアトル銀座としてよみがえり、カザルスホールも現在は日本大学の所有となって存続が決定した。とはいうものの、当期における劇場のあいつぐ閉鎖は、不況下の「演劇の危機」を（それがハコモノであるだけに）目に見えるかたちで印象付ける結果となった。

以下、いくつかの統計資料に基づいて当期の演劇環境を概観してみよう。

社会経済生産性本部・余暇創研(2)『レジャー白書2005』「余暇活動参加人口の推移」によれば、余暇を「観劇(テレビは除く)」で過ごした人は、一九九五年から二〇〇四年の一〇年間で平均一三五八万人。この時期最多は一九九七年の一五一〇万人。最少は二〇〇三年の一二二〇万人である。ほぼ横ばいといってもよさそうだが、これを前半・後半に分けてその推移・動向をみると、一九九五年以降九九年までの平均観劇人口は一四一四万人。これに対して、二〇〇〇年以降二〇〇四年までの平均観劇人口は一三〇二万人で、当期の前半と後半で観劇人口が一〇〇万人以上減少していることがわかる。ちなみに、九〇年代前半の平均観劇人口は一五一〇万人程度と推測されるので、この一五年で約二〇〇万人減っている計算になる(3)。当期における劇場・ホールのあいつぐ閉館は、まさにこうした事態を背景にしていると推察される。

ところが、ぴあ総研の『エンタテインメント白書』は『レジャー白書』とは少々異なる結果を導き出している。『エンタテインメント白書』は演劇をミュージカル・現代演劇・舞踊・古典芸能・演芸／お笑いの五つの下位ジャンルに分け、公演回数・観客動員数・市場規模を指標に独自の分析を施している(ただし統計データは二〇〇〇年以降に限られる)。その調査結果によれば、二〇〇〇年以降の演劇界は全体で年平均公演回数六万二〇〇〇回、平均観客動員数一五四二万人で(4)、この五年間ほとんど変化は見られない。一方、市場規模は二〇〇〇年の八七〇億円から二〇〇四年の一〇一六億円へ順調に拡大している。これは一公演の単価が上昇した結果であるという(『エンタテインメント白書2005』)。つまり『エンタテインメント白書』の分析では、必ずしも観劇人口は減っていないというのである。

では、どこに問題があるのか。実はこの五年間、現代演劇の観劇人口(平均四七四万人、演劇全体の三〇%)と市場規模(平均二五六億円、同じく二七%)はほぼ横ばい状態で推移している。にもかかわらず、公演回数(平均三七〇〇回、同じく六一%)は一貫して減り続けている。二〇〇〇年の公演数は四万九〇七回、これに対して二〇〇四年は三万五三七五回。つまり、現代演劇の公演は、単純計算で毎年一一〇〇回以上も減少しているのである。近年の現代演劇において深刻なのは、観劇人口の減少よりも、むしろ上演活動の不振・低迷である(5)。こうした現代演劇の不振にもかかわらず、演劇界全般では公演回数そのものに大きな変動はない。これは現代演劇の不振を他のジャンルがカバーしているからである。とりわけミュージカルは近年拡大基調にあり、好調が続いている。つまり、バブル崩壊後の社会がそうであるように(6)、演劇界もまた二極化し、格差が拡大しつつあるのである。

【付記】　本書校正中、演劇制作集団「地人会」（一九八一年設立）の解散が報じられた。「最盛期の80年代後半には、全国を3班に分けて巡演するなど、年間500ステージを超す人気の演劇集団でもあった。／ところが、近年は地方の鑑賞団体が、問題意識を持った芝居ではなく、エンターテインメント性の高いミュージカルや喜劇などを志向し始めて公演数が減少、昨年は172ステージまで落ち込んだ。その結果、地方公演の収益頼りだった経営はたちまち悪化」、二〇〇七年一〇月末で地人会は解散、主宰の木村光一も演劇界から引退するという（『読売新聞』二〇〇七・九・二〇）。演劇界の二極化と格差拡大は現在ここまで進行している。

企業メセナの現在

では、かつて現代演劇にあまたの「冠」を授けた企業のメセナ活動は、今どうなっているのだろうか。

企業メセナ協議会が設立されたのは一九九〇年なのでそれ以前の統計的なデータはないが、参考として一九九七年から二〇〇四年までの「メセナ活動実態調査」（企業メセナ協議会）をもとに、その動向を示すと次のようになる(7)。

メセナ活動を実施した企業の数は、九〇年代は二六〇社程度だったが、意外なことに二〇〇〇年以降増え続け、現在は四〇〇社をこえる水準にまで達している（なお、この数字は二〇〇〇年度から調査対象が拡大されたという特殊事情があるので、その点注意が必要である）。これに対して、一企業あたりの活動件数（平均六件）とメセナ活動費（総額二〇〇億円前後）は、以前と比べあまり変化が見られない。ということは、メセナ実施企業と実施件数が大幅に増加しているにもかかわらず、その活動費は抑制傾向にあるということである。

以下、年度ごとに一企業あたりの平均活動費を求め、その推移を示す。

一九九七年／一億七五九万円　一九九八年／一億二二八万円　一九九九年／九五一二万円
二〇〇〇年／六九六七万円　二〇〇一年／六二一二万円　二〇〇二年／六六四五万円
二〇〇三年／六三八九万円　二〇〇四年／六二五二万円

先に述べたように、二〇〇〇年を境に調査対象が拡大されたため、一九九九年までと二〇〇〇年以降のデータを直接比較するわけにはいかないが、それでもある程度の目安にはなるだろう。これを見ると、不況下の九〇年代末期に、それでも一企業あたり一億円程度支出されていたメセナ活動費は、ミレニアム以降、いまや六〇〇〇万円台に減少していることがわかる（約四割減）。要するに、メセナの規模は全般的に小粒になっているのである。

ところで、いうまでもないことだが、メセナ活動は必ずしも演劇だけを対象としたものではない。たとえば、二〇〇四年度実績でいうと、第一位「音楽」、第二位「美術」、第三位「伝統芸能」、第四位「演劇」、第五位「文学」となっている。第三位の「伝統芸能」と第四位「演劇」は年度によって入れ替わることもあるが、いずれにしても助成の大半は第一位の「音楽」と第二の「美術」で占められ、なかなか「演劇」にはまわってこない。学校教育の正課に組み込まれている「音楽」や「美術」に比べ、「演劇」の社会的地位はまだまだ低いといわざるをえない。

メセナが特に好むのは「音楽」である。音楽分野への支援は、実施企業数でも、実施件数でも、第二位以下を圧倒している。音楽学の住川鞆子は、音楽に対する企業メセナの実態について次のように述べている。

日本の音楽メセナは、明らかに西洋クラシック音楽偏重であり、支援形態ではコンサート中心で、あくまでも支援者にとどまろうとする企業の姿勢が顕著である。メセナの専任部署を置く企業がおよそ1／4にものぼり、決められた担当部署をもつ企業と併せて7割にもおよぶが新しい文化や芸術創出への関心は高くない。支援目的の第一位は地域文化の振興であり、ついで鑑賞者の啓発であって、新たな創造ともいうべき現代芸術の振興は第六位に位置されるにすぎない。

（「企業のメセナ活動と音楽」）

ここでいう「現代芸術」は、要するに「現代音楽」のことである。企業メセナ最大の支援対象である「音楽」においてすら、いまだ評価が定まっていない分野（現代音楽）は支援が手薄な分野であり、「演劇」（「伝統芸能」は分類上別項目になっているので、「演劇」は実質的に「現代演劇」を意味する）がメセナの実績で常に第三位、あるいは四位に甘んじている理由の一端も、おそらくその辺りにあろうかと思われる。

行政による文化支援の現在

では、こうした企業メセナの現状に対して、文化行政のほうはどうなっているだろうか。国も地方も財政が厳しいのはどこも同じだが、特に地方自治体の文化関係経費は一九九三年をピークに減少の一途をたどっており、現在の水準はピーク時の五分の二程度（総額で一〇〇〇億円程度。文化財関係をのぞいた芸術文化関係費は八〇〇億円）に過ぎない(8)。これに対して、国レベルでは一九九〇年に「芸術文化振興基金」(9)（政府五三〇億円、民間一一二億円）が設立され、基金の運用益による助成活動が行なわれるようになった。これは具体的な公演に対して単年度・事業単位で行なわれる助成活動である。他方、一九九六年に創設された「アーツプラン21」(10)（当初総事業予算額、約三二億円）は、個別の事業よりそれを行なう芸術団体に対して重点的かつ継続的な支援（原則三年間）を行なうもので、これは二〇〇一年一二月の「文化芸術振興基本法」(11)の成立後、その他関連事業とともに二〇〇二年の「文化芸術創造プラン—新世紀アーツプラン」(12)（当初総事業予算額、約一九二億六〇〇〇万円。この額は文化庁予算の約二割に相当する）に統合された。

以上、不況下にあって民間企業と地方自治体の文化支援が停滞するなか、国レベルではそれを補うかたちで公的支援の拡充が行なわれるようになってきた。むろん、これで十分ということはないにしても、一歩前進であることは間違いない。

最近一〇年の近松　～三つの特色～

さて、そろそろ本題に戻ろう。当期の近松受容の特色は以下の三点である。

第一に、東京の新作活動が低迷するなか、東京以西の活動が以前に増して活発化し、新作本数で東西のバランスが逆転したこと。

第二に、少々地味ながら、昨今の「朗読ブーム」を背景に、原典に即した朗読劇・語り・一人芝居の類が増えたこと。

第三に、国際化時代の進展にともなって、文字通り「国境をこえた」取り組みが増加したこと。

なお、当期はリアルタイムの話題を含むだけに、いまだ評価の定まらない部分もないではないが、とりあえず最近一〇年の足取りをたどってみることにしよう。

西高東低の新作状況

統計的に見れば、この時期の新作近松は、総数で昭和六〇年代（一九八五～九四）と同水準を維持し、平均して年に一〇本、計一〇〇本が上演されている。数字だけ見れば、バブルに沸いた昭和六〇年代と、バブルの後遺症に苦しんだ当期とで、ほとんど差がないのは少々意外な感もあるが、実はこれは、東京以西の上演活動が活発化し、全体を下支えしているからである〔巻末「表3」および「グラフ4」参照〕。

それまでは、資料的な偏りや調査の限界もあろうけれど、東京と東京以西で区分すると、ほぼ一貫して東京優位の状況が続いてきた。ところが、戦後たゆみなく新作数を伸ばし続けてきた東京において、この一〇年は新作活動の停滞、ないし後退が目につく。実のところ、東京で新作数が減少するのは戦後初めてである。ピークだった昭和六〇年代からみると、割合にして三割減、実数ではその前の昭和五〇年代とほぼ同水準にまで低下している。これは、バブル崩壊の後遺症によって現代演劇の不振・低迷が長引いていることと決して無関係ではないが、それに加えて、九〇年代初頭に始まった東京における

「近松離れ」がこの時期、さらに進行したためと考えられる。

ちなみに、当期の新作近松が依拠した原作の数を比べてみると、東京は一〇作を少しこえる程度であるのに対して、東京以西はその倍を数える。つまり、「西」がより広範な近松作品に取材して新作を送り出そうとしているのに対して、「東」ではあいかわらずごく限られた作品（大半は、評価の定まった世話物）しか扱っていないということを意味している。あるいは、東京における「近松離れ」の原因の一つは、こういうところにもあるのかもしれない〔巻末「表6」参照〕。

なお、演目（原作）について付け加えれば、昭和五〇年代以降「曽根崎心中」が一番人気で、特に昭和六〇年代は第二位以下を大きく引き離し、全く一人勝ちのような状態だったが、この一〇年はさすがに秋風が吹いたのか、「曽根崎心中」はかなり減り、昭和五〇年代とほぼ同水準に落ち着いた。かわりに僅差で首位についたのは、不穏な時代にふさわしく、「女殺油地獄」であった〔巻末「表2」参照〕。

さて、当期の近松受容を盛りたてたのは、東京以西である。

この時期、ことにバブルの後遺症と震災のダブルパンチに苦しんでいた関西において、新作近松が増加したのは何故か。それは、吹田市メイシアターの「近松劇場」をはじめ、関西芸術アカデミーの「近松劇場」、あるいは尼崎市の新企画「近松ニューウエーブシアター」等々、中・長期的な視野に立って上演活動を継続している組織・個人・団体・企画が複数存在していたこと。加えて、二〇〇〇年には山口県にルネッサながとが開場し、「ながと近松実験劇場」シリーズがスタートしたことなどが大きな牽引力となったのではないかと思われる。とりわけ、ルネッサながとの取り組みは過去に前例のない意欲的な企画として注目にあたいする。

山口県県民芸術文化ホール「ルネッサながと」

先述のごとく、昭和六〇年代（～平成初年）は、吹田市メイシアターや尼崎市など関西の地方自治体や関連の財団・公共ホールの舞台芸術分野への参入が目立った。

メイシアター「近松劇場」は、第八回以降一貫して近松を原作とする若手小劇場・現代劇路線を展開し、二〇年目に当たる二〇〇五年度にシリーズを終了。他方、尼崎市は「近松ナウ」事業の一環として、一九九九年に京都の若手劇作家・松田正隆を「現代の近松」に見立て、三ヶ年計画でその創作・上演活動を支援する「近松創造劇場」を実施。さらに二〇〇〇年には次代を担う劇作家を育てる目的で「近松門左衛門賞」を創設するなど、近年はどちらかというと、近松劇の現代化や若い世代への普及・啓蒙活動より、「現代の近松」を育成する事業に乗り出している。メイシアターのコンセプトが「古典の現代的再生」であるのに対して、近年の尼崎市は近松そのものに正面から取り組むのではなく、「現代の近松」、あるいは「未来の近松」を育てようというところに重点がある。同じ関西で公共機関・地方自治体が近松をテーマに事業展開をはかるにしても、それぞれに異なるコンセプトがあり、戦略があるというわけである。

さて、近松関係では後発ながら、二〇〇〇年三月、近松出生伝説をもつ山口県長門市に県民芸術文化ホール「ルネッサながと」が開場した。同館はいわゆる多目的ホールではなく、花道あり、桟敷席あり、回り舞台あり、文楽回しありと、古典芸能を上演できる本格的な劇場として設計されている点に最大の特色がある。

長門市は、尼崎と並ぶ「近松のまち」として、市制施行四〇周年にあたる一九九四年から「近松祭イン長門」を開催し、その存在をアピールしてきた。同市の「近松祭」は、当時の市長が積極的だったこともあって、近松関連の講演会やシンポジウムの他、歌舞伎・文楽・狂言等、古典芸能を中心に毎年にぎやかに行なわれていた。もっとも、中にはあまり近松と関係があるとは思えない企画もあったが、その後の展開を考えると、九〇年代の「近松祭」は近松や古典芸能に関する啓蒙・普及活動を優先させ、同市周辺の文化的・演劇的環境整備に時間と予算を投入した時期だったということができるかもしれない。

こうした助走期間を経て開場したのが、ルネッサながとである。二〇〇〇年開場のルネッサながとは、館長に鳥越文蔵

（早稲田大学名誉教授・元演劇博物館館長）、芸術監督に演劇評論家の渡辺保を迎え、開場と同時に自主企画「ながと近松実験劇場」をスタートさせる。これは過去に例のない非常にユニークな企画であった。

メイシアターの「近松劇場」はじめ、現在数多く行なわれている近松への取り組みが、どちらかというと、近松を知らない人でも身近に感じられるような世話物に集中しているのに対して、ルネッサながとはあえて「現代服・現代語訳・原作主義」の《３Ｇ》をコンセプトに、「初演以来上演されたことのない、あるいは上演の稀な」（渡辺保「めぐり合い」）埋もれた傑作、それも時代物を中心にシリーズ化を試みたのである。

ルネッサながと「ながと近松実験劇場」の挑戦

二〇〇〇・六　ながと近松実験劇場１　『下関猫魔達』　脚本／石川耕士　演出／高木達
二〇〇〇・一〇　ながと近松実験劇場２　『からさき八景屏風』　脚本・演出／鈴木正光　潤色／高木達
二〇〇一・八　ながと近松実験劇場３　『用明天王職人鑑』　脚本・演出／鈴木正光
二〇〇一・一二　ながと近松実験劇場４　『相模入道千疋犬』　脚本・演出／高木達
二〇〇二・六　ながと近松実験劇場５　『一心二河白道―清玄・桜姫―』　脚本・演出／鈴木正光
二〇〇二・一〇　ながと近松実験劇場６　『娥歌かるた』　脚本・演出／高木達
二〇〇三・五　ながと近松実験劇場７　『津国女夫池』　脚本・演出／鈴木正光
二〇〇四・六　ながと近松実験劇場８　ミュージカル『雪女五枚羽子板』　脚本・演出／高木達　作曲／藤原豊
振付／川村比呂美
二〇〇五・一〇　ながと近松実験劇場９　『曽我会稽山』　脚本・演出／鈴木正光
二〇〇五・一一　ながと近松実験劇場10　『仏母摩耶山開帳』　脚本・演出／高木達

「ながと近松実験劇場」は、青年座の高木達と文学座の鈴木正光が交代で演出をつとめているほか、シリーズ全般にわたって館長の鳥越と芸術監督の渡辺が監修をつとめている。これまでも研究者が作・演出等、実演の場に関わってきた例はいくつもあるが、鳥越のような近松研究の第一人者が、構想段階から関わって、一定の指針を示しながら、シリーズとして「新たな近松劇」の創造に関与するというケースは、今までにない新しい流れとして注目される。

先述のように、ルネッサながと最大の特色は、東京や関西以外の地方都市から全国へむけて「近松」を発信しようとしたとき、比較的よく知られている世話物ではなく、一般にほとんど馴染みのない時代物を中心にシリーズを構成したところにある。その目的は、近松の埋もれた秀作・名作を舞台化することによって、近松の劇作家としての真価を問い、かつその価値を一般に知らしめることにあった（渡辺保『『用明天王職人鑑』上演の経緯』）。全国的にも珍しいその試みは、後発であることのデメリットを逆手に取った企画であり、また公共ホールだからこそなしえた企画であった。

この「実験劇場」のもう一つの特色は、青年座や文学座の演出家や俳優たち、すなわち東京に拠点をもつプロの演劇人とともに、オーディションで選ばれた地元の一般市民が協力して一つの舞台を作り上げるという「住民参加型」事業だったということである。

一九八五年に始まった吹田市メイシアターの「近松劇場」が、もっぱら関西の若手演劇人を起用したのに対して、二〇〇〇年に始まったルネッサながとの「ながと近松実験劇場」は、館長および芸術監督の人脈を利用して、東京と長門、あるいはプロフェッショナルな演劇人と地元のアマチュアとの出会いと交流とを模索する「文化育成型」あるいは「参加体験型」の事業であった。市民はただたんに出来合いの舞台を鑑賞／消費するだけでなく、創造の現場に参加し、そのプロセスを体験する。もはや既製品（それも多くは東京で制作された舞台）を「買う」だけが地方に立地する公立劇場の役目ではない。少なくともそれだけでは市民が納得しない。そういう時代になってきたのである。

一回の公演に七～八〇〇万円ともいわれる予算を投入し、東京と長門、プロとアマチュアの共同作業というかたちで進められる「ながと近松実験劇場」のような企画は、収支のバランスを考えたら、とても成り立つものではないだろう。民間企業では無理である。いや、そもそも営利を追求する企業が危険を冒してまでそうした文化育成事業を行なう必要性もない。ルネッサながとの試みは、公共性の強い非営利組織でないと企画・実施が困難なものであり、むしろ地域社会への貢献、地域文化の振興といった観点から、この取り組みを評価することができよう。そして、長門市のこうした取り組みは、「近松伝承をいかすまち～近松門左衛門の出生伝説をもとにした官民あげての演劇と文化のまちづくり」として評価され、二〇〇二年度のサントリー地域文化賞を受賞した。

ながと近松実験劇場と「巣林舎」

だがしかし、地理的な問題やアクセスが容易でないこともあって、「近松実験劇場」の成果が全国に広く知られているかといえばなかなか難しい面もある。しかも、ルネッサながとの「近松実験劇場」は、シリーズ開始から六年目の二〇〇五年、一〇作目を打ち上げて早々とシリーズ終了を宣言してしまう。

ルネッサながとによれば、この事業はそもそも「五ヵ年計画で一〇作品」の予定だったのだという。同館の芸術監督をつとめる渡辺保も『近松物語　埋もれた時代物を読む』のなかで「近松実験劇場」に言及し、「五年間を第一期として」と述べている（同書あとがき）。たしかに、作品数として一〇本というのは、決して少ない数字ではない。だが、正直なところ、関西ですでに一〇年、二〇年、継続的に近松に取り組んでいる事例と比べると、この種の企画をわずか五年余で終わらせてしまうのは、いささか気が早いのではないかと思われる。

その行方がどうにも気がかりなのは、一九九四年に始まった「近松祭イン長門」が次第に予算を削られ、二〇〇四年を最後にひっそりと終了していたからである。この間、何があったのかといえば、要するに首長の交替である。近松関連事業に積極的な姿勢を示し、莫大な予算をつぎ込んでルネッサながとを建設した当時の市長が二〇〇〇年の選挙で敗れ、その市政を批判した対立候補が当選したのである。文化行政も政治に左右されるところが大きく、近松関連事業に必ずしも肯定的でないと思われる現市長のもとでは、かつてサントリー地域文化賞を受賞したような「近松のまち」作りはあまり期待できないかもしれない（仄聞するところによると、現市長は「近松」ではなく「金子みすゞ」に関心があるという）。しかも長門市は二〇〇五年にいわゆる「平成の大合併」が行なわれたばかりで、新しく誕生した長門市がどの程度「近松のまち」という都市イメージ（都市アイデンティティ）に理解と熱意があるのか明らかではない。

そのかわり、といってはなんだが、「ながと近松実験劇場」から派生した企画が数年前から動き出している。文学座の鈴木正光が代表をつとめる「巣林舎」である。当初から「ながと近松実験劇場」に関わっていた演出家の鈴木正光は、近松生誕三五〇年の二〇〇三年八月、「ながと近松実験劇場」を継承・発展させ、「近松門左衛門を全国に、世界に発信していく」ことを目標に、自ら巣林舎を設立。新宿の紀伊國屋ホールと提携し、毎年一作、一五年間にわたって活動を展開することを宣言した（「巣林舎設立趣旨」）。

二〇〇六年現在、巣林舎によって上演された作品は以下の四作。台本・演出はすべて鈴木正光である。

二〇〇三・八　巣林舎1　『用明天王職人鑑』
二〇〇四・九　巣林舎2　『津国女夫池』
二〇〇五・九　巣林舎3　『曽我会稽山』
二〇〇六・八　巣林舎4　『出世景清』

三作目の「曽我会稽山」はスケジュールの都合で「ながと」より先に巣林舎が初演するかたちになったが、このラインナップを見ると、巣林舎は「ながと近松実験劇場」の事実上の後継者として、「ながと」で上演された「埋もれた時代物」（渡辺）を練りあげ、磨きあげ、完成度を高めていこうとしていることがわかる。なお、ルネッサながとを運営する長門市文化振興財団（旧ながと広域文化財団）は、当面鳥越・渡辺体制を継続し、巣林舎とも協力・共同関係を保ちつつ、近松を軸にした活動を構想中であると聞く。館長の鳥越自身「来年（二〇〇六年―引用者注）以降も近松作品は何らかの形で発信し続けたい」（『読売新聞』〈日曜版〉二〇〇五・一一・一三）と明言している。

おそらく巣林舎の活動は、紀伊國屋ホールとルネッサながとの二箇所を拠点に行なわれることになるのだろうが、それでも年に一回、二箇所の公演だけでは、限られた人々しか観ることができない。その設立にあたって「近松門左衛門を全国に、世界に発信していく」と自ら宣言したように、また、せっかく発掘した「埋もれた時代物」を再び埋め戻すことのないように、巣林舎にはより積極的かつ広範な上演活動を期待したい。また、それと同時に、ルネッサながとで上演された石川耕士作品や高木達作品も、何らかのかたちで再演されることを希望する。

「近松のまち」尼崎の行方

長門市に先んじること約一〇年。尼崎市は一九八六年の市制七〇周年以来、「近松を核としたトータルなまちづくり」を推進してきた。それからすでに二〇年。尼崎の「近松のまち」としてのイメージは十分定着したかに見える。

だが、昨今いささか気がかりな点がある。

たとえば、一九九八年に始まる尼崎市の「近松創造劇場」。その趣旨は、文化庁が一九九六年に創設した「芸術創造活性化事業―アーツプラン21」の「芸術創造特別支援事業」と通じるところがある。「アーツプラン21」の特別支援事業は「我が国芸術水準向上の牽引力となることが期待される芸術団体に対して、年間の自主公演を総合的かつ継続的（原則三年間）に支援する」もので、「近松創造劇場」はまさに尼崎版「芸術創造特別支援事業」というべき企画であった。それじたいはまことに結構だが、問題はその継続性にあった。

尼崎市が始めた劇作家に対する支援活動は、松田正隆に対する最初の一回（三ヶ年）だけで、あっけなく終了する。松田以外の劇作家を支援する二回目、三回目の「創造劇場」は実施されることなく、事業の中心は新たに創設された隔年開催の戯曲賞「近松門左衛門賞」に移行。すると今度はその「近松賞」で大きな問題が発生する。

二〇〇三年一一月、尼崎市は第二回近松賞の結果発表を行なった。このとき初めて大賞作品が選出された。ところが同市は、初の大賞作品といわば引き換えのようなかたちで、近松賞を「当分の間、休止する」と発表。理由は財政難であった。

当時尼崎市は、二〇〇二年の市長選で三選を目指す現職を破って初当選を果たした全国最年少市長のもと、破綻寸前といわれていた財政を立て直すべく「経営再建プログラム」に乗り出していた(13)。予算総額三〇〇〇万円（上演費用含む。副賞だけで三〇〇万円）に及ぶ近松賞は、その一環として事業見直しの対象になったのである。しかし、長年「近松のまち」を名乗ってきた尼崎市としては、同賞をいきなり「廃止」にすることもできず、まずは「休止」というかたちで財政再建に道筋をつけようとしたものと思われる。ところが、これに対して市議会から強い批判の声があがった。その結果、「当分の間、休止」宣言は「二〇〇六年度再開（それまで休止）」に後退。最終的には「二〇〇五年度実施」、つまり従来通り「隔年開催」で決着することになった。

ちなみに、近松賞と同年創設の自治体主催戯曲賞に、仙台開府四百年記念「仙台劇のまち戯曲賞」がある。同賞は第一回大賞作品としてキタモトマサヤの『闇光る』を選定、二〇〇三年一〇月、劇都仙台2003プロデュース公演としてこれを初演した（演出／宮田慶子）。第一回近松賞で大賞なしの優秀賞を受賞した菱田信也（一九六六〜、チキン王プロデュース・カンパニー主宰）は、『闇光る』に寄せた劇評のなかで「近松賞休止」に言及し、次のように述べている。

> 「近松賞」は、「劇のまち戯曲賞」と同じく、2001年に制定され、これも同じく、隔年での募集という方式であった。
> 宮田慶子氏も、選考委員のおひとりであった。受賞作を市主体で上演するという点でもまったく同じである。
> 第1回の優秀賞をいただいた者として（大賞は選出されなかった）、複雑な心境であり、もろもろの思いにかられている。ひとつ言えるのは、劇都仙台とまったく同じ試みが一つ、関西で無惨な崩壊を遂げたということだ。
> （「過剰」、その先に生まれるもの——劇都仙台の皆様へ」(14)）

結論からいえば、菱田のいう「無惨な崩壊」はかろうじてまぬがれた。近松賞は二〇〇三年一一月の「休止」宣言から、わずか約半年後に「復活」宣言が出された。だが、菱田の受け止め方からわかるように、多くは近松賞の「休止」を実質「廃止」と受け止めた。であるがゆえに尼崎市は、同賞復活の後、その周知のために相当苦労をしなければならなくなった。第三回近松賞はその甲斐あって、ほぼ前回並みの応募総数を維持することができた。とはいいながら、同賞をめぐる尼崎市の迷走ぶりが事業の継続性に不安を抱かせるものとなったことは否定できない。

このように、過去二〇年間、近松を地域文化のシンボルに掲げ、「近松のまち」を標榜してきた尼崎市ですら、トップの交代や財政状況の変化によって、それまで築き上げてきた成果・実績・信頼が一瞬にして失われるような事態が起こりうるのである。結局、舞台芸術は、それが営利目的であろうと非営利であろうと、あるいは個人の営みであろうと公共事業であろうと、経済的な問題を無視することはできない。なるほど、近松賞をめぐる今回の騒動において、尼崎市民は「経営再建プログラム」に基づく近松賞の休止（リストラ）より、復活・継続を支持した。だが、「演劇」は基本的に労働集約的な構造をもっており、そもそもビジネスとして成り立ちにくい事業なのである。同市が従来通りの路線を継続するにしろ、これを廃止・転換するにしろ、いずれにしても難しい時期にさしかかっていることは間違いない。

菱田信也『パウダア―おしろい―』と近松賞

本書執筆中、「近松賞」関連で朗報が飛び込んできた。第一回近松賞で優秀賞を受賞した菱田信也が、二〇〇五年度の読売文学賞戯曲・シナリオ賞を受賞したというニュースである。

受賞作『パウダア―おしろい―』は、二〇〇五年一二月、兵庫県立芸術文化センター開館記念公演の一環として、同センター芸術顧問の山崎正和がプロデュースする「ひょうご舞台芸術」によって初演されたばかりであった（演出／宮田慶子、出演／いしのようこ・小市慢太郎）。そしてその作品は、第一回近松賞優秀賞受賞作『いつも煙が目にしみる』を全面的に改訂・改題した作品であった。

菱田の『いつも煙が目にしみる』は、もともと「上演するあてもないまま、「はき出すようにして」震災の翌年、書き上げたもの」だった（『読売新聞』二〇〇六・二・七）。同作が近松賞優秀賞を受賞するのはそれから五年後。そこから『パウダア』初演までさらに四年かかっている。結局『いつも煙が目にしみる／パウダア』は、舞台化まで一〇年近い年月を要した。その年月にはそれなりの意味と理由があったものと思われる。それはいわば、生々しい「震災体験」を「舞台表現」に成熟させ、孵化させるために必要な「準備期間」であった。

仄聞するところによれば、近松賞の審査員であった演出家の宮田慶子が菱田作品に強い関心を持ち、その上演に意欲的であったというが、財団法人兵庫県芸術文化協会の記者発表資料、県立芸術文化センター「開館記念事業ラインナップ」によれば、本作が記念事業の一つに加えられた背景には少なくとも二つの意味があった。一つは公立文化施設の事業として、地元の人材を育成・活用すること（菱田は神戸出身であり、主演のいしのようこもまた兵庫県の出身である）。もう一つは、こちらのほうがより重要かと思われるのだが、菱田の作品が「阪神・淡路大震災からの復興をアピールする」という「開館記念事業」の趣旨にかなった作品だったということである（15）。

読売文学賞の選考委員をつとめた井上ひさしは、菱田作品について次のように述べている。

「困ったときは女の力にたよれ」というのが劇の主題だが、（中略）「災難は新生への始まりかもしれない」という、もう一つの主題には胸を衝かれた。震災について書かれた文学のうちでも最良の一つである。

（『読売新聞』二〇〇六・二・一）

思うに、今回の菱田の読売文学賞受賞は、菱田個人の栄誉というにとどまらず、近松賞にとっても大きな意味を持つだろう。「近松のまち」尼崎には近松賞をめぐる動揺、もしくは「崩壊」の懸念からの完全なる「復興」を望みたい。「近松のまち」への期待は決して小さくないのである。

語り・朗読・一人芝居の隆盛

さて、当期の近松受容、第二の特色は、「読み・語り・聴く」近松の増加である。

もともと浄瑠璃であった近松作品を「語り」で聴かせる試みは、以前から行なわれていた。が、ごく一部を除いて、あまり注目されてこなかったというのが実情であろう。それがここ一〇年くらいだろうか、一人あるいは少人数で、ということは小劇場以上に小規模かつ親密な空間で、近松の「ことば」と「ドラマ」を「読み・語り・聴く」公演が目立ってきた。

その理由として考えられるのは、たとえば、斎藤孝『声に出して読みたい日本語』（草思社、二〇〇一・九）に代表される近年の朗読・音読ブームである。これは、より広い意味の「日本語ブーム」(16)の一つと考えられるが、最近では斎藤孝（明治大学）のほかに川島隆太（東北大学）なども「脳を鍛える」音読シリーズで注目を集めている。これらの本は、ただたんに売れている／読まれている／黙読されているだけでなく、実際に中高年を中心に読み聞かせ・朗読ブームにつながっている。

もっとも、こうしたブームはいま、急に始まったわけではない。語りを中心にした舞台や朗読劇は、それ以前から注目すべきジャンルとして静かに広がっていた。たとえば、幸田弘子の朗読リサイタル「一葉の夕べ」は一九七七年のスタート。また先述の木下順二『子午線の祀り』は七九年の初演。そしてジァンジァンにおける関弘子の「近松門左衛門の世話浄瑠璃を絃に乗せずに語る試み」は一九八〇年に始まっている。

以下、現在も続いている企画・活動を中心にあげてみると、地人会の朗読劇『この子たちの夏』（構成・演出／木村光一）は被爆四〇年の八五年初演。パルコ劇場の『ラヴ・レターズ』（作／A・R・ガーニー、訳・演出／青井陽治）は九〇年初演。白石加代子の『百物語』シリーズは九二年に始まっている。ちなみに、早川書房の『悲劇喜劇』で「朗読というジャンル」という特集が組まれたのは一九九五年八月号。つまりこの頃になると、朗読劇はもはや無視できない「ジャンル」に成長していたということができる。

その後も、一九九八年に壌晴彦の主宰する演劇倶楽部『座』が「詠み芝居」（小説等を脚色せずにそのまま演じる「現代浄瑠璃」）を開始。翌九九年は博品館劇場を舞台に寂聴『源氏』の朗読会が始まっており、二〇〇一年にはその実行委員会を母体にしてNPO法人日本朗読文化協会が設立されている。同年はまた、紀尾井ホールでも朗読と邦楽をコラボレートした「紀尾井朗読スペシャル」がスタートするなど、近年、語り・朗読・リーディングの企画・公演・シリーズは枚挙に暇がない。

詩歌の世界に目を転じると、一九九三年の「断筆」後、「文字」ではなく「声」を重視してポエトリー・リーディングを展開している谷川俊太郎がいる。また、九七年八月には「音声詩人」を名乗る楠かつのりによって日本朗読ボクシング協会が設立され、同年一〇月の「詩のボクシング」世界ライト級王座決定戦において、ねじめ正一が初代チャンピオンの座についた（二代目は谷川俊太郎）。その後、九九年には一般参加の「詩のボクシング」も開催されるようになり、この種のイベントはまたたくまに全国に広がった。いや、現代詩ばかりではない。短歌の世界でも、やはり九〇年代後半から朗読活動が本格化し、二〇〇一年以降、歌人はもとより詩人・俳人・川柳作家なども参加する朗読イベント「マラソン・リーディング」が開催されている。

こうしてみると、いわゆる「朗読ブーム」や「リーディング・ブーム」と呼ばれるものの淵源は八〇年代にあり、それが本格化したのは九〇年代後半、つまりここ一〇年内外であることがわかる。二〇〇一年の斎藤孝『声に出して読みたい日本語』の大流行も、つまりはこうした基盤の上に成り立っていたわけで、それがまた、二〇〇三年の近松生誕三五〇年に向かう流れと時期的に重なりあったことによって、近松作品が改めて「聴く」ドラマとして見直されるようになったのではないかと思われる。

なお、このジャンルと必ずしも一致しないが、かなり密接な関係にあるのは「一人芝居」である。代表的なところでいうと、一九八〇年初演の加藤健一『審判』（作／バリー・コリンズ、訳／青井陽治、演出／大杉祐）。八二年初演の渡辺美佐子『化粧』（作／井上ひさし、演出／木村光一）。同年スタートのイッセー尾形『都市生活カタログ』（作／イッセー尾形、構成・演出／森田雄三）。その後も、九二年初演の毬谷友子『弥々』（作／矢代静一）、九六年初演の市村正親『クリスマス・キャロル』（作／パトリック・スチュアート、訳／川本燁子、演出／ボブ・トムソン）、あるいは島田正吾（一九〇五〜二〇〇四）が一九九一年、八五歳で始めた新国劇の一人芝居（『白野弁十郎』『人生劇場』『一本刀の土俵入り』『荒川の佐吉』など。最後の舞台は二〇〇二年五月、新橋演舞場の『夜もすがら検校』）等々、八〇年代以降の「一人芝居」は充実・隆盛著しい分野ということができよう。

実力のある俳優にとって一人芝居は、共演者抜きで、自分の才能と魅力を存分に発揮できる絶好の機会だ。優れた作品と出合えば、長年にわたって演じ続けられる生涯の代表作となる可能性がある。だから、演技にはひときわ熱がこもる。出演者が一人きり、装置もたいてい簡素だから、製作費が低額ですみ、身軽に旅公演ができるのも、不況下の演劇界では歓迎される。（扇田『舞台は語る』）

こうした「身軽さ」は、演じる側にとっても、また見る側にとってもたいへん魅力的である。

「読み・語り・聴く」ドラマとしての近松

こうした状況を受けて、平成も一〇年をすぎた頃から「朗読劇」「群読」「読み語り」「芝居語り」「読み本」等々、「声に出して読む」近松が、東京・名古屋・大阪で、同時多発的、かつ継続的に行なわれるようになる。以下、主だった企画をあげてみよう。

一九九九年〜　東　京　高瀬精一郎主宰「近松原文読みの会」（現「読み語り近松劇場」）
二〇〇〇年〜　名古屋　西川好弥主宰「芝居語り・葦の会」

二〇〇二年〜　東　京　古屋和子ひとり語り「音の臨書・近松世話浄瑠璃集」
二〇〇三年〜　東　京　城谷小夜子ひとり芝居
二〇〇四年〜　大　阪　南条好輝の読本会「近松二十四番勝負」

高瀬精一郎は元前進座の演出家。木下順二『子午線の祀り』の共同演出者の一人であり、近松座の結成にも参加した人物である。かつて前進座内で「近松講座」を主宰していた高瀬は、近松を群読で演じるためのささやかな一歩として、講座参加者約三〇名とともに「大経師昔暦」の群読に取り組んだ。その成果は「群読・近松の試み」として、一九九五年一二月、前進座内部の発表会「日々の会」で試演され（演出／酒井誠、上之巻のみ）、翌九六年二月には中之巻を除く「大経師昔暦」上・下が、やはり「日々の会」で発表されている（酒井誠「ひとりひとりの顔が…群読抄」）。ちなみに、この講座に参加していた一人が後述の城谷（旧姓西宮）小夜子である。

高瀬はこの経験を踏まえ、一九九七年一二月に「近松原文読みの会」（後に「群読・近松劇場」を経て「読み語り近松劇場」に改称）を結成。これまでに『大経師昔暦』（一九九九・一〇）、『女殺油地獄』（二〇〇〇・一二）、『出世景清』（二〇〇一・三）、『平家女護島』（二〇〇二・三）、『堀川波の鼓』（二〇〇三・七）を上演している。なお、高瀬の「原文読みの会」からは、岡崎ちか子や針生りん太郎（現琳太郎、JIPAS主宰）らが出て、それぞれ「ピアノと語りのコラボレーション」「バイリンガルひとり歌舞伎」（同一演目を日本語版と英語版で上演する一人芝居）など、近松に対する独自のアプローチを試みている。

名古屋の西川好弥は、かつて劇団演集の舞台に立ったこともある日舞西川流の舞踊家で、舞踊にとどまらず、演劇やオペラなど、幅広いジャンルで劇作・演出を手がけている。その西川が主宰する「葦《よし》の会」は、『堀川波の鼓』（二〇〇〇・三）、『女殺油地獄』（二〇〇一・一〇）、『大経師昔暦』（二〇〇三・三）、『近松五人女』（二〇〇四・一二、曽根崎心中・丹波与作・鑓の権三重帷子・心中天網島・心中宵庚申より）など、近松を中心に上演活動を行なっている。

古屋和子の「音の臨書・近松世話浄瑠璃集」は、八〇年代の「近松門左衛門の世話浄瑠璃を絃に乗せずに語る試み」（ジアンジァン）以来、近松作品を語り続けてきた古屋が、改めて観世栄夫演出によって近松を「音」と「呼吸」から読み直そうとする新シリーズである。

関西出身の城谷小夜子（NPO法人グローバルシアター和の輪代表）は、前進座に所属していた旧姓西宮時代も一人芝居で『女殺油地獄』に挑戦したことがあるが、その活動が本格化するのは二〇〇三年一〇月の『心中天網島』以降である。「近松の原文上演一〇本」を目標に掲げる城谷は、二〇〇四年一一月に『大経師昔暦』を上演し、大阪文化祭奨励賞を受賞。これまた一人芝居ゆえの身軽さも手伝って、再演回数は多い。

南条好輝は、近松の原文を生かしながら、これを現代の大阪言葉（大阪弁）に直したラジオドラマ風一人芝居で「世話物二四篇完演」を目指す（共演は三島ゆり子）。これまでに『女殺油地獄』（二〇〇四・七）、『心中天網島』（二〇〇四・一一）、『大経師昔暦』（二〇〇五・四）、『心中卯月の紅葉』および『卯月の潤色』（二〇〇五・七）、『夕霧阿波鳴渡』（二〇〇五・一二）、『鑓の権三重帷子』（二〇〇六・三）、『心中刃は氷の朔日』（二〇〇六・六）、『お夏清十郎五十年忌歌念仏』（二〇〇六・一一）、『心中二枚絵草紙』（二〇〇七・三）、『淀鯉出世滝徳』（二〇〇七・六）を上演し、コンスタントに実績を積み重ねている。近松の世話物完演を目指すこのシリーズは、年に三本のペースでも八年はかかる計算だが、もし達成されれば、これが「史上初」の快挙となるはずである。専門的な立場から監修をつとめる水田かや乃（園田学園女子大学近松研究所）も、「昨年（二〇〇三年―引用者注）は生誕三百五十年記念近松祭の展覧会やシンポジウムが行われ、近松顕彰の年であったが、この読本会こそ、質が高くわかりやすく、また広くアピールできる秀れた顕彰のかたちであろう。」（近松応援団機関誌『囀《さえず》り』六〇）と述べ、南条の試みに大きな期待を寄せている。

このほか、シリーズ物ではないが、二〇〇一年二月に篠本賢一の主宰する遊戯空間（一九八八年設立）が原文をそのまま用いた『曽根崎心中』を上演している。演出はかつてジァンジァンの「近松門左衛門の世話浄瑠璃を絃に乗せずに語る試み」で演出を担当していた笠井賢一である。

遊戯空間の『曽根崎心中』は、観世栄夫に学んだ篠本と大阪出身の女優青木雪絵の二人が観音廻りから心中の場面まで、『曽根崎心中』の一切を省略なしで語り、そして演じる二人芝居である。その際、ユニークなのは黒衣の使い方である。黒衣は通常の裏方としての役割はもちろんのこと、場面に応じて主人公以外の登場人物（九平次）をシルエットで演ずる。黒衣の使い方といい、観音廻りや道行などで用いられるろうそくの灯りといい、光と影を象徴的・暗示的に用いたその舞台は、近松の原文を忠実に語って聞かせることに主眼を置きながら、視覚的・空間的にも想像力を刺激するすぐれた舞台であった。本作はその舞台成果が評価され、同年一〇月、ソウルで開催された第四回「日韓アートフェスティバル」に招聘され、その後も海外の演劇祭から重ねて招聘を受けた。ところが、主演の青木雪絵が病に倒れ、二〇〇三年に三五歳の若さで亡くなったため、現在その上演は（次回作として予定されていた「冥途の飛脚」を含め）封印されたままになっている。

以上、近年各地で行なわれるようになった「声に出して読む近松」だが、台本に関していうと、やはり若干地域差があるように思われる。どちらかといえば、「東」の近松が原文尊重に傾くのに対して、「西」は必ずしも原文にはこだわらず、むしろわかりやすさを優先して現代語訳を用いるなど柔軟な姿勢を示す。いいかえれば、関西は近松を現代に引き寄せようとし、東京は逆に、時代と言葉のギャップを梃子にして近松そのものに近づこうとする傾向が認められる。

国境をこえる近松（その一）～国内の動向～

近松受容史で国際化が始まったのは昭和六〇年代である。当時はまだ、日本から海外に出向いて近松を上演する「輸出型の海外公演」か、海外の劇団が独自に近松に取り組んで来日公演を行なう「逆輸入型の来日公演」のどちらかしかなかったが、ここ一〇年はさすがに国際化が進展し、日本国内でも多国籍なメンバーによって近松が上演されるようになってきた。こうしたプロジェクトのさきがけとなったのも、やはり東京ではなく関西だった。以下、九〇年代初頭にさかのぼって、その動向を概観しておこう。

一九九二年　尼崎市「近松世界演劇祭1996」にむけて「近松実験劇場」開始。

一九九四年　尼崎市「近松世界演劇祭1996」にむけて「近松プロジェクト」開始。

一九九四・一〇　兵庫県民小劇場　多国籍劇団グループ不安透夢《ファントム》『曽根崎心中』　脚本／中塚和代　演出／新海百合子　演技指導／三島ゆり子　出演／ブレイク・クロフォード、フレデリック・ボジィエ、ユーリー・ローエンソール

一九九六・一一　アルカイックホール　尼崎市市制八〇周年記念〈近松ニューウェーブシアター〉六『Back to the 近松物語』　脚本／やぎのぶよし　演出／上海太郎　出演／小市慢太郎、奥濱恵子、関秀人、ブレイク・クロフォード、ハーディ・ターニング、マギー・ネレス　＊原作は「曽根崎心中」と「大経師昔暦」。この公演にはグループ不安透夢のメンバーも出演している。

先述したように、尼崎市は世界にむけて「近松」と「近松のまち尼崎」をアピールする目的で「近松世界演劇祭1996」の開催を計画。その一環として、一九九二年から四年間、近松実験劇場「近松パフォーマンス」を実施した。さらに九四年からは、「近松プロジェクト」が動き出した。これは、オーストラリア出身でロンドンを拠点に活躍していたディビッド・フリーマン（オペラ・ファクトリー芸術監督）を起用して、「心中天網島」をテーマに、ロンドン・東京・尼崎とワークショップを積み重ね、その成果を「近松世界演劇祭」で披露するという大掛かりな国際プロジェクトであった。だが、残念なことに、一九九五年一月の阪神淡路大震災の影響で「世界演劇祭」そのものが中止となり、また九六年九月に行なわれる予定だったフリーマンの公開ワークショップも、内容上の問題から上演中止に追い込まれた。

ディビッド・フリーマン（一九五二〜）は、オペラの世界に七〇年代のヒッピームーブメントやパンクムーブメントをもたらした人物で、とりわけ「舞台で裸体を見せることon-stage nudity に強い関心を抱いている」（*The Independent* 二〇〇三・七・七、Mark Pappenheim 評）、過激 radical で型破り unconventional な演出家として知られている。オーストラリアの女優メ

リッサ・グレイMelissa Madden Grayによれば、「天網島」のワークショップにはロイヤル・シェイクスピア・カンパニーの俳優やパリで活躍しているブトーパフォーマー、パンクロックシンガー、ストレートプレイの舞台俳優など、国籍もジャンルも多彩な顔ぶれが集まり、それは魅力的でワイルドな体験だったという（*Real Time Interview — Melissa Madden Gray* http://www.realtimearts.net/rt45/madden_gray.html）。

「近松プロジェクト」におけるフリーマン起用の経緯は不明だが、フリーマンの「近松」が主催者の期待と予想をはるかに超えるものだったことは間違いない。かくして、市制八〇周年にむけて「世界の近松」をアピールしようとした尼崎市の取り組みは、いずれも「想定外」の出来事によって中絶を余儀なくされた。

そのかわり、といっては何だが、九六年一一月に上演された市制八〇周年記念〈近松ニューウェーブシアター〉第六作『Back to the 近松物語』（脚本／やぎのぶよし、演出／上海太郎）は、グループ不安透夢メンバーの参加もあって、多国籍な近松劇となった。

グループ不安透夢は、女優新海百合子のもとにホームステイしていたフランス人留学生、セシル・モレルを中心に結成された神戸の多国籍劇団である。同劇団は一九九二年九月に『四谷ＫＡＩＤＡＮ』で旗揚げし（脚本／芹田希和子、演出／新海百合子）、九四年一〇月には『曽根崎心中』を上演。それぞれ翌年に東京公演を行なっている。不安透夢を主宰していた新海百合子によれば、この劇団はそもそも、関西在住の外国人が自ら日本語劇を演じて、日本語はもとより仕草・所作・立居振舞いを含む「日本文化」を学ぶ、というところに活動の狙いがあった。だが、何しろメンバーがフランス・ベルギー・アメリカ・カナダ・中国・韓国・インドそして日本と、まさに多国籍であったため、「日本人と外国人」という、我々が陥りやすい図式そのものが成り立たず、劇団それじたいが多元的な異文化交流の場になっていたという。その意味でいうと、グループ不安透夢は「日本語劇による国際交流のこころみ」（『四谷ＫＡＩＤＡＮ』公演パンフレット）であると同時に、「演劇による異文化交流」（『曽根崎心中』公演パンフレット）の実験場でもあったのである。

このような不安透夢の試みには先例があった。一九七一年、同じ神戸で旗揚げされた「カナデアン歌舞伎」（八二年「国際ジャパネスク歌舞伎」に改称）である。カナデアン歌舞伎は神戸の国際学校カネディアン・アカデミーCanadian Academyの日本語教師だった海野光子が生徒たちと始めた活動である。だが、その取り組みはいわゆるクラブ活動の域をこえていた。彼らが選んだ演目は『勧進帳』『助六』『仮名手本忠臣蔵』『白浪五人男』『修善寺物語』『藤十郎の恋』『番町皿屋敷』『頼朝の死』等々、本格的な作品ばかりであった。であればこそ、演技はもちろんかつら・衣装・化粧・大道具・小道具にいたるまで、彼らは妥協を許さなかった。

海野光子は、カナデアン歌舞伎旗揚げ当時をふりかえって、次のように述べている。

> 彼ら（生徒たち―引用者注）の熱心さと、思いのほかに鋭い理解の仕方を見て、私は『修善寺物語』を、歌舞伎形式で演れないものだろうかと、ふと思った。思ったとたん、途方もない馬鹿気た思いつきだという気持がした。日本人の高校生でさえ、歌舞伎形式で劇を演じることは、そうたやすいことではないだろう。まして、現代の日本語さえままならぬ外人の生徒たちが、風俗、習慣、歴史、ものの考え方のまるで違う日本の伝統芸術に、実際に取り組めるだろうか。
>
> しかし、その反面、この思いつきに、私自身が興奮を感じていた。むずかしいかもしれない。いや、不可能かもしれない。しかし、〝外人むきの日本文化〟などというものがあるだろうか。ほんとうに国境を越え、人種を越え、ことばのちがいを越えて人びとの共感を呼びさます文化というものは、それぞれの民族が育ててきたものの中で、最も民族的なもの、つまり〝その民族に固有の文化〟ではないだろうか。
>
> （『先生 歌舞伎が演りたい』）

こうして、「ことばのちがい、人種のちがいを越えて人々の胸を打つドラマの力」を信じて始められた海野とカネディアン・アカデミーの生徒たちの演劇活動は、校内の発表会から校外へと広がり、一九八〇年にはサントリー地域文化賞優秀賞を受賞することになる。だが、それから一〇年後、カナデアン歌舞伎は一九九〇年の二〇周年記念公演を最後に自主公演を停止。理由はやはり経済的な問題であった(17)。時期的にいうと、グループ不安透夢はカナデアン歌舞伎と入れ替わりに誕生している。そして皮肉なことに、不安透夢もまたわずか三年でカナデアン歌舞伎と同じ状況に追い込まれていく。

グループ不安透夢は、阪神淡路大震災のあった一九九五年七月、『曽根崎心中』で東京公演を行なった。メンバーは自身被災者でもあったが、多少無理をしてでも東京公演を成功させ、収益の一部を被災した仲間（外国人留学生）への義援金にあてようと考えていた。ところが、無理を押して打って出たその東京公演で、彼らは関西と東京の「温度差」に直面する。

演劇評論家の衛紀生は『阪神大震災は演劇を変えるか』のなかで、「東京では、三月頃からもう切実感が失われていました。東京の演劇人の中には「遠いところの出来事」という感覚があるのではないでしょうか。」と語っている（「演劇の公共性」）。また、四月に東京パルコ劇場で行なわれた日本劇作家協会主催のチャリティ・イベントの報告を受けた瀬戸宏も、「スタッフは多かったものの参加者（観客）は約二百名程度（会場の約半分）とのことで、阪神大震災に対する関心が東京で低くなっていることが報告からも伺《ママ》われた。」と述べている（「関西演劇人会議の活動」）。

一方、東京の反応もさることながら、「被災地は、初期の段階で自治体、地元経済界、住民運動グループ、マスコミが歩調をあわせて、東京との温度差を克服する戦略の形成に失敗した」という指摘もある（高寄昇三『阪神大震災と生活復興』）。いずれにしろ、そこに「温度差」があったことは否定できない。そしてグループ不安透夢は東京公演で大きくつまづき、活動停止のやむなきにいたる――。

一劇団の顛末としてはその通りなのだが、たとえば、不安透夢が旗揚げした年、尼崎では「近松実験劇場」が始まっている。また不安透夢が『曽根崎心中』を上演した年には、尼崎で「近松プロジェクト」が始まっている。むろん両者の間に直接的な関係はない。とはいうものの、「近松に対する多国籍な取り組み」が同じ兵庫県内でほぼ同時期に行なわれていたことは、偶然のこととはいえ、たいへん興味深い。そして「近松世界演劇祭」が開催されるはずだった一九九六年、ブレイク・クロフォード[18]等、旧不安透夢メンバーは市制八〇周年記念〈近松ニューウェーブシアター〉『Back to the 近松物語』に参加する。それは「世界演劇祭」のような大掛かりなものではなかった。あるいは、世界にむけて近松をアピールする、といった大げさなものではなかった。だが、「近松に対する多国籍な取り組み」として、これはこれで意義ある一歩だったのではなかろうか。

国境をこえる近松（その二）～海外の動向①～

一九九五年以降、最近一〇年の特色として、海外を拠点に活動する日本人（あるいは日系人）が、俳優として、あるいは演出家として、現地の俳優とともに近松劇に取り組んだり、海外の劇団が独自の近松劇を上演したりするケースが目立つ。要するに、海外で初演され、日本語以外の言語で演じられる近松が増えてきたのである。このことはまさに国際化の進んだ近年の特色といってよい。

●オーストラリアの近松

日本人が俳優として参加したケースでいうと、オーストラリアを代表するメルボルンの劇団プレイボックスとキャンベラの劇団スカイラークが共同制作した『曽根崎心中』がある。

一九九七・一〇～一二　Street Theatre（Canberra）, Merlyn Theatre（Melbourne）　Playbox Theatre Centre & Company Skylark　***Love Suicides***　曽根崎心中より　作／John Romeril　演出／Bruce Myles

作者のジョン・ロメリルは一九四五年メルボルン生まれ。オーストラリアを代表する劇作家である。ロメリルの『フローティング・ワールド』は邦訳もあり（『オーストラリア演劇叢書』第一巻、佐和田敬司訳、オセアニア出版社、一九九四・二）、一九九五年の東京国際舞台芸術フェスティバルでも上演されている（演出／佐藤信）。日本では比較的よく知られた劇作家といえよう。劇団プレイボックス（一九七六年設立）はモルトハウス劇場を本拠地とする劇団で、正式名称はモナシュ大学プレイボックス・シアターセンター。また、プレイボックスとともに本公演を共同制作した劇団スカイラークは、人形と仮面を用いる劇団（芸術監督／ピーター・ウイルソン）である。

本作は俳優四人と人形遣い二人、および三人の演奏家を必要とする作品だが、初演ではそのうち約半数（俳優／井沢朝子・オイカワミキ・ウミウマレユミ、三味線と琴／小田村さつき、計四名）が日本人であった（John Romeril ***Love Suicides*** Currency Press Pty Ltd）。

●ニューヨークの近松

ロメリルの『曽根崎心中』とちょうど同じ頃、北半球のニューヨークでは、新進演出家の高瀬一樹が『心中天網島』を上演していた。

一九九七・一一〜一二　La MaMa Experimental Theater Club　Theatre Japan Productions　***Love Suicides of Amijima***　心中天網島より　演出／高瀬一樹

祖父は坂東調右衛門（前進座）、父は演出家の高瀬精一郎、弟は鴈治郎門下の中村扇乃丞。歌舞伎一家に育った高瀬一樹は、しかし歌舞伎の世界には進まず、ニューヨーク市立大学（シティ・カレッジ）を卒業後、一九九七年にシアタージャパン・プロダクションズを設立。ニューヨークを拠点に独自の演劇活動を行なっている。本公演はシアタージャパン・プロダクションズの第一作であり、これが演出家高瀬一樹のニューヨーク・デビューとなった。出演者は全員アメリカ人。テクストはドナルド・キーンの英訳版が使用された。そして一九九九年、高瀬は景清物で新作に取り組む。

一九九九・二　La MaMa E.T.C　Theatre Japan Productions　***Kagekiyo Detained***（景清拘留）　作・演出／高瀬一樹

本作はニューヨークのラ・ママ実験劇場で初演された後、日本に逆輸入、シアターX《カイ》で上演された。ニューヨーク版と東京版は一部出演者は異なるものの、どちらも阿古屋役のクリスティン・ベネットKristin Bennetだけがアメリカ人で、他は日本人である。

ところで、高瀬が拠点とするニューヨークには、二人の日本人（日系アメリカ人）女性が主宰する劇団、クロッシング・ジャマイカ・アベニュー（CJA）がある。

二〇〇一・九　HERE Arts Center　Crossing Jamaica Avenue Theatre Company　***Woman Killer***　女殺油地獄より　脚本／ミヤガワチオリ（宮川ちおり）　演出／カワハラソノコ（河原園子）

日本に生まれ一六歳でアメリカに移住したミヤガワは、一九九七年に演出家のカワハラとCJAを結成。現在、劇団活動のかたわら、ニューヨーク近郊のバード・カレッジやニューヨーク・シアター・ワークショップなどで劇作の指導も行なっている(20)。

Martin Denton編『*Plays and Playwrights* ２００２』（The New York Theatre Experience,Inc）は、***Woman Killer***を含む一〇本の新作を収録した戯曲集だが、編者のマーチン・デントン（New York Theatre Experienceのエグゼクティブ・ディレクター）はミヤガワの作品を非常に高く評価している。以下、デントンによる解説を私なりに意訳・要約し、内容の紹介を試みたい。

ストーリーとしては、近松の原作を現代のブルックリンに移し、一人の若者が娼婦に溺れ、放蕩と犯罪と不道徳な生活へ転落していく話になっている。だが作者の関心は、物語そのものよりも、見たところ我々とそう変わらない人がなぜ殺人を犯すのか、人はなぜこんな残酷なことができるのか、それを可能にする「人間性」とはどのようなものなのか、というところにある。何が人を「悪」に駆り立てるのか、そもそも「善」とは何か、「悪」とは何か――デントンいわく、それは「人類が直面している最も根本的な問題」である。

ミヤガワはこの作品全体を通して我々を途惑わせ、バランスを突き崩そうとする。次第に混乱の度を深めていく魅力的な主人公の内面にしても、また表層的な事柄においてすら、そこでいったい何が起きているのか、我々が「わかった」つもりになることをミヤガワは決して望まない。演出のカワハラもまた、舞台において西洋的な手法と東洋的な手法とを自在に織り交ぜ、作品の不安定感を強調する。そうすることによってカワハラは、世界中どこの人であっても我々が思うほど違いがあるわけではないし、かといって話はそう単純でもない、ということを意識させようとする。

戯曲そのものは一九九九年一一月にリーディング形式で発表済みだが、舞台初演は二〇〇一年九月。そして初日から五日後、ニューヨークは「計り知れないほどの悪」（デントン）に襲われた。当時の状況について、アメリカ演劇の一ノ瀬和夫は次のように記している。

２００１年のアメリカ演劇は、やはり9月11日に起こったテロ事件を抜きにしては語れない。この出来事によってブロードウェイの劇場は二日間閉鎖され、再開後もしばらくの間観客数は激減し、それ以前から客足が落ち始めていた『キス・ミー・ケイト』や『ミュージック・マン』などは打ち切りに追い込まれた。さらに世界貿易センターに近いダウンタウンに多いオフやオフ・オフの劇場は、ブロードウェイ以上に大きな経済的打撃を受けることになった。

同時に、当初劇場では幕が下りたあと出演者によって「ゴッド・ブレス・アメリカ」が歌われるなど、一様に演劇の世界も鎮魂と愛国といった社会の流れに合流していった。もちろん、より冷静なスタンスで、こういった事態を受けて演劇がなすべきことを問う声がなかったわけではない。たとえば劇作家ポーラ・ヴォーゲルは、事件後すぐに発表したエッセイで、危機の時に問いを発するのが劇作家の責任であるとして、排他的で狭隘なナショナリズムに危惧を示した。また演劇学者ウナ・チョードゥリも、今必要なのは、カタルシスや癒しを提供する演劇でも、善悪を決めつけるメロドラマでもなく、そういった二項対立的な世界のシステムを問い直すような演劇だと発言している。

しかし実際のところ、この事件以後観客の嗜好は、深刻な作品よりも楽天的な喜劇に以前にも増して傾斜していったと言われている。

（「アメリカ演劇２００１—テロ事件と演劇」）

このような状況下、しかも「フローズン・ゾーン」（封鎖地帯）の真只中にあって、ジャマイカ・アベニューは上演を続けた。だが、当然のことながら、観客の入りはかんばしくなかったらしい。デントンも戯曲集の序文で、「9・11の直接的なインパクトは、ほとんど誰も*Woman Killer*を見なかったことだ。」と述べているくらいである。にもかかわらず本作が、テロ攻撃を受けた二〇〇一年のアメリカにとって、非常に重要な意義を持つ作品として評価されたのは、それがまさに善悪を単純化した「二項対立的な世界のシステムを問い直すような演劇」だったからであろう。

●イギリスの近松

次に紹介するのは、日英を往き来する演出家、湯浅雅子が二〇〇四年に近松の世話物三本を英訳・上演するために立ち上げた「近松プロジェクト」である。

二〇〇四・三　国立リーズ大学ワークショップシアター　近松プロジェクト1　*Woman-Killer in Oil Hell*（女殺油地獄）　翻訳・戯曲・演出・プロデュース／湯浅雅子

二〇〇六・三　国立ハル大学ドナルド・ロイ・シアター　近松プロジェクト2　ハル大学近松シアターカンパニー　*Tsuzumi-Drumbeats over the Horikawa*（堀川波鼓）　翻訳・戯曲・演出・プロデュース／湯浅雅子

このプロジェクトは、最終的に「近松劇をシェークスピアやチェホフのような世界的演劇レパートリーとすることをめざす」（「『湯浅版・堀川波鼓』上演のご案内」）もので、具体的には湯浅雅子がリーズ大学英文学部ワークショップシアターの客員演出家として（第一弾）、またハル大学名誉研究員として（第二弾）、自ら近松作品を英訳し、学生たちの近松劇（着物を着て英語で演ずる時代劇）を指導・演出するというかたちで作業が進められている(21)。

近松はシェークスピアとよく比較されている。が、私はそうした比較の意味するところを『女殺油地獄』を上演するまで知らないでいた。ストレートプレイへの翻案を書きだして近松の芝居の濃さに圧倒された。まるで底の知れない劇の玉手箱のようであった。幾度演じられても磨耗することがない、まさにシェークスピアの芝居と同じなのだ。

（「湯浅版・堀川波鼓」日本公演パンフレット）

もともと湯浅は、近松プロジェクトを始める以前から、リーズ大学で日本戯曲の英語（英訳）上演を行なっていた。

これらの仕事も近松プロジェクトと目指すものは同じであった。日本の優れた戯曲を世界に出したい。色色な国の色色な言葉で日本の芝居を上演してもらいたい。世界共通語である英語で戯曲を提供することはその目的達成の一つの橋渡しになる。そう考えて私は日本戯曲の翻訳・上演・出版という形態の演劇活動を微力ながら続けてきた。近松プロジェクトはこうした流れの中で自然発生したように思われる。

（湯浅雅子「英語劇『堀川波鼓』日本上演を終えて―近松プロジェクトのこれまで、そしてこれから」）

ちなみに、湯浅の「近松プロジェクト」は、先に述べた尼崎市の同名プロジェクト（一九九四〜九六）とはまったく別物であり、両者の間に直接的な接点は一つもない。にもかかわらず、近松をテーマとする日英間の国際演劇活動である点は共通している。湯浅の近松プロジェクト、第三弾は心中物。上演は二〇〇八年ごろが予定されている。

国境をこえる近松（その三）〜海外の動向②〜

以上は、海外で活躍する日本人（あるいは日系人）が現地で近松劇の制作・創造に取り組んでいるケースだが、このほか海外の劇団が独自に近松作品に取り組んでいる事例がある。以下、主だったところを紹介しておきたい。

一九九六年一一月、ロンドンのロイヤル・ナショナルシアターで「娥歌かるた」を原作とする ***Fair Ladies at a Game of poem Cards*** が上演された。台本はピーター・オズワルド Peter Oswald、演出はジョン・クローリー John Crowley。本作は二〇〇〇年三月にアメリカでも上演されている。

一九九九年、ニューヨークでコリー・アインビンダー Cory Einbinder の脚色・演出による ***Battles of Coxinga***（国性爺合戦）が上演された。ドナルド・キーンの英訳本をベースに、国性爺や錦祥女はもちろん、梅勒王から李蹈天・呉三桂・柳歌君などが登場する作品である。

二〇〇一年一〇月、ルーマニアの国立カラギアーレ劇場で『心中天網島』が上演された。演出はアレクサンドル・トチレスク。ルーマニアの『心中天網島』はすぐれた舞台成果をあげ、第一一回内村直也賞を受賞した(22)。

これらは比較的「近松」に寄り添い、原作の枠組みをある程度残して創作された作品だが、二〇〇三年五月、シカゴの劇団サイド・プロジェクトThe Side Project theatre companyが上演した***The 4th Graders Present an Unnamed Love Suicide***（作／Sean Graney　演出・美術／Jimmy McDermott）は、近松に想を得ながら、かなり大胆に近松離れをした作品である。この五〇分ほどの一幕劇は「近松の心中物に触発された作品」とうたわれているが、かといって若い男女の心中事件が描かれているわけではない。それどころか、本作で命を断つのは、タイトルが示す通り「小学四年生」である。小学四年生の男子が拳銃で自殺した後、彼の残したノートをもとに、級友たちが自分たちの登場する劇（劇中劇）を演じるという芝居である(23)。舞台を実見していないので何ともいえないが、本作における「近松」は、作者ショーン・グレイニィの劇的想像力の「源泉」の一つではあっても、とうてい「原作」とは言いがたい面がある。とはいえ、近松生誕三五〇年のこの年、近松がこうしたかたちで現代アメリカ演劇に受容され、全く新しい作品を生み出しているということは、ある意味近松の可能性を感じさせるたいへん興味深い事例ということができる。

本作はその後、二〇〇四年九月に作者自身が芸術監督をつとめる劇団Hypocritesによって再演され、二〇〇五年一〇月にはアリゾナ州フェニックスの劇団Stray Catでも取り上げられている（演出／Ron May）。近松に触発された作品がアメリカで再演を重ねているというのは喜ばしいことではあるが、二〇〇四年のHypocrites公演の劇評（Lawrence Bommer執筆）は、近松のことを“a little-known Eastern dramatist”と記している。近年、海外で近松劇が上演されるようになったといっても、アメリカではまだまだ「無名の東洋の劇作家」の一人にすぎないのである(24)。

ふりかえってみると、近松を世界にひろめる会がオペラ『曽根崎心中』で欧州公演を計画したのは、一九七九年のことだった。だが、この企画は実現しなかった。また、一九九六年の尼崎市市制八〇周年記念に計画されていた「近松世界演劇祭」も、前年の阪神大震災のために中止となった。意気込んで近松を世界にアピールしようとする大きな企画（しかも、どちらも関西主導の取り組み）は、なぜか過去二回とも流れている。結局、入野のオペラが海外で上演されたのは、初演から二〇年以上もたった二〇〇三年、近松を世界にひろめる会発足から数えると三〇年近い年月が経過している。それを思えば、近松の本格的な国際化は、むしろこれからの課題というべきだろう。

国境をこえる近松（その四）～舞踊篇～

以下、舞踊・音楽関係について一言触れておきたい。

舞踊関係で海外公演の先陣を切ったのは東京シティ・バレエ団である。一九七六年、東京シティ・バレエ団は香港で行なわれた第一回アジア芸術祭に参加した。演目は石田種生（一九二九～）の代表作『お夏・清十郎』（七五年初演）である。今でこそジャンルをこえたコラボレーションはごく当たり前に行なわれているが、石田の『お夏・清十郎』はバレエと日舞それぞれに「お夏」と「清十郎」役を配し、場面によって両者が入れ替わるという、当時としては非常に斬新なスタイルで上演され話題を呼んだ。その後、モダンダンスの分野では、一九八三年に札幌の能藤玲子（一九三一～）が『曽根崎心中』（七五年初演）でニューヨーク公演を敢行。また一九八七年には、文化庁の第一回日米舞台芸術交流事業として、やはり「曽根崎心中」をもとにした庄司裕（一九二八～）の『恋歌―近松の女』（八六年初演、音楽新聞社賞受賞）がアメリカ公演を行なっている。

しかし、こういう先駆的な事例はあるものの、舞踊関係で本格的な海外公演が行なわれるようになったのはまさにここ近年である。たとえば日舞の坂東扇菊とコンドルズの近藤良平は『夢の夢―THE CHIKAMATSU―曽根崎心中より』（九九年初演）で二〇〇〇年は北京公演、二〇〇三年はヨーロッパ公演（パリおよびモスクワ）を行なっている。また二〇〇二年にはNBA／日本バレエアカデミー・バレエ団が安達哲治（一九四八～）の『心中天網島―名残橋』でロシア公演を実施。さらに、二〇〇四年には鍵田真由美・佐藤浩希フラメンコ舞踊団が『曽根崎心中』（二〇〇一年初演）でスペイン公演を行なっている。

これらはみな日本から海外へ舞台を「輸出」している例だが、異色なところでは、二〇〇二年、南洋神楽プロジェクトによって上演された『近松—冥途の飛脚より』（脚本・演出／和田啓、振付／チョップリン・小谷野哲郎、作曲／デワ・ブラタ）がある。南洋神楽プロジェクトは、インドネシアの舞踊家を招聘し日本国内で共同制作を行なおうという国際プロジェクトである。中心になって活動しているのは小谷野哲郎と和田啓を主軸とするグループ「ポタラカ」（グループ名は「補陀洛」に由来する）で、ポタラカはバリの仮面舞踊劇をベースに、日本人の感性と方法論によるオリジナルな仮面芸能「南洋神楽」を手がけている。「海外公演」や「国際的な文化交流」といえば、その多くが欧米に集中しているなか、ポタラカの取り組みはたいへんユニークである。

なお、演劇とは異なり、舞踊関係で「海外オリジナルの近松物」というのはほとんど存在しないが、一九七四年に初演されたサンフランシスコ・バレエ団の『ＳＨＩＮＪＵ』（台本・作曲／Paul Seiko Chihara　振付／Michael Smuin）は、おそらくその唯一の例かと思われる。一九七三年、サンフランシスコ・バレエ団の専属作曲家に迎えられたポール・チハラ（一九三八〜）は、さっそく「曽根崎心中」と「心中天網島」をもとにバレエ音楽『シンジュウ』を作曲。翌七四年、マイケル・スムィンの振付によって初演された。本作はチハラのバレエ音楽の中でも『テンペスト』と並ぶ著名な作品の一つとされており、アメリカではしばしば再演されている。

国境をこえる近松（その五）〜音楽篇〜

一方、音楽関係ではあまり海外公演は行なわれていない。その数少ない例として、二〇〇三年の東京室内歌劇場『曽根崎心中』（作曲／入野義朗）ロシア公演、および二〇〇五年の韓国・イタリア公演がある。いずれも演出はニューヨーク生まれの日系アメリカ人、飯塚励生《れお》である。東京室内歌劇場の二〇〇五年度公演についてはすでに触れたが、二〇〇三年度のロシア公演は二〇〇五年度公演とは異なり、美術にエドワルド・コチェルギン、衣装にアンナ・アレクセーエヴナなど、ロシア人スタッフが参加している。オペラ『曽根崎心中』初の本格的な海外公演は、最初から国際色豊かなスタッフで上演されたのである(25)。

ところで、近年作曲・初演された音楽作品のなかに、海外の作曲家が手がけた新作が二曲ある。一つは中国を代表する作曲家、譚盾《タンドゥン》(一九五七〜)による『オーケストラルシアターⅣ—門』(一九九九年初演)。そしてもう一つは、アメリカ人作曲家ポール・フォーラーPaul Fowler(一九七八〜)のマリンバ独奏曲『道行—曽根崎心中より』(二〇〇二年初演)である。

譚盾の『門』はNHK交響楽団の委嘱作で、京劇女優の史敏《シミン》演じる「覇王別姫」の虞美人、ソプラノのナンシー・アレン・ランディ演じる「ロメオとジュリエット」のジュリエット、そして辻村ジュサブローの人形による「心中天網島」の小春、三人の女たちが登場する。音楽と映像と実演を盛り込んだ『オーケストラルシアターⅣ—門』(指揮/シャルル・デュトワ)は、N響定期会員の投票による一九九九年度の「ベスト・コンサート」に選ばれた。なお、本作で演出補をつとめていたのが、前出の飯塚励生である。また、ポール・フォーラーの『道行』は、アメリカを拠点に活躍するマリンバ奏者高田直子による委嘱作で、同曲は高田のデビュー・リサイタルで初演された後、二〇〇三年には日本でも披露された。

以上、音楽方面では、海外公演や国境をこえたコラボレーションなど、国際的な取り組みはまだまだ多いとはいえない。ただ、新作活動そのものは比較的活発に行なわれているので、今後新たな展開に期待したい(26)。

国境をこえる近松(その六)〜近松座の海外公演〜

扇雀時代の中村鴈治郎は、一九八四年のアメリカ公演(松の緑、藤娘)、八七年のソ連公演(勧進帳、傾城反魂香)、八八年のカナダ・アメリカ・メキシコ公演(恋飛脚大和往来)、計三回の海外公演を行なっているが、一九九一年の鴈治郎襲名後、しばらく海外公演から遠ざかっていた。それが二一世紀に入ったとたん、二〇〇一年のイギリス公演(釣女、藤娘、曽根崎心中)、二〇〇三年のロシア公演(曽根崎心中)、二〇〇四年の中国公演(藤娘)と、立て続けに海外公演を行ない、年末に坂田藤十郎襲名を控えた二〇〇五年には、四月に韓国公演、六月にアメリカ公演（いずれも曽根崎心中）と、一年に二度も海外公演に駆り出されている。

近年の鴈治郎・近松座の海外公演の特徴として、次の二点を指摘することができる。一つは、「Ｊａｐａｎ２００１」訪英公演、「ロシアにおける日本文化フェスティバル２００３」訪露公演、日韓国交正常化四〇年記念「日韓友情年２００５」訪韓公演（なお、韓国公演直前に竹島問題で日韓関係が悪化し、光州公演は中止。ソウル・釜山のみの公演となった）など、外務省や国際交流基金の主管する官製文化交流事業が多いということ。

もう一つは、演目の固定化である。舞台に立つのが鴈治郎・近松座ということもあるが、近年の事例のように官のお墨付きで（ということは、日本という「国家」を背負って）近松座の海外公演が行なわれる場合、用意される出し物は、必ずといってよいほど『曽根崎心中』である。それが鴈治郎本人の希望なのか、松竹の意向なのか、政府・外務省その他の要請なのか、詳しいことはよく分からない。ただ一つ言えることは、戦後一大ブームを巻き起こした新作歌舞伎、あるいは昭和二八年の「現代劇」（上村以和於「坂田藤十郎の「誕生」」）も初演から五〇年を経て、いまや「日本が世界に誇る古典」として国家の認めるところとなった――ということである。こうなると、鴈治郎にとってお初を演じ続けること、また国内外で近松座の活動を継続していくことは、もはや「ライフワーク」というより、ほとんど「ミッション」の域に達しているというべきだろう。

国立劇場・文楽「近松名作集」の行方

海外公演では文楽も負けてはいない。近年では一九九二年のニューヨーク公演、九七年のパリ公演、二〇〇二年の中南米公演等々、世界各地で『曽根崎心中』を上演し、好評を博している。一方、国内では二〇〇二年八月に吉田玉男の徳兵衛が上演一一一一回を達成。また東京・国立劇場は毎年二月の「近松名作集」が人気を集め、「二月は近松」というイメージがすっかり定着した。――と言いたいところだが、近年はいささか様子が異なる。

文楽で「近松名作集」が始まったのは、一九八一年二月の東京公演である。このとき国立小劇場は『冥途の飛脚』『曽根崎心中』『心中天網島』でプログラムを組み、初めて三部制を導入。近松への関心の高さと上演時間の短さ、および低料金で大成功をおさめた。『日本芸術文化振興会（国立劇場）30年の歩み』によれば、東京における観客動員数はそれまで一公演約一万三〇〇〇人から一万五〇〇〇人程度であったが、一九八一年の「近松名作集」において約二万九五〇〇人を動員。その後もほぼ毎回二万人前後の動員に成功している。

藤田洋『演劇年表』は、「近松名作集」および文楽の三部制が大方の好評をもって迎えられたことについて、「太夫・三味線・人形の芸の魅力が観客を吸引しているわけではない（中略）時代の流れを痛感する」と批判的なコメントを寄せているが、昭和末年から一九九六年までの文楽公演の実態を調査・分析した富岡泰によれば、文楽東京公演は着実に客足を伸ばしており、月別入場者数を見ても、二月の「近松名作集」は「特に九四年以降は安定した高さを保っており、近松の名の吸員《ママ》力がわかる」（「文楽の十年間」）。文楽の再評価、少なくとも東京におけるそれに近松が果たした役割は決して小さくないのである。

ところで、文楽の上演記録を確認してみると、一九八一年に始まった国立小劇場の文楽二月公演「近松名作集」は、八八年まで実施された後、いったん看板がはずされ、元号が平成にかわった翌八九年から九一年までの三年間は年度ごとに「近松物」「心中物」「仇討物」というテーマで公演が行なわれている。その後、観客からの強い要望もあって、一九九三年に「近松名作集」を再開。以降、同シリーズは九九年まで継続された。この間およそ二〇年、「東京二月の文楽公演は近松」というイメージが定着したかに見える。ところが、二〇〇〇年以降現在まで「近松名作集」は行なわれていない。これはどうしたことだろうか。

実は、文楽で「伝承されあるいは復活されて現在上演可能な近松門左衛門の作品は20数演目にすぎず、その内独立して上演に耐える一定のボリューム・内容を備えた作品となるとさらに限られてしまう」(『日本芸術文化振興会(国立劇場)30年の歩み』)。したがって、三部制の「近松名作集」のように、近松だけでプログラムを組もうとすると、どうしてもマンネリに堕す危険性がある。国立二月公演から「近松名作集」が姿を消した理由、少なくともその一つは、おそらくこういうところにあるものと思われる。

たしかに、過去二回の国立劇場「近松名作集」からすると、一シリーズ七〜八年が限度かと思われる。それはよくわかる。そういう条件下にあって、東京(国立劇場)はよく健闘している方だとは思う。だがそれにしても、二〇〇〇年以降八年のブランクは――しかも二〇〇三年は近松生誕三五〇年の記念の年だったというのに――少々長すぎるのではなかろうか。それとも、近年の東京公演における盛況ぶりからすると、もはや「近松」の名に頼る必要はない、ということであろうか。

ちなみに、文楽ファンの作家赤川次郎は『人形は口ほどにものを言い』のなかで次のように述べている。

今年(二〇〇三年二月―引用者注)は近松の生誕三百五十年というから、さぞ見ごたえのある近松の舞台が見られるだろうと――こちらは期待していたのだが、はて？

演目を眺めると、近松の作品が一つもない！　どうして？

国立劇場の側で、何らかの方針転換があったのだろうが、プログラムにもひと言もその点の説明はなく、よりによって、「生誕三百五十年を記念してやめる」とは、国立ならではの英断(？)と言うしかない。(傍点原文)

国立劇場の名誉のためにいえば、「近松名作集」が二月公演から姿を消したのは二〇〇〇年以降であって、何も「生誕三百五十年を記念して」やめたわけではない。したがって、「国立ならではの英断」というのも赤川の誤解(？)と言うしかない。だがしかし、国立劇場もそれだけ「近松名作集」に対する一般の期待が大きいということを、もっと真剣に考えたほうがよいのではないか。

「近松」の集客力を考えれば「近松名作集」はいずれまた再開されるかもしれない。だがこのままでは、結局同じことの繰り返しになるだろう。現状ではなかなかその余裕もないかもしれないが、国立劇場および文楽関係者にはできることなら近松物（特に時代物）の復活・復曲など、レパートリーの拡大を検討していただきたい。

国立文楽劇場の「近松名作集」

一方、国立文楽劇場には、また違った問題があるように思われる。

二〇〇三年、大阪の文楽劇場では近松生誕三五〇年および没後二八〇年を記念して「近松名作集」と銘打った公演が行なわれた。だが、私の調べた範囲では、大阪でオール近松プロの「近松名作集」が行なわれたのは、文楽劇場が開場した一九八四年の竹本座開場三〇〇年記念公演、一九八六年の国立劇場開場二〇周年記念公演、そして生誕三五〇年の今回のみ。二〇数年間でわずか三回。いずれもイベント性の強い「記念公演」に限られている。これは東京と比べて、かなり厳しい数字と言わざるをえない。

文楽研究家の高木浩志は、「近松の作品は、江戸時代から伝わるもの十五本くらい、昭和の復曲十一本ほどしかないが、東京と大阪とでは観客の気風に違いがあるようで（「近松特集」は―引用者注）東京で定着している。」と述べている（『激動の昭和文楽』）。また『国立劇場二十年の歩み』によれば、「東京・大阪の観客の嗜好には、それぞれ若干の相違があり、東京においてはより教養的に接する傾向があるのに対し、大阪においてはより楽しみに重点を置いて鑑賞する傾向が見られる」という。

東京と大阪で「気風に違い」のあることは認めよう。だが、大阪の観客は近松を好まない、あるいは大阪では近松物はウケない、というのはどこまで「本当」なのだろうか。そしてそれはまた「なぜ」なのだろうか。いまこの問題をじっくり議論している余裕はないが、これまで見てきたような関西演劇界の多様な取り組みや、近松に対する鴈治郎の強いこだわりなどを考えると、なぜ本家本元の人形浄瑠璃文楽が地元大阪で近松に力を入れないのか、いささか疑問に思われる。

二〇〇四年四月、大阪松竹座で第一回浪花花形歌舞伎が開催され、大阪では珍しく『心中天網島―河庄』『曽根崎心中』『女殺油地獄』のオール近松プロが組まれた。出演は翫雀・扇雀・孝太郎・愛之助・亀鶴等、みな上方歌舞伎の将来を背負って立つべき人々である。今回はこれに鴈治郎がお初と孫右衛門で特別出演した(27)。関西の「花形歌舞伎」は三部制で上演時間も短く低料金、かつ開演時間を遅くしたことで観劇しやすくなったと評判も上々だったが、何のことはない、これはまさにかつての国立小劇場・文楽「近松名作集」と同じではないか。翌年の第二回浪花花形歌舞伎は、やはり三部制で『菅原伝授手習鑑―車引・寺子屋』『義経千本桜―道行初音の旅・川連法眼館』『仮名手本忠臣蔵―五・六段目』の「三大名作集」であった。いうまでもなく、こうした企画は若手にチャンスを与え、上方歌舞伎の後継者を育成する狙いがある。それと同時に、関西における歌舞伎の復興にむけて、新たな観客層を掘り起こす可能性も大いに期待できよう(28)。

近松生誕三五〇年の二〇〇三年、文楽はユネスコの「世界無形遺産」宣言を受けた。二〇〇四年は「浪花花形歌舞伎」が開始された。そして二〇〇五年には近松をライフワークとする鴈治郎が二三一年ぶりに坂田藤十郎の名跡を復活させた。こうして文楽が、上方歌舞伎が、ひいては関西が注目を集めているこの時期、国立文楽劇場も東京とはまた違った意味で、もう少し熱心に近松に取り組んでもよいのではなかろうか。すでに上演一〇〇〇回以上に達している『曽根崎心中』だけでなく、文楽（人形浄瑠璃）の歴史のなかで「近松」そのものが大切にされていること。敬して遠ざけるのではなく、もっと愛情をもって接すること。その基本線が揺るぎないものであってこそ、「近松」を現代に生かそうとする内外の多様な取り組みが、よりいっそう意義深いものとなるはずである。

おわりに

「地方の時代」と近松

「地方の時代」といわれるようになって久しい。

「地方の時代」というフレーズは、一九七〇年代後半に、当時神奈川県知事だった長洲一二がヒト・カネ・モノ・情報・政治・経済・文化全般にわたって東京一極集中の中央集権的な社会のありかたに対する批判としてこれを用い、またたく間に全国に広がった(1)。ちなみに、サントリーが「地域文化賞」を創設したのは一九七九年。長洲知事の神奈川県で「〈地方の時代〉映像祭」が始まったのは翌八〇年である。

もっとも八〇年代は、「地方の時代」といいながら、その実「地方博」ブームだったり、「テーマパーク」ブームだったり、無目的に多目的ホールを建設したり、要するに地方に「ハコ」と「イベント」があふれた時代であった。その後、八〇年代後半から九〇年代にかけて（ということは昭和から平成にかけて）、改めて自分の足もとを見つめ直す「地元学」「地域学」が盛んになっていった。つまり、大阪に国立文楽劇場が誕生し、吹田市メイシアターが「近松劇場」を始め、尼崎市が本格的に「近松ナウ」に取り組み始めた八〇年代後半は、まさに「地方」の独自性が問われ始めた時代だったのである。

実は、こうした動きは日本国内ばかりではなかった。たとえば、昨今流行の「スローフード」運動。これは地域の伝統的食文化を重視し、「地産地消」が一つのポイントになっているが、イタリアでスローフード協会が発足したのは一九八六年、パリで国際スローフード協会の設立大会が行なわれたのは一九八九年である。ちなみに、当時の日本はバブルを背景に「グルメブーム」「美食ブーム」の真只中。日本がようやく「スローフード」の重要性に気付くのは二〇〇〇年以降である(2)。

あるいは、ユネスコの「人類の口承及び無形遺産の傑作」（通称「世界無形遺産」）宣言。これは「無形文化遺産の保護に関する条約」(二〇〇三年採択、二〇〇六年四月発効)に先立って無形文化遺産を保護するために開始された事業だが、ユネスコは近代化やグローバル化の進展によって世界中の文化・文明が固有性や多様性を失い、均一化しつつある現状に強い危機感を抱き、「1980年代後半から、加盟国に対し、無形の伝統文化とその担い手の保護を呼びかけてきた。」(『読売新聞』二〇〇五・一一・二六)。その成果が「無形遺産条約」であり、「世界無形遺産」宣言である。

すなわち、世界的にはアメリカへの一極集中、国内的には東京への一極集中に歯止めがかからない現状に対して国内外で危機感が募り始めた時期、それが一九八〇年代後半だったのである。その当時、関西芸術座(一九五七年創立)の道井直次(一九二五〜二〇〇二)は次のように述べている。

明治以来、世界でも稀れにみる中央集権国家日本では、大阪が東京につぐ日本第二の大都会といったところで、フランスでのパリにつぐリヨンとは及びもつかない。文化の地方分散を歴代の内閣の施策としてきたフランスとでは、比較もできないのである。つまり、大阪は「地方」なのだ。

わたしたち、大阪の、ひいては関西の劇団は、なぜ、この「地方」に存在するのかという認識が必要であろう。その認識なくして、いたづらに「中央」に媚び、猿真似をし、流行を追いかけても、道化にしかすぎないだろう。それにしても、中央集中の波は加速度を加え、そのとどまるところを知らないから、わたしたち関西新劇人は肝に銘じて、大きく脱皮しなければならない。

最近(一九八四年三月—引用者注)の合同公演「華やかな稜線」(秋田実らの青春)と「じゃりン子チエ」(八五年七月—引用者注)の評判は何を物語っているのか。関西芸術座の田辺聖子作「姥ときめき」(八五年四月—引用者注)や黒岩重吾作「西成山王ホテル」(八六年六月—引用者注)の大入満員は何を教えているのか。たんに大阪芝居の復活という次元で捉えてはなるまい。その成功のカギは、わたしたち関西新劇人自身が握っているはずである。

今は無き芥川比呂志が、わたしに残してくれた言葉。「〝わたしたちほど大阪の言葉を、大阪の生活感情を、しっくり身にうけた俳優や、新劇団はない。これはわたしたちのもっている有利なハンディキャップだ〟と考えることはできないものだろうか。……それによって、あなた方の劇団の仕事はきわめて冒険的な、また、きわめてユニークな、貴重な演劇運動になるにちがいない」を、かみしめている。
（「戦後関西新劇の流れを探る」）

道井がこう語ってからすでに二〇年。いま改めて過去三〇年に及ぶ関西の「近松」をふりかえってみると、一見何の連絡もなく個別バラバラに行なわれてきたかに見えるそれらの取り組みは、関西全体として見たとき、実は無意識のうちに「きわめてユニークな、貴重な演劇運動」を形成していたのではないかと思われる。

人形劇団クラルテの「近松人形芝居」シリーズ（一九七三〜）、近松記念館・近松を世界にひろめる会が行なった一連の音楽創作活動（一九七六〜八〇）、嵐徳三郎の「実験歌舞伎」（一九七八〜八三）、水口一夫の「近松劇場」（一九八三〜八四）、メイシアターの「近松劇場」（一九八五〜二〇〇六）、劇団らせん舘の「近松連続公演」（一九八六〜九三）、関西芸術アカデミーの「近松劇場」（一九九一〜）、尼崎市の近松ナウ「近松ニューウエーブシアター」（一九九一〜二〇〇一）、同「近松実験劇場」（一九九二〜九五）――。関西では、近松没後二五〇年の一九七三年ごろから現在にいたるまで、近松をテーマにした取り組みが、直接・間接の関係をこえて、いわば連鎖反応的に三〇年以上途切れることなく行なわれてきた。

考えてみると、これはたいへんなことである。個々の取り組みにはそれぞれ個別の「目的」があり、「意志」があり、「コンセプト」がある。一口に「関西」といっても、これらは相互に連携しているわけでもないし、ましてやそこに家系図のような途切れることのないツリー状の相関図を描くことは、おそらく不可能だろう。彼らは、個人であれ、劇団であれ、行政であれ、それぞれ様々な立場から近松に取り組み、さまざまな事情（ほとんどは経済的な事情）から近松から遠ざかっていった。それでいながら、関西全域で見ると、特定の個人や劇団によらず、また特定の誰かが仕掛けたのでもなく、結果的に「いつもどこかで」近松が上演されてきた。一つの試みが終了したかと思えば、また別のところで始まっている。時には同時多発的、複線的、重層的に展開していく。近松に関していうと、関西ではそういう文化的・演劇的な「現象」が三〇年もの長きにわたって自然発生的に形成されてきたのである。

これがもし、特定の理念や理論、あるいはカリスマ的な人物に直接主導された「統一行動」であったなら、果たしてここまで続いただろうか。いま学問的・科学的に関西の気風・気質あるいは土地柄について云々するような材料を持ち合わせているわけではないが、少なくとも「血筋」「家柄」「型」などにとらわれることなく「個性」と「実力」と「多様性」を尊ぶ上方歌舞伎のありようからすると、理屈や権威などによってこれほど長期にわたる活動を維持・継続することは、正直言ってかなり難しいのではないかと思われる。であるならばなおさら、この「演劇現象」はもはや関西という「地方」が無意識に求めた結果、としか言いようがないのではなかろうか。

「地方の時代」の近松座

いま私は、ここに近松座の活動を加えてもよいのではないかと考えている。

当時も今も東京に本拠を置く鴈治郎が「上方歌舞伎の復興」を謳って近松座を結成したのは一九八一年。それはちょうど、長洲神奈川県知事（当時）が「地方の時代」を提唱し始めた時期と重なり合っている。近松座が二代目中村扇雀／三代目鴈治郎という特別な個性と才能によって生み出された意識的な「演劇運動」であったことは今さらいうまでもないが、それはまた「江戸（東京）歌舞伎」一辺倒という歌舞伎界の現状への異議申し立て、あるいは歌舞伎における多様性の確保という意味で、まさしく「地方の時代」の産物でもあったということができる。

実をいうと、今回戦後六〇年の上演記録を東西に分け、これを統計的に分析しようとしたとき、正直困ったのは近松座の存在であった。近松座は関西出身の鴈治郎が主宰し「上方歌舞伎」を標榜してはいるものの、活動拠点は一貫して東京にあり、出演者も鴈治郎以外は東京の俳優が多い。悩んだ挙句、本書冒頭「付記」に記したように、統計上はこれを東京の活動としてカウントすることにしたわけだが、ここまできてようやく見えてきたことがある。

もしかすると鴈治郎の近松座は、東京にあって関西の「無意識」を意識化する役割を果たしてきたのではなかろうか。いいかえれば、鴈治郎・近松座が東京にあり続け、一つの「演劇運動」のかたちをとることによって、関西の無意識的な「演劇現象」に刺激を与え、これを牽引し、その活動の広がりと継続性に一定の根拠を提供してきたのではなかろうか。

ちなみに、二〇〇三年三月に河合隼雄文化庁長官（当時、一九二八〜二〇〇七）が提唱した「関西元気文化圏」構想も、もとをたどれば鴈治郎に行き着く。

私がこのことを思いついたひとつのきっかけは、文化庁長官に就任して間もない頃の、鴈治郎丈との雑談からである。そのときに、文化の東京一極集中は駄目で、日本の文化の発展のためには多極化が必要であり、その手始めに関西が頑張らねば、ということを鴈治郎丈が言われ、私もほんとうにそうだと思ったのである。

（河合隼雄「新・藤十郎さんの意欲と挑戦に拍手」）

さかのぼって考えてみれば、一九五〇年代後半の文楽における近松物の復活・再評価も、そもそも鴈治郎の『曽根崎心中』が大当りを記録したことがきっかけであった。しかもそれは、大阪で作られた舞台ではなかった。大谷竹次郎のいる東京で、宇野信夫の脚本・演出によって実現した舞台であった。以来、上方の俳優中村鴈治郎は、東京にあって常に大阪の一歩先を行く人生を歩んできたということができる。

半自叙伝「一生青春」の中で、新藤十郎は、「どういうわけか僕のすることは、世間よりひと足先のことをして来た。ふしぎやねえ……」と述懐したが、寄せて来た波を素早くとらえて自分のものにして来た、才能と努力の相まった、稀有な人である。

（土岐迪子「取材四十年・一生青春の人」）

むろん、当人がそうした役割を意識的に演じてきたかどうか、もとより私の知るところではない。仮に尋ねたところで、鴈治郎は歌舞伎のことしか考えていなかったと言うだろう。だが、当人にそのつもりがなくても、結果的に周囲を巻き込んでいく。それが鴈治郎である。それでこそ鴈治郎である。そして二〇〇五年、鴈治郎は念願の坂田藤十郎を襲名する。

私の知る限りのさまざまな俳優たちの襲名の中でも、この坂田藤十郎襲名ほどユニークな襲名は類がない。（中略）私が言うのは、今度の坂田藤十郎襲名が、最初から最後まで、すべてが鴈治郎自身の意志によるものだということである。襲名という言葉がふさわしいかとさえ、ふと頭を横切るほどに。少なくともこれは、私たちが経験的に知っている数々の襲名とは性格が違うものである。襲名というより、これは鴈治郎による意志の表明であり、藤十郎として生きることへの宣言といった方がふさわしい。

もう一つのユニークさは、（年齢を言っては失礼だが）七十歳を過ぎた襲名であるにもかかわらず、子や孫に名を譲るために隠居名を名乗るのとは正反対の、すべてが将来を志向しての襲名であることである。（中略）鴈治郎が伜の翫雀に名跡を譲って坂田藤十郎の名を名乗るのではない。年来の宿願をようやく達して、鴈治郎が坂田藤十郎になるのである。

（上村以和於「坂田藤十郎の「誕生」」）

戦後の近松は扇雀の『曽根崎心中』（一九五三）から始まった。それから五〇年。二代目扇雀は三代目鴈治郎となり、「現代に生きる近松」を牽引する立役者として、積極果敢に先頭を走り続けてきた。そして戦後が還暦を迎える二〇〇五年、鴈治郎は四代目坂田藤十郎に生まれ変わる。

いわば鴈治郎は、近松座と共に四半世紀をかけて、自分の思いを万人に納得させたのである。その意志の強靭さを思うとき、誰しも、圧倒されるものを覚えないわけにはいかない。

（同右）

かくして、近松をめぐる戦後六〇年の旅は、空前の「扇雀ブーム」に始まり、前代未聞の「坂田藤十郎襲名」で幕をおろすことになる。新藤十郎はその意味でも、まことに稀有な存在というほかない。むろん、近松をめぐる旅を六〇年で区切るのはこちらの都合であって、新藤十郎の関知するところではない。新藤十郎には「現代に生きる近松」を象徴・体現する存在として、ますますの活躍を期待したい。

二一世紀の近松

一九九四年、「芸術文化の振興によって創造性豊かな地域づくりを実現する」ことを目的に財団法人「地域創造」が設立され(3)、九九年には東京国際舞台芸術フェスティバル（現東京国際芸術祭、NPO法人アートネットワーク・ジャパン主催・地域創造他共催）において「リージョナル・シアター」シリーズが始まった。

ここ一〇年、演劇の世界でも「地域」への関心が高まり、その土地に根ざした活動を行なっている劇団が全国的に注目されるというケースが増えてきた。また、地方公共団体や公共文化施設が自主的に行なう芸術文化事業に対する支援体制も、徐々にではあるが整いつつある。その規模や制度が十分であるかどうかはさておき、当面この流れは変わらないものと思われる。

国際的な次元でも、二〇〇一年以来三回を数えるユネスコの「世界無形遺産」宣言などによって、世界各地の多様な伝統文化・芸術・伝承、およびそれを担う人々の営みに対する再評価が行なわれている。

世界無形遺産の制定について、日本はもともと深いかかわりがあった。

グローバル化の進展で、現代の文明は均一化しつつある一方、地域固有の伝統文化は変質、滅亡の危険にさらされている。このため、ユネスコは１９８０年代後半から、加盟国に対し、無形の伝統文化とその担い手の保護を呼びかけてきた。93年には、日本と韓国の保護制度をほかの国でも導入するよう各国に要請した。

２００1年、東京で開かれた「無形文化遺産保存に関する国際ワークショップ」に参加した日本演劇協会の河竹登志夫会長は、「日本は１９５０年に文化財保護法を制定し、無形文化財にも独自の価値を認めてきた。西洋各国も日本をモデルケースに、滅び行く芸術・文化があると認識するようになった」と振り返る。無形文化遺産の制度化は、日本の文化政策が諸外国に評価されたとも言える。

（田中聡「歌舞伎・世界無形遺産に」『読売新聞』二〇〇五・一一・二六）

世界中でグローバル化の進む昨今、ますます重要になってくるのは、近代国家的ナショナル・アイデンティティよりも、むしろ伝統的なリージョナル・アイデンティティのほうかもしれない。石田一志『モダニズム変奏曲─東アジアの近現代音楽史』が指摘するように、「グローバリズムとリージョナリズムの葛藤のなかでの自己形成」こそ「二一世紀の全人類的課題」ということができよう。

しかし、こういった国内外の動向にもかかわらず、近松をめぐる最近五年間の動向を見ると、二〇〇一年に尼崎の「近松ニューウエーブシアター」が終了した後、二〇〇三年に同市の「近松門左衛門賞」が中止か存続かで揺れ、いちおう事業は継続されたものの、翌二〇〇四年、今度は長門市で「近松祭」が終了。二〇〇五年には「ながと近松実験劇場」がシリーズ最終公演を迎え、二〇〇六年には吹田市メイシアター「近松劇場」が二〇年の歴史に幕をおろした(4)。こうした事業の成果が真に問われるのはこれからであろうが、それにしても、ある種節目の時期を迎えていることは間違いない。

もっとも、さびしい話ばかりではない。先に述べた通り、二〇〇三年にはポスト「ながと近松実験劇場」として巣林舎が活動を開始。二〇〇四年には大阪で、世話物二四篇完演を目標に南条好輝の「読本会」がスタートしている。前者には鳥越文蔵（早稲田大学名誉教授、ルネッサながと館長）が関わり、後者には水田かや乃（園田学園女子大学教授、近松研究所）が関わっている。規模の大小はともかく、こうして近松研究者の関与する企画が東西で新たに動き始めたことは注目されてよい。

そして二〇〇五年、鴈治郎の坂田藤十郎襲名がまた新たなムーブメントの起爆剤になることを大いに期待したいところだが、そうこう思いをめぐらしているうちに、歌舞伎が第三回「世界無形遺産」に認定されたというニュースが飛び込んできた。歌舞伎がいま絶滅の危機に瀕しているとはとうてい思えないが、それはさておき、前掲「世界無形遺産」関連記事の中で読売新聞の田中聡は次のように記している。

歌舞伎と同じく約400年前に誕生した英国のシェークスピア劇は、世界の演劇人の共有財産として、今なお各国で盛んに上演されている。近松門左衛門や鶴屋南北らの作品にも、これと肩を並べる資格と可能性が十分にある。（中略）歌舞伎は「生きた世界遺産」として、何を世界に発信できるのか。日本人自身が、伝統演劇を自分たちの財産、日本の誇りとして十分に理解しているのか。今回の選定は、そのことを考えるいい機会でもある。まさにその通りであろう。南北については調査が不十分で確かなことはいえないが、近松は世界各国でいくつもの上演例がある。さすがにシェイクスピアと肩を並べるのは難しいにしても、近松や南北にもそれ相応に「世界の演劇人の共有財産」たるべき資格と可能性があるはずである。ただそのためには、我々自身が近松をどの程度「自分たちの財産」にしているかが問われることになろう。その点について、権藤芳一は次のように述べている。

一寸気を入れて調べてみると、いわゆる大劇団や商業演劇以外でも、近松作品に取り組んでいるグループがいくつかある。それにしても、まだまだ演劇人の近松への関心は低いと思う。古典として作品を読むだけでなく、それを現代の視点で劇化上演しようという動きが、もっと盛んになっていい筈だ。シェークスピアの場合、あれほど見事に原作ばなれをしているのに、近松となると妙に真面目になりすぎる。文字通り、敬して遠ざかっている。それだけ親しんでいないのだ。もっと自分たちの共有財産として、自由にあつかっていいのではないか。日本で、シェークスピアの全作品を上演しようという劇団があるのに、近松を全部やってやろうというグループはまだない。それは〈語り物〉として書かれているので、そのままでは上演しにくい、というだけの理由ではないと思う。せっかく読み易い全集が刊行されているのだから、買って積んどくだけでなく、もっと多くの人が近松の作品を読み、親しむようにならないと、もったいないと思う。近松学の研究成果が、上演に反映されるような舞台が出来れば、それは大変喜ばしい。しかし、すべての公演が、必ずしも〈原作に忠実〉でなくてもいいのではないか。それぞれが、自分勝手な〈私の近松〉を作り上げたとしても、本物の近松はビクともしない筈である。

（「関西での近松物上演―歌舞伎・文楽以外の」）

権藤がこのように述べてから一五年。はたしてどれだけ「多くの人が近松の作品を読み、親しむ」ようになっただろう。あるいは近松は、どの程度我々の「共有財産」になっただろう。

ちなみに、近松を語る際、何かと引き合いに出されることの多いシェイクスピアだが、イギリス演劇を専門とする河合祥一郎は、現代のシェイクスピア劇の動向について次のように述べている。

かつてシェイクスピア・シアターが渋谷のジァン・ジァンで「Gパン・シェイクスピア」として全三十七作上演した頃（一九七五〜八一）とは違って、現代は、テクストへの純粋な興味だけでシェイクスピア劇が上演されるのではなく、意識的に新たなテクスト性を混ぜ込む〈間テクスト性〉の時代となったと言えるのではないか。

象徴的なのは、日本の古典芸能である狂言が、高橋康也作『法螺侍』や『まちがいの狂言』（万作の会上演）という形でシェイクスピア化され、日本のみならずイギリスその他各国で大絶賛を受けたことであろう。（中略）日本のシェイクスピア上演はもはや世界的規模で考えられなければならない。

その意味で最も注目すべきは、彩の国さいたま芸術劇場でシェイクスピア全作上演を敢行しつつ世界的レベルで活動する蜷川幸雄であることは言を俟たない。（中略）蜷川がナイジェル・ホーソーン主演の『リア王』ＲＳＣ公演（一九九九〜二〇〇〇）やマイケル・マローニー主演『ハムレット』（二〇〇四）などイギリスのシェイクスピア公演の演出を手がけたことも、単なる快挙であるにとどまらず、日本人ならではの感性という、新たなテクスト性をシェイクスピアに持ち込んだ意義を評価しなければならない。（中略）

イギリスのみならず日本でもシェイクスピア劇上演が多いのは、シェイクスピア劇が演じるべき対象や目的としてあるのではなく、演じることをおもしろくする触媒であることが広く認識されるようになったからだろう。本来、戯曲とはそうでなければならないが、シェイクスピア劇に込められた可能性は無限だ。才能のある演出家や俳優にとって、それは手を出さずにいられない魔法の箱なのである。

（「シェイクスピア劇の最前線」）

イギリスのロイヤル・シェイクスピア・カンパニー（ＲＳＣ）は、二〇〇六年から翌年にかけて、本国はもちろん日本・インド・アメリカ・ブラジル等、世界各国のシェイクスピア劇を一堂に集め、シェイクスピアの全作品を上演する「コンプリート・ワークス・フェスティバル」を開催。日本からは蜷川幸雄の『タイタス・アンドロニカス』が参加した(5)。河合はこの祭典について、「さまざまな国のシェイクスピア劇公演が集められるのは、文化的差異という〈テクスト性〉をシェイクスピアのテクストに盛り込むことでその新たな手ざわりを楽しむ間テクスト性の時代ならばこそのイヴェントであろう。」と述べている。

何も一々比べることはないが、いつか近松でもこうした演劇祭が実現したらどんなに素晴らしいことだろう。現に世界各国で独自の近松劇が続々と創作・上演され、近松の国際化が進みつつあるいま、かつて尼崎市が構想していたような「世界演劇祭」を実りあるものとする条件は整いつつあるように思われる。にもかかわらず、現在の日本にはそれを実現するだけの経済的な（むろんそれだけではないが）余裕は、残念ながらないだろう。それ以上に、戦後六〇年たっても世話物完演ですら実現していない状況では、国内における近松の「共有財産」化はまだまだ不十分といわざるをえない。

数だけみれば、戦後六〇年間、新作近松は右肩上がりで増え続けてきた。けれども、地域的な偏りも大きい。私が住んでいる東北地方などもそうだが、東京・大阪を中心とする大都市圏、および名古屋・札幌などごく一部の地域をのぞけば、近松物への取り組みはほとんどまったく見られない。もちろん上演記録の不備や未整備などもあって、必ずしも全国各地の状況を把握しているわけではない。だが、国内でも近松受容にかなり大きな「空白地帯」のあることは否定できない。

しかも二〇〇五年、日本は従来の予想より一年早く、出生数が死亡数を下回る「人口減社会」に突入した。ますます少子化が進む日本では、これ以上の人口増加は期待できず、二〇五〇年には総人口が一億人程度（一九六七年の水準）となり、二一〇〇年には六四〇〇万人程度にまで減少すると予測されている（『読売新聞』二〇〇六・一・四）。二一世紀の日本は人口が自然に減少していくという、いまだかつてない領域に足を踏み入れた。これを別の面からいえば、増加・発展・拡大を前提として「数に物を言わせる」二〇世紀システムそのものが大きな転換期を迎えた、ということになろう。人口減が今後どのような影響を及ぼすかについては、まだまだ推測の域を出ない。何も悲観することはないという説もあれば、幅広い分野で社会の活力が低下するという予想もある。二〇〇七年五月に発表された国立社会保障・人口問題研究所の推計によれば、東北地方などは今後急激に人口減少が進むと予想されている。一方、首都圏は三〇年後も現在の水準を維持することが可能であるという。

正直なところ、現時点ではどうなるか見当もつかないが、近松受容に関していうと、今までのように右肩上がりで新作本数が増加していく状況というのはどうも考えにくいのではないかと思われる。統計的にみれば、演劇界で新作近松が急激に増加しはじめたのは一九七五年以降である。これは戦後生まれが総人口の半数をこえた時期（一九七六年）と合致している。それから約三〇年。日本の人口は二〇〇四年にピーク（一億二七七八万人）を迎えた。新作近松にしても、やはりここ二〇年間（一九八五～二〇〇四）がピーク（一〇年間で約一〇〇本、年平均一〇本）だったのではなかろうか。

おそらく今後、新作本数は減少傾向に転ずる可能性が高い。そうなると、統計的な数字を用いて近松受容を云々するのは今回が最後になるかもしれない。統計的な分析方法は、どうしても量的な「減少」を「後退」あるいは「停滞」として、否定的に捉えてしまう傾向があるからである。

とはいえ、ここまで来ると、もはや本書の範囲をこえている。次に我々が「二一世紀の近松」について考える機会があるとすれば、最も早くて二〇二四年前後であろうか。そのとき我々は「近松没後三〇〇年」をどのようなかたちで迎えることができるだろう。さらにその三〇年後、二〇五三年の「近松生誕四〇〇年」にむけて、我々はいったい何ができるだろう。

楽観はできない。だが、むやみに悲観しても始まらない。すべては二一世紀を生きる我々自身の課題である。

注

はじめに

（1）原道生は「平成十六年度国語国文学界の動向」（全国大学国語国文学会編『文学・語学』一八四、二〇〇六・三）でも、繰り返しこの問題に言及している。

（2）国文学研究資料館には大正元年から現在にいたる「国文学論文目録データベース」があるが、現時点ではデータが不完全なため、論文数の集計は「手作業」に頼らざるをえなかった。数え違いや見落としもあろうかと思われるが、その点ご容赦いただきたい。

（3）参考までに、国文学研究資料館の「国文学論文目録データベース」を検索すると、最近五年間（二〇〇〇～二〇〇四）の近松関係論文総数は一八五件、平均三七件／年という結果になる。この数字には単行本に収録された論文なども含まれており、筆者の調査した数字（合計一五八件、平均三二件／年）より三〇件近く多いが、それでも一九六〇年代後半の水準（平均三六件／年、筆者調べ）とほぼ同じということになり、現在、近松研究が停滞期に入ったとする結論は変わらない。

（4）澤井の行なった別の調査（「国文学論文目録データベースからみた近代文学の研究動向」）によれば、一九七一年から九〇年までの二〇年間に刊行された論文、一四万四一六二件のうち、近代文学関係は四万一八七九件で全体の二九％。そのうち島崎藤村関係は六五九件、森鷗外関係は一五六〇件、夏目漱石関係は二二二一件。これら三者の合計四四四〇件は、近代文学全体の約一一％を占める。藤村・鷗外・漱石についてその論文数の推移を見ると、これらはいずれも一九七六年に大きな落ち込みがある以外、全体として増加傾向を示す。とりわけ漱石関係の論文は一九八八年から九〇年にかけて急増し、一九九〇年だけで年間二五〇件に迫る勢いであった。これに対して、ほぼ同時期(一九七〇～八九)の近松関係論文は八四九件。二〇年間の平均論文数で比べてみると、藤村は約三三件/年、鷗外七八件/年、漱石約一一一件/年、近松約四三件/年となり、漱石研究では近松研究の過去最多記録(一九八六年の九六件)を上回る数の論文が毎年恒常的に量産されていることがわかる。この他、古典文学で群を抜いて研究者の多い(したがって論文数の多い)『源氏物語』関係では、その論文数は現在「年間一〇〇本以上」といわれている(『リポート笠間』四六(二〇〇五・一二)所収「座談会〈万葉集研究の現在〉」における古橋信孝の発言)。

(5)井上章一の『つくられた桂離宮神話』(講談社学術文庫、一九九七・一)に勇気付けられた小谷野敦が、近代以降神格化され、今やその「価値に疑義を差し挟めない雰囲気」のある「近松礼賛」の風潮を批判して、「近松神話の形成序説」を発表したのも、こうした流れに属する。

(6)近松研究の課題については、武井協三編『〈江戸人物読本〉近松門左衛門』(ぺりかん社、一九九一・一〇)、あるいは『近松門左衛門　三百五十年』所収「近松研究の手引き」(武井協三執筆)等を参照のこと。なお、近松の時代物研究の遅れは従来諸氏によって指摘されているが、古くは明治二九年、すでに饗庭篁村によって次のような批判がなされている。すなわち、帝国文庫『校訂・近松時代浄瑠璃』(博文館、一八九六・八)緒言にいわく、「近年学者達が近松の髄脳は世話物にありとやうに心中物をもてはやせど、校訂者(引用者注—饗庭篁村)などはやはり時代物の方近松の文才筆力を尽しありて心中物よりは優りたりと思ふなり」云々。以来一〇〇年、近松研究における時代物と世話物のアンバランスは、ほとんど解消されることなく現在に至っている。

第一章　一九四五～一九五四

(1)新橋演舞場の『曽根崎心中』上演に先立って、同年七月に「『曽根崎心中』上演の研究座談会」なる会合が開かれている。出席者は松竹の大谷竹次郎社長（当時）と高橋歳雄常務（同）、脚色者の宇野信夫、出演予定者の坂東蓑助、舞台装置の長坂元弘、作家の久保田万太郎・小島政二郎・舟橋聖一、そして近松研究会から守随憲治・近藤忠義が出席している。座談会の内容の一部は小冊子『曽根崎心中』（文楽人形浄瑠璃後援会、一九五三・八、非売品）に収録されている。

（2）権藤のいう「上方の味」とは、端的に言って「上方弁」によって醸成される舞台のリアリティのことである。権藤は引用文の直前で、平成八年（一九九六）三月、国立文楽劇場で行なわれた「花形若手歌舞伎」の『女殺油地獄』（中村翫雀の与兵衛・片岡秀太郎のお吉）を評し、「芝居の出来は決して悪くはなかった」が「上方の土地の味はなかった。役者のほとんどが上方弁が喋れていない。非常にサラサラとして、テーマ・問題性だけを取り出し、それを説明したような舞台であった。近松の作品は、だんだんそういう風に演ぜられるのだろうと思う。」と述べている。近松がそのように演じられることの是非はともかく、現代の近松劇にそういう傾向があることは否めない。

第二章　一九五五〜一九六四

（1）前掲中村『戦後史』にいわく、「一九五六年の経済白書は「もはや戦後ではない」という有名な言葉をつくったが、それは、よく誤解されるように、〝戦後は終わった〟という意味では決してない。むしろドッジ・ライン、朝鮮特需など敗戦直後の「外生的」要因に依存した成長はもはや限界にきており、今後の成長は、技術革新・近代化などにささえられて、初めて可能になることを強調したのである。伊藤正直は、白書には「せっぱつまった気持ち」が込められていたと書いているが（「高度成長から『経済大国』へ」）、私もそう思う。」

（2）日本映画製作者連盟のウエブサイト「日本映画産業統計」による。　http://www.eiren.org/toukei/data.html
ちなみに、同連盟の最新データ（二〇〇六・一・三一）によれば、二〇〇五年の入場者数は約一億六〇〇〇万人、映画館数は二九二六館（スクリーン）。都道府県別にいえば、一九六〇年当時の平均館数をこえているのは東京、神奈川、愛知、大阪の四都府県のみ。

（3）創立時から「真の意味における「精神の娯楽」」（「文学座創立について」一九三八・三、文学座試演プログラム）を目指し、政治的な思想性より芸術性を重んじてきた文学座は、戦時中の弾圧も一九五〇年のレッドパージもかろうじて逃れることができたが、戦後に土方与志が解放されて左翼演劇が勃興した一時期、文学座は戦時中も活動を続けていたという理由で、逆に「戦犯」扱いされたことがある（『文学座五十年史』一九八七・四）。それを考えると、「新劇」は思想性の有無に関わらず、政治情勢に左右されやすいところがあった。逆にいうと、そういう時代に生を享けた演劇ジャンルが「新劇」だったということができる。

（4）日本劇団協議会のウエブサイト「日本劇団協議会の歩み」による。http://www.gekidankyo.or.jp/about/02.html

（5）武智鉄二は同年四月、大阪サンケイホールでも狂言様式の『東は東』を演出している（神戸の新劇団「青猫座」公演）。武智はまた、その前年の一九五三年七月に『濯ぎ川』（初演は一九五二・二、文学座アトリエ公演）を狂言風に上演しており、新橋演舞場の公演はそうした成果を踏まえた舞台であった。

（6）野村万作『太郎冠者を生きる』によれば、「冠者会」発足は昭和二一年（一九四六）。当初「兄の会として始まり、昭和二十五年に私が万作を襲名して以後は二人の会となった。」

（7）文学座の『明智光秀』に出演した松本幸四郎は、翌五八年四月、文楽から八世竹本綱大夫・十世竹澤弥七の協力を得て『嬢景清八島日記』を上演している（新橋演舞場）。本行の大夫・三味線が歌舞伎の舞台に出演するというのは異例なことで、これまた一つの「事件」であったといえよう。

（8）『文学座五十年史』によれば、『国性爺』は「東京（一一五〇〇余名観客動員）関西ともに、五〇％弱という久々の赤字」であった。

（9）文化庁のウエブサイト「芸術祭60年の歩み―芸術祭賞一覧」による。

http://www.bunka-geijutsusai.jp/ayumi/index.shtml

（10）毎日放送は現在、民放で唯一ラジオドラマを制作し続けている放送局である。

（11）武満の『弦楽のためのレクイエム』は、四一歳で亡くなった作曲家早坂文雄の早すぎる死を悼んで作曲された作品である。早坂文雄（一九一四〜五五）は、一般には黒澤明（一九一〇〜九八）の『羅生門』（一九五〇）や『七人の侍』（一九五四）、あるいは溝口健二（一八九八〜一九五六）の『雨月物語』（一九五三）、『近松物語』（一九五四）等々、日本映画の全盛期を支えた作曲家として著名。同郷・同い年の友人に伊福部昭（一九一四〜二〇〇六）がいる。西村雄一郎『黒澤明と早坂文雄―風のように侍は』（筑摩書房、二〇〇五・一〇）によれば、「武満徹、芥川也寸志、黛敏郎。彼らは早坂の直接の弟子ではなかったが、早坂の影響の大きさは計り知れなかった。実際彼らは、後に早坂を偲んで重要な作品を作曲する。武満は「弦楽のためのレクイエム」、芥川は「エローラ交響曲」、黛は「涅槃交響曲」。これらはすべて、早坂文雄に捧げられた音楽だったのだ。」

（12）河野保雄対談集『音と日本人―近代日本の作曲家たち』における河野と船山隆の発言。

（13）「（実験工房のメンバーは―引用者注）新しい音楽を創造していくということでは共通した考え方をもっていました。というのはメンバーではありませんでしたが、グループの精神的な支柱はシュールレアリズムの詩人であった瀧口修造さんだったのです。」（河野保雄対談集『音と日本人―近代日本の作曲家たち』における湯浅譲二の発言）

（14）音楽批評の小宮多美江は、「武満徹が清瀬保二の弟子のひとりであることは、よく知られていると思う。しかし、それがじっさいの音楽のつながりとしてどのような意味を持っているのか。どのように具体的に師から弟子へと継承されているのか、あるいはいないのかについては、案外考えられていないのではないか。」と述べ、清瀬と武満の師弟関係について再検討の必要性を訴えている。「（武満初期のピアノ曲で清瀬に献呈された―引用者注）「ロマンス」にはあきらかに日本の伝統的音感、とくに近代直前の日本音楽の粋が、潜んでいる。（中略）これだけの耳をもっている生徒に技術的な何を教えるというのか。そしてまた、いまさら伝統的な音楽に眼を向けるようアドヴァイスする必要もない。いずれにせよ、目先の技術よりもっと大事なのは創造者として、自分が生きている時代をみつめ、歴史のなかの自分の位置を自覚すること、その大切さをこそ伝えたい、と、それだけを思っていたのではないか。」（小宮『近現代日本の音楽史』）

(15)　武智の『ピエロ』に参加していた野村万作も、「この仕事が契機となって前衛の画家や音楽家、たとえば岡本太郎さんや武満徹さんなどの実験工房の人々との交流が深ま」ったと語っている（『太郎冠者を生きる』）。

(16)　瀧口のこうした武智評からうかがわれるように、「実験工房」は世上に流布しているほど「前衛」一辺倒ではなかった。前出小宮は一九九六年六月、浜離宮朝日ホールで行なわれた「再現・一九五〇年代の冒険—『実験工房』コンサート」に接し、改めて「実験工房の作曲家たちは、日本の伝統の発展的継承という課題を、かれらの先輩たちと同じ密度で創造のエネルギーにしていた」ことに気づいた、と述べている。「たとえば、湯浅譲二「七人の奏者のためのプロジェクション」（一九五五年作曲—引用者注）の、くりかえされる単調なリズムがいつのまにか力感を高めていくさまは、まるで雅楽、あるいは能楽と同じ。湯浅の伝統との密接度については最近作（彩の国さいたま芸術劇場の委嘱作品で同劇場が一九九六年四月一二日に行った「日本の作曲家たち」にさいして「序破急」に改作された）でも気づいていたことではあるが、実験工房時代からこれほどまでに、一貫していたとは知らなかった。」（小宮『近現代日本の音楽史』）

作曲家の柴田南雄いわく、「日本人作曲家は、一九五〇年代から箏、尺八、三絃など邦楽器のための創作を開始するが、その直接的動機は何であれ、上記の西欧の現代作曲界の動向（メシアン、ケージ、ペンデレツキ、ルトスワフスキなど、第二次大戦後の西欧現代音楽が異文化たる非ヨーロッパ音楽の諸特質を自己の音楽語法に取り込み始めたこと—引用者注）への同調と共感が、意識下にせよ、存在したことは否定できない。日本人作曲家は他民族の音楽ではなく、まさに自身の音楽伝統へ回帰することにより西欧の現代音楽創造の先端部分と時代様式を共有することになった。それら、いわゆる現代邦楽を含む諸作は、伝統邦楽の領域での創造物ではない。むしろそれにより、今や世界音楽へと変身しつつある西欧の音楽創造の領域で市民権を獲得したのである。」（「今日世界の音楽創造における東西の遭遇―「現代の作曲」と「日本・アジアの音楽」に接点はあるか」『岩波講座〈日本の音楽・アジアの音楽〉一　概念の形成』岩波書店、一九八八・七）

第三章　一九六五〜一九七四

（1）なお、築地小劇場以来の近代的リアリズムを重んずる新劇に批判的な劇団はそれ以前からあった。たとえば劇団四季である。四季の結成は一九五三年七月（扇雀の『曽根崎心中』初演とほぼ同時期）。以後、一九五八年まで「四季はアヌイとジロドゥの戯曲のみに終始する。」（大笹『戦後演劇を撃つ』）が、一九六四年五月に始まった子どものための「日生名作劇場」を皮切りに、四季は次第にミュージカル路線に転じていく。四季が本格的なミュージカルを志向するようになったきっかけは、同年一一月の『ウエストサイド物語』の来日公演である。それ以降の活動について詳しく触れている余裕はないが、劇団四季はいまや俳優・スタッフ八〇〇人を抱え、年間二〇〇万人の観客を集め、演劇をビジネスとして成功させた稀有な劇団ということができる。

（2）諏訪春雄は前掲「南北劇の現在」のなかで、「価値観の多様さとさまざまな主義主張の存在があるような混沌または自由こそが南北劇にふさわしい土壌であり」、これとは逆に「価値観の単一な時代に南北が生きのびる余地はほとんどない。」と述べている。

（3）郡司正勝は『国文学〈特集・近松と南北〉』（学灯社、一九七一・九）において、「早くから南北と黙阿弥というのはいつでも並べて論ぜられるけれども、（これまで—引用者注）近松を対比させたことはないと思います」と語っている（郡司正勝と廣末保の対談「近松と南北の意味するもの」）。

（4）水田かや乃「歌舞伎白書からの報告—戦後昭和歌舞伎の動向」、松井俊輔「昭和後期の歌舞伎」、『吉永孝雄の私説・昭和の文楽』等を参照のこと。

第四章　一九七五〜一九八四

（1）内閣府のウエブサイト「国民生活に関する世論調査」概要による。http://www8.cao.go.jp/survey/index-ko.html

（2）竹内洋『教養主義の没落—変わりゆくエリート学生文化』（中公新書、二〇〇三・七）によれば、戦後の大学進学率は一九六五年に一七・〇％、七〇年に二三・六％、七五年に三七・八％に上昇し、その結果、新規就職者に占める大卒者の割合も急激に上昇していった。「学歴別新規就職者で中卒者より大卒者が上回るのが一九七一年である。ピラミッド的な学歴別労働市場が崩壊しはじめる。大卒者のただのサラリーマン化が進行し、誰の目にもそうとわかるようになった。サラリーマンは、「職員」（身分）としてのサラリーマンから「大衆的」サラリーマンに変貌した。（中略）一九七〇年代から日本の企業は大卒の大量採用をおこなった。七一年には、大卒を九〇〇人採用する企業があらわれた。大量採用だから、大卒だからといっても専門職種につくわけではない。将来の幹部要員でもない。ただのサラリーマン予備軍には専門知や教養知を必要としないのである。」（傍点原文）その結果、眉間にしわを寄せながら「哲学・歴史・文学など人文学の読書を中心にした人格の完成を目指す」高踏的・特権的な教養主義は没落し、かわって、実用的な「一般常識や一般経験を人間形成の道筋」として、世間と大衆文化への同化を志向する「軽やかなキョウヨウ主義」がキャンパスに蔓延していった。竹内は教養主義の消長にこのような側面のあることを指摘している。

（3）近年、国土交通省の「美しい国づくり政策大綱」（二〇〇三・七）や安倍晋三の『美しい国へ』（文春新書、二〇〇六・七）など、政治家や官僚がやたらと「美しさ」を強調する風潮が目につく。なお安倍晋三は本書校正中（二〇〇七・九）唐突に退陣表明。「美しさ」とはほど遠い幕引きであった。

（4）文楽の『曽根崎心中』初演は歌舞伎より一年半も後だが、上演ペースは歌舞伎を上回り、上演回数が一〇〇〇回に達するのは一九九四年八月。歌舞伎は九五年一月である。

（5）なお、こうした初子の意識は昭和五〇年代当時、すでに「古風」なものと化していた可能性がある。戦後五〇年以上にわたって日本の風俗業界を間近に見続けてきた広岡敬一『戦後性風俗体系—わが女神たち』（小学館文庫、二〇〇七・三）によれば、終戦直後は「誰彼を問わず、生きるために僅かに残された道として、体を売っていた」。ところが、昭和四〇年代になると「家族を生かすために自らの体を代償にするというケースはまれとなり、自分本位の選択が目立つようになる。」すなわち「売春は、自由の獲得と経済的な保証のための手段」に過ぎず、五〇年代以降「アルバイト感覚の売春が激増」していった。

（6）ちなみに、一九七六年は歌舞伎・新劇各方面で、以前（一九六四年、および一九七一年）をはるかに上回る「南北ブーム」だった。なおその前年は、なぜかバレエ界で『四谷怪談』がブームだった。

（7）本作には歌舞伎でも文楽でも上演されない「観音廻り」のシーンが描出されている。だが、冒頭に観音廻りを置く原作とは異なり、栗崎監督はそれを生玉社前の場と天満屋の場の間に挿入する。つまりこの映画のお初は、無邪気に恋の成就を祈っているのではなく、前場で窮地に陥った徳兵衛の身を案じ、ひたすらその無事を祈って、観音様に額ずいているのである。ここは、心底徳兵衛を想うお初のやさしさ、けなげさ、いじらしさが伝わってくる美しい場面であり、歌舞伎や文楽の舞台はもちろん、増村作品でも見ることのできない印象的なシーンである。

（8）日本で初めて十二音技法を採用した作品は、入野の『七つの楽器のための室内協奏曲』（一九五一）。なお、十二音技法を創始したシェーン・ベルクは同年に没している。

(9) 二〇〇五年一〇月の東京室内歌劇場公演では、主要人物四名の他に九平次の取巻きが二人登場する。だが彼らはあくまで演出上の「助演」であり、せりふも歌もない。

(10) ダウンタウン・ブギウギバンド（一九七三～八一）は一九八〇年に改称して「ダウンタウン・ファイティング・ブギウギバンド」となる。

(11) 増村保造／藤井浩明監修『映画監督増村保造の世界《映像のマエストロ》映画との格闘の記録1947―1986』所収「増村組・増村保造を語る」による。

(12) 巷間、宇崎のロック文楽初演を一九八〇年としているものを見かけるが、『演劇年鑑80』（一九八〇・三）その他によると、一九七九年が正しい。一九八〇年はレコード『曽根崎心中パート2』がリリースされた年である。

(13) ちなみに、作者の秋元自身は「いうところの「新劇」とか大劇場演劇とかいう区別を私は持たない」と語っている（一九八〇年八～九月、帝国劇場『元禄港歌』公演パンフレット）。

(14) 『秋元松代全集』第五巻（筑摩書房、二〇〇二・一二）所収「冥途の飛脚」「近松とわたし」等。

(15) 荷宮和子は『心中・恋の大和路』に関連して次のようにいう。「義理人情よりも愛が大事。／それが、宝塚版心中物を支えるメンタリティである。歌舞伎や文楽からは、実はプロットを借りただけに過ぎなかったのだ。／そして、女の観客が受け入れることの出来る作品を作ろうと思えば、こういった改変は、いわば当然の作業である。／そんな宝塚なのだから、例えば「女としての意地を立てるために、自分の男を奪った女にその男を譲ってやる」というような、「男＝浮気をした側」に都合のいい考え方をしてくれる女が、登場することもない。／この作品（「恋の大和路」――引用者注）が大好評で、再々演までしていながら、他の心中物を宝塚が手がけない理由とは、そういう点にある。」（『宝塚の快感』）

(16) 山本安英は一九二四年、築地小劇場創立に参加し、築地小劇場分裂後は新築地劇団で活躍、戦後は木下順二『夕鶴』のつうを一〇〇〇回以上演じた。新劇を代表する女優。

(17) 関弘子自身は東京の出身だが、共演者は二人とも京都出身で、しかも早稲田小劇場出身者である。古屋和子は義太夫を鶴澤燕三に、琵琶を鶴田錦史に、地唄舞を吉村雄輝夫に、語りを観世栄夫に師事。早稲田小劇場退団後、横浜ボートシアターの設立に参加。現在、明空風堂主宰。千賀ゆう子は早稲田小劇場に退団後、劇団眞空艦を旗揚げ。その後千賀ゆう子企画を設立、現在に至る。

(18) ウエブサイト「松田晴世資料館」参照。http://www.sound.jp/haruyo/

(19) 『演劇界』(一九九二・六) 所収「特集・近松座十年のあゆみ」、秋山勝彦編「近松座の足跡」による。

(20) 二世市川左団次は、小山内薫(一八八一〜一九二八)らとともに一九〇九年「自由劇場」を結成。一九〇六年に設立された坪内逍遥(一八五九〜一九三五)、島村抱月(一八七一〜一九一八)らの「文芸協会」とともに、新劇運動のルーツとなった。

(21) なお、扇雀の自主公演としてスタートした近松座は、旗揚げから一〇年を迎えた一九九二年以降、松竹の制作となる。それはつまり、近松座の活動が興行的にも採算が取れる水準に達したことを意味する。

(22) なお、生前の聞き書きをもとに『七代目嵐徳三郎伝』を上梓した船木浩司はジァンジァン歌舞伎について次のように述べている。「それは、一つには確かに、「予備知識のない若い人たちに歌舞伎を観てもらって、女優とは違った女方芸の魅力をわかってもらえたらうれしい」とか、「狭い空間が創る舞台と観客との一体感の中で芝居をしたかった」という純粋な思いがまず、先にあったけれど、歌舞伎入りして二十年、いまだに歌舞伎座の舞台を踏ませてもらっていない徳三郎の、これは強烈なレジスタンスでもあった。」

第五章　一九八五～一九九四

（1）企業メセナ協議会の『民間財団、公的財団の文化芸術振興策に関する基礎調査報告書』によれば、公的財団はその七割（全体の四割）が「自主事業／施設運営型」であり、これらは「公立文化施設の運営などをきっかけに設立された、公的な財団法人である」。

（2）クラルテの「近松人形芝居」シリーズは一四回を数えるが、改訂版の再演が一回ある。またクラルテは「日本の古典人形芝居」シリーズとして近松以外にも古浄瑠璃・説経浄瑠璃系の作品にも取り組んでいるため、近松物に限定すると、かかった年数の割りに演目数が少ないように見える。

（3）『夢のひと』の稽古風景や当日の舞台の様子は、ウエブ上の関西どっとコム「関西魂」第二回「わかぎゑふ」を参照のこと。　http://www.kansai.com/spirits/wakagi/

（4）社団法人関西芸術アカデミーのウエブサイトによる。　http://chikamatu.com/

（5）演技集団「我が街」のウエブサイトによる。　http://www1a.biglobe.ne.jp/mio/miocreation.html

（6）「あった」と過去形で記すのは、本書執筆中に同アカデミーのウエブサイトが全面的に更新され、その際当該箇所が削除されてしまったためである。

（7）第一回近松賞（二〇〇一年度）優秀賞の宮森さつきは、前年度の北海道戯曲コンクール「北の戯曲賞」（主催／北海道文化財団）大賞受賞者。第二回近松賞（二〇〇三年度）で初の大賞に輝いた保戸田時子は、一九九八年度の「北の戯曲賞」佳作受賞者である。また本文でも述べたように、第一回近松賞優秀賞の菱田信也は受賞作を改題・改訂した『パウダア』で二〇〇五年度読売文学賞戯曲・シナリオ賞を受賞した。

（8）なお、これらの勉強会は、統計上「公演」として扱わないことをお断りしておく。

（9）当時、「小劇場の旗手」として取り上げられた若手演劇人は、松本のほかに飯島早苗（自転車キンクリート）、大橋泰彦（劇団離風霊船）、加納幸和（花組芝居）、高橋いさを（劇団ショーマ）、内藤裕敬（南河内万歳一座）、宮城聡（当時ミヤギサトシショー、現ク・ナウカ）、横内謙介（当時善人会議、現扉座）、吉澤耕一（当時遊◎機械／全自動シアター）など。

(10)『つづみの女』は、新派（一九六三・七）、くるみ座（一九六四・五、京都）、俳優座（一九八五・二～四）、劇団潮流（一九九三・九、大阪）などで再演されている。一方、『近松心中考』は再演記録なし。むしろ青年座は、近松より南北に積極的な姿勢を示している。

(11)鐘下は一九九三年九月に『女殺油地獄』を上演。「家庭崩壊の惨劇」を描いた本作もまた高い評価を受けた（近藤瑞男「近松『女殺油地獄』の享受―明治期から鐘下辰男まで」）。

(12)川本の文章は出典が明記されておらず、初出は未確認。

(13)扇田昭彦『舞台は語る』は、「シェイクスピア劇と歌舞伎様式の親近性を感じた公演」として、一九九一年、東京グローブ座で上演された『葉武列土倭錦絵』（翻案／仮名垣魯文、脚本・演出／織田紘二、主演／市川染五郎）をあげ、さらに一九九二年、俳優座劇場で初演された木山事務所の『仮名手本ハムレット』（作／堤春恵、演出／末木利文）を踏まえ、「ハムレット」と「忠臣蔵」の共通点を三点にわたって指摘している。第一に、ともに仇討ち劇のスタイルをとっていること。第二に、主人公のハムレットと大星由良之助がともに敵の目を欺くために、狂気を装ったり、放蕩のふりをするなど、故意に「演技」をすること。第三に、敵側についた重臣（ポローニアスと斧九太夫）が主人公を見張るために物陰に隠れていて主人公に刺し殺されること。

このように見てくると、『ハムレット』が日本人に好まれ、しばしば上演されるのも、私たち日本人の側に、『忠臣蔵』という類似性のある伝統的な受け皿があったからではないかと思われてくる。

どんなに優れた異文化も、根を下ろすのに適した土壌や、それに対応する受け皿がない所ではなかなか定着しない。『ハムレット』に限らず、シェイクスピア劇が今の日本でこれほど大きな人気を得ているのは、シェイクスピア劇自体の濃い魅力に加えて、日本の側にも、それを受容して楽しむ歴史的な土壌、伝統的な受け皿があったからだと考えていいだろう。「シェイクスピア・ブーム」の根はかなり深いのである。

(14) 二〇〇四年に没後一〇〇年を迎えたチェーホフとその作品は、二〇世紀初頭に始まる日本の近代演劇において、常に一定の関心を集め、注目されてきた。菅井幸雄「チェーホフ劇の日本上演」によれば、「公演数をみても、チェーホフ作品は、シェイクスピア作品に次いで、第2位の地位を保ちつづけ」「わが国の演劇人、観客に愛されつづけている」。とりわけ一九八〇年代から九〇年代はチェーホフへの傾斜が目立った時期で、一九九三年の秋（九月末～一〇月初旬）には、東京演劇集団「風」、クレセントシアター、TAC三原塾、加藤健一事務所、演劇集団「円」、劇団俳小、東京乾電池、以上七劇団による『三人姉妹』の競演が行なわれた。

(15) 文化庁のウエブサイト「平成一二年度・国語に関する世論調査―家庭や職場での言葉遣い」参照。なお、「人のためにならない」と解した人々の割合は、四〇歳代で五六・八%、三〇代で六一・三%、二〇代で六三・五%、一六～一九歳で六〇・二%である。

http://www.bunka.go.jp/1kokugo/frame.asp{0fl=list&id=1000001687&clc=1000000073{9.html

(16) 『読売新聞』二〇〇七年五月の特集記事「日本～漂流する倫理」にも、こうした実感を裏付ける事例が多数報告されている。

(17) 将来の文楽を担う人材として嘱望された豊竹呂大夫は、二〇〇〇年九月九日、国立劇場『仮名手本忠臣蔵』東京公演の初日に死去。享年五五歳であった。

(18) 竹本住大夫いわく、「『曽根崎心中』の原作は呂大夫君（五世豊竹呂大夫、一九四五―二〇〇〇）と清治君（鶴澤清治）がいっぺん勤めたのですが、一度きりでした。「どやった」と聞いたら二人とも「あきまへんなあ」と言うてました。良かったら（良い作品だったら）、出てますわ（たくさん上演される）。うずもれているのは何か欠点があるから上演されてないんです。ええもんは何べんも出てます。」（「人間国宝に聞く」『〈上方文化講座〉曽根崎心中』）

第六章　一九九五〜二〇〇四

（1）東京商工リサーチのウエブサイト「倒産件数・負債額推移　1952〜　全国企業倒産状況」参照。http://www.tsr-net.co.jp/new/zenkoku/transit/index.html

（2）『レジャー白書』の編集・発行元は、二〇〇〇年版までは財団法人余暇開発センター、二〇〇一〜〇二年版は財団法人自由時間デザイン協会、それ以降は財団法人社会経済生産性本部・余暇創研である。

（3）ここで、九〇年代前半の平均観劇人口を一五一〇万人程度と「推測」したのは理由がある。実は一九八七年から二〇〇〇年までの余暇開発センター編『レジャー白書』と二〇〇一年以降の自由時間デザイン協会および社会経済生産性本部編『レジャー白書』では調査方法が異なっており、一九九二年以降のデータについては二〇〇一年版の『レジャー白書』で補正が加えられているのだが、それ以前の余暇開発センターのデータはそのままになっている。そこで、①補正された公式データをもとに算出した一九九二〜九四年（三年間）の平均観劇人口と、②余暇開発センターのデータをもとに算出した一九九二〜九四年（三年間）の平均観劇人口、および③余暇開発センターのデータをもとに算出した一九八五〜九四年（一〇年間）の平均観劇人口を併記すると次のようになる。

①　一五一三万人　　②　一三三三万人　　③　一二九二万人

九五年以降のデータとの整合性を考えるならば、バブル絶頂期の九〇年代初頭の平均観劇人口として採用すべきは、やはり①が妥当かと思われる。

（4）本文に記したように、『エンタテインメント白書2005』をもとに算出した二〇〇〇年以降五年間の平均観客動員数は一五四二万人である。この数字は『レジャー白書』の数値（一三〇二万人）よりも多いが、これは調査方法がまったく異なるためである。

（5）これと対照的に、近年復活を遂げたのは映画である。「（映画の―引用者注）動員数は、１９５８年の11億２７４５万人をピークに、１９９０年代半ばまで年々減少し続け、１９９６年には1億１９５８万人とピーク時の約10分の１にまで落ち込み、過去最低を記録した。この動員数の減少に伴い、興行収入も長らく低迷を続け、１９９０年代前半は１５００億円前後で推移していた。ところが、１９９７年を境に動員数、興行収入いずれも上昇基調に転じ、２００１年には動員数は1億６０００万人台、興行収入は２０００億円台にまで回復し、産業として復活を遂げた。」（『エンタテインメント白書２００５』）。そして二〇〇六年には邦画の興行収入が二一年ぶりに洋画を上回り、「邦画復活」をアピールした。なお、『レジャー白書』によれば、音楽会・コンサートの類の「参加人口」は、一九九五年から九九年までの五年間の平均が二三五〇万人、二〇〇〇年以降の五年間が二五〇〇万人と、これまた上向いてきている。

（6）昨今の「二極化」問題は、論者によって「実際には所得格差は広がっていない」とする説もある。所得格差を示す指標に「ジニ係数」があるが、政府内でも厚生労働省と総務省の算出基準が異なり、所得格差の拡大を裏付ける統計的なデータは確定されていない。にもかかわらず、「実感」としては所得格差が拡大、二極化しているとする論が大勢を占めている。実際、読売新聞の世論調査でも「所得などの格差が広がっている」と回答した人は全体の八割をこえ、しかも「努力をすれば、格差を克服できる」と思っていない人は六割に達した（『読売新聞』二〇〇六・三・一四）。

（7）企業メセナ協議会のウエブサイト「企業のメセナ活動・年度別動向」を参照のこと。
http://www.mecenat.or.jp/survey/corporations/corporations_contents.html
より簡略な資料は、文化庁のウエブサイト「芸術文化振興施策・企業等による芸術文化活動への支援」でも見ることができる。 http://www.bunka.go.jp/1bungei/frame.asp{0fl=list&id=1000002607&clc=1000002599{9.html

（8）文化庁のウエブサイト「文化行政のあらまし・地方の文化行政」を参照のこと。 http://www.bunka.go.jp/1aramasi/frame.asp{0fl=list&id=1000000025&clc=1000000019{9.html

（9）「芸術文化振興基金」の詳細は、以下のウエブサイトを参照のこと。 http://www.ntj.jac.go.jp/kikin/index.html

（10）「アーツプラン21」の詳細は、以下のウエブサイトを参照のこと。 http://www.mext.go.jp/b_menu/houdou/08/06/960612.htm

（11）「文化芸術振興基本法」の詳細は、以下のウエブサイトを参照のこと。 http://www.bunka.go.jp/1bungei/frame.asp{0fl=list&id=1000002607&clc=1000002599{9.html

（12）「新世紀アーツプラン」の詳細は、以下のウエブサイトを参照のこと。 http://www.mext.go.jp/b_menu/houdou/13/09/010924/02/2-26.pdf

（13）尼崎市企画財政局財政課のウエブサイト「尼崎の台所事情」による。 http://www.city.amagasaki.hyogo.jp/web/contents/info/city/city03/zaisei/daidokoro/16_simo/genjyo.htm

（14）菱田信也「「過剰」、その先に生まれるもの―劇都仙台の皆様へ」仙台市市民局文化振興課のウエブサイト「総括『闇光る』」を参照のこと。 http://www.city.sendai.jp/shimin/bu-shinkou/yamihikaru/ もっとも、尼崎に比較して仙台の試みが「順調」というわけではない。「仙台劇のまち戯曲賞」は「近松賞」に比べて知名度が低く、応募数も、近松賞が第一回二〇八本、第二回二七二本、第三回二四六本（平均二四二本）と、最低でも二〇〇本以上の応募があるのに対して、仙台の方は第一回が一八一本、第二回一七六本、第三回が一一五本（平均一五七本）と、両者の間には大きな隔たりがある。また、二〇〇三年に初演された「仙台劇のまち戯曲賞」第一回大賞受賞作『闇光る』の観客動員数も、宮城・山形・岩手、隣接三県全四回公演で、わずか一〇四〇名にすぎない。課題は多いといえよう。

(15) 兵庫県立芸術文化センター開館記念事業のコンセプトは、大きく分けて四点。その筆頭に上げられているのが震災からの復興をアピールすることであった。

1、阪神・淡路大震災からの復興をアピールするとともに、芸術の秋を彩り「芸術文化立県ひょうご」を全国に発信

2、開館を祝すとともに、開館後の事業展開の『ショーケース』となるような企画を実施

3、施設の機能を最大限に発揮し、特色ある企画により国内外へ広くアピール

4、事業実施にあたっては、ソフト先行事業で培ってきた多様なノウハウやネットワークを活用

①音楽・演劇・バレエなど多彩な舞台芸術を自ら創造・発信

②芸術性豊かなものから親近感に富むものまで、幅広い年齢層・ニーズに応える上演

③県民の創造活動を支援（発表の場づくり、普及事業等）

以上、財団法人兵庫県芸術文化協会「開館記念事業ラインナップ」（記者発表資料）による。

http://web.pref.hyogo.jp/chij/seisakukaigi/161202/2-2.pdf

(16) 九〇年代の日本社会に特徴的な、ボーダーレス化した世界資本主義への反発としての「日本回帰」現象を、真の意味の「伝統回帰」とは区別して、表層的でサブカルチャー的な「J回帰」と名付けたのは浅田彰だったが（『J回帰の行方』『VOICE』二〇〇〇・三、PHP研究所）、昨今の「日本語ブーム」とそれに付随する「朗読ブーム」に関しては、精神科医の香山リカ（『ぷちナショナリズム症候群―若者たちのニッポン主義』中公新書ラクレ、二〇〇二・九）や近代文学の小森陽一（「日本語ブームとナショナリズム」『教育』二〇〇三・七、国土社）など、各方面から「警戒感」が表明されている。我々が日本人であること、また我々（日本人）が拠りどころとすべき日本的なるものをつきつ

めていくと、最終的に「日本語」に行き当たる。日本国内において日本語が「ブーム」になるとき、そこにはアイデンティティ・クライシスがある。近年の一見無邪気で屈託のない日本語ブーム（香山）の背後にも、バブル崩壊後の深刻なデフレ状況と急速なグローバリズムの進展、それにともなう社会の階層化（「勝ち組」「負け組」に象徴される貧富の拡大）、またそうした状況を、むしろ肯定的に評価する市場原理主義的「合理主義」思想の蔓延など、様々な要因がはたらいていると考えられる。

(17) カナデアン歌舞伎については、海野光子『先生 歌舞伎が演りたい』および『ジャパネスク―カナデアン歌舞伎と私』を参照のこと。なお、カナデアン歌舞伎の終焉については、サントリー文化財団のウエブサイトに海野のコメントが掲載されている。 http://www.suntory.co.jp/sfnd/chiikibunka/kinki0002.html

(18) ブレイク・クロフォードは「カナデアン歌舞伎」出身者でもある。当時の屋号は「テキサス屋」。カナデアン歌舞伎では『勧進帳』の富樫を演じている。現在は日本国内でモデル・俳優として活躍中。

(19) シアタージャパン・プロダクションズのウエブサイトによる。 http://www.theatrejapan.com/

(20) ＣＪＡのウエブサイトによる。 http://www.crossingjamaicaavenue.org/
その後、ミヤガワ、カワハラ率いるＣＪＡは、二〇〇六年二月に「源氏物語」に想を得た新作 ***Thousand Years Waiting*** を上演。この公演には、かつて人形劇団クラルテにいた乙女文楽の桐竹繭紗也（坂本真奈美）も出演している。

(21) 近松プロジェクト第二弾『堀川波鼓』は、イギリス初演直後、大阪市立大学および早稲田大学との連携により日本公演が行なわれ（大阪・精華小劇場、東京・早稲田大学小野記念講堂）、さらに夏のエジンバラ演劇祭にも参加した。詳しくは近松プロジェクトの公式ウエブサイト参照。 http://www.lit.osaka-cu.ac.jp/lit/chikamatsu/002/index.htm

(22) 内村直也賞は、ＩＴＩ／国際演劇協会日本センターの会長だった内村直也の遺志を継いで、一九九二年に創設された海外向けの演劇賞。

(23) 劇団サイド・プロジェクトのウエブサイトによる。　http://www.thesideproject.net/

(24) 劇団Hypocritesのウエブサイトによる。　http://www.the-hypocrites.com/

(25) ただし、その舞台と衣装は、抽象的で無国籍な二〇〇五年度バージョンと対照的に、具象的かつ和風（着物）なものだった。

(26) 一九九五年以降に限っても、オペラ『国性爺合戦』（作曲／中村茂隆、一九九五年初演）、室内楽曲『曽根崎心中による六つの情景―尺八・クラリネット・ヴァイオリン・チェロのための』（作曲／山本繁司、二〇〇一年初演）、合唱曲『曽根崎心中』（作曲／佐藤允彦、二〇〇二年初演）、声楽と室内楽による『曽根崎心中―道行の段』（作曲／丸山和範、二〇〇三年初演）、合唱曲『混声合唱のためのラプソディ・イン・チカマツ―近松門左衛門狂想』（作曲／千原英喜、二〇〇三年初演）、オペラ『おさん―心中天網島より』（作曲／久保摩耶子、二〇〇五年初演）等々、多くの楽曲が発表されている。

(27) 本来、孫右衛門は坂東吉弥がつとめるはずだったが、同年四月急病・急逝（享年六六歳）。鴈治郎が初日から代役をつとめることになった。なお、二〇〇七年四月に行なわれた第四回浪花花形歌舞伎では、ついに鴈治郎／藤十郎の出ない『曽根崎心中』が上演された（翫雀の徳兵衛に扇雀のお初）。本興行で藤十郎以外の役者がお初をつとめるのは、初演以来初めてのことである。「一生青春」とはいいながら、そろそろ『曽根崎心中』の伝承を意識せざるをえない時期が到来した、ということであろうか。

(28) 児玉竜一は、『〈演劇界・別冊〉演劇界の歌舞伎年鑑２００６年版』（演劇出版社、二〇〇六・四）所収座談会「歌舞伎の十二カ月」（出席者／上村以和於・児玉竜一・水落潔）において、「これは配役といい演目といい、実によく将来を見据えて考えられた良い企画だと思います。この先とも、鴈治郎の目が光っているうちに、ぜひとも続けていただきたい企画だと思いますね。」と述べている。

おわりに

（1）一九七八年、神奈川県で第一回「地方の時代シンポジウム」が開催され、長洲知事がその基調報告を行なった。「地方の時代」が流行語になったのはそれ以降と考えられる。

（2）詳しくはスローフードジャパンのウエブサイトを参照のこと。 http://www.slowfoodjapan.net/

（3）財団法人地域創造のウエブサイトを参照のこと。 http://www.jafra.nippon-net.ne.jp/

（4）また、九〇年代にあれほど近松劇を上演していた関西芸術アカデミー「近松劇場」も、二〇〇〇年以降近年は新作近松への取り組みが停滞しているように見受けられる。
一方、二〇〇六年には福井県鯖江市において「近松の情にふれあうまち鯖江創生事業」がスタートした。同市立待《たちまち》地区では「近松門左衛門が鯖江市吉江の地で幼少期を過ごしたことを心の誇りとし、ふるさとの貴重な文化的事跡として永く後世に伝えていくために」（高島信義「『近松の情』にふれあうまちを目指し―地域文化掘り起こし、普及図る」『〈月刊〉地域づくり』二〇〇六・九、財団法人地域活性化センター）、一九九八年から毎年「たちまち近松まつり」を実施してきた。この企画は二〇〇五年に福井で開催された国民文化祭の県民自主企画事業として取り上げられ（「たちまち近松フェスティバル」）、翌〇六年には行政が全面的に関与する「創生事業」に格上げされた。とはいえ、演劇等舞台芸術の分野に限っていえば、今のところ同市の取り組みに見るべきものはない。同市の思惑はむしろ、「近松」という歴史・文化的ブランドを「まちおこし」という名の地域振興・観光戦略に利用しようというところにあるのではないかと思われる。

（5）ＲＳＣのウエブサイトを参照のこと。 http://www.rsccompleteworks.co.uk/

引用・参考文献一覧（著者五十音順）

赤川次郎「今を呼吸する演劇」『人形は口ほどにものを言い』（小学館、二〇〇四・一）
秋元松代「作者のことば」『秋元松代全集』四（筑摩書房、二〇〇二・九）
秋元松代「元禄から昭和へ―名古屋公演によせて」一九八二年四月『近松心中物語』名古屋・御園座公演パンフレット
秋山邦晴「入野義朗―十二音音楽への単独航海者の歌」『日本の作曲家たち―戦後から真の戦後的な未来へ（下）』（音楽之友社、一九七九・五）
安孫子正「松竹と歌舞伎座のいま」『国文学〈特集・歌舞伎〉』（学灯社、二〇〇七・一）
安堂信也「冒険と実験に充ちた時代」『文学座五十年史』（文学座、一九八七・四）
井口　洋「近松世話浄瑠璃の起点」祐田善雄校注『曽根崎心中・冥途の飛脚　他五篇』（岩波文庫、一九七七・九）
石川耕士「歌舞伎と私（二）」文学座機関誌『ちゃいむ』一九八六・六
石田一志『モダニズム変奏曲―東アジア近現代音楽史』（朔北社、二〇〇五・七）
一ノ瀬和夫「アメリカ演劇２００１―テロ事件と演劇」ＩＴＩ日本センター編『国際演劇年鑑２００２』（国際演劇協会、二〇〇二・三）
伊藤裕夫・小林真理「劇場と制度―21世紀の劇場と劇場法・劇場条例」日本芸能実演家団体協議会編『芸術文化にかかわる法制〈資料集〉―芸術文化基本法の制定に向けて―』（日本芸能実演家団体協議会、二〇〇一・八）
入野禮子「オペラ『曽根崎心中』が生まれるまで」二〇〇五年一〇月東京室内歌劇場日伊共同制作公演『オベルト サン・ボニファーチョ伯爵／曽根崎心中』公演パンフレット
岩本憲児編『写真・絵画集成〈日本映画の歴史〉二　映画の黄金時代』（日本図書センター、一九九八・三）

内田栄一「宇宙人がふえてきたのだ」『映画芸術』二六‐三（編集プロダクション映芸〈映画芸術新社〉、一九七八・六）
内山美樹子・豊竹呂大夫「文楽の演出（三）―復活・通し上演と太夫」鳥越文蔵・内山美樹子・渡辺保編『岩波講座〈歌舞伎・文楽〉一〇　今日の文楽』（岩波書店、一九九七・一二）
内山美樹子「『一谷嫩軍記』上演台本のことなど―二〇〇一年上半期の文楽―」『歌舞伎　研究と批評』二八（歌舞伎学会、二〇〇二・一）
宇野信夫「おぼえがき　生玉心中について」『宇野信夫戯曲選集』四（青蛙房、一九六〇・九）
宇野信夫「おぼえがき　曽根崎心中について」『宇野信夫戯曲選集』四（青蛙房、一九六〇・九）
宇野信夫「『曽根崎心中』初演のころ」『〈演劇界・臨時増刊〉近松門左衛門の世界』（演劇出版社、一九八六・七）
海野光子『先生 歌舞伎が演りたい』（芸立出版、一九七六・一二）
海野光子『ジャパネスク―カナデアン歌舞伎と私』（大和山出版社、一九八一・一一）
衛　紀生「演劇の公共性」国際演劇評論家協会関西支部（内田洋一・九鬼葉子・瀬戸宏）編『阪神大震災は演劇を変えるか』（晩成書房、一九九六・一）
『〈演劇界・増刊〉歌舞伎の二〇世紀―一〇〇年の記録』（演劇出版社、二〇〇一・一）
大川達雄「寒気と熱気と―2月の関西」『テアトロ』（カモミール社、一九八四・四）
大笹吉雄「お初の眼」『アートシアター』一三三（日本アートシアター・ギルド、一九七八・四）
大笹吉雄「アンケートに対するコメント」『演劇年鑑91』（日本演劇協会、一九九一・三）
大笹吉雄『戦後演劇を撃つ』（中公叢書、二〇〇一・一〇）
大笹吉雄「第Ⅴ期の編集にあたって」『戦後日本戯曲初演年表　第Ⅴ期（1981年〜1985年）』（日本劇団協議会、二〇〇三・三）

大笹吉雄「第Ⅵ期の編集にあたって」『戦後日本戯曲初演年表　第Ⅵ期（1986年〜1990年）』（日本劇団協議会、二〇〇四・三）
小此木啓吾『対象喪失—悲しむということ』（中公新書、一九七九・一一）
尾崎宏次「作品研究　心中天網島」『アートシアター』六八（日本アートシアター・ギルド、一九六九・五）
笠井賢一「『曽根崎心中』再演出」二〇〇一年二〜四月遊戯空間・江古田ストアハウス提携公演『曽根崎心中』公演パンフレット
片山杜秀「解説」『CD〈日本作曲家選輯〉大栗裕』（NAXOS、二〇〇二・四）
上村以和於「坂田藤十郎の「誕生」」『〈演劇界・別冊〉平成の坂田藤十郎』（演劇出版社、二〇〇五・一一）
河合祥一郎「シェイクスピア劇の最前線」『国文学〈特集・演劇—国家と演劇〉』（学灯社、二〇〇五・一一）
河合隼雄「新・藤十郎さんの意欲と挑戦に拍手」『〈演劇界・別冊〉平成の坂田藤十郎』（演劇出版社、二〇〇五・一一）
河竹登志夫「舞台芸術の五十年」文化庁監修『〈芸術祭五十年〉戦後日本の芸術文化史』（ぎょうせい、一九九五・一二）
川本雄三「一九九〇年の新劇」『演劇年鑑91』（日本演劇協会、一九九一・三）
企業メセナ協議会『民間財団、公的財団の文化芸術振興策に関する基礎調査報告書』（企業メセナ協議会、二〇〇二・三）
木津川計「芸能とマスメディア」芸能史研究会編『日本芸能史7—近代・現代』（法政大学出版局、一九九〇・三）
近藤瑞男「近松『女殺油地獄』の享受—明治期から鐘下辰男まで」『近松研究所紀要』一〇（園田学園女子大学近松研究所、一九九九・一二）
権藤芳一「関西歌舞伎の現状」『上方歌舞伎の風景』（和泉書院、二〇〇五・六）
権藤芳一「現代の展望」芸能史研究会編『日本芸能史7—近代・現代』（法政大学出版局、一九九〇・三）
権藤芳一「関西での近松物上演—歌舞伎・文楽以外の」『近松全集〈月報〉』一五（岩波書店、一九九一・三）

河野保雄対談集『音と日本人―近代日本の作曲家たち』（芸術現代社、二〇〇一・六）
国立劇場『国立劇場二十年の歩み』（国立劇場、一九八六・一〇）
小林勝也「文学座第三世代」『文学座五十年史』（文学座、一九八七・四）
小沼純一『武満徹―その音楽地図』（PHP新書、二〇〇五・三）
小宮多美江『近現代日本の音楽史　一九〇〇〜一九六〇年代へ』（音楽の世界社、二〇〇一・一一）
小谷野敦「近松神話の形成序説」延廣眞治編『江戸の文事』（ぺりかん社、二〇〇〇・四）
酒井　誠「ひとりひとりの顔が…群読抄」『悲劇喜劇〈特集・朗読というジャンル〉』（早川書房、一九九五・八）
坂田藤十郎『夢　平成の坂田藤十郎誕生』（淡交社、二〇〇五・一二）
笹井裕子編／波頭亮監修『エンタテインメント白書２００５』（ぴあ総合研究所、二〇〇五・九）
指田文夫『いじわる批評、これでもかっ！』（晩成書房、一九九九・一一）
佐藤郁哉『現代演劇のフィールドワーク―芸術生産の文化社会学』（東京大学出版会、一九九九・七）
佐藤忠男『〈増補版〉日本映画史』二（岩波書店、二〇〇六・一二）
佐藤　康「アングラ、時代の波」『シアターワンダーランド』（ぴあ、二〇〇五・三）
澤井　清「国文学論文目録データベースからみた近代文学の研究動向―島崎藤村、森鷗外、夏目漱石の場合―」『日本文学ノート』三〇（宮城学院女子大学日本文学会、一九九五・一）
澤井　清「国文学の研究動向―国文学論文目録データベース（１９２６年〜１９９６年）を利用した調査」『日本文学ノート』三五（宮城学院女子大学日本文学会、二〇〇〇・一）
茂山千之丞『狂言役者―ひねくれ半代記』（岩波新書、一九八七・一二）
品田雄吉「篠田正浩のなかの情念について」『アートシアター』六八（日本アートシアター・ギルド、一九六九・五）

篠田正浩「心中天網島考―虚実皮膜の現代的意義」『心中天網島　篠田正浩作品集』(仮面社、一九七〇・一)
篠田正浩「古典の映画化―内なる古代的なものの発見」『心中天網島　篠田正浩作品集』(仮面社、一九七〇・一)
篠田正浩「黒子の発想」『心中天網島　篠田正浩作品集』(仮面社、一九七〇・一)
篠田正浩『私が生きたふたつの「日本」』(五月書房、二〇〇三・六)
篠田正浩「武満徹―音の森への旅」『NHK知るを楽しむ 私のこだわり人物伝』二〇〇七年二 - 三月(日本放送協会、二〇〇七・二)
嶋村和恵・石崎徹『日本の広告研究の歴史』(電通出版部、一九九七・一〇)
社会経済生産性本部・余暇創研編『レジャー白書2005』(二〇〇五・七)
白石かづこ「〝曽根崎心中〟を絶賛する」『映画芸術』二六 - 三(編集プロダクション映芸〈映画芸術新社〉、一九七八・六)
菅井幸雄「チェーホフ劇の日本上演」チェーホフ没後百年記念祭実行委員会編『〈ユーラシア・ブックレット〉現代に生きるチェーホフ』(東洋書店、二〇〇四・二)
住川鞆子「企業のメセナ活動と音楽」『宮城学院女子大学研究論文集』八三(一九九六・六)
諏訪春雄「南北劇の現在」鶴屋南北研究会編『シンポジウム南北劇への招待』(勉誠社、一九九三・一一)
瀬戸　宏「関西演劇人会議の活動」『阪神大震災は演劇を変えるか』(晩成書房、一九九六・一)
扇田昭彦『日本の現代演劇』(岩波新書、一九九五・一)
扇田昭彦『舞台は語る―現代演劇とミュージカルの見方』(集英社新書、二〇〇二・八)
扇田昭彦「解題」『秋元松代全集』四(筑摩書房、二〇〇二・九)
相馬庸郎『秋元松代　稀有な怨念の劇作家』(勉誠出版、二〇〇四・八)
高瀬精一郎「近松と南北」『〈新装版〉近松からの出発』(演劇出版社、一九九七・五)

高木浩志「激動の昭和文楽」鳥越文蔵・内山美樹子・渡辺保編『岩波講座〈歌舞伎・文楽〉一〇—今日の文楽』（岩波書店、一九九七・一二）
高寄昇三『阪神大震災と生活復興』（勁草書房、一九九九・五）
滝沢　一「作品研究『曽根崎心中』」『アートシアター』一三三（日本アートシアター・ギルド、一九七八・四）
瀧口修造「伝統と創造」『コレクション瀧口修造』一〇（みすず書房、一九九一・五）
武井昭夫「流れに抗して一本の杭を」『演劇の弁証法—ドラマの思想と思想のドラマ』（影書房、二〇〇二・一）
武智鉄二「歌舞伎再検討公演演出者の弁」『武智鉄二全集』一（三一書房、一九七八・一二）
武智鉄二「扇雀ブーム以後」『武智鉄二全集』一（三一書房、一九七八・一二）
武智鉄二「私の演劇コレクション」『武智鉄二全集』四（三一書房、一九七九・一二）
武智鉄二「能と現代演劇」『武智鉄二全集』四（三一書房、一九七九・一二）
武智鉄二「現代にとって近松・南北とは何か」『国文学〈特集・近松と南北〉』（学灯社、一九七一・九）。
竹本住大夫『文楽のこころを語る』（文芸春秋、二〇〇三・八）
竹本住大夫／阪口弘之（聞き手）「人間国宝に聞く—世界の文化遺産「文楽」」大阪市立大学文学研究科編『〈上方文化講座〉曽根崎心中』（和泉書院、二〇〇六・八）
竹本津駒大夫・鶴澤清介・桐竹勘十郎／松浦恆雄（聞き手）「「天満屋の場」—語りと人形演出」大阪市立大学文学研究科『〈上方文化講座〉曽根崎心中』（和泉書院、二〇〇六・八）
田中　聡「歌舞伎・世界無形遺産に／「日本の誇り」再考の機会」『読売新聞』二〇〇五・一一・二六
田中千禾夫「解説」『田中澄江戯曲全集』一（白水社、一九五九・一〇）
田原克拓「映画作家に映画理論はなぜ必要か」『映画芸術』二六‐三（編集プロダクション映芸〈映画芸術新社〉、一九七八・

六）
筒井清忠「「文芸映画」と教養主義」『新しい教養を求めて』（中公叢書、二〇〇〇・九）
土岐迪子「取材四十年・一生青春の人」『〈演劇界・別冊〉平成の坂田藤十郎』（演劇出版社、二〇〇五・一一）
ドナルド・キーン「世界の近松」近松生誕三百五十年記念近松祭企画・実行委員会編『近松門左衛門　三百五十年』（和泉書院、二〇〇三・一二）
富岡　泰「文楽の十年間」『歌舞伎 研究と批評』二〇（歌舞伎学会、一九九七・一二）
中川芳三「心残り―七代目嵐徳三郎小論」船木浩司『七代目嵐徳三郎伝』（東方出版、二〇〇四・一）
長崎紀昭「エリザベス朝演劇から創作劇へ」『文学座五十年史』（文学座、一九八七・四）
中嶋　夏「なぜ曽根崎心中なのか」『映画芸術』二六・三（編集プロダクション映芸〈映画芸術新社〉、一九七八・六）
中村鴈治郎「〈今月の芸談〉中村鴈治郎」『演劇界』（演劇出版社、一九九四・一〇）
中村鴈治郎／土岐迪子（聞書）『一生青春』（演劇出版社、一九九七・三）
中村鴈治郎／水落潔編『鴈治郎芸談』（向陽書房、二〇〇〇・一一）
中村政則『戦後史』（岩波新書、二〇〇五・七）
中山幹雄「近松と映画」国立文楽劇場リーフレット
南部圭之助「芝居とは何か―理想的な場割主義の凱歌」『アートシアター』一三三（日本アートシアター・ギルド、一九七八・四）
西堂行人『小劇場は死滅したか　現代演劇の星座』（れんが書房新社、一九九六・一一）
西村博子「国性爺合戦―小山内薫から野田秀樹まで」近松研究所十周年記念論文集編集委員会編『近松の三百年』（和泉書院、一九九九・六）

日本芸術文化振興会『日本芸術文化振興会（国立劇場）30年の歩み』（日本芸術文化振興会、一九九六・九）
日本国有鉄道『日本国有鉄道百年史　通史』（日本国有鉄道、一九七四・三）
荷宮和子『宝塚の快感―愛と性を求めて』（廣済堂出版、一九九八・七）
野口達二「自作解説」『野口達二戯曲撰』（演劇出版社、一九八九・六）
野田邦弘「21世紀文化大国日本の実現に向けて―地方自治体における文化行政発展のために」日本芸能実演家団体協議会編『芸術文化にかかわる法制〈資料集〉―芸術文化基本法の制定に向けて―』（日本芸能実演家団体協議会、二〇〇一・八）
野村万作『太郎冠者を生きる』（白水Uブックス、一九九一・九）
速水敏彦『他人を見下す若者たち』（講談社現代新書、二〇〇六・二）
原　道生「近松作品の総体的把握を目指して」『江戸文学〈特集・近松〉』三〇（ぺりかん社、二〇〇四・六）
原道生・上野洋三・長島弘明・中野三敏・長谷川強「座談会〈近世文学五十年〉」『文学』三-三（岩波書店、二〇〇二・五）
阪神・淡路大震災芸術文化被害状況調査研究プロジェクト委員会編『阪神・淡路大震災芸術文化被害状況調査報告書』（企業メセナ協議会、一九九五・八）。
深川英雄『キャッチフレーズの戦後史』（岩波新書、一九九一・一一）
深澤昌夫「上演年表　現代に生きる近松～舞踊篇」『日本文学ノート』三九（宮城学院女子大学日本文学会、二〇〇四・七）、同「音楽篇」『歌舞伎　研究と批評』三四（歌舞伎学会、二〇〇五・一）、同「演劇篇（上・中・下）」『歌舞伎　研究と批評』三五～三七（歌舞伎学会、二〇〇五・六、二〇〇六・二、二〇〇六・七）
藤岡和賀夫『あっプロデューサー　風の仕事30年』（求龍堂、二〇〇〇・六）
藤田　洋『演劇年表』（おうふう、一九九二・六）
藤原新平「激動の時代」『文学座五十年史』（文学座、一九八七・四）

船木浩司『七代目嵐徳三郎伝』（東方出版、二〇〇四・一）
増村保造／藤井浩明監修『映画監督増村保造の世界《映像のマエストロ》映画との格闘の記録1947―1986』（ワイズ出版、一九九九・三）
マーティ・グロス／青柳俊明訳「映画『文楽 冥途の飛脚』製作のおもいで」『〈第一二三回〉国立劇場文楽公演筋書』（一九九八・二）
松井俊輔「昭和後期の歌舞伎」鳥越文蔵・内山美樹子・渡辺保編『岩波講座〈歌舞伎・文楽〉三―歌舞伎の歴史Ⅱ』（岩波書店、一九九七・一一）
松本　修「〈ちかまつ芝居〉とは何か」『新劇〈特集・小劇場の旗手たち・その集団と方法について〉』（白水社、一九八八・一二）
水落　潔『平成歌舞伎俳優論』（演劇出版社、一九九二・七）
水落　潔「上方歌舞伎再興の狼煙」『〈演劇界・別冊〉平成の坂田藤十郎』（演劇出版社、二〇〇五・一一）
水田かや乃「歌舞伎白書からの報告―戦後昭和歌舞伎の動向」『歌舞伎 研究と批評』六（歌舞伎学会、一九九〇・一二）
水田かや乃「〈近松読本会〉近松二十四番勝負」近松応援団機関誌『囀《さえず》り』六〇（近松応援団、二〇〇四・一一）
道井直次「戦後関西新劇の流れを探る」『新劇団協議会三十年史　劇団・戦後のあゆみ』（新劇団協議会、一九八六・一〇）
宮川一夫・淀川長治『映画の天使』（パンドラ、二〇〇〇・五）
向井芳樹「『曽根崎殉情』の行方」『演劇研究会〈会報〉』一五（演劇研究会、一九八九・六）
文部省社会教育局芸術課編『芸術祭十五年史』（文部省、一九六一・一一）
矢野　暢『20世紀音楽の構図―同時代性の論理』（音楽之友社、一九九二・六）
山崎正和「偽せの終末」『劇的なる日本人』（新潮社、一九七一・七）

山本喜久男「近松映画の海外評価についてのノート」『アートシアター』一三三（日本アートシアター・ギルド、一九七八・四）
湯浅雅子「英語劇『堀川波鼓』日本上演を終えて―近松プロジェクトのこれまで、そしてこれから」『上方芸能』一六一（上方芸能編集部、二〇〇六・九）
吉田玉男「私の履歴書」『文楽　吉田玉男』（演劇出版社、二〇〇三・一）
吉永孝雄／青木繁・山田和人構成『吉永孝雄の私説・昭和の文楽』（和泉書院、一九九四・四）
米川明彦編『明治・大正・昭和の新語・流行語辞典』（三省堂、二〇〇二・一〇）
四方田犬彦『日本映画史100年』（集英社新書、二〇〇〇・三）
和田　勉『テレビ自叙伝　さらばわが愛』（岩波書店、二〇〇四・六）
渡辺　保「グルジアの近松」『近松全集〈月報〉』一六（岩波書店、一九九一・一〇）
渡辺　保「めぐり合い」『新編日本古典文学全集〈月報〉』六六（小学館、二〇〇〇・九）
渡辺　保「『用明天王職人鑑』上演の経緯」山口県立大学創立60周年記念近松国際フォーラム報告書『近松は世界に翔《はばた》く』（山口県立大学、二〇〇二・三）
渡辺　保『近松物語　埋もれた時代物を読む』（新潮社、二〇〇四・一一）

グラフ1　〈戦後60年の近松研究〉年平均論文数の推移（5年毎）

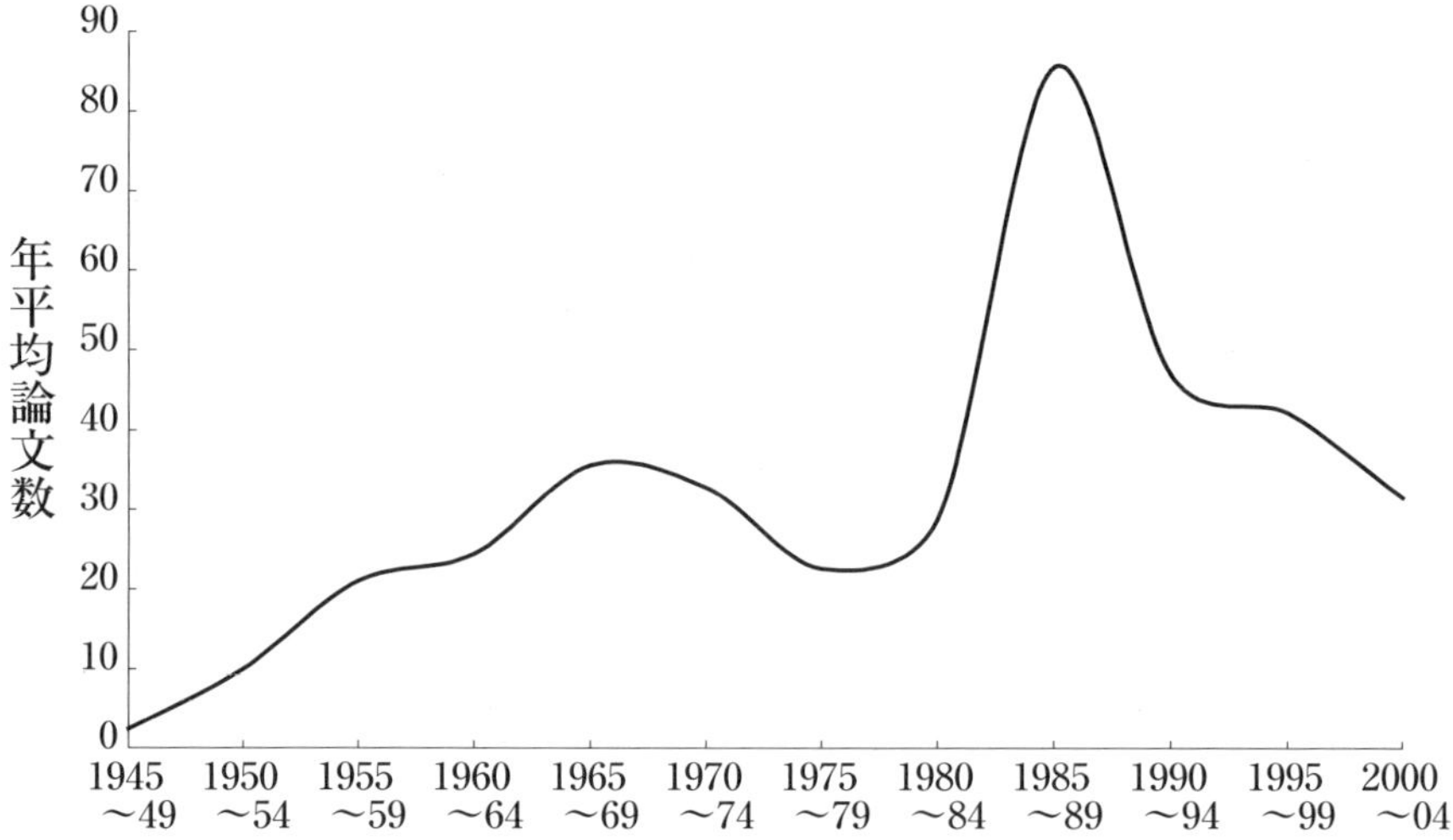

グラフ2　〈近松と南北〉論文数の推移（10年毎）

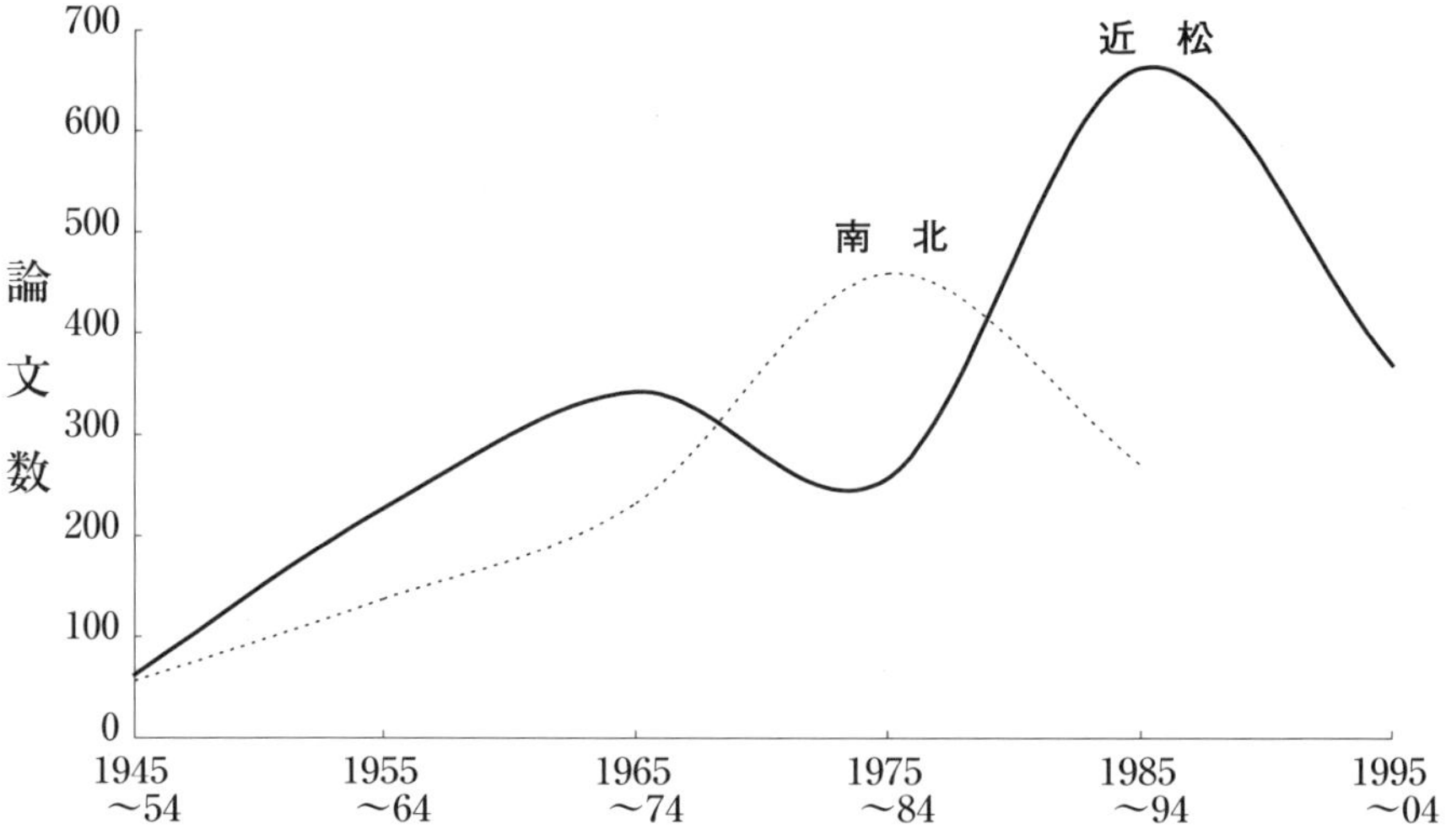

表1

〈戦後60年の近松〉新作上演数の推移	
年　代	作品数
1945〜49	3
1950〜54	11
1955〜59	17
1960〜64	12
1965〜69	8
1970〜74	18
1975〜79	27
1980〜84	28
1985〜89	54
1990〜94	48
1995〜99	41
2000〜04	59
合　計	326

＊ただし海外はのぞく

グラフ3　〈戦後60年の近松〉新作上演数の推移（5年毎）

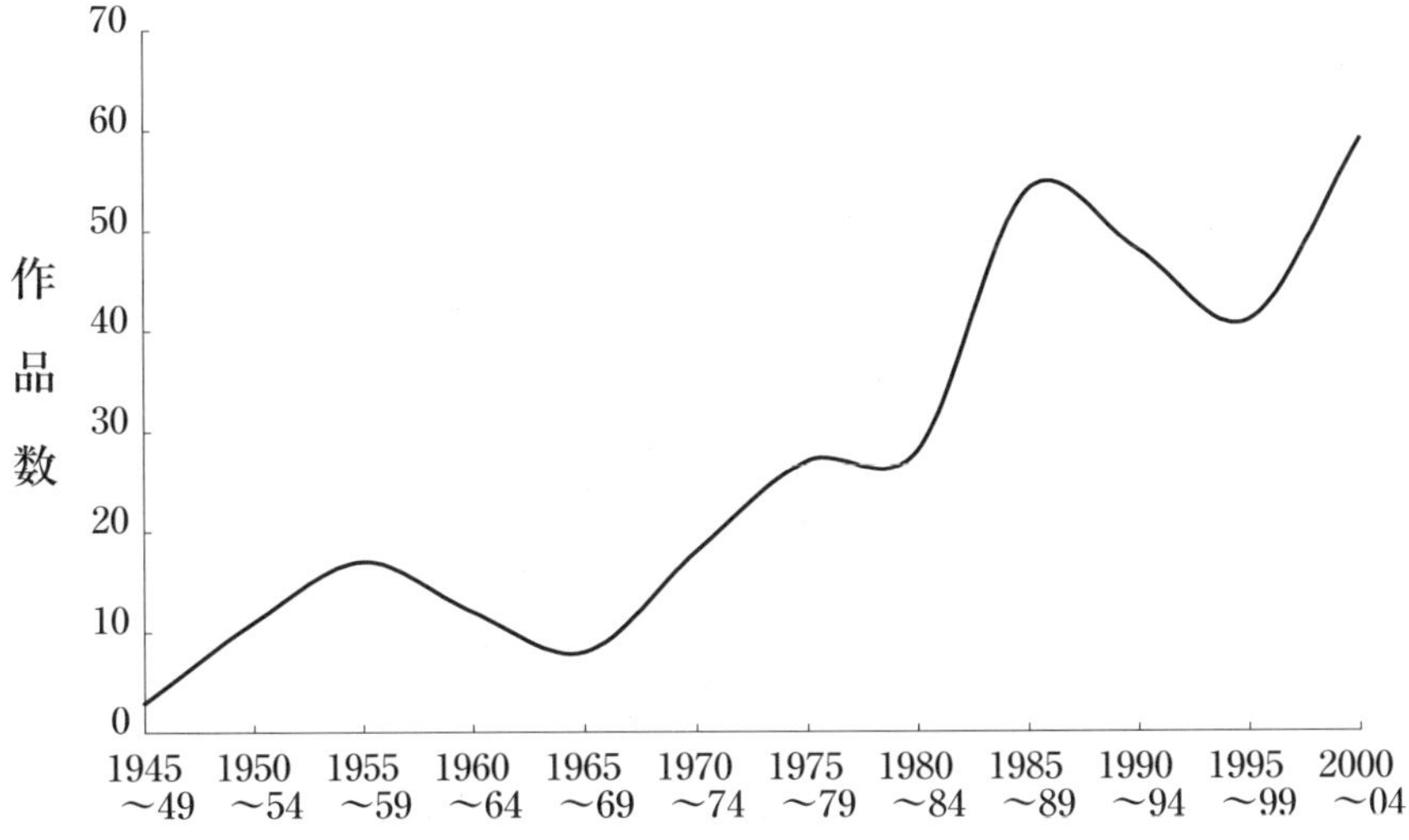

表2

＊(　)内は新作総数

年　代	〈戦後60年の近松〉　上演頻度別原作一覧
1945～54	生玉心中(2)　堀川波の鼓(2)　心中万年草(2)
1955～64	国性爺合戦(3)　鑓の権三(2)　今宮の心中(2) 卯月の紅葉(2)　心中宵庚申(2)　刃は氷の朔日(2) 女殺油地獄(2)　冥途の飛脚(2)　夕霧(2)
1965～74	女殺油地獄(5)　心中天網島(4)　大経師昔暦(2) 鑓の権三(2)　冥途の飛脚(2)　曽根崎心中(2) 心中二枚絵草紙(2)
1975～84	曽根崎心中(11)　心中天網島(8)　女殺油地獄(7) 冥途の飛脚(6)　堀川波の鼓(2)　大経師昔暦(2) 心中宵庚申(2)
1985～94	曽根崎心中(23)　女殺油地獄(10)　冥途の飛脚(8) 心中天網島(7)　出世景清(6)　平家女護島(4) 国性爺合戦(4)　堀川波の鼓(4)　大経師昔暦(3) 生玉心中(3)　関八州繋馬(2)　傾城仏の原(2) お夏清十郎(2)
1995～04	女殺油地獄(14)　曽根崎心中(13)　心中天網島(9) 堀川波の鼓(8)　冥途の飛脚(6)　大経師昔暦(6) 出世景清(3)　平家女護島(2)　傾城反魂香(2)
合　計	曽根崎心中(51)　女殺油地獄(38)　冥途の飛脚(24) 堀川波の鼓(20)　大経師昔暦(15)　出世景清·国性爺合戦(11) 鑓の権三·平家女護島(8)　生玉心中·心中宵庚申(7) 心中二枚絵草紙(5)

表3

〈戦後60年の近松〉 新作上演数の推移と東西の動向			
	東京以西	東　京	合　計
1945～54	6	8	14
1955～64	19	10	29
1965～74	7	19	26
1975～84	23	32	55
1985～94	49	53	102
1995～04	63	37	100
合　　計	167	159	326

グラフ4　〈戦後60年の近松〉新作上演数の推移と東西の動向（10年毎）

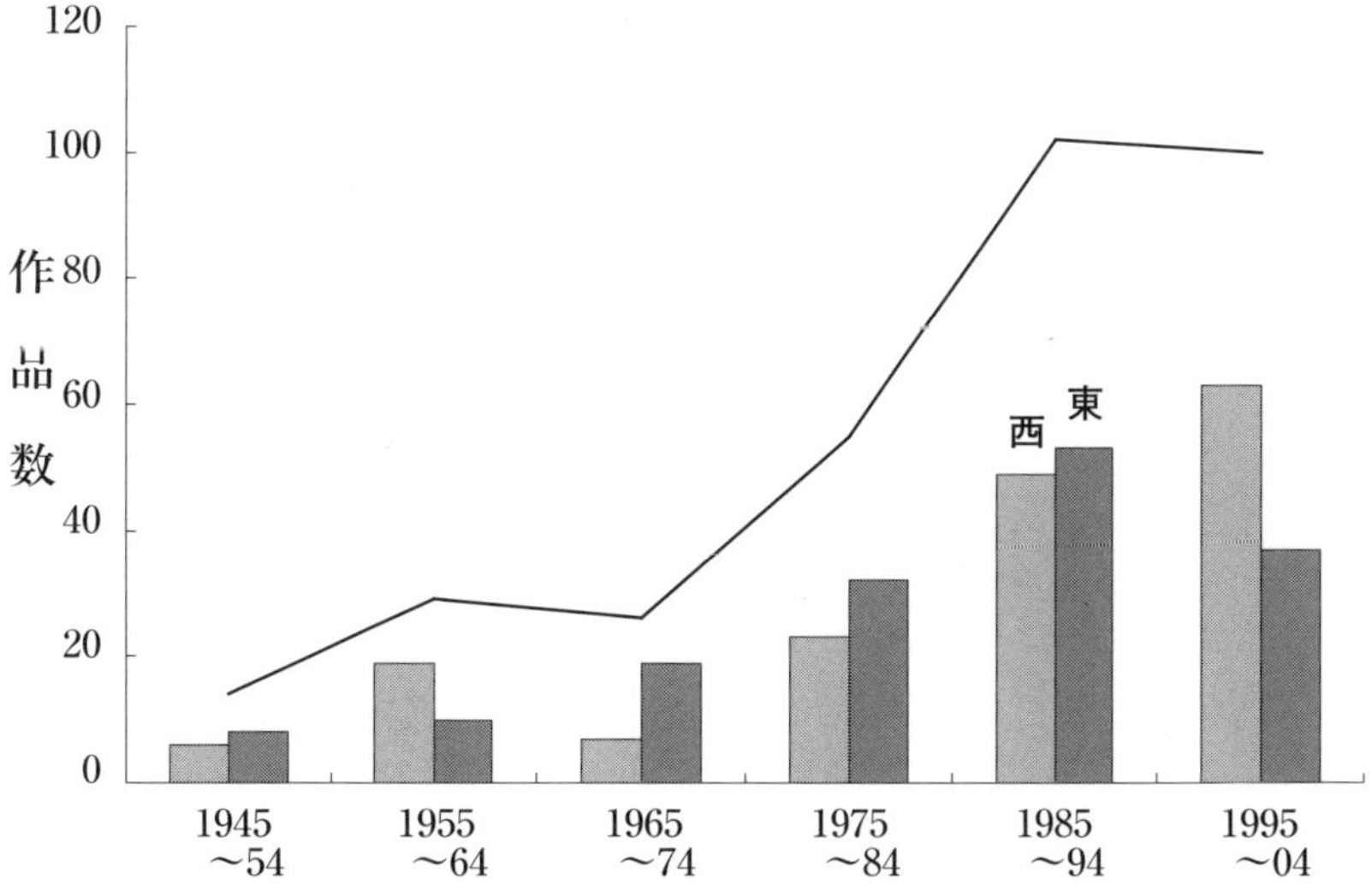

表4

〈戦後60年の近松〉上演頻度別原作一覧・東西ベスト10				
	作　品　名	西	東	合計
第1位	曽根崎心中	20	31	51
第2位	女殺油地獄	15	23	38
第3位	心中天網島	14	15	29
第4位	冥途の飛脚	11	13	24
第5位	堀川波の鼓	8	12	20
第6位	大経師昔暦	4	11	15
第7位	出世景清	6	5	11
	国性爺合戦	6	5	11
第8位	鑓の権三重帷子	3	5	8
	平家女護島	4	4	8
第9位	生玉心中	6	1	7
	心中宵庚申	5	2	7
第10位	心中二枚絵草紙	3	2	5

グラフ5　〈戦後60年の近松〉上演頻度別原作一覧・東西ベスト10

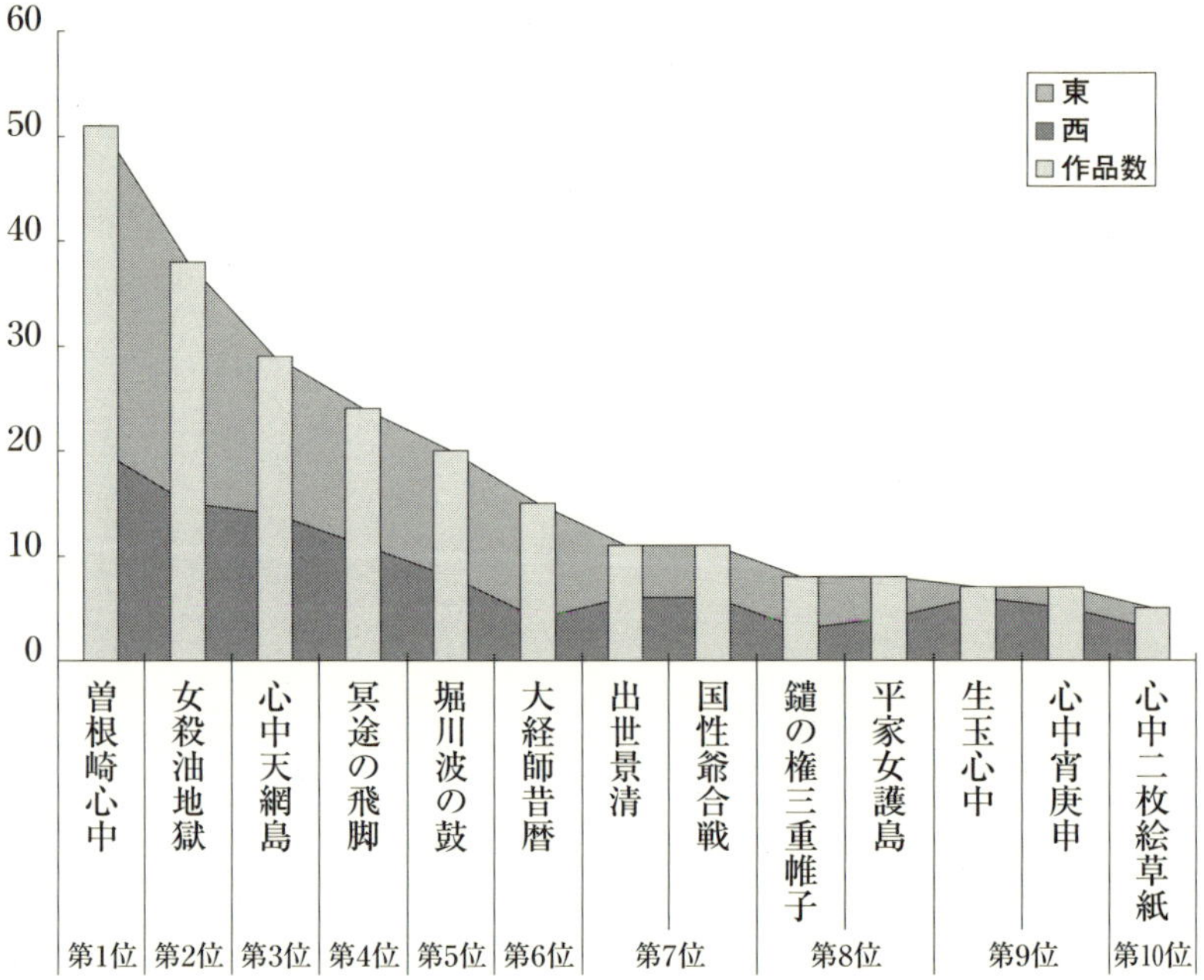

表5

〈戦後60年の近松〉　東西独自上演作品　原作一覧	
東京以西	東　京
心中万年草(3作)	大名なぐさみ曽我(1作)
淀鯉出世滝徳(1)	井筒業平河内通(1)
お夏清十郎五十年忌歌念仏(4)	けいせい壬生大念仏(1)
心中卯月の紅葉(3)	
博多小女郎波枕(4)	
傾城酒呑童子(1)	
丹州千年狐(2)	
傾城懸物揃(1)	
紅葉狩剣本地　(1)	
津国女夫池(2)	
天　神　記(2)	
雪女五枚羽子板(1)	
娥歌かるた(1)	
浦島年代記(1)	
相模入道千疋犬(1)	
用明天王職人鑑(1)	
からさき屏風八景(1)	
下関猫魔達(1)	
計　18作品	計　3作品

表6

〈戦後60年の新作近松〉原作数の推移		
年　代	原作数	
	西	東
1945～1954	11	
	5	8
1955～1964	20	
	15	9
1965～1974	13	
	6	9
1975～1984	16	
	13	10
1985～1994	26	
	22	14
1995～2004	29	
	26	12
合　　計	47	
	44	28

＊10年毎の小計および60年間の合計は重複分をのぞく

あとがき

この数年間、近松に関する演劇・音楽・舞踊、映画・テレビ・ラジオ、さらには海外の動向にいたるまで、数多くの記録を調査してきたが、正直なところ、近松関係でこれほど多くの作品に出会えるとは思わなかった。調査を通じて私が感じたこと。それはプロ・アマ問わず、こんなにも多くの人たちが近松に関わってきた、ということに対する率直な「驚き」と「感動」であった。

年表に記載された一つ一つの項目。それだけでは一見味気ない上演データの数々。しかしその奥には、当然のことながら、切れば血の出る生身の人間がいて、それぞれに様々な想いを抱えながら、それぞれの必然性によって近松を選び取り、かけがえのない人生の貴重な一コマを近松とともに生きている。そんな、ごくごくあたりまえの、けれども決してないがしろにはできない「事実」の重みがある。

調べれば調べるほどいろんなことがわかってくる。まったく無関係に思われた点と点が線で結ばれ、いつしか面になって「時代」を形作っていく。目から鱗の連続に思わず興奮した。逆に、背景がまったく読めず、補助線の引き方に苦しんだ部分も多々ある。本書で扱ったのは半分以上は自分も生きている同時代史ではあるが、これがわかるようでいてよくわからない。だが私としては、わからないなりに、「事実」に立脚した「血の通った歴史」を描き出したいと思った。というより、人々の貴重な営みを、その「事実」を、より多くの人々に知ってもらいたいと思った。

演劇・音楽・舞踊関係の「上演記録」のほうは何とか発表することができた。が、「通史」のほうは、いつどこに発表するというあてもないままに書かれ、書けば書くほど自分の小さな専門領域を踏み越えていかざるを得ない事態に直面した。そもそも一人でやるべき仕事ではなかった。私ごときにできるはずもなかった。だが、いつか、誰かがやらなければならないことは目に見えていた。

戦後六〇年も経てば、現役を退かれている方も多く、すでに鬼籍に入られた方々も少なくない。本書執筆中も幾人もの方々がこの世を去っていった。急がなければならない、と思った。黙っていれば忘れられ、埋もれてしまうものがある。そういう記録が今回の調査によって発掘され、偶然書きとめられることになったというケースも決して一つや二つではない。いわば本書は、大文字の「歴史」に名を刻むごく限られた人々ばかりでなく、こうした方々の貴重な営みの上に成り立っている。

私としても、この一連の作業を通じて、私なりに近松生誕三五〇年の顕彰／検証事業に参加することができたのではないかと思う。お忙しいなか快く調査に応じてくださった皆様に対して心より御礼申し上げます。また、研究者として未熟な私をいつも励まし、幾度となくチャンスを与えてくださった菊田茂男先生、今尾哲也先生、原道生先生、武井協三先生はじめ、諸先学・諸先輩の皆々様に厚く〳〵御礼申し上げます。また株式会社雄山閣には筆者初めての著作（しかも書き下ろし）の出版をお引き受けいただき、特に久保敏明氏にはたいへんお世話になった。その他、数え切れないくらい多くの方々のお力添えをいただいて、何とかここまでたどりつくことができました。本当にありがとうございました。

なお、近松関係の「上演年表」は、頁数の都合で本書に収録することができなかった。いずれ何らかのかたちでその増補・訂正版を公開したいと考えている。既出「上演年表」の誤りや記載漏れ等、お気付きの点は何なりとご教示願いたい。

本書は宮城学院女子大学二〇〇五〜〇六年度特別研究助成、および二〇〇七年度出版助成の成果である。

索　引

深澤　昌夫（ふかさわ　まさお）

著者略歴

1963年、盛岡市生まれ。

東北大学大学院修了（文学修士）。

宮城学院女子大学教授。

専攻は近世文学（近松）。

主要論文に「足もとから見る〈近松の世界〉」『歌舞伎研究と批評』26（2000.12）、「近松の「闇」」『江戸文学』30（2004.6）など。

平成10年度（1998）歌舞伎学会奨励賞受賞。

平成19年11月15日　初版発行　　《検印省略》

現代《げんだい》に生《い》きる近松《ちかまつ》 —戦後《せんご》60年《ねん》の軌跡《きせき》—

著　者　深澤昌夫
発行者　宮田哲男
発行所　(株)雄山閣
〒102-0071　東京都千代田区富士見２－６－９
電話03-3262-3231(代)　FAX　03-3262-6938
振替：00130-5-1685
http://www.yuzankaku.co.jp

印　刷　手塚印刷
製　本　協栄製本

Printed in Japan 2007
ISBN 978-4-639-02003-5 C1095